Surgeon Elysee

외과의사 엘리제

외과의사 엘리제 3

유인 장편 소설

초판 1쇄 찍은 날 | 2016년 9월 27일
초판 7쇄 펴낸 날 | 2021년 7월 16일

지은이 | 유인
펴낸이 | 예경원

기획 | CL프로덕션
편집책임 | 박우진
편집 | 이즈플러스

펴낸곳 | 예원북스
등록번호 | 제396-2012-000132호
등록일자 | 2012. 7. 25
WFN | 제3-008호

주소 | 경기도 고양시 일산동구 호수로 646-24 위너스21II빌딩 206A호 (우)10401
전화 | 031-819-9431 팩스 | 031-817-9432
E-mail | yewonbooks@naver.com

ISBN 979-11-5845-456-2 04810
979-11-5845-459-3 (set)

※ 이 도서의 국립중앙도서관 출판시도서목록(CIP)은 서지정보유통지원시스템 홈페이지(http://seoji.go.kr)와 국가자료공동목록시스템(http://www.nl.go.kr/kolisnet)에서 이용하실 수 있습니다.

Surgeon Elysee

외과의사 엘리제

유인 장편소설

3

Contents

19장
탈출

기다란 병원 복도에 숨이 막힐 듯한 무거운 침묵이 내려앉았다. 전갈과 공화국군의 병사들은 이 갑작스러운 상황을 받아들이지 못했다.

"무, 무슨?"

하지만 그것도 잠시. 곧 정신을 차리고 병사들이 소총을 엘리제에게 겨누려는 순간, 루이 니콜라스가 그들을 말렸다.

"그만! 계집애처럼 호들갑 떨지 마."

"가, 각하?"

"너희는 저 소녀가 권총을 발사할 수나 있다고 생각하나?"

"……!"

"보라고, 저 떨리는 다리를."

그렇다. 엘리제의 다리는 파르르 떨리고 있었다. 공포와 긴장 때문이었다.

"그리고 설령 쏜다고 해도 저 거리에서 맞출 수나 있을 것 같아? 천장이나 바닥에 안 맞으면 용하지."

권총은 뛰어난 휴대성에 비해 명중률이 극악이다. 오죽하면 영관 장교에게 주어지는 권총은 호신용이 아니라, 자살용이란 말이 있을까. 지금 그녀와 루이의 거리는 약 20m. 권총의 명사수가 아닌 한, 맞추기 어려웠다.

"대령, 역시 마지막 기백마저 멋지군. 도저히 귀족가의 여식이라 생각할 수 없을 정도야. 그런데 그거 아나?"

"……."

"그런 모습이 나를 더욱 자극한다는 것을."

그는 비릿하게 웃으며 한 걸음을 내디뎠다. 엘리제가 날카로운 목소리로 외쳤다.

"다가오지 마십시오!"

"다가오면? 그러면 어쩔 건데? 쏘기라도 할 건가?"

루이가 다시 비웃음을 지었다.

저벅.

"쏠 수 있어? 아니, 사람한테 쏴본 적이나 있어? 응?"

저벅.

"없지? 한번 쏴봐. 자, 이렇게 손 내밀 테니 말이야. 이 손을 향해 한번 쏴보지. 쏠 수 있다면 말이야."

저벅. 저벅.

루이는 고양이가 궁지에 몰린 쥐에게 향하듯 걸음을 내디뎠다. 여전히 엘리제는 다리를 파르르 떨 뿐, 총을 발사하지 못했다.

"더 이상 다가오지 마십시오! 정말로 발포합니다!"

그 모습을 보며 공화국군의 병사들이 키득키득 웃었다. 실제로 그녀가 총을 발사해 루이에게 상처를 입힐 거라 여기는 이는 아무도 없었다.

"뭐 해? 빨리 쏴봐. 여기 손 내밀었잖아. 응?"

저벅. 저벅.

루이는 몇 발자국 더 내딛으며 오른손을 허공 위로 뻗었다. 그는 저 아름다운 소녀의 눈이 긴장과 공포에 물든 모습을 즐겁게 감상했다.

하지만 그 순간이었다. 엘리제가 입술을 질끈 깨물었다.

타앙!

리볼버가 불을 뿜었다.

"크아악!"

루이의 입에서 찢어질 듯한 비명이 울려 퍼졌다. 허공에서 흔들리던 루이의 오른 손목에 총알이 그대로 관통한 것이다!

"각하!"

"크아악! 으악!"

루이는 고통에 어쩔 줄을 몰라 하며 비명을 질렀다. 손이 끊어질 듯한 통증에 머리가 하얗게 타들어 갈 것 같았다.

"이년이!"

뒤늦게 정신을 차린 병사들이 그녀에게 총을 겨누려 했다. 하지만 엘리제가 날카롭게 외쳤다.

"모두 움직이지 마십시오!"

"……!"

"한 명이라도 움직인다면 그때는 머리입니다! 그리고 그 다음은 없습니다!"

그다음은 없다. 그 말은 다음에는 루이를 죽이겠단 뜻이었다.

꿀꺽.

모두가 긴장된 얼굴로 침을 삼켰다. 어린 소녀라고 무시하는 마음은 깨끗이 사라졌다. 아니, 오히려 이 순간 그들은 약자가 되었다. 루이 니콜라스란 인질이 잡힌 약자 말이다.

"그러니 움직이지 마십시오!"

엘리제는 비명을 지르듯 반복해 외쳤다. 그녀는 피가 날 듯 입술을 깨물었다.

'내가 쐈어! 정말로!'

당연한 이야기지만 그녀는 사람을 향해 총을 쏴본 적이 없었다. 심장이 미친 듯이 뛰었다. 두려웠다. 무서웠다. 주저앉아 머리를 감싸 안고 울어버리고 싶었다. 하지만 그 모든 것을 참고 작은 소녀는 떨리는 목소리로 말했다.

"동맥 쪽을 맞은 것 같으니 빨리 치료해야 할 것입니다. 제가 제안한 협상을 잘 생각해 주십시오. 제가 말한 조건을 들어준다고 약속한다면 총을 치우겠습니다."

하지만 루이는 대답하지 못했다. 끔찍한 고통에 정신이 없었던 것이다.

"크악! 으으……."

엘리제의 말대로 동맥이라도 뚫린 것인지 피가 펑펑 쏟아졌다. 마치 댐에 구멍이라도 난 것 같은 출혈량이다. 그의 팔은 물론, 상체 전체가 피에 젖었다.

"크으……!"

"약속해 주십시오. 이 병원에 있는 의료진들과 환자들을 보호해 주겠다고."

루이 니콜라스가 버럭 비명을 질렀다.

"그래, 알았다! 빌어먹을! 네가 원하는 대로 해주마!"

하지만 엘리제는 단호히 말했다. 저렇게 대충 뱉는 약속을 믿을 수는 없었다. 하물며 저 루이 니콜라스는 배덕과 기만의 상징 아닌가?

"자유와 평등에 걸고 맹세해 주십시오."

하지만 자유와 평등, 공화국이 신봉하는 기치를 건다면 이야기가 다르다. 다른 공화국 병사들 앞에서 한 맹세이니 어지간해서는 지킬 것이다. 그렇게 어려운 조건도 아니었고.

"크…… 알았다! 제길! 자유와 평등을 걸고 맹세하마! 이 병원에 있는 자들에게 손끝 하나 안 건드릴 테니 빨리 총 치워!"

루이는 발광하듯 외쳤다. 동맥에서 터져 나오는 엄청난 출혈에 그는 공포에 질려 있었다. 아무리 건장한 남자라도 이런 출혈이 지속되면 사망한다. 빨리 지혈을 해야 한다.

그의 맹세에 엘리제는 눈을 감으며 총을 내렸다. 됐다. 이걸로 이 병원에 있는 자들은 일단 안전할 것이다. 자신이 해야 할 책임은 다 했다. 저 루이를 인질로 잡고 탈출을 시도해 볼까 하는 생각도 잠시 들었으나, 그건 절대 무리였다. 그에게 총을 겨누고, 협박한 것만으로도 그녀는 모든 기력을 다 쏟아부었다. 다리에 힘이 풀려 당장에라도 주저앉을 것만 같았다.

'끝났어.'

그녀가 총을 내리자 공화국 병사들이 다급히 움직였다.

"가, 각하! 지혈을……!"

일부는 루이에게 붙어 팔뚝을 끈으로 묶어 응급처치를 시도했고, 일부는 그녀에게 달려들었다.

"이년! 빨리 잡아!"

엘리제는 반항하지 않았다. 다행히 도박이 성공하긴 했으나, 저들을 상대로 자신의 반항이 먹힐 가능성은 없다. 그나마 몸이 덜 상하려면 가만히 있는 것이 나았다.

"손 뒤로 해서 묶어!"

병사들은 그녀를 거칠게 땅바닥에 내팽개쳤다.

쿠웅!

'아악!'

바닥에 거칠게 내동댕이쳐진 그녀는 아득한 통증에 비명을 삼켰다. 끔찍하게 아팠다.

"묶어!"

병사들은 자신들의 사령관에게 총을 쏜 것을 갚기라도 하려는 듯, 등 뒤로 그녀의 팔을 꺾고 거칠게 밧줄로 손을 묶었다. 거친 밧줄이 그녀의 여린 피부에 파고들었다. 그렇게 등불을 든 여인, 엘리제 드 클로랜스는 공화국군의 포로가 되었다.

루이 니콜라스가 쓰러진 그녀를 보며 이를 갈며 말했다.

"바로 심페폴로 옮겨!"

그녀에게 받은 이 빚은 심페폴에서 철저히 갚아줄 것이다. 그는 그렇게 다짐했다. 그런데 그 순간이었다! 병원 밖에서 다급한 목소리가 안쪽으로 울려 퍼졌다.

"급보입니다!"

"……!"

"동쪽에서 제국군이 다가오고 있습니다!"

루이 니콜라스가 통증 속에서도 놀라 외쳤다.

"뭐라고!"

"이곳 사령부를 지키던 병력입니다. 총 병력 3만 명! 공제가 직접 이끌고 있습니다!"

얼마간의 시간이 지난 후 제국군이 도착했고, 곧바로 프라바 탈환전이 벌어졌다. 린덴이 이끄는 3만의 제국군은 마치 해일이 몰아치듯 공화국군을 덮쳤다.

"와아!"

"크악!"

공화국군은 정신없이 저항했으나 열세였다. 일단 숫자가 2만으로 3만인 제국군에 비해 적었고, 점령이 마무리되지 않은 상태여서 전열도 엉망이었다. 그리고 가장 밀렸던 것은 바로 기세!

"황태자비를 구하자!"

"등불을 든 여인을 구해라!"

제국군 모두 이곳 프라바의 야전병원에 자신들의 레이디이자 등불을 든 여인인 엘리제가 있는 것을 알고 있다. 병사들은 그녀를 구하기 위해 자신의 몸을 아끼지 않고 공화국군에게 돌격했다. 그 선두에는 황태자 린덴이 있었다.

'엘리제! 제발! 제발!'

그의 눈동자가 금빛으로 미친 듯이 타올랐다. 린덴은 로마노프 황가의 역사상 가장 강한 초상 능력자로 평가받는 이. 자신의 초상 능력의 특성상, 몸에 가해질 반작용 때문에 평소에는 강한 초상 능력을 사용하는 것을 꺼리는 린덴이지만, 지금 그는 분노와 걱정에 눈이 먼 상태였다.

'만약 엘리제가 손끝 하나라도 상해 있다면 너희 중 단 한 명도 살려두지 않겠다!'

그는 호랑이가 포효하듯 공화국군을 몰아붙였다. 그런 린덴과 제국군의 노도와 같은 기세에 프라바를 점령했던 공화국군은 일방적으로 밀렸다.

"후퇴하라! 모두 심페폴로 후퇴하라!"

동맥 출혈로 엘리제와 같이 심페폴로 실려 간 루이 니콜라스를 대신하여 공화국군을 지휘하던 파비앙이 다급히 외쳤다. 이대로는 전멸이었다 공화국군은 모든 것을 내던지고 목숨만 건지고자 허겁지겁 도망쳤다.

전투 결과는 제국군의 대승! 사막의 전갈이 자국 장교를 자살시키면서까지 계책을 꾸몄으나, 결과적으로 대승을 거둔 것은 제국군이었다. 하지만 제국군에게 전투의 결과는 중요한 게 아니었다.

"황태자비께서는?!

"데임 클로랜스가 없어!"

제국군 모두 엘리제가 공화국군에게 포로로 끌려간 것을 깨달았다.

"공화국군을 잡아라! 등불을 든 여인을 구해라!"

"절대 놓치면 안 돼!"

프라바는 크림반도 전역으로 길이 나 있는 최고의 전략적 요충지였다. 그래서 린덴이 새로운 사령부의 위치로 삼은 것이다. 하지만 제국군 그 누구도 수복한 프라바에 관심을 가지지 않았다. 오로지 자신들의 레이디, 등불을 든 여인을 구하기 위해 공화국군을 쫓았다.

'엘리제! 안 돼!'

게다가 흥분한 군대를 만류해야 할 총사령관 린덴은 오히려 시뻘게진 눈으로 선두에서 공화국군을 쫓았다.

"전하! 전하! 더 이상 쫓으면 위험합니다!"

맥가일 원수가 하얘진 얼굴로 그를 만류했지만 린덴은 듣지 않았다. 이성을 잃은 맹수처럼 끝없이 공화국군을 추격할 뿐이었다. 그녀를 되찾기 위해! 하지만 아무리 쫓아도, 심지어 홀로 심페폴의 성벽이 보이는 곳까지 말을 달려도 그녀를 찾을 수가 없었다. 제국군이 몰아치기 전, 루이 니콜라스가 먼저 심페폴로 출발한 탓이었다.

"엘리제! 으아악!"

린덴은 머리를 쥐어뜯으며 비명을 질렀다. 죽음보다도 더 고통스러운 비명이었다. 그렇게 프라바 공방전이 막을 내렸다.

프라바 공방전이 벌어진 다음 날이었다.

크림반도의 수도, 심페폴의 시청사.

공화국군이 사령부로 사용하는 그 건물 옆에 위치한 관사였다. 사막의 전갈의 부관, 파비앙 중령이 건물 안에 들어가 4층 꼭대기에 위치한 방에 공손히 노크를 했다.

"들어가도 되겠습니까?"

그런데 안에서 들리는 음성이 의외였다. 여린 소녀의 목소리였던 것이다.

"네, 들어오세요."

"그럼 실례하겠습니다."

끼익.

단정하게 정리된 방에는 한 소녀가 있었다. 백금발의 푸른 눈에 인형같이 예쁘고 여린 소녀, 엘리제 드 클로랜스였다.

"지내는 데 불편함은 없으십니까?"

파비앙이 공손하게 물었다. 프랑소엔어였다. 하지만 엘리제는 프랑소엔어를 사용하는 데 큰 지장이 없었다. 프랑소엔어는 서대륙 귀족 사회에서 공용어처럼 사용되고 있었기 때문이다. 이는 수백 년 전 프랑소엔 왕국이 브리티아와 비교도 안 되는 강국이었기 때문이다.

"네, 덕분에요. 배려에 감사합니다."

그녀는 처음 험하게 끌려갈 때와 다르게 나쁜 대우를 받지 않았다. 나쁜 대우는커녕 마치 손님을 모시는 듯한 최고의 대우였다. 방 앞에 감시하는 경비병이 있다는 것을 제외하면 말이다. 흉흉한 루이 니콜라스의 분위기 때문에 고초를 예상한 것을 생각하면 의외의 일이 아닐 수 없다.

"아닙니다. 전장이다 보니 더 좋은 대접을 하지 못해서 죄송합니다. 이해해 주시면 감사하겠습니다."

이건 모두 사막의 전갈의 부관 파비앙의 배려 덕분이었다. 그가 엘리제에 대한 대우를 소홀히 하지 않도록 특별히 명한 것이다. 물론 이런 특별 대우가 가능한 것은 현재 니콜라스가 부상이 심해 정신을 차리지 못하고 있는 덕이다.

"저…… 혹시…… 저에게 이렇게 잘해 주시는 이유가 무엇인가요? 그래도 저는 적국의 포로인데."

엘리제가 조심스레 물었다.

"레이디께서는 제국의 황태자비가 되실 분이 아닙니까? 아무리 지금은 전쟁 중이라지만 브리티아의 황실을 무시할 수는 없죠."

"그래도……."

그렇다 쳐도 대우가 과했다. 호텔 같은 화려한 방과 부드러운 천으로 만들어진 고가의 일상복, 제공되는 식사도 부족함이 없었다. 적진만 아니라면 휴가를 왔다고 착각할 만한 대우였다.

"물론 그런 이유만 있는 것은 아닙니다."

"그러면?"

"샤를이란 친구를 아십니까?"

엘리제는 의아한 표정을 지었다. 모르는 이름이다.

"……잘 모르겠는데요."

"역시 기억 못 하는군요. 하긴 레이디께서 치료하신 이가 한둘이 아닐 테니."

"……?"

파비앙은 살짝 웃으며 말했다.

"제 부하입니다. 지난번 제국군에 포로로 잡혔을 때 레이디께서 살려준 친구죠."

"……!"

"그 친구가 돌아온 후, 등불을 든 여인에 대한 칭송을 자주 하더군요. 말 그대로 천사라고. 레이디 덕분에 살아날 수 있었다고. 언젠가는 은혜를 갚아야겠다고. 이런 말들을 귀에 딱지가 앉도록 들었습니다."

엘리제는 입을 다물었다. 그랬나? 누군지 도통 기억이 안 난다.

"이 자리를 빌려 샤를을 비롯해 포로로 잡힌 우리 공화국 병사들의 생명을 살려주신 것에 감사를 드립니다."

"아, 아니에요."

엘리제는 당황해 고개를 저었다. 특별한 뜻을 가지고 포로로 잡힌 공화국군을 치료한 것은 아니었다. 그저 눈앞에 환자가 있으니 치료한 것뿐이었다. 무엇보다 그녀가 의학을 배운 현대 지구의 의사들은 피아를 가리지 말고 환자를 치료해야 한다는 제네바 협약의 정신을 당연하게 여기고 있었으니까.

"어쨌든 편히 쉬십시오. 방 밖으로 나가는 것을 제외하면 안에서는 자유롭게 있으셔도 됩니다."

"……감사합니다."

"그럼 이만."

파비앙은 타국의 예비 황태자비에게 하듯 공손히 인사한 후 방을 나갔다. 그런데 그가 방문을 닫기 직전, 엘리제가 그를 불렀다.

"저…… 경!"

"파비안 중령이라 부르면 됩니다."

"주, 중령님."

"왜 그러십니까, 레이디?"

"저…… 니콜라스 원수께서는…… 어떠신가요?"

물어보는 엘리제의 눈이 흔들렸다. 그녀의 눈에 담긴 감정은 두려움과 불안감이었다.

"수술 후 병상에 누워 있습니다. 거동하실 수 있을 때까지는 조금 시간이 더 걸릴 듯합니다."

"아……."

그녀가 지금 파비앙의 배려로 귀한 대접을 받을 수 있는 이유는 다름 아닌, 루이 니콜라스가 침상에 누워 있기 때문이다. 바로 그녀에게 당한 총상 때문에.

"절대 용서하지 않으마! 심페폴에 도착하기만 하면!"

루이는 그녀를 거칠게 끌고 가며 그렇게 악을 썼다. 그래서 엘리제는 심페폴에 도착하면 어떤 고초를 당할지 몰라 벌벌 떨었다. 하지만 하늘이 그녀를 도우신 건지, 아니면 그에게 벌을 내린 건지 심페폴에 도착하자마자 전갈은 쓰러져 버렸다. 원인은 과다 출혈! 그녀에게 당한 총상이 하필이면 손목 동맥을 찢어버린 탓이었다. 병사들이 그 자리에서 급하게 지혈을 시도했지만 완전할 수가 없었고, 심페폴로 오는 내내 피가 조금씩 흘렀던 것이다.

'나를 풀어주었으면 완벽히 지혈해 줄 수 있었을 텐데.'

엘리제는 그런 생각을 하였다. 그녀를 괴롭힐 생각만 한 건 그였으니 인과응보라 할 수 있었다. 어쨌든 그는 심페폴에 돌아오자마자 응급 지혈 수술을 받았고, 지금은 병상에 누워 있는 상태다.

'그가 병상에서 일어나면 난 어떻게 되는 거지?'

엘리제는 불안함에 치마를 움켜쥐었다. 상대가 일반적인 적장이라면 이렇게까지 불안해하진 않을 것이다. 아무리 적국의 포로라도 고위 귀족의 딸, 그것도 황태자비로 내정된 그녀에게 함부로 대하는 경우는 별로 없을 테니까.

하지만 상대는 루이 니콜라스였다. 일반적인 기준으로는 판단할 수가 없었다. 특히 이전 삶, 사교계에서 그에 대해 안 좋은 소문을 얼마나 많이 들었는가? 바다 건너 브리티아 섬까지 소문이 들릴 정도로 그에 대한 악명이 높았다. 더구나 그는 자신에 대해 악감정도 깊지 않은가.

"하아."

그녀는 그가 병석에서 일어난 후가 걱정되었다.

한편, 파비앙은 한숨을 내쉬는 소녀를 물끄러미 바라봤다. 파비앙도 루이 니콜라스가 일어난 후가 걱정되는 건 마찬가지였다. 그가 이 소녀를 가만히 놔둘 리 없으니까. 그는 이 순백한 소녀가 루이에게 고초를 당하는 것을 원하지 않았다.

'일단 내가 막아보기야 하겠지만.'

루이의 성격을 알기에 자신이 없었다.

'차라리 누가 이 소녀를 구하러 오기라도 했으면.'

하지만 누가 온단 말인가? 아무리 밀리고 있다지만 이곳엔 공화국의 주력이 모여 있다. 그 누구도 여기까지 뚫고 들어올 수는 없다. 역대 최강의 초상 능력자라는 공제나, 서대륙 최강검이라는 검제라면 혹시 모르겠지만 말이다.

'아니, 공제나 검제라도 무리겠지. 그리고 그들이 목숨을 내놓아야 하는 이 적지에 올 리도 없고.'

그들은 제국군을 이끄는 통수권자다. 동시에 제국의 다음 대를 이끌 황제 후보이기도 하고. 파비앙은 엘리제가 아무리 제국에서 존경받는 예비 황태자비라 해도 그들이 목숨을 걸고 이 적진에 올 리는 없다고 생각했다.

히이잉!

한 필의 백마가 제국군 사령부가 위치한 프라바에 도착했다. 백마에 탄 이를 알아본 병사들이 경례했다.

"충성! 전하를 뵙습니다."

"그래."

말에서 내리는 이는 다름 아닌 3황자 검제 미하일. 전날 벌어진 프라바 공방전 때 서쪽 전선에 나가 있다가 지금 복귀한 것이다.

"총사령관은?"

짧게 묻는 그의 표정은 평소와 전혀 달랐다. 화사한 얼굴 속에 타오르는 감정은 선명한 분노였다! 그 섬뜩한 기세에 질문을 받은 병사는 흠칫 놀라 답했다.

"아, 안에 계십니다."

"그래."

그는 거친 걸음으로 사령부 건물로 들어갔다.

'빌어먹을. 리제가 잡혀갔다고? 루이 니콜라스에게?'

파란 핏줄이 튀어나오도록 주먹을 움켜쥐었다. 들끓는 감정을 참을 수가 없었다.

'형님은 도대체 뭘 한 거야? 이래놓고 약혼자라고? 자기 여자 하나 지키지 못하면서?!'

안다. 황태자 린덴이 일부러 그녀를 지키지 않았을 리 없다는 것을. 불가피한 상황이었겠지. 그럼에도 용서할 수 없었다. 무슨 일이 있어도 그녀만큼은 지켰어야 했다. 설사 하늘이 무너지는 상황이었다 해도 말이다. 어쩔 수 없었단 말은 용납할 수 없었다. 지금 중요한 것은 그녀가, 그 작은 소녀가 루이 니콜라스의 손아귀에 있다는 사실이니까!

'빌어먹을! 리제…….'

처음 혈탑에서 그녀를 만났을 때가 떠올랐다. 자신을 밀이라 부르며 눈물짓던 모습. 그리고 죽음을 각오하고 알버트를 수술하던 모습. 또 전염병이 돌 때 자신을 치료해 주던 모습. 미하일에겐 그 하나하나가 너무나 선명하게 뇌리에 각인돼 있었다. 이미 그녀는 그의 가슴속에 너무나 깊이 들어와 있었으니까.

'이렇게나 소중한데! 형님이라 믿고 맡겼었는데! 그런데 잃어버려?'

곧 린덴의 방 앞에 도착한 그는 잠시 비천검을 잡았다. 감정이 들끓어 조절이 되지 않았다. 이대로 린덴을 만나면 보자마자 얼굴에 주먹을 꽂아 넣을 것 같았다.

"후우, 후우."

그가 문 앞에서 그렇게 감정을 다스릴 때였다. 먼저 온 손님이 있는지 방 안에서 대화 소리가 들려왔다. 아니, 대화라기보단 일방적인 고함이었다.

"안 됩니다, 전하! 절대 용납할 수 없습니다!"

막 문을 열고 들어서려던 미하일은 멈칫했다. 고함의 주인은 그도 익히 아는 이였다. 맥가일 원수. 평민으로 군사령관의 위치까지 오른 전설적인 위인. 항상 공손한 그가 황태자에게 소리를 질러? 무슨 일이기에?

"절대 안 됩니다! 군 통수권을 포기하겠다니요?!"

"난 이미 결정했다."

"그래서요?! 그래서 군 지휘권을 저와 미하일 전하에게 넘기고 심페폴로 홀로 들어가시겠다는 겁니까?"

"내가 없어도 자네와 미하일이 있으면 제국군을 움직이는 데 아무런 문제가 없지 않은가? 어차피 이기고 있는 전쟁이다. 지금 진행하고 있는 계획만 마무리되면 이 전쟁은 무조건 승리한다."

"그런 문제가 아니지 않습니까!"

맥가일이 이전과는 비교도 안 되는 고성을 질렀다.

"심페폴에 홀로 들어가면 아무리 공제라 불리시는 전하라도 죽습니다!"

이게 무슨 헛소리들이야? 방 밖에서 대화를 엿듣고 있던 미하일은 기가 막혔다.

"차라리 내가 죽는 게 낫지. 엘리제가 잘못되는 것보다는."

"전하!"

"지금 내 기분이 어떤지 아나, 원수?"

린덴이 비틀린 목소리를 내었다.

"살아도 살아 있는 것이 아니야. 심장이 멈춰 있는 것 같다고."

황태자에게 맥가일은 애원하듯 말했다.

"제발, 전하. 이 늙은이가 이렇게 두 손을 빌며 부탁합니다. 조금만 기다려 주십시오. 심페폴을 함락하면 황태자비께서는 자연스레 저희에게 돌아올 것입니다. 그때까지만 기다려 주십시오."

"심페폴 함락? 그게 언젠데? 우리의 계획이 성공한다 해도 최소한 달은 기다려야 하는데 그때까지 기다리라고? 지금도 내 심장은 찢어질 것 같은데?"

미하일은 밖에서 대화를 듣다가 고개를 절레절레 젓고는 벌컥 문을 열어버렸다. 저 바보 같은 대화를 더는 들어줄 수 없었다.

"……!"

"미하일 전하?"

갑작스레 나타난 그에게 둘은 놀란 표정을 지었다. 하지만 놀란 것은 미하일이 더했다. 황태자 린덴의 믿지 못할 옷차림을 본 탓이었다.

"아니, 형님? 그 옷은?"

어디서 많이 본 듯한 푸른 제복. 황태자이자 제국군의 총사령관인 린덴이 공화국군의 제복을 입고 있었던 것이다. 입을 쩍 벌리며 황당한 표정을 짓는 동생에게 린덴이 뭘 보냐는 듯 툭 말했다.

"뭐?"

"……그거 설마 변장이라고 한 건 아니겠지? 그거 입고 나 공화국군이요, 하고 심페폴에 잠입하려고?"

"네놈이랑 상관없는 일이니 신경 꺼라."

"하나도 안 어울린다고! 그리고 형님 얼굴이 얼마나 유명한데! 아무도 안 속을 거야!"

하지만 린덴은 듣는 척도 안 하고 자신이 할 말만 했다.

"어쨌든 잘 왔다. 명령할 게 있었는데."

"뭐? 무슨 명령?"

린덴은 자신의 허리춤에 차고 있던 검을 그에게 건네었다. 무슨 부엌 식칼 다루듯 대수롭지 않게 건네었지만 검에는 황실의 문양이 새겨져 있었다. 총사령관의 군 통수권을 상징하는 검이었던 것이다!

"이걸 왜?"

"이제 네 거다."

"뭐?"

"난 이제 심페폴에 갈 것이니 이제 네가 군을 이끌어야지."

"……!"

미하일은 입을 벌렸다. 이게 무슨?

"참고로 이건 총사령관으로서 내리는 군령이다. 반론은 허용하지 않아."

미하일은 검을 받지 않고 손을 절레절레 저었다.

"어이, 형님. 잠시 진정하라고. 맨날 얼음장 같더니 오늘따라 안 어울리게 왜 그래? 나도 많이 흥분하긴 했지만 형님이 이러면 내가 어떻게 해야 할지 모르겠잖아."

하지만 린덴은 짧게 말했다.

"받으라고. 군령이다."

"아아, 잠시만. 하아."

미하일은 이성을 잃은 형님에게 한숨을 내쉬고 맥가일 원수를 바라봤다. 맥가일 원수는 제발 좀 말려 달라고 간절한 눈빛을 보내고 있었다.

"하아, 형님. 그건 알지? 심페폴에 공화국군이 몇 명이 있는지?"

"……."

"10만이야, 10만."

"그래서?"

"뒷일을 생각해야지. 가서 잘못되면 어떻게 하려고 그래?"

하지만 린덴은 차갑게 말했다. 낮고 그득한 분노가 담긴 목소리다.

"10만이든 100만이든 뭐? 뒷일? 지금 그녀가 무슨 일을 당할지 모르는데, 그게 중요한가?"

"……!"

미하일은 곤란한 표정을 지었다. 형님이 이런 분이었나? 심장이 얼음으로 만들어진 분으로 알고 있었는데.

"어쨌든 받아라. 내가 심페폴에 가 있는 동안 네가 군을 이끌어야 하니."

"싫어."

"내 말 못 들었나? 군령이다."

"군령? 내 평생 이런 황당한 군령은 처음이네. 아니, 뭐 황당한 것을 떠나서."

미하일은 품속에 손을 집어넣더니 봉투 하나를 꺼내 린덴에게 집어 던졌다.

"나 이제 군령 안 따라도 되는데?"

"……!"

"사표 낼 거거든."

맥가일은 미하일이 던진 봉투를 보고 눈을 크게 떴다. 정말 봉투에는 '사표'라고 적혀 있었다. 이 황자들이 정말! 맥가일은 절망 어린 표정을 지었다.

"나 이제 제국군 아니야. 그러니 형님이 뭐라고 할 권한 없어."

"너 설마?"

"그래, 리제는 내가 구하러 갈 거야."

린덴이 낮게 말했다.

"안 돼. 용납하지 않겠다."

"용납은 무슨. 내가 그냥 간다는데."

"네가 가면 죽는다."

"그러는 형님은?"

"황위를 포기할 셈이냐?"

미하일은 깊은 한숨을 내쉬었다.

"그건 아니지. 어떻게든 살아 돌아올 거야. 죽으러 가는 게 아니라, 리제를 구하러 가는 거니까. 그리고 내가 죽으면 리제도 못 구하잖아?"

그러며 그는 어깨를 으쓱했다.

"뭐, 어떻게든 되지 않겠어? 리제를 들고 하늘로 솟아오르면 되겠지. 땅으로 꺼지거나. 그러면 살 수 있겠지."

"미쳤군."

"지금 만만치 않게 미친 형님이 하실 말씀은 아닌 것 같습니다만?"

미하일은 고개를 저었다.

"어쨌든 시간 아까우니 그만 이야기하자. 리제는 내가 구하러 가. 형님은 여기서 군대나 잘 지휘하라고."

"안 돼."

"아, 도대체 왜?"

"내 것을 네놈 따위에게 맡길 순 없으니까."

"……!"

생각지도 못 한 대답에 미하일이 황당하다는 표정을 지었다.

"그리고 무엇보다."

린덴이 말을 이었다.

"난 너와 달리 심페폴에 혼자 들어가도 죽지 않으니까."

"뭐? 그게 무슨?"

린덴이 가만히 미하일에게 물었다.

"미하일, 마지막으로 묻겠다. 정말 내 군령을 듣지 않을 것이냐?"

“당연하지.”

“그렇군. 알겠다.”

린덴은 고개를 끄덕이고 잠시 창밖을 바라봤다. 그 방향은 심페폴이 있는 남쪽이었다. 그런 형의 옆모습에 미하일은 일순간 말로 설명할 수 없는 불안감을 느꼈다.

‘뭐지?’

잠시 후 형이 다시 자신을 돌아보았을 때, 미하일은 그 불안감의 정체를 알 수 있었다. 린덴의 동공이 금빛으로 물들어 있었던 것이다. 초상 능력의 발현이었다!

“이런 제길!”

그가 어떤 초상 능력을 발현하려는지 깨달은 미하일은 화급히 몸을 피하려 했으나 이미 한발 늦었다. 아무리 검제라도 미리 대비하지 않은 상태에서 초상 능력을 막을 방법은 없었다.

미하일의 몸이 크게 흔들렸다. 그리고 천장이 빙글빙글 돌며 의식이 흐릿해졌다. 린덴의 고유 능력인 ‘의식 추방’이었다.

“이이……!”

미하일은 몸을 부들부들 떨며 저항했다. 광대한 기운이 전신에 몰아치며 초상 능력에 맞섰다. 하지만 린덴은 말했다.

“포기해. 이미 의식 추방에 걸린 이상 아무리 너라도 저항할 수는 없다.”

그의 눈이 다시 한 번 금빛으로 빛났다. 재차 의식 추방을 사용한 것이다.

“아……!”

미하일의 눈동자가 크게 흔들렸다.

'이런 사기적인……!'

그는 입술을 깨물었다. 언제나 생각하는 거지만 린덴의 초상 능력은 치명적 단점이 존재함에도 그 위력이 너무 사기적이었다. 미리 대비하면 버틸 수가 있지만 무방비 상태에서 일단 걸려들면 빠져나갈 방법이 없었다.

'그래도 버텨야……!'

마지막 발악으로 미하일의 눈이 금빛으로 빛났다. 그도 자신만의 고유 초상 능력을 발현하려는 것이다. 하지만 그 순간이었다.

"쉬어라."

린덴이 그의 뒤로 오더니 뒷목을 손날로 후려쳤다. 지난번 자신을 기절시킨 것을 복수라도 하려는 듯이 똑같은 동작이었다.

"커억!"

결국 미하일은 의식을 잃고 쓰러졌다. 의식 추방에 걸렸으니 최소 며칠은 정신을 차리지 못할 것이다.

"아아……."

맥가일 원수가 두 황자의 다툼에 좌절한 표정을 지었다. 도대체 이게 어떻게 되어가는 일이란 말인가! 그런데 그 순간이었다. 린덴의 코에서 피가 한 방울 흘러내렸다.

"전하!"

"괜찮다."

익숙한 듯 피를 닦아낸 그는 쓰러진 미하일을 턱 끝으로 가리켰다.

"영창에 집어넣어."

"영창…… 말입니까?"

"그래, 이왕이면 습한 곳으로."

참고로 습한 곳엔 벌레가 많이 나온다.

"죄목은…… 상관의 허락도 없이 사표를 내려 한 죄. 그리고 상관명령불복종죄 정도면 되겠군."

무언가 개인적인 사심이 가득 들어간 듯한 즉석 판결이었다. 심지어 별로 합리적이지도 않았다.

"정말, 정말 이렇게 가셔야겠습니까?"

맥가일이 울 것 같은 표정으로 린덴에게 매달렸다.

"그래."

"전하, 제발…… 가면 죽습니다."

린덴이 의아하단 목소리로 말했다.

"아까부터 원수도 그렇고, 미하일 이놈도 그렇고 자꾸 이상한 이야기를 하는데, 내가 왜 죽는단 말이지?"

"……!"

"모두 뭔가 잊고 있는 것 같군."

린덴은 미리 챙겨둔 짐을 등에 메었다. 무얼 집어넣었는지 산더미처럼 큰 배낭이었다.

"내가 왜 앙젤리에서 공제(空帝)란 이름을 얻었는지 말이야."

"……!"

"걱정해야 하는 건 내가 아니라 공화국, 그놈들이야."

맥가일의 눈이 커졌다. 린덴은 차갑게 말했다.

"특히, 만약 엘리제가 터럭 하나라도 상해 있다면 루이 니콜라스와 공화국 놈들은 내가 왜 허무(虛無)의 공제라 불렸는지 뼈저리게 깨닫게 될 것이다!"

하루가 지났다. 공화국의 군의가 모조리 달라붙어 치료한 덕분에 루이 니콜라스는 고비를 넘길 수 있었다. 하지만 완전히 회복된 것은 아니었다.

"내 오른손을 잘라야 할 수도 있다고?"

루이 니콜라스는 떨리는 목소리로 물었다.

수석 군의가 송구스러운 얼굴로 답했다.

"네, 각하. 죄송합니다."

"아니, 총알 한 발이잖아! 손이 터져 나간 것도 아니고! 손목 끝에 맞았는데 왜 손을 잘라! 제대로 치료한 거 맞아?!"

루이 니콜라스가 버럭 화를 내었다.

"총알이 하필 손목 동맥을 뚫고 지나갔습니다. 응급수술 끝에 지혈하는 데 성공하긴 했지만 동맥을 살리진 못했습니다."

"그래서!"

"원래 손목 동맥은 손에 혈액을 공급해 주는 혈관입니다. 반대쪽에 동맥 하나가 남아 있으나, 그래도 손끝으로 피가 원활히 가지 않을 수도 있어 괴사가 진행될 수도 있습니다."

공화국의 군의들은 출혈을 막기 위해 불가피하게 손목 동맥을 묶어버렸다. 현대 지구라면 동맥을 묶는 것이 아니라 미세한 실로 찢어진 동맥을 봉합했겠지만 이 시대에 그런 섬세한 수술이 가능한 외과의사는 오로지 엘리제밖에 없었다.

'등불을 든 여인에게 도움을 요청할까도 했지만.'

안타까운 얼굴을 한 군의는 속으로 중얼거렸다. 루이 니콜라스가 수술을 받는 도중에도 '엘리제, 엘리제! 절대 가만두지 않겠다!' 이러며 이를 가는데 어떻게 도움을 요청하겠는가?

"만약 경과를 지켜본 후 손에 괴사가 진행된다면 불가피하게 손목을 절단해야 할 듯합니다."

루이 니콜라스의 얼굴이 괴물처럼 일그러졌다. 얼굴에 난 상처도 모자라 손목을 절단해야 한다고?

"꺼져."

"……네?"

"꺼지라고 이 돌팔이들아! 네놈들이 제대로 치료를 안 해서 그런 거잖아!"

와장창!

그는 성한 팔로 주변의 것들을 닥치는 대로 집어 던졌다. 의사와 간호사들이 혼비백산해 도망쳤다.

"각하! 진정하십시오!"

부관인 파비앙 중령이 화급히 말렸으나 이미 루이 니콜라스는 이성을 잃은 상태였다.

"닥쳐! 술! 술을 가져와!"

"각하, 상처에 술은 좋지 않습니다. 얼굴의 상처도……."

하지만 그 순간이었다.

"닥치라고!"

쨍그랑!

유리잔이 파비앙의 얼굴을 살짝 스치며 벽면에 부닥쳐 박살 났다. 조금만 옆이었으면 파비앙의 얼굴은 유리잔에 맞아 피투성이가 되었을 것이다.

전갈은 시뻘겋게 충혈된 눈으로 으르렁거렸다.

"내가 이렇게 되었다고 파비앙, 너마저 무시하는 거냐? 응? 그런 거야?!"

파비앙은 결국 한숨을 내쉬고 옆의 병사에게 말했다.

"포도주를 가져와라. 가장 순한 것으로."

"네, 중령님!"

"기분을 상하게 해서 죄송합니다. 저는 먼저 군무로 나가보겠습니다. 몸에 안 좋으니 부디 과음은 하지 마시길."

그리고 공손히 경례한 후 병실을 나섰다. 문을 닫은 파비앙은 깊게 한숨을 내쉬었다.

'이 전쟁은 졌구나.'

이미 전황은 기울대로 기울어져 있었다. 그런데 총사령관인 전갈마저 저런 상태이니 희망이 보이지 않았다.

'어떻게든 아군의 피해를 줄일 방법을 생각해야겠군.'

그때, 병실 안에서 찢어지는 듯한 괴성이 들렸다.

"제길! 나를 이런 꼴로! 엘리제! 가만두지 않겠다!"

그 한심한 꼴에 파비앙은 다시 한숨을 내쉬었다.

총통 시몬 니콜라스의 독자인 루이 니콜라스는 어릴 때부터 큰 실패라곤 경험해 본 적이 없다. 오로지 성공과 천재라는 칭송. 또한 공화국의 지배자인 총통의 아들이란 배경 속에서 그는 삐뚤어진 괴물로 자라났고, 그 결과가 저것이다. 추하기 그지없다.

'하아, 오늘은 레이디 클로랜스가 머무는 관사에서 머물러야겠군.'

니콜라스의 부관인 그는 따로 집무실이 있어 엘리제가 있는 관사에 갈 필요가 없었지만 왠지 느낌이 안 좋았다. 설마 저런 몸 상태로 루이 니콜라스가 허튼짓을 하지는 않겠지만 술에 취하면 또 무슨 일을 저지를지 모르니까.

'답답하구나.'

늦은 밤 잠자리에 들기 전 파비앙은 엘리제를 찾아갔다.

"불편한 것은 없으십니까, 레이디?"

"덕분에요. 항상 감사합니다."

차분히 감사를 표하는 엘리제를 보며 파비앙은 내심 감탄했다.

'적진에 포로로 있는데 참 의연하구나. 저렇게 어린데.'

물론 안다. 겉으론 차분하지만 속으로는 불안에 떨고 있다는 것을. 여린 소녀의 몸으로 홀로 적진에 포로로 잡혀 있는데 어찌 두렵지 않겠는가? 하지만 속마음이 어떻든 소녀는 흔들리는 모습을 일절 보이지 않았다. 세계를 호령하는 브리티아 제국의 예비 퍼스트레이디다운 의연함과 기품이었다. 최근 추한 모습만 보이고 있는 자신의 상관과 참으로 비교되는 모습이 아닐 수 없었다.

이 소녀의 대단함이 어디 그것뿐이겠는가? 전쟁 초반 몽셀 왕국의 기습을 막을 작전을 제안한 것도, 제국군 야전병원의 사망률을 2%로 내린 것도, 코프스크 대회전을 승리로 이끈 것도, 전염병을 막은 것도 모두 이 소녀다. 사실 따지고 보면 공화국군이 이리도 빨리 패배의 구렁텅이에 빠진 것은 공제도 검제도 아닌, 모두 이 소녀 때문이다. 하지만 파비앙은 적의가 들지 않았다. 그저 감탄이 나올 뿐이다.

'이제 17살이라 했던가? 내 동생보다도 어리잖아.'

그런데 저렇게 작고 여린데 누구보다도 강해 보인다. 그 사실이 참으로 신기했다.

"무슨 할 말이 있으신가요, 중령님?"

자신을 빤히 바라보는 파비앙에게 엘리제는 의아한 표정을 지었다.

"아닙니다. 그냥……."

그런데 그 순간이었다! 밑에서 요란한 소리가 울렸다.

"가, 각하! 진정하십시오!"

"닥쳐! 비켜!"

"지, 진정을……!"

파비앙과 엘리제는 놀라 서로 바라봤다.

"이 소리는 뭐죠?"

그녀가 감금된 방은 관사 꼭대기 4층이다. 그런데 얼마나 소란을 피우고 있는지 1층에서 지르는 고함이 4층까지 선명히 들렸다.

'아아! 결국!'

파비앙의 얼굴이 딱딱하게 굳었다. 그는 단번에 상황을 판단했다. 루이 니콜라스가 엘리제를 만나러 이곳에 온 것이다. 그것도 술에 취해서!

'안 돼. 막아야 해.'

물론 포로에 대한 처우는 승자의 권한이었다. 최근 들어 인권이니 뭐니 이야기가 나오고 있지만 전쟁에서 포로를 죽이고 살리는 건 승자의 마음이었다. 하지만 그것도 정도가 있다.

'이런 고귀한 소녀를 단순히 분풀이를 위해 농락하려 하다니.'

이 소녀는 향후 제국의 퍼스트레이디가 될 신분이다. 아니, 그걸 떠나서 파비앙은 이 소녀가 루이 같은 이의 손에 농락당하는 것을 용납할 수가 없었다. 아름다운 소녀다. 단순한 외모를 말하는 것이 아니다. 용모가 아름다운 여인은 많다. 하지만 이 소녀에게서는 그런 겉만 아름다운 여인들에게서는 느낄 수 없는 광채가 있었다. 헌신적인 삶을 통해 세상을 밝히는 사람에게서 나는 그런 광채가 말이다. 즉, 추악하게 망가진 루이 따위와는 비교도 할 수 없는 존재였다.

"레이디 클로랜스."

"네?"

파비앙은 불안에 떨리는 엘리제의 눈을 바라봤다.

"절대 이 방에서 나오지 마십시오."

"……!"

파비앙은 방 밖으로 나와 문을 닫았다. 그는 상관에 대한 욕지기를 삼켰다. 젠장, 문이 안에서 잠기는 형태면 좋을 텐데 불행히도 포로를 감금하기 위한 것이라 밖에서 잠기는 형태다. 그는 입술을 깨물었다.

'내가 각하를 막을 수 있을까.'

그것이 불가능함을 알기에 고개를 저었다. 지금의 루이는 어떤 말도 듣지 않을 테니까. 하지만 그는 굳은 얼굴로 결심했다.

'막아야 해, 무조건.'

곧 얼굴이 빨갛게 달아오른 루이가 건물 4층으로 올라왔다. 복도 멀리서도 술 냄새가 확 풍겼다.

"파비앙? 네놈이 왜 여기에?"

루이가 인상을 찌푸렸다.

"레이디 클로랜스에게 볼일이 있어서 왔습니다."

"그래?"

루이가 휘적휘적 파비앙에게 다가왔다. 그런 그의 뒤를 따라 입구를 경호하던 병사들이 안절부절못하며 쫓아왔다. 루이는 비틀린 목소리로 말했다.

"비켜. 저 안의 레이디에게 나도 볼일이 있으니까 말이야."

파비앙의 얼굴이 굳어졌다.

"많이 취하셨습니다. 다음에 다시 오시는 것이 좋겠습니다."

"다음에 다시?"

루이가 입술을 비틀었다.

"내가 말했지, 비키라고. 아니면."

루이는 섬뜩한 눈빛으로 그를 보며 말했다.

"죽고 싶어?"

"……!"

파비앙은 주먹을 움켜쥐었다.

"레이디 클로랜스에게는 무슨 볼일이 있으신 것입니까?"

"무슨 볼일이냐고? 그게 너랑 무슨 상관이야?! 빨리 비켜!"

하지만 파비앙은 고개를 저었다.

"비킬 수 없습니다."

"뭐?"

루이는 헛웃음을 지었다. 파비앙은 딱딱한 어조로 말했다.

"레이디 클로랜스는 포로이나 제국의 퍼스트레이디가 될 여인입니다. 이런 밤에, 그것도 이렇게 술에 취해서 오는 것은 예의가 아니라 생각합니다. 다음에 다시 오시는 것이 좋겠습니다."

"하! 하하!"

루이는 허리를 굽혀 웃음을 터뜨렸다. 그리고 그 웃음이 가시기도 전에 파비앙의 뺨을 성한 왼손으로 갈겨 버렸다.

짜악!

머리가 울리는 충격에 파비앙은 휘청거렸다. 입술이 찢어졌는지 한줄기 피가 흘러내렸다.

"진정하십시오, 각하."

"닥쳐!"

짜악!

다시 따귀가 날아왔다.

"좋은 말로 할 때 비켜."

하지만 파비앙은 물러서지 않았다.

"죄송합니다. 아무리 각하의 명이라도 오늘만큼은 따를 수 없습니다."

"너……!"

루이는 화가 머리끝까지 올랐는지 뒤의 병사들에게 명했다.

"당장 이놈을 끌고 가 감옥에 가둬! 파비앙 네놈은 지금 이 순간부터 직위 해제다!"

"하, 하지만…… 각하."

"어서!"

그러나 병사들은 머뭇거리며 따르지 않았다. 아무리 총사령관이라도 말도 안 되는 명령을 내리고 있질 않은가. 게다가 지금의 루이는 존경받는 사막의 전갈이 아니라 연달은 패배로 추악하게 몰락한 폐인처럼 보였다. 그들은 눈치만 보며 움직이지 않았다. 결국, 루이는 병사들마저 자신의 말을 듣지 않자 화가 머리끝까지 치밀어 넘지 말아야 할 선을 넘어버렸다.

철컥.

권총을 꺼내 들어 파비앙의 머리에 겨눈 것이다!

"가, 각하!"

병사들이 안절부절못하며 소리쳤다. 루이가 낮게 으르렁거렸다.

"마지막으로 명령하지. 꺼져."

자신의 이마에 겨누어진 총구를 본 파비앙의 눈이 흔들렸다. 시뻘게진 루이의 눈은 진심이었다. 자신이 물러서지 않으면 진짜로 쏠 것이다.

'하, 내가 고작 이런 놈을 위해.'

파비앙은 속으로 탄식했다. 그는 죽음의 공포보단 허탈함을 느꼈다. 지금껏 그의 친우이자 수하로 살아온 자신의 인생은 무엇이었나 싶어 자괴감이 치밀어 올랐다.

"쏘십시오."

"뭐?"

"쏘라고요, 개자식님아."

생각지도 못 한 욕설에 루이의 눈이 멍해졌다. 지금 나한테 뭐라고?

"이이……! 너……! 파비앙!"

루이는 손을 부들부들 떨었다. 하지만 한번 막나간 파비앙은 멈추지 않았다.

"어디 한번 쏴봐! 내가 눈 하나 깜짝 하나, 이 개자식아!"

"너, 너……!"

루이의 눈이 독해졌다. 그래, 내가 이런 꼴이 되니 파비앙마저 나를 무시하는 것이다. 다 엘리제, 그 계집 때문이다.

"좋아. 소원대로 죽여주지."

"각하, 멈추십시오!"

병사들이 비명을 질렀다. 하지만 루이는 무시했다. 그리고 그가 방아쇠를 당기려는 순간이었다!

끼익!

"잠시만요!"

방문이 열리며 다급한 목소리가 그들 사이를 갈랐다. 결국, 엘리제가 못 참고 방에서 뛰어나온 것이다.

"레이디! 들어가 있으십시오!"

파비앙이 놀라 외쳤다. 작은 소녀의 눈동자에는 겁이 가득했다. 하지만 소녀는 입술을 깨물며 말했다.

"니콜라스 원수, 저한테 볼일이 있으신 것 아닌가요? 파비앙 중령님은 그만 놔주시고 저와 용무를 보시죠."

"레이디!"

파비앙이 다급히 그녀를 바라봤다. 그러나 소녀는 흔들리는 눈을 다잡으며 굳은 표정으로 니콜라스를 노려볼 뿐이었다.

"하하! 그래! 내가 볼일이 있는 것은 그대이지! 이 파비앙 놈이 아니라!"

루이가 광소를 터뜨렸다. 그는 권총의 쇠뭉치로 파비앙의 머리를 후려쳤다.

"커억!"

파비앙은 외마디 비명과 함께 뇌진탕으로 기절했다.

"중령님!"

엘리제는 화급히 몸을 숙여 그의 상태를 살폈다. 하지만 그의 상태를 제대로 살피기도 전에 거친 손이 그녀의 손목을 잡아 올렸다.

"으윽!"

"이런 놈 살필 정신이 있어? 응?"

루이가 욕망이 이글거리는 눈으로 그녀의 몸을 훑어봤다.

"이제 내 용무를 봐야지. 안 그래?"

엘리제는 침을 꿀꺽 삼켰다. 그녀는 그의 눈빛을 본 순간 이제 자신에게 일어날 비극을 짐작했다.

'아…… 안 돼!'

엘리제의 몸으로 다시 돌아온 후 이런 일이 일어날 거라 생각해 본 적은 한 번도 없다.

'차라리 죽는 게 나아!'

그녀는 눈동자를 돌려 창문을 바라봤다. 4층 창문. 어떤 수를 써서라도 이 손을 뿌리치면 저 창문으로 뛰어갈 수 있다. 뛰어내리면 반드시 죽을 것이다. 물론 그녀는 아직 죽고 싶지 않았다. 살아 가족의 얼굴을 보고 싶었다. 하지만 사막의 전갈에게 치욕을 당할 바엔 차라리 죽는 게 나았다.

'아아……!'

그리고 이 순간 어쩔 수 없이 떠오르는 한 얼굴이 있었다. 린덴 드로마노프. 그녀의 눈에서 눈물이 한 방울 흘러내렸다. 그 절체절명의 마지막 순간, 그녀는 자신의 마음에 솔직해졌다. 그가 보고 싶었다. 그를 어떻게 대해야 할지는 여전히 모르겠지만 그래도 그가 보고 싶었다. 마지막으로 그의 무뚝뚝한 목소리를 듣고 싶었다.

'주여, 제발!'

그 순간 기적이 일어났다.

"그 더러운 손 놔라."

지극히 차가운, 그러면서 억겁의 염화와도 같은 분노가 담긴 목소리가 들렸다. 이 자리에선 절대로 들을 수 없는 목소리에 엘리제의 눈이 커졌다.

'설마? 설마……!'

놀란 건 그 자리의 모두가 마찬가지였다.

"고, 공제?!"

천상의 조각 같으면서도 시리도록 차가운 남자가 불같은 분노로 명했다.

"그 더러운 손 놔. 잘라 버리기 전에."

그 목소리를 듣는 순간 엘리제는 왈칵 눈물을 흘렸다.

'아아…… 전하!'

린덴 드 로마노프. 그녀를 사랑하는 그가 왔다.

모두가 유령을 보듯 린덴을 바라봤다. 도저히 믿을 수 없다는 얼굴로 눈을 비비는 병사도 있었다.

"어떻게 공제가 이곳에?"

그러한 반응은 루이도 마찬가지였다. 얼마나 놀랐는지 엘리제를 붙잡고 있던 팔을 자신도 모르게 풀었다.

"어떻게 이곳에 들어온 거지?"

하지만 린덴은 그들에게 신경도 쓰지 않았다. 눈물을 흘리고 있는 엘리제만 바라봤다.

"이리로 와."

"……!"

낮지만 따뜻한 목소리. 엘리제는 다시 와락 쏟아지려는 눈물을 참으며 그에게 달려갔다. 모두 적의 총사령관 린덴이 출현했다는 사실에 놀라 그녀를 잡을 생각도 못 했다. 그러나 그것도 잠시, 병사들이 비명을 지르듯 경보를 울렸다.

"적이다! 적의 총사령관, 공제가 왔다!"

"비상! 관사의 4층이다!"

순식간에 주변이 시끄러워졌다. 사령부 옆의 관사는 병사들과 장교들이 숙소로 사용하는 곳이다. 따라서 머물고 있는 병사가 수도 없이 많았다. 아까야 그들의 상관이 추태를 부리는 상황인지라 다들 모른 척했지만 지금은 이야기가 달랐다. 적의 총사령관이 자국 사령부에 출현했으니 무슨 수를 써서라도 잡아야 한다.

"뭐? 적의 총사령관이?"

"농담 아니야? 무슨 말도 안 되는?"

병사들이 놀라 관사에서 쏟아져 나오기 시작했다. 얼핏 봐도 50이 넘어 보였다. 그뿐이 아니었다. 경보에 놀란 인근의 병사들도 관사 근처로 달려왔다. 곧 건물 주위로 푸른 제복의 공화국군이 수도 없이 몰려들기 시작했다. 사면초가(四面楚歌). 하늘로 솟아오르지 않는 한 절대로 빠져나갈 수 없는 절망적인 상황이었다. 하지만 린덴은 적을 쳐다보지도 않았다. 그저 자신에게 달려온 소중한 소녀만 바라봤다.

"저, 전하?"

엘리제는 눈을 깜빡이며 물었다. 그녀는 지금 이 상황이 현실인지, 꿈인지 분간이 되지 않았다. 그 순간 린덴이 와락 그녀를 끌어안았다.

"저, 전하?!"

그의 단단한 품이 그녀를 으스러지게 짓눌렀다. 그녀를 안은 그의 팔이 파르르 떨렸다.

"……괜찮았나?"

짧지만 낮은 떨림이 담긴 목소리. 그 음성에는 그간 그의 고통과 괴로움이 고스란히 담겨 있어 엘리제는 다시 한 번 가슴이 울컥했다.

그런데 그때였다.

타앙!

날카로운 총소리가 울렸다. 엘리제는 놀라 고개를 돌렸다. 루이 니콜라스였다. 그가 성한 팔로 권총을 겨누고 있었다!

"어떻게 온 건지는 모르겠지만 잘됐군, 공제. 스스로 무덤 자리를 찾아온 건가?"

린덴은 가만히 니콜라스를 응시했다. 여전히 양팔로 엘리제를 감싸 안은 채로. 그 벌레를 보는 듯한 시선에 루이 니콜라스는 발끈했다.

"상황 판단이 안 되는가 보군. 먼저 그 건방진 눈알부터……!"

그때, 린덴이 차가운 목소리로 말했다.

"상황 판단이 안 되는 건 너다, 전갈."

"뭐?"

"다치더니 머리도 나빠진 건가? 나와 이렇게 가까운 거리에 있으면서 어떻게 그렇게 여유가 있을 수 있는 거지? 신기하군."

"……!"

우연이었을까, 아니면 하늘이 삶을 이어준 걸까? 린덴의 말을 듣는 순간, 루이는 본능적인 공포를 느끼며 머리를 뒤로 휙 젖혔다. 동시에 린덴의 눈이 금빛으로 물들었고 공간이 갈라졌다.

서걱!

"크악!"

찢어지는 비명. 루이의 목이 있었던 부위의 공간이 통째로 베어진 것이다. 린덴의 무(無)속성 초상 능력인 공간 베기였다! 초상 능력이 발현하기 전 뒤로 목을 젖힌 탓에 다행히 목숨을 건질 수는 있었지만 온전히 피하지는 못 했다. 목에 기다랗게 난 상처에서 피가 철철 흘러나왔다. 루이는 벌벌 떨며 외쳤다.

"모두 쏴! 뭐 해! 빨리! 쏘라고!"

그때 린덴이 중얼거렸다. 정확히 루이 니콜라스의 목을 주시하며. 그는 엘리제가 험한 꼴을 보지 못하도록 더욱 강하게 그녀를 안았다.

"피했어?"

"……!"

그 말과 동시에 루이는 다시 한 번 죽음의 공포를 느꼈고, 이번엔 데굴데굴 바닥을 굴렀다. 순간 공간이 다시 한 번 뒤틀렸다.

서걱!

바닥을 데굴데굴 구른 탓에 정확한 공격을 피할 수는 있었지만 간신히 목숨을 건진 대가는 컸다. 그의 왼팔이 팔꿈치에서부터 공간 베기에 그대로 잘려 나간 것이다!

"크아악! 크악!"

린덴은 고통으로 비명을 내지르는 루이를 차갑게 바라봤다. 엘리제를 납치한 것도 모자라 그녀를 범하려 했다. 일말의 동정심도 필요 없는 놈이다. 지금 확실히 숨통을 끊어놔야 했다.

하지만 그때였다.

"공제를 잡아라!"

타앙! 타앙!

사격 준비를 마친 공화국군이 총을 발사하기 시작했다. 린덴의 눈이 다시 금빛으로 변하며 그와 그녀 주위의 공간이 희미하게 일그러졌다. 무속성의 공간 방어였다.

'아쉽군.'

그는 바닥에서 구르며 비명을 지르는 루이 니콜라스를 차갑게 바라봤다. 이렇게 총격을 받는 상황에서 자신 혼자면 모를까 엘리제가 있는 상태에서 저놈을 잡는 것은 무리였다. 그러다가 일순 방어가 약해져 그녀가 다치기라도 하면 큰일이니까.

"이제 가야겠군."

"어, 어떻게요?"

엘리제는 혼이 빠진 얼굴로 물었다. 지금 이게 어떻게 흘러가고 있는 상황인지 모르겠다.

"밖으로."

"네? 그게 무슨……?"

엘리제는 주변을 둘러보았다. 복도는 물론 계단에도 모두 공화국군이 있다. 그런데 어떻게? 하지만 그녀는 곧 답을 알 수 있었다. 그가 어떻게 아무도 모르게 이 건물 4층에 올라왔는지도.

린덴이 그녀의 무릎과 허리를 잡아 번쩍 안아 들었다.

"저, 전하?!"

"꽉 잡고 있어. 놀라지 말고."

"네?"

그가 자신을 안고 향하는 방향을 본 그녀의 눈이 화등잔만 해졌다.

"저, 전하? 저기는!"

"꽉 잡아."

창문이었다! 그는 한 치의 머뭇거림도 없이 4층 아래로 뛰어내렸다.

"꺄악!"

그녀는 자신도 모르게 비명을 질렀다.

'이, 이렇게 죽다니!'

물론 조금 전처럼 루이에게 범해질 바에는 죽는 게 낫긴 했지만 이건 너무 갑작스럽지 않은가? 그런데 그 순간이었다. 린덴이 그녀를 안은 그대로 발을 허공에 내디뎠다. 동시에 그의 눈이 다시 한 번 빛났다. 무속성 초상 능력, '공간 밟기'였다. 그의 발이 닿는 곳의 공간이 일그러지며 그는 마치 계단을 밟고 내려오듯 허공을 내려왔다.

"저, 저!"

관사에서 그 모습을 내려다보는 공화국군은 입을 쩌억 벌렸다. 이게 가능한 일인가? 너무 놀라 총을 쏘는 것도 잊어버렸다.

"이, 이런 사기적인……!"

한 장교가 그렇게 중얼거렸다. 그가 그렇게 놀라는 건 당연했다. 증기선과 기차가 다니고, 총과 대포의 시대에 저런 말도 안 되는 능력이라니.

"정신 차려! 정신 차리지 않으면 2년 전 염왕 지펠을 잡을 때 꼴 난다!"

누군가의 외침에 모두 침을 꿀꺽 삼켰다. 2년 전, 검은 대륙의 앙젤리에서 공화국군은 제국의 1황자 염왕 지펠과 싸웠었다. 결국 지펠은 전신이 포탄에 갈가리 찢겼지만 당시 공화국군이 입은 피해는 악몽과도 같았다. 더구나 공제는 염왕에 비해 몇 수는 강한 초상 능력자 아닌가?

"공제는 무속성 초상 능력자다! 강하지만 그만큼 한계가 명확하다! 그러니 정신 차리면 잡을 수 있어!"

한 장교가 외쳤고 모두가 그 독려에 정신을 차렸다. 그래, 초상 능력자라도 결국 인간이다. 게다가 이곳은 공화국의 본거지. 10만이 넘는 병력이 있으니 아무리 공제라도 살아서 이곳을 벗어나지는 못하리라.

"잡아!"

"보는 대로 쏴! 생포하지 않아도 된다!"

늦은 밤, 크림반도의 수도 심페폴이 환하게 빛났다. 갑작스럽게 나타난 적, 공제를 처단하기 위해서였다.

한편, 그때 린덴은 엘리제를 미리 준비해 둔 말 위에 태우고 있었다.

"말 탈 수 있겠나?"

10만에 달하는 병사가 자신을 잡기 위해 움직이고 있었지만 그에게선 별다른 초조감은 느껴지지 않았다. 그저 그녀의 얼굴만 바라보고 있었다.

"네, 전하……."

그 강렬한 시선에, 그 안에 담긴 갈망과 걱정에 엘리제는 얼굴이 살짝 붉어졌다.

'전하, 어째서 저를 위해 이렇게까지……?'

그런 질문이 목 끝까지 올라왔다. 그녀는 알고 있다. 지금 그는 자신을 위해 목숨을 건 것이다. 아무리 그가 강하다 해도 이곳에서 살아 나갈 수 있는 확률이 얼마나 될까? 그럼에도 그는 왔다. 죽을 수 있다는 것을 알고도. 바로 자신을 구하기 위해. 그것을 알기에 그녀의 가슴이 다시 한 번 울렁거렸다. 린덴이 그녀가 앉아 있는 말 위에 올라와 그녀의 등 뒤에 앉았다.

"……!"

갑자기 등 뒤에 와 닿는 그의 감촉에 그녀는 흠칫 놀랐다.

"같이 가야 한다."

말은 한 필이다. 그러니 같이 타고 달려야 한다. 설령 말이 두 필이어도 각자 따로 타면 날아드는 총탄에 그녀를 보호할 수가 없었다.

"……전하."

"물론 네가 나를 불편해하는 것은 안다."

예전에 엘리제가 했던 말 때문에 둘은 불편한 상태로 지냈었다. 그러다 오랜만에 만났는지라 린덴으로선 엘리제의 흔들리는 마음을 전혀 모르고 있었다.

"그래도 잠시만 참아라. 지금은 이곳을 벗어나는 것이 먼저니."

그는 몸을 숙여 말의 고삐를 한 손으로 잡고, 다른 한 손으로는 그녀를 감싸 안았다.

"……!"

"불편하겠지만 참도록."

사심 어린 손길이 아니었다. 혹시나 초상 능력을 뚫고 오는 총탄이 있더라도 온몸으로 그녀를 보호하려는 몸짓이었다. 실제로 작은 체구의 그녀는 그의 탄탄한 몸에 가려 보이지 않게 되었다. 그런 그의 의도를 알고 있음에도 엘리제의 가슴은 다시 미친 듯이 뛰었다. 자신의 배를 감싸 안은 그의 차가운 손이 너무 뜨거웠다.

'나 어떻게 해.'

엘리제는 빨개진 얼굴로 생각했다.

"역시 불편한가?"

"아, 아니요!"

엘리제는 그가 자신의 등 뒤에 있어서 다행이라 생각했다. 붉어진 얼굴을 보이지 않을 수 있었으니까. 하지만 이 심장의 떨림은? 혹시라도 새어 나가 그가 알아차리면 어떻게 하지?

그때 그가 말했다.

"출발한다. 겁먹지 말도록. 넌 내가 지킬 테니까."

"……!"

"간다."

그는 구둣발로 말의 옆구리를 찼다.

히이잉!

그리고 시작되었다.

그녀와 그, 그리고 그와 그녀의 이야기가.

"쏴!"

"발사!"

정면에 십여 명의 병사가 나타났다. 미리 기다리고 있었는지 그들은 진형을 형성하고 있었다. 아무리 공간 방어라도 잘 짜인 진형에서 나오는 화망(火網)을 형성한 집중포화를 맞으면 무사할 수 없다. 자신은 몰라도 그녀가 다칠 수도 있다. 그렇게 판단한 린덴은 다른 방법을 사용했다.

'눈 가리기!"

병사들의 눈앞의 공간이 아지랑이처럼 일그러졌다. 그리고 곧 울려 퍼지는 비명!

"아악! 눈이!"

"안 보여!"

눈에 들어오는 빛을 일시적으로 일그러뜨리는 능력이다. 이제 저들은 십여 분 정도 시력을 잃을 것이다. 긴 시간은 아니지만 그 정도면 린덴에겐 충분했다.

"잘 잡아."

"네, 전하!"

린덴은 눈을 부여잡고 있는 병사들 사이를 단숨에 돌파했다.

'이대로 계속 직진. 그러면 성벽에 도착한다.'

당연한 이야기지만 그는 심페폴 내부 구조를 자세히 파악하고 들어왔다. 죽으러 온 것이 아니라 그녀를 구하러 온 것이니까. 당연히 탈출로를 익혀두었다. 하지만 그 길에는 예상치 못한 복병이 기다리고 있었다.

"공제다!"

"잡아라!"

타앙! 타당! 콰앙!

수많은 소총병의 사격은 물론, 수류탄의 공격도 끊임없이 쏟아졌다. 그때마다 린덴은 초상 능력으로 방어하며 길을 돌파했지만 엘리제가 걱정되어 불안하고 초조했다.

'내가 다치는 것은 괜찮아. 하지만.'

그는 자신에게 안겨 있는 작은 몸을 바라봤다. 이 소녀가 작은 상처라도 입는 것은 용납할 수 없었다.

'한계가 오기 전에 빨리 탈출해야 해.'

린덴은 입술을 깨물었다. 그의 초상 능력에는 한 가지 단점이 있었다. 바로 그의 몸에 큰 무리를 준다는 것이다. 이는 그가 다른 황족들과 속성이 전혀 다른 초상 능력을 사용하기 때문에 일어나는 일이었다.

아직 과학적으로 정확히 규명된 것은 아니지만 초상 능력은 로마노프 일가에 유전적으로 내려오는 혈액의 어떤 성분이 자연의 에너지와 반응하여 일어나는 현상으로 여겨지고 있다. 화력, 수력, 풍력, 뇌력 같은 에너지와 말이다. 그래서 로마노프 일가의 사람들은 대체로 그러한 속성 에너지를 능력으로 사용한다. 현 황제인 민체스터는 벼락의 힘을, 1황자였던 지펠은 불의 힘을, 3황자 미하일도 오러와 검술과는 전혀 별개인 그 자신만의 속성 에너지를 능력으로 사용했다. 참고로 린덴의 의식 추방에 속수무책으로 당하긴 했지만 3황자의 초상 능력은 그의 검술 실력과 결합하면 재앙과도 같은 위력을 보여준다. 그런데 린덴의 초상 능력은 그 무엇도 아니었다. 바로 무속성이었다.

'처음엔 아예 초상 능력이 없는지 알았지.'

하지만 '그날'의 비극 이후 단 하나의 '염원'을 이루기 위해 각고의 노력을 거치며 깨달았다. 자신에게 무속성이라는 어마어마한 능력이 있다는 것을. 하지만 단점이 존재했다. 능력을 사용할 때마다 그의 몸에 반작용이 돌아왔다. 예전 엘리제를 만나러 가기 위해 사용하던 변검 능력 정도는 큰 무리가 없었지만 이런 전투 기술들은 반작용이 어마어마했다. 그럼에도 그는 왔다. 그녀를 위해.

'상관없어. 그런 반작용 따위 얼마든지 감수할 수 있어.'

그에게는 그녀를 무사히 구해야 한다는 일념뿐이었다. 그 뒤에는 얼마든지 괴로워도 상관없었다. 린덴이 머릿속 생각을 털어내고 정면 돌파하려 할 때였다. 등 뒤에서 낮은 목소리가 들렸다.

"멈추십시오, 전하."

"……!"

"본 장군을 등 뒤에 두고 가실 수 있다고 생각하는 것은 아니시겠지요?"

표정의 변화가 없던 린덴의 얼굴이 처음으로 굳었다. 귀에 익은 목소리였다. 린덴은 천천히 말을 멈추어 세웠다. 확실히 '그'를 등 뒤에 두고 빠져나가는 것은 불가능했다.

"오랜만입니다, 전하."

"그래, 오랜만이군."

하얀 수염과 지긋한 주름살, 형형한 눈빛의 노인이 눈에 들어왔다. 공화국의 최정예인 흉갑기병대의 사령관이자 공화국 최강의 오러 나이츠 위고 중장이었다!

"2년 전 그 일 이후로 뵙고 싶었습니다, 전하."

"……."

"드디어 이렇게 뵙게 되는군요."

위고 중장은 이마를 가로지르는 흉터를 만지며 말했다. 2년 전 앙젤리에서 린덴에게 당한 상처였다.

스릉.

위고 중장은 갈색 군마 위에서 기병 검을 꺼내 들었다. 엘리제가 불안한 시선으로 린덴을 봤다.

"전하……."

린덴도 자신의 품에 안겨 있는 소녀를 바라보며 짧게 말했다.

"걱정하지 마라."

그는 가만히 위고 중장을 바라봤다. 위고는 늙은 사자답게 멀찍이서 신중히 그를 바라보고 있었다. 어설프게 덤볐다가 무속성 초상 능력에 걸릴까 봐 대비하는 것이다. 린덴도 신중하긴 마찬가지였다. 7연발 리볼버를 꺼내 든 그는 찰칵, 장전했다.

'의식 추방을 쓸까?'

하지만 의식 추방은 상대가 미리 대비하고 있는 경우 효과가 떨어졌다. 특히 위고 중장 같은 강자가 정신을 굳건히 하고 있으면 효과가 없었다.

그들은 신대륙 서부 황야의 무법자들이 서로 노려보는 것처럼 잠시 침묵했다. 그러나 침묵은 오래가지 않았고 곧 싸움이 시작되었다.

타앙!

시작은 린덴의 권총이었다. 리볼버가 불을 뿜었다.

파앗!

위고 중장은 총알을 그대로 몸으로 받아냈다. 전신을 감싼 오러가 그걸 가능하게 했다.

"조심하십시오! 검에는 눈이 없으니!"

그는 그대로 린덴에게 돌진했다.

타앙! 타앙!

연달아 총을 쏜 린덴은 권총을 엘리제에게 건네주고 자신의 검을 꺼내 들었다.

까앙!

검과 검이 부닥치며 불꽃을 튀겼다.

자신의 코앞에서 멈춘 위고의 검을 보며 엘리제는 침을 꿀꺽 삼켰다. 곧 치열한 공방이 이어졌다. 얼핏 생각하면 린덴의 일방적 우세인 것 같았다. 그에겐 초상 능력이 있기 때문이다. 하지만 실제 상황은 녹록치 않았다. 위고는 공화국 최고의 검술가. 린덴의 초상 능력을 강렬한 의지로 피하고 버텨내며 프랑소엔 검식으로 매섭게 그를 몰아붙였다.

브리티아 제국 내에서도 위고에 맞먹는 검술을 지닌 자는 검제 미하일과 엘리제의 큰오빠 렌 남작, 그리고 로열가드의 수장 길버트 백작 정도밖에 없을 것이다. 더구나 린덴에게는 품 안에 안겨 있는 엘리제도 있지 않은가? 게다가 그는 가급적 강력한 초상 능력의 사용을 자제해야 했다. 심페폴을 탈출하려면 앞으로 얼마나 자주 초상 능력을 사용해야 할지 모르기 때문이다.

"하하! 전하, 순순히 포기하십시오. 그러면 포로로서 대접해 주겠습니다!"

늙은 위고는 의기양양해 외쳤다. 린덴의 금안이 날카롭게 빛났다.

'이대로는 안 되겠군. 조금 무리를 해서라도 끝을 내야겠어.'

저 멀리 적의 병사들이 달려오고 있었다. 저들마저 합류하면 그때는 더욱 빠져나가기 어려워진다. 그가 무리해 강력한 초상 능력을 이끌어 내려던 찰나, 팽팽한 접전이 끝나는 일이 일어났다. 위고와 린덴, 둘 모두 전혀 생각지도 못 한 일이었다.

타앙!

"어?"

위고는 자신의 어깨를 멍하니 바라봤다. 총알에 꿰뚫려 피가 흐르고 있었다. 시선을 앞으로 돌리니 공제의 품에 안긴 어린 소녀가 이를 악물고 리볼버로 자신을 겨누고 있었다. 그 순간, 리볼버가 다시 불을 뿜었다. 위고의 시야가 빛으로 번쩍였다.

타앙! 타앙! 타앙!

이번엔 간신히 오러로 막아낼 수 있었다. 하지만 이미 한 번 흔들린 이상 승부는 끝났다. 초상 능력의 올가미에 걸려든 것이다. 린덴의 '눈 가리기', '의식 추방'이 번갈아 들어갔고, 결국 위고는 외마디 비명과 함께 말에서 떨어졌다. 그는 한동안 병석에서 일어나지 못할 것이다.

위고를 쓰러뜨린 후 린덴은 놀란 눈으로 엘리제를 바라봤다. 이 작은 소녀가 총질이라니? 엘리제는 떨리는 손으로 총을 움켜쥐고 있었다.

"……어떻게 총을 쏠 생각을 한 거지?"

"쏘라고 주신 거 아니었나요?"

"아니, 그냥 가지고 있으라고 준 건데……."

"그, 그런가요. 죄, 죄송해요."

당황하는 그녀를 보며 린덴은 피식 웃었다.

'이런 모습도 사랑스러운 것을 보면 내가 미친 게 맞는 거겠지?'

어쨌든 그녀 덕에 큰 문제 없이 공화국 최강자인 위고를 막을 수 있었다. 저 멀리서 흉갑기병대가 달려오는 것을 보고 린덴은 서둘러 말을 달렸다.

"잡아! 저러다 빠져나가겠다!"

길을 달리면 달릴수록 쫓는 인원이 많아졌다. 위고와 싸우며 잠깐 낭비한 시간이 문제였다. 얼핏 뒤를 돌아보니 까마득한 수의 기병대가 그를 쫓고 있었다. 아무리 그라 해도 이제 멈추어 서면 끝이었다. 한 번에 성문을 주파해야 한다.

'이제 얼마 안 남았어.'

저 멀리 성문이 보였다. 그는 있는 힘을 다해 성벽으로 말을 달렸다. 그리고 드디어 성문에 도착한 순간 엘리제는 좌절했다.

성문이 굳건히 닫혀 있었던 것이다.

"어떻게……."

하긴 당연한 일이었다. 전쟁 중인 수도의 성문이 한밤중에 열려 있을 리가 없지 않은가?

"잡아라! 저 앞에 갇혔다!"

그녀는 입술을 깨물며 어떻게 해야 할지 고민했다. 등 뒤에서는 흉갑기병대가 떼를 지어 달려오고 있었다. 아무리 황태자라도 저들을 모두 상대할 수는 없다. 짧은 순간 고민해 봐도 그녀의 머리로는 방법을 찾을 수가 없었다. 하늘로 솟아오르지 않는 한 이 위기를 어떻게 넘어가겠는가?

그런데 그때, 린덴이 의외의 행동을 하였다. 말을 좀 더 앞으로 몰더니 성문에 다가간 것이다.

"전하?"

"쉬잇."

그는 나직한 목소리로 주의를 주었다. 그리고 성문에 손을 가져다 대더니 눈을 감았다.

마치 벽을 짚고 명상이라도 하는 듯한 고요한 표정. 그 순간, 믿을 수 없는 일이 일어났다. 그의 주위 공간이 시야가 어지러울 정도로 일그러지는 게 아닌가!

우웅. 우웅.

고요한 파동과 함께 철로 만든 성문이 기이한 진동음을 내며 떨리기 시작했다. 그 놀라운 광경에 엘리제의 눈이 커다래졌다.

쩌적. 쩌저적!

마치 흙으로 만든 얇은 벽이 지진에 금이 가듯 균열을 일으키더니 철로 만든 성문이 모래성처럼 와르르 무너져 내렸다!

"……!"

그 놀라운 광경에 엘리제는 넋이 나간 표정을 지었다. 이게 일어날 수 있는 일인가? 눈으로 보고도 믿어지지가 않았다. 그건 뒤따르던 흉갑기병대도 마찬가지였다. 그들은 쫓아야 한다는 것도 잊은 듯 말을 멈춰 세우고 멍하니 그 모습을 바라봤다.

"저, 저, 저……?"

이 믿을 수 없는 기적을 일으킨 린덴이 짧게 말했다.

"가자."

그런데 그를 올려다본 엘리제의 눈이 크게 흔들렸다.

"저, 전하……!"

"조용히."

그의 입가에서 피가 주륵 흐르고 있었던 것이다. 안색도 창백한 게 정상으로 보이지 않았다. 하지만 린덴은 흔들림 없는 얼굴로 말했다.

"간다."

린덴은 구둣발로 말 허리를 차 심페폴을 벗어났다. 공화국의 자랑 흉갑기병대는 경악에 휩싸여 감히 그를 쫓을 생각도 못 했다.

"커억!"

심페폴의 성벽이 보이지 않을 정도로 멀어지자 린덴은 왈칵 피를 토해냈다.

"전하!"

엘리제가 깜짝 놀라 그를 바라봤다. 새빨간 피였다. 출혈양도 많았다. 하지만 린덴은 옷으로 피를 닦더니 오히려 그녀를 보며 걱정했다.

"다친 데는 없느냐?"

"……!"

그녀의 눈동자가 크게 흔들렸다. 왜? 왜? 저렇게 안 좋은 상태에서도 자신을 먼저 걱정하는 걸까? 목숨이 위험한 곳에 왜 자신을 구하러 온 걸까? 이제 그녀도 안다. 모를 수가 없다. 저렇게 온몸으로 외치는데. 이제 외면하지 못한다.

"미안하다."

그는 떠듬떠듬 입을 열었다.

"내가 잘못 판단해서 널 위험하게 만들었어."

그는 사막의 전갈 루이의 기만술에 넘어가 그녀를 포로로 만든 것을 자책했다. 그 말에 그녀는 다시 가슴이 울컥했다. 이전 삶 자신에게 단두대를 내렸던 이 남자가 왜 이렇게 바보같이 바뀌었을까? 도대체 왜?! 서러움과 회한에 눈물이 나올 것 같아 그녀는 급히 그에게 말을 꺼냈다.

"빨리 몸 상태를 살펴봐야 해요."

린덴은 가만히 고개를 저었다.

"나는 괜찮다. 신경 쓰지 않아도 된다."

"안 됩니다. 피를 토하신 걸로 봐서 내부 장기가 상하셨을 수도 있어요."

"정말로 괜찮아. 초상 능력의 반작용이니 시간이 지나면 저절로 나을 거다."

그러나 의사로서 엘리제는 그 말을 받아들일 수 없었다. 피를 토했고, 저렇게 안색이 창백하다. 분명 몸 내부 어딘가가 상했을 가능성이 높은데 그냥 시간이 지나면 나을 거라고?

"전하, 빨리 제대로 치료를 받아야……."

그런데 린덴이 그녀의 말을 끊었다. 상황에 전혀 어울리지 않은 기쁜 표정으로.

"지금 나를 걱정해 주는 건가?"

"……!"

"그렇지? 걱정해 주는 게 맞는 거지?"

그는 약간의 씁쓸함과 기쁨이 섞인 목소리로 중얼거렸다.

"물론 너의 걱정은 의사로서 환자를 염려하는 마음이겠지만…… 그래도 기쁘군."

그의 목소리에는 이렇게라도 그녀의 관심과 염려를 받을 수 있어서 기쁘다는 마음이 들어 있었다. 그 순간 엘리제는 입술을 깨물었다. 의사로서 환자에 대한 걱정일까? 그녀는 그것이 아님을 이제 알고 있다. 이렇게 가슴이 찢어지듯 아픈 감정이 어찌 의사로서 환자를 향한 감정일까?

"어쨌든."

린덴이 고개를 저으며 말했다.

"이곳은 이런 대화를 나누기 적절하지 않군. 곧 공화국군이 몰려올 테니 말이야. 따라잡히기 전에 빨리 이동해야겠어."

"그러면 북쪽으로?"

제국군의 진영은 심페폴의 북쪽에 위치해 있다.

"북쪽은 안 돼. 심페폴 바로 북쪽엔 공화국군이 밀집해 있으니까."

물론 제국군 군영을 향한 최단 거리는 일직선으로 북쪽 방향이다. 린덴은 위험을 무릅쓰고 굳이 적의 최전방으로 뛰어들 생각이 없었다.

'나 혼자라면 강행 돌파를 시도해 볼 수도 있겠지만.'

아무리 적들이 밀집해 있어도 린덴 혼자라면 돌파를 시도해 볼 법했다. 하지만 지금 그에겐 그녀가 있다. 무리하게 돌파를 시도하다가는 그녀가 상할 수도 있다.

'그건 절대 안 돼.'

이미 그는 그녀가 없는 삶을 상상할 수 없게 되었다. 그녀가 상할 바엔 자신이 죽는 것이 낫다. 그러니 그는 차선책을 택했다.

"남서쪽으로 간다."

"남서쪽이요?"

엘리제는 의아한 표정을 지었다. 남서쪽이면 제국군 군영과 오히려 멀어지는데?

"심페폴 북쪽에 모든 공화국군이 밀집해 있기 때문에 남서쪽엔 적의 병력이 거의 없다. 그리고 무엇보다 남서쪽엔 우크라산맥의 지맥이 연결돼 있다."

엘리제는 그의 의중을 알아챘다.

"우크라산맥은 크림반도에서 가장 험난한 산맥. 우린 공화국군의 눈을 피해 우크라산맥을 타고 북쪽으로 이동한다."

그들은 남서쪽으로 방향을 틀어 우크라산맥으로 향했다. 린덴의 예상대로 공화국군은 거의 마주치지 않았다. 다만 이동 경로를 파악당하는 것은 피할 수가 없었는데, 어쩔 수가 없는 일이었다.

“공제가 북쪽이 아니라 남서쪽으로 향했다고?”

“네, 장군.”

“우크라산맥을 통해 북쪽으로 향할 속셈인가 보군.”

흉갑기병대의 사령관, 위고 중장은 인상을 찌푸렸다. 그는 지난밤 엘리제의 총에 맞은 어깨 부위를 붕대로 감싸고 있었다.

‘확실히 우크라산맥이면 우리 군의 눈을 피해 북쪽으로 달아날 수 있겠어.’

우크라산맥은 험지. 아무리 반도 중부 이남을 장악하고 있는 공화국군이라도 산맥에 속속들이 군을 배치하고 있진 않았다.

“그래도 놓칠 수는 없지.”

그는 강하게 중얼거렸다.

‘마지막 역전의 기회야.’

현재 공화국군의 상황은 최악이었다. 전방위로 제국군에게 밀리고 있었는데, 아이러니하게도 그 이유는 예비 황태자비인 엘리제 때문이었다.

엘리제는 단순한 예비 황태자비가 아니었다. 고귀한 몸으로 등불을 든 채 제국군과 함께하는 여인이었고, 그들 모두의 레이디였다. 그런 그녀를 잡아갔으니 제국군의 분노는 상상을 초월했다. 그들은 전장 어디에서도 몸을 아끼지 않고 공화국군을 향해 돌진했고, 병력의 질은 물론 기세까지 밀린 공화국군은 속수무책으로 패전하고 있었다.

‘이런 상황에서 니콜라스 각하마저.’

지난밤, 공제는 등불을 든 여인을 구해가며 니콜라스의 왼쪽 팔을 잘랐다. 그렇지 않아도 오른팔에 총상을 입어 몸 상태가 안 좋았던 니콜라스에겐 사형선고나 다름없는 중상이었다. 또다시 응급수술을 받아 간신히 목숨을 건지긴 했지만 그의 몸 상태는 최악이었다. 그리고 몸 상태보다 더 안 좋은 건 그의 정신 상태였다. 마치 실성한 사람처럼 '엘리제! 공제!' 하며 분노에 허우적거리고 있었던 것이다. 도저히 총사령관의 업무를 수행할 수 있는 상태가 아니었다. 그 때문에 급하게 임시로 흉갑기병대의 사령관인 그가 공화국군을 이끌고 있었다.

'지금 상태로 가다간 우리 군의 패전은 기정사실. 이제 단 하나 남은 기회는 공제를 잡는 것이다.'

그나마 희망적인 것은 바로 적 총사령관인 공제와 등불을 든 여인이 자신들의 세력권에 있다는 것이다.

'아무리 우크라산맥이 복잡해도 공제 혼자라면 모를까, 등불을 든 여인과 함께라면 움직임의 제한이 있을 터. 병력을 투입하면 충분히 잡을 수 있어.'

그렇게 판단한 위고 임시 사령관은 휘하 참모들에게 명령했다.

"가능한 병력을 모두 우크라산맥에 투입해라. 반드시 공제와 등불을 든 여인을 잡아야 한다."

그의 명대로 공화국의 병력이 일제히 우크라산맥으로 집결하기 시작했다. 린덴과 엘리제를 잡기 위해.

20장
동행

지긋지긋하게 긴 겨울 탓에 아직 우크라산맥은 흰 눈에 덮여 있었다. 산맥에 도착해 어느 정도 길을 걸은 린덴과 엘리제는 깊은 동굴을 찾아 잠시 휴식을 취하러 들어갔다. 공화국군이 포위망을 완성하기 전에 최대한 빨리 북쪽으로 넘어가야 했지만 휴식을 취하지 않을 수는 없었다. 그리고 지금 그들은 더는 길을 걸을 수 있는 상황이 아니었다. 정확히는 린덴의 상태 때문이었다.

"전하!"

"괜…… 찮다."

린덴은 걱정하지 말라는 듯 고개를 저었다. 하지만 안색이 시체처럼 창백했다. 엘리제가 화들짝 놀라 그의 몸을 만져 보니 마치 얼음장 같았다.

'저체온증!'

이 정도면 34도보다도 낮아 보였다. 굉장히 낮은 체온으로, 오히려 고열보다도 더 안 좋은 상태다. 저체온증은 열마저 나지 못할 정도로 안 좋은 상황에 나타나기 때문이다.

'이런 몸 상태로…….'

그녀는 입술을 깨물었다. 그는 힘든 티 하나 내지 않고 그녀를 이끌었다. 오로지 그녀를 지키겠다는 마음 하나만으로.

'전하…….'

엘리제의 마음이 울렁거렸다. 그와 재회한 이후 현기증이 날 듯 계속해서 마음이 어지러웠다.

'전하는 왜 이렇게 바뀐 것일까?'

"나는 괜찮다. 너는 괜찮은가? 눈 때문에 많이 추운데……."

창백한 얼굴로 힘겹게 숨을 쉬면서도 자신을 걱정스레 쳐다보는 그를 보니 엘리제는 다시 눈물이 나올 것 같았다. 바보 같다. 내가 뭐라고. 내가 뭐라고 목숨을 버릴 각오로 나를 구하러 왔고, 저렇게 안 좋은 상태에서도 본인의 몸은 돌보지 않고 나를 걱정하고 있을까.

'이러지 마세요, 전하.'

그녀는 급히 고개를 돌렸다. 그가 보지 못하도록.

'저 힘들어요.'

뚜욱.

결국, 눈물 한 방울이 흘러내렸다. 그의 마음을 감당하기 어려웠다. 마음이 너무나 흔들렸다. 찢어질 듯한 흔들림이었다.

"문제가 있으면 직시해."

큰오라버니 렌의 말이 떠올랐다. 그래, 오빠의 말이 옳다. 자신은 더 이상 그의 마음을 외면할 수 없다. 어떻게든 답을 내야 한다.

그때였다! 린덴이 고통스러운 얼굴로 기침을 토해냈다.

"쿨럭! 쿨럭!"

"전하!"

그 거친 기침에 그녀의 가슴이 덜컹 내려앉았다. 급히 그를 살피니 전신을 파르르 떨고 있었다.

"괜…… 찮다. 초상 능력의 반작용이야. 신경 쓰지 않아도 돼. 시간이 지나면 저절로……."

"말도 안 되는 소리 하지 마세요!"

그녀는 자신도 모르게 소리를 높였다. 린덴은 눈을 크게 떠 그녀를 바라봤다. 처음이다, 그녀가 그에게 목소리를 높인 것은. 하지만 엘리제는 자신이 그에게 목소리를 높였다는 사실을 깨닫지도 못 하고 있었다. 그저 끝없이 흔들리는 눈동자로 그를 바라보고 있을 뿐이었다.

엘리제는 주먹을 움켜쥐었다. 저렇게 몸이 안 좋은데 신경 쓰지 말라니. 그냥 두면 낫는다고? 말이 되는 소리인가!

"빨리 치료를 해야 돼요. 이대로는 어떻게 될지 몰라요."

계속 가슴이 요동쳐 엘리제는 숨을 크게 들이켰다.

'침착해, 엘리제. 마음을 가라앉혀. 너는 의사야. 전하를 돌볼 사람은 지금 나밖에 없어.'

그녀는 최대한 빠른 동작으로 그의 상태를 살폈다. 먼저 활력 징후를 확인했다.

'족배 동맥에서도 맥박이 확인돼. 정확한 혈압 수치는 모르지만 맥

의 강도를 보면 다행히 쇼크 상태는 아니야.'

문제는 맥박수와 체온, 그리고 내장 출혈이었다.

'맥박은 분당 140회, 체온도 34도 이하의 저체온증이야. 내장 출혈은 다행히 처음 이후로 재발은 하지 않고 있지만 왜 이렇게 맥박이 빠르고 체온이 낮은 거지? 특별히 감염증이 있는 것 같지는 않은데.'

린덴은 초상 능력의 반작용이라고 했다. 그녀는 저체온증의 기전을 머릿속으로 빠르게 떠올렸다.

'저체온증은 물에 빠지거나 하지 않는 한 보통 심각한 염증 프로세스의 결과로 나타나. 그러면 그의 초상 능력이 몸속의 사이토카인을 자극하는 걸까? 사이토카인 스톰처럼?'

정확히는 알 수 없다. 초상 능력은 아직 과학이 닿지 않는 미지의 영역이었다. 어쨌든 그녀는 이 순간 해야 할 조치를 결정했다.

'일단 염증 작용을 가라앉히고 몸을 최대한 따뜻하게 해야 해.'

염증 작용을 가라앉히는 방법은 항염증약을 복용하는 것이다. 다행히도 그들에게는 항염증약이 있었다. 린덴이 무겁게 들고 온 가방에 약이 들어 있었던 것이다.

"그런데 이 약은 어째서?"

"네가…… 혹시 아프면 먹이려고 챙겨왔다. 너는…… 몸이 자주 아프니까."

린덴의 짧은 답에 엘리제는 다시 가슴이 울렁거렸다. 진짜 바보 같은 남자다. 일단 그녀는 그에게 항염증약을 복용시켰다. 낮은 체온에 목이 마르는지 그는 간신히 약을 삼키며 말했다.

"고맙다."

그는 입꼬리를 힘겹게 들어 올렸다.

"그래도 나쁘진 않군. 그대가 이렇게 나를 걱정해 주는 게. 지금 이 상황이 꿈인가 여겨질 정도야."

"전하……."

"꿈이면 영원히 깨고 싶지 않은데……."

"그런 이야기는 몸이 다 낫고 하세요."

"그래, 걱정하지 마라. 금방 좋아져 그대를 지킬 테니."

그의 목소리가 차차 잦아들었다. 지금까지 지나치게 무리한 탓에 잠이 들고 있는 것이다.

"조금만…… 조금만 자고 일어나마."

그는 말이 끝나자마자 꾸벅꾸벅 졸기 시작했다. 엘리제는 입술을 다시 깨물었다.

'최대한 몸을 따뜻하게 해야 해.'

저체온증인데 엎친 데 덮친 격으로 동굴의 온도도 낮았다. 아무리 항염증약을 먹었다지만 이대로 잠이 들면 어떻게 될지 몰랐다. 어떻게든 체온을 높여야 했다. 그녀는 자신이 겉에 두르고 있는 외피를 벗어 그에게 덮어주었다. 그리고 그가 들고 온 짐에서 보온이 될 만한 모포를 찾았다. 이렇게 우크라산맥을 탈 걸 미리 계산한 것인지 그는 그녀를 위해 모포마저 가져온 것이다. 그녀는 그 모포도 그에게 둘러주었다.

'안 돼. 이걸로는 모자라.'

그녀는 고민했다. 어떻게 그를 더 따뜻하게 하지? 그 순간이었다. 그를 조금 더 따뜻하게 해줄 수 있는 한 가지 방법이 떠올랐다. 그녀는 그 방법을 두고 갈등했지만 고민은 길지 않았다.

'난 의사니까. 이건 치료야. 환자를 치료하는 것보다 중요한 것은

없어.'

그녀는 그렇게 애써 자위하며 두 팔로 그를 감싸 안았다. 그의 몸이 순간 흠칫 떨렸으나 곧 잠잠해졌다. 다행히 잠에서 깨지는 않은 것 같았다. 정말 다행이었다. 그가 깨서 자신의 얼굴을 보면 붉어진 얼굴을 고스란히 들켰을 테니까.

'전하…… 린덴…….'

엘리제는 자신도 모르게 그의 이름을 속으로 중얼거렸다. 그의 몸이 그녀의 온몸으로 느껴졌다. 그의 몸은 차가운데 그의 몸과 맞닿은 그녀의 얼굴과 몸은 발그레하게 달아올랐다. 참으로 야릇하게도 가슴이 쿵쿵 뛰고 있었다.

이전 삶이 떠올랐다. 파국으로 끝났지만 그녀는 그의 품에 있기를 원했고, 그가 자신의 품에 있기를 바랐다. 마치 지금처럼 말이다.

'전하…… 제발 좋아지세요. 주여, 도와주세요.'

그녀는 기도하는 마음으로 그를 더욱 끌어안았다. 이렇게 자고 일어나면 그가 다시 완전히 좋아져 평소의 무뚝뚝한 얼굴로 돌아왔으면 좋겠다.

그런데 그때였다. 그의 가슴에 닿은 그녀의 손에 뭔가 딱딱한 것이 만져졌다.

'이건 뭐지?'

옷에 가려 보이지 않았지만 십자가 목걸이 같았다. 끝 부분이 오돌토돌한 것이 진주 장식이라도 되어 있는 것 같았다.

'전하께서 왜 십자가 목걸이를?'

그녀는 의아한 생각이 들었다. 이제까지 그가 십자가 목걸이를 하는 것은 본 적이 없다. 그는 신을 믿기는 했지만 좋아하진 않았으니까. 마음속 깊이 한 가지 강렬한 염원을 가지고 있는 그는 용서를 강조하는 십자가의 기치를 싫어했다. 그때 그녀의 머릿속을 스치는 생각이 있었다.

'설마……?'

엘리제의 손끝이 떨렸다. 진주로 장식된 십자가 목걸이. 그녀의 어머니 테레사의 유품이 바로 저것과 같은 것이었다. 그녀는 이 전쟁에 참여하기 전, 한 남자에게 그 유품을 징표로 준 적이 있다. 바로 '론'에게.

'아니, 아닐 거야. 그냥 비슷한 종류일 거야. 진주 십자가 목걸이가 어머니 것만 있는 것도 아니고.'

하지만 지금까지 이상했던 점들이 무수히 떠올랐다. 외모는 달랐지만 말투와 행동, 게다가 느낌까지 론과 린덴은 너무도 닮은 점이 많았다. 그녀는 떨리는 손으로 조심히 그의 품 안에 손을 집어넣었다. 그리고 천천히 그의 목걸이를 꺼내 들었다.

"……!"

주여, 당신의 가호가 임하소서.

그 문구를 읽고 그녀는 두 손으로 입을 가렸다. 자신이 론에게 준 바로 그 목걸이였다!

'이, 이게 어떻게 된 거지? 왜 론 님에게 준 목걸이를 전하가?'

많은 생각이 그녀의 머릿속에서 점멸했다. 하지만 당연히 답은 하나였다. 론이 린덴이었던 것이다!

'어째서? 어째서 전하가 론 님으로 나에게 접근했던 거지?'

그녀는 혼란에 빠졌다. 론과 만났던 날들이 새록새록 떠올랐다.

돌이켜 생각해 보면 전하는 늘 나와 함께했다. 왜 그랬을까? 왜 전하는 그런 바보 같은 일을 했을까? 엘리제는 그 이유를 짐작할 수 있었다. 그때부터 나를 마음에 두고 있었던 것이다. 그런데 왜 굳이 '론'이란 인물로 나를 속였던 것일까? 잠시 후 그녀의 머릿속에 한 가지 추측이 떠올랐다.

'설마 내가 전하를 싫어해서?'

그렇게밖에 생각할 수 없었다. 그 이유가 아니라면 황태자가 굳이 자신의 정체를 숨기고 다가올 필요가 전혀 없었다.

'전하…….'

엘리제의 마음이 찌잉 울렸다. 그녀는 과거를 되풀이하고 싶지 않아서 계속해서 그를 거부했다. 그럼에도 불구하고 그는 그녀와 함께하고 싶어 '론'이란 인물로 정체를 숨기고 다가온 것이다. 그것도 수개월이 넘는 시간 동안.

'전하…… 왜 그러셨어요.'

그런 생각들을 하니 가슴이 울컥했다. 론도에서 '론'과 보냈던 시간이 떠올랐다. 그와 함께하는 시간은 위트 넘치는 재미는 없었지만 행복한 순간순간이었다. 솔직히 말하면 그녀도 그와의 만남을 기다렸다. 병원에서 일하다가도 오늘은 그가 오지 않을까, 언제쯤 다시 만날 수 있을까 생각할 때가 한두 번이 아니었다.

'전하…… 언제부터 제 옆에 있었던 것인가요. 언제부터 저를 바라보고 있었던 것인가요.'

마음 한편에선 그런 의문도 떠올랐다.

'저는 언제부터 전하께 마음이 흔들렸던 것일까요?'

엘리제는 한숨을 내쉬며 다시 그의 품 안에 '징표'를 넣었다.

'전하, 론 님으로 저 속인 거 모른 체할 테니, 그때 약속했던 것처럼 나중에 이 '징표' 저에게 돌려주세요. 지금 아픈 것 다 낫고, 무사히 론도로 돌아가서요.'

"주여, 당신의 가호가 임하소서."

그녀는 징표에 써진 문구를 조용히 암송했다. 그 축복이 그에게 임하기를 간절히 기도했다.

그 시각, 제국군의 사령부 프라바.

한 무리의 젊은 장교들이 총사령관실에 몰려들어 강하게 소리를 지르고 있었다.

"각하! 출정을 허락해 주십시오!"

"이대로는 참을 수 없습니다!"

나이 지긋한 노장군은 고개를 저었다.

"조금만 참게. 조금만 기다리면 우리 군의 승리야."

하지만 젊은 장교들은 오히려 언성을 높였다. 모르는 사람이 들으면 하극상이라 처벌받을 만큼 거센 항의였다.

"승리는 중요하지 않습니다! 지금 우리의 등불을 든 여인이 적의 손아귀 안에 있단 말입니다!"

"아니, 지금 예비 황태자비께서는 심페폴에서 탈출해 우크라산맥에……."

"그러니까 지금 당장 달려가 구해야 합니다!"

노장군 임시 총사령관 맥가일 원수는 한숨을 내쉬었다. 도대체 이게 몇 번째인지 모르겠다. 일반 병사, 초급 장교, 중급 장교, 고급 장교, 심지어 장군들까지 당장 심페폴과 우크라산맥으로 달려가자고 얼마나 그를 들볶던지. 심지어 지금 자신에게 항의하고 있는 젊은이들은 귀족파의 자제들이었다. 바로 클로랜스 가문과 대치점에 있는.

"등불을 든 여인은 정치적 이해관계와 상관없는 저희 모두의 레이디입니다!"

그들은 그렇게 말하며 지금 당장 등불을 든 여인을 구하러 가야 한다고 외쳤다.

"이 사람들아, 다 이긴 전쟁이야. 그렇게 막무가내로 움직였다가 어떤 피해를 입을지 몰라. 그리고 개인을 구하기 위해 군을 움직일 수는 없어."

고래로 한 개인을 위해 군 전체를 움직인 사례는 없다. 심지어 동방의 청에서는 하늘의 아들이라 부르며 떠받드는 천자(天子), 황제가 북쪽 오랑캐에게 사로잡히는 일이 있었는데, 그때 청나라 사람들의 선택은 천자를 구하는 것이 아니라 아예 그를 폐위시키고 새로운 황제를 뽑는 것이었다.

하늘의 아들이라는 천자도 이럴진대, 아무리 예비 황태자비라도 일개 여인을 위해 군을 움직일 수는 없다. 더구나 다 이기고 있는 전쟁 아닌가? 지금의 압도적인 전황과 더불어 황태자 린덴이 뒤에서 꾸민 전략이 곧 시행되면 승전이 굳혀질 것이다.

'하지만…….'

맥가일은 씁쓸히 생각했다.

'나 역시 이들과 마찬가지도 당장 뛰쳐나가고 싶으니 문제지.'

숱한 전쟁을 경험한 그는 절대 군을 함부로 움직이면 안 된다는 것을 너무도 잘 알고 있다. 하지만 임시 총사령관인 자신마저 우크라 산맥으로 총진격을 외치고 싶은데 다른 이들의 마음은 어떻겠는가?

'황태자 전하의 지시가 아니었다면 당장 움직였을 텐데.'

린덴은 엘리제를 구하러 떠나기 전 단호히 명령했다. 그녀는 자신이 구할 테니 맥가일은 절대로 군을 움직이지 말라고.

이제 한 달, 아니, 빠르면 보름이면 린덴의 전략이 완성된다. 황태자는 그걸 망치지 않기 위해 단호히 명령한 것이다.

'하아, 힘들군.'

또 한차례 소동 끝에 젊은 장교들이 물러가고 맥가일 원수는 한숨을 내쉬었다. 린덴의 빈자리를 채우랴, 저런 호소들을 들으랴 정신이 없었다.

그때 총사령관저의 문이 벌컥 열리더니 한 병사가 급박히 뛰어 들어왔다.

"각하, 큰일 났습니다!"

맥가일 원수의 얼굴이 굳어졌다.

'큰일? 무슨?!'

병사가 다급한 얼굴로 외쳤다.

"3황자 전하께서! 영창에서 탈옥하셨습니다!"

깜짝 놀란 맥가일은 자리에서 벌떡 일어났다.

"그게 무슨 말이냐?! 분명 이중, 삼중으로 잘 감시하라고 했을 텐데?"

황태자인 린덴이 적 진영에 홀로 들어가 어떻게 될지 모르는 이 상황에서 3황자는 제국군의 정신적 구심점이 되어야 한다. 린덴이 그를 영창에 가두라고 명령한 것은 단순히 악감정 때문이 아니라 그런 이유에서였다. 어디로 튈지 모르는 3황자의 성격상 가만히 두었다가는 무슨 일을 벌일지 모르니까.

"철저히 감시하고 있었는데……."

"있었는데?"

"초상 능력으로 철창을 모두 잘라버리고 하늘을 솟아올라 사라졌습니다. 이 종이를 던지시면서요."

병사는 엉거주춤 종이 한 장을 내밀었다. 종이에 써진 글씨를 읽은 맥가일의 얼굴이 흙빛으로 변했다.

〈사표〉

검기사단 단장직.

–중장 미하일 드 로마노프.

아아! 도대체 이놈의 황자들은! 맥가일은 절망스러운 얼굴로 물었다.

"어느 방향으로 가셨느냐? 그건 파악했겠지?"

"남서쪽, 우크라산맥을 향해 가신다 하셨습니다."

병사는 주저주저하다가 조심히 말했다.

"바보 형과 예쁜 레이디를 구해 오겠다고, 혼자 갈 테니 따라오지 말라고……."

그 말을 들은 맥가일은 하얀 머리카락을 쥐어뜯었다. 울고 싶었다.

엘리제의 기도 때문일까, 아니면 약이 잘 들은 것일까. 다음 날 정신을 차린 린덴의 몸은 한결 좋아진 상태였다.

"몸 상태는 어떠십니까, 전하?"

"많이 괜찮아진 것 같다."

린덴은 신기한 눈으로 자신의 몸을 살폈다. 원래 초상 능력의 반작용이 오면 며칠은 고생하는데 이번엔 하루 만에 말끔히 좋아졌다. 체온도 완전히 정상으로 돌아왔다.

'그녀 덕인가?'

린덴은 왠지 겸연쩍은 표정을 짓고 있는 엘리제를 바라봤다.

"다 좋아진 것 같아. 네 덕분인 것 같다. 내가 자는 사이 무슨 처치를 한 거지?"

그 말에 엘리제의 얼굴이 살짝 붉어졌다.

"트, 특별히 한 것은 없습니다."

"그래?"

"네, 네……!"

왜 저렇게 당황하지? 린덴은 고개를 갸웃했다. 그는 워낙 깊은 잠에 빠져 있어서 그녀가 밤새 자신을 끌어안고 있었단 것을 알지 못했다.

"어, 어쨌든 다행히 좋아진 것 같지만 이상 증상이 있으면 바로 말씀해 주십시오. 워낙 염증 반응이 심했던 것 같아 뒤늦게 이상 증상이 생길 수 있습니다."

그 말에 린덴은 살짝 미소를 지었다. 의사로서 으레 하는 이야기겠지만 그녀가 자신을 걱정해 주는 것 같아 괜히 기분이 좋았다.
“좋군.”
“네?”
“엘리제, 너에게 걱정의 말을 들으니 말이야. 몇 번이고 아파도 좋겠어.”
그래서 너의 걱정을 조금 더 들을 수 있다면 몇 번이고 아프고 괴로워도 좋을 텐데. 린덴은 그런 마음으로 말했다. 그 말뜻을 알아들은 엘리제의 얼굴이 더욱 붉어졌다.
“그, 그러지 마십시오.”
“뭐가?”
“그, 그러니까…….”
엘리제는 말을 더듬었다. 뭔가 할 말이 많은 것 같은데 머릿속에서 하나도 정리가 안 됐다.
“……?”
황태자가 의아한 표정을 짓자 엘리제는 필사적으로 마음을 진정시켰다. 일단 이 당황에서 벗어나 할 말은 해야 한다. 그녀는 숨을 내쉬며 단호하게 말했다.
“다시는 그러시면 안 됩니다.”
“무얼 말하는 거지?”
“저 구하러 온 것 말입니다.”
엘리제는 일부러 냉정한 목소리로 말했다.
“전하는 이 제국의 황제가 되셔야 하는 존귀한 몸이십니다. 고작 저 같은 일개 여인을 위해 이런 위험을 자초하시다니요. 절대 해서는 안 될 일을 하셨습니다. 잊으시면 안 됩니다. 황제가 될 전하의 몸은 이 제국 그 무엇보다도 소중하다는 것을. 앞으로는 절대 이런 일을 반복하지 마십시오."

물론 안다. 황태자가 어떤 마음으로 자신을 구하러 왔는지. 그는 자신의 모든 것을 버리고, 심지어 목숨까지 버릴 각오로 자신을 향해 달려왔다. 하지만 그래서는 안 된다. 다른 이는 몰라도 황태자인 그만큼은 그래서는 안 된다.

그런데 그때, 린덴이 말했다. 그녀의 말에 심기가 상한 듯 비틀린 목소리였다.

"웃기지 마."

린덴이 입꼬리를 비틀어 올렸다.

"물론 황제 자리가 중요하지 않은 것은 아니지. 하지만!"

황태자는 숨을 들이쉬었다. 그래, 황제가 되는 것은 중요하다. '그날' 이후 그가 살아가는 이유가 된 하나의 염원, 그것을 이루기 위해서 반드시 필요한 자리니까.

"너보다 중요하진 않아."

"……!"

그녀의 눈동자가 흔들렸다.

"나에겐 황제도, 이 브리티아 제국도, 나의 이 생명도! 너보다 중요하지 않다고!"

으르렁거리듯 내뱉는 그의 말에 그녀의 심장이 다시 파르르 진동했다.

'아아…… 전하.'

엘리제는 고개를 돌려 시선을 피했다. 도저히 그를 마주 바라볼 수가 없었다. 저 타오르는 시선을, 저 갈망을 감히 마주할 수가 없다.

그런데 그 순간이었다! 그의 차가운 손이 그녀의 턱을 잡고 거칠게 자신을 바라보도록 하였다.

"나를 봐, 엘리제."

"……!"

"나를 보라고."

엘리제의 눈망울이 크게 흔들렸다. 항상 차갑기만 한 그의 금안은 활화산처럼 타오르고 있었다.

"네가 나를 좋아하지 않는 것은 알아. 하지만."

그는 한 자 한 자 또박또박 말했다.

"난 너를 놓지 않을 거야. 무슨 일이 있어도 너를 내 것으로 만들 테니."

린덴은 마음의 빗장을 모두 열었다. 이미 넌 내 심장이 되었으니까 밀어내려 해도 소용없어.

"그러니 도망갈 생각하지 마."

그 말을 듣는 순간, 엘리제의 마음이 내려앉았다. 가슴이 떨려 도저히 버틸 수가 없었다.

동굴을 나와 린덴과 엘리제는 북쪽으로 방향을 잡고 이동했다. 그녀를 구하러 오기 전에 린덴은 많은 준비를 하였다. 애초에 우크라 산맥을 탈 생각을 하고 휴대용 비상식량과 보온이 되는 옷, 그리고 자세한 지도와 나침반 등을 챙겨온 것이다. 그래서인지 다행히 며칠간은 공화국군을 피할 수 있었다. 어쩌면 이대로 계속 가면 아무런 문제 없이 제국군 진영에 도착할 수 있을지도 몰랐다.

"엘리제."

린덴은 앞서 걷고 있는 엘리제를 불렀다. 하지만 멍하니 생각에 잠겨 있던 그녀는 대답이 없었다.

"엘리제?"

"네, 네? 전하?"

그녀가 빨개진 얼굴로 답하자 린덴은 눈살을 찌푸렸다.

"무슨 생각을 하지? 계속 말도 없이."

"아, 아닙니다."

엘리제는 급히 고개를 저었다.

"뭐가 불편한가?"

"아, 아니요."

그녀는 화들짝 말하며 속으로 생각했다.

'저, 전하 때문이잖아요.'

자신의 턱을 잡고 바라보던 그의 타오르던 눈동자가 떠올랐다. 계속해서 심장이 뛰었다. 마치 심장이 고장 나 부정맥이라도 온 것처럼 도저히 그를 마주 볼 수가 없어 계속 시선을 피하고 있었다.

"엘리제."

"……."

"엘리제!"

계속되는 외면에 그는 결국 그녀의 손을 덥석 잡았다.

"……!"

손목에 느껴지는 뜨거운 감각에 엘리제는 철렁 놀랐다. 그저 손을 잡은 건데 왜 이렇게 심장이 떨리는 것이지?

"도대체 뭐 하는 거지? 나한테 불만 있나?"

다시 타오르는 듯한 금색 눈동자를 대하자 엘리제는 고개를 돌려 그의 시선을 피했다.

"어, 없어요. 불만."

"거짓말하지 마."

그는 그녀가 자신의 눈을 피하자 마음에 안 든다는 표정을 지었다. 계속 시선을 피하는 그녀의 얼굴을 잡아 자신을 보게 했다.

"내가 말했지?"

"……!"

"도망쳐도 소용없으니 날 보라고. 외면할 생각하지 말라고."

두근두근.

엘리제의 귀에 심장의 고동이 들렸다. 너무 떨렸다. 그의 타오르는 눈동자를 보는 것이, 그의 뜨거운 손에 닿은 감촉을 느끼는 것이, 그의 감정을 마주하는 것이. 그녀는 자신도 모르게 움츠러져 뒷걸음질 쳤다.

타악.

하필 뒤에 있던 나무에 그녀의 몸이 막혔다.

푸스스.

가지 위에 걸려 있던 눈이 그들에게 떨어졌고, 린덴은 인상을 찌푸렸다. 둘은 그렇게 잠시 서로를 말없이 바라봤다.

두근두근.

그의 시선을 정면으로 받으며 엘리제의 가슴이 끝없이 뛰었다. 이러다 심장이 터질 것 같아 고개를 돌리려 했으나 그는 놔주지 않았다. 그렇게 그녀는 맹수에게 잡힌 초식동물이 되었다. 도망치려 했으나 맹수는 놔주지 않았다.

'아아…… 전하.'

그런데 묘한 일이었다. 이 강압적인 상황이 싫지가 않았다. 오히려 느껴지는 감정은 강렬한 속박에 따른 떨림이었다.

'싫지 않아. 오히려 그가 나를 더 몰아붙여 주었으면 좋겠어.'

자신도 모르게 그런 생각을 한 그녀는 입술을 깨물었다. 아니다. 이건 아니다.

"놔, 놔줘요."

그러나 그는 입술을 비틀었다.

"싫어."

"제, 제발…… 부탁이에요."

그녀는 빌듯 말했다. 이렇게 더 그에게 잡혀 있으면 자신이 어떻게 될지 모르겠다. 완전히 무너져 내릴 것 같았다.

그런데 그 순간 갑작스레 그의 얼굴이 굳었다.

"전…… 하?"

의아한 목소리로 묻자 그가 한 손을 들어 그녀의 이마를 만졌다.

"……!"

"언제부터 이런 것이지?"

"네?"

그녀는 무슨 말인지 몰라 반문했다.

"언제부터 이렇게 열이 났느냐 말이다."

"아……."

그 말에 그녀는 자신의 체온을 체크했다. 뜨거웠다. 정확한 온도는 모르지만 최소 38.5도는 넘을 것 같았다. 그녀는 급히 그의 손에서 벗어나며 말했다.

"괜찮습니다. 신경 안 쓰셔도 됩니다."

린덴은 인상을 찌푸렸다.

'어쩌다 고열이…….'

아마 강행군과 눈 덮인 우크라산맥의 추운 날씨 탓에 감기가 온 것 같았다. 린덴은 여린 그녀를 배려하지 못한 자신을 탓했다.

"안 되겠군. 쉬어야겠다."

"괜찮습니다!"

엘리제는 서둘러 답했다. 그러며 그녀는 정말 괜찮다는 듯 짐짓 씩씩하게 발걸음을 옮겼다.

"그냥 감기입니다. 정말 신경 안 쓰셔도 됩니다. 더 갈 수 있습니다."

하지만 린덴은 눈썹을 찌푸렸다. 발끝이 희미하게 떨리는 게 보였다.

'마음에 안 들어, 정말.'

힘들면 그냥 힘들다고 하면 안 되는가? 저 작고 여린 소녀는 왜 이렇게 항상 강한 척을 하는지 모르겠다.

'정말 마음에 안 들어.'

고작 감기지만 그녀의 몸에서 열이 나니 자신의 가슴이 찢어지는 것 같았다. 왜 저렇게 몸은 약해 가지고. 린덴은 앞장서 가는 그녀의 손을 덥석 잡았다. 갑자기 닿은 그의 감촉에 엘리제는 놀란 표정을 지었다.

"전하?"

"따라와."

"네?"

"쉬어야겠다. 명령이니 따라와."

그가 그녀를 데려간 곳은 오던 길에 발견한 한 동굴이었다. 그들에겐 천만다행으로 우크라산맥엔 몸을 녹일 만한 작은 동굴이 많이 있었다.

"오늘은 여기서 쉬었다 간다."

"하, 하지만…… 괜찮습니다."

"어차피 시간이 늦었어."

린덴은 밖을 바라봤다. 이미 해가 지고 있었다. 괜히 밤사이 강행군을 하다 다치거나 그녀의 몸이 악화하면 그게 더 큰일이다.

"어차피 근처에 공화국군도 없으니 걱정하지 마. 내일은 다시 강행군을 해야 하니 오늘은 푹 쉬어."

"네……."

어쩔 수 없이 엘리제는 자리에 앉았다. 사실 티를 안 내고 있었지만 몸이 많이 지친 상태였다. 자신 때문에 걸음이 늦어져 그에게 폐를 끼치기 싫어 내색하지 않았던 것이다. 엘리제는 한숨을 내쉬었다. 과연 따뜻한 곳에 들어오니 열 기운이 올라오는 것 같았다. 머리도 아파오고 전신이 무거웠다.

'빨리 나아야 하는데.'

그때 린덴이 말했다.

"잠깐 엘리제."

"네?"

"일어나 봐."

그가 다가오더니 그녀가 앉을 자리에 자신의 외투를 벗어 깔아주었다. 그는 무뚝뚝한 얼굴로 말했다.

"바닥이 차다."

"저, 전하…… 괜찮습니다."

"난 안 추워. 명령이니 편하게 앉아."

그뿐이 아니었다. 엘리제가 자리에 앉자 배낭을 뒤지더니 모포를 꺼내 그녀의 몸에 둘러주었다.

"쉬어라."

그가 들고 온 커다란 배낭엔 별의별 물건이 다 들어 있었다. 따뜻한 외투, 모포, 마른 식량, 비상약 등 대부분 약한 그녀를 위해 챙겨온 것이다.

'하아, 전하…….'

그런 그의 마음에 엘리제는 속으로 한숨을 내쉬었다. 더는 그를 거부할 수 없다고 그녀의 마음이 말하고 있었다. 그는 달라졌다. 그러니 과거를 핑계 삼아 그를 피하면 안 된다. 그를 마주 바라봐야 한다. 답을 내야 한다.

'하아, 하지만…….'

그녀의 어두워진 얼굴을 린덴이 가만히 보더니 말했다.

"몸이 많이 안 좋은가 보군. 괜찮나?"

"아…… 괜찮습니다."

엘리제는 괜찮다는 듯 고개를 저었다. 하지만 린덴은 인상을 찌푸렸다. 왜 저 소녀는 약한 모습을 보이지 않는 거지? 고열로 힘들어하면서 약한 티도 안 내는 모습을 보니 칼로 도려낸 듯 가슴이 아팠다. 그는 한숨을 내쉬며 말했다.

"괜찮긴, 그렇게 얼굴이 안 좋으면서. 하긴 이렇게 추운데 몸이 좋을 턱이 없겠지. 잠시만 가만히 있어봐라."

그러더니 그가 그녀의 옆으로 다가와서 앉았다.

"……전하?!"
"가만히 있어."
그는 그녀를 자신의 품으로 끌어다 안았다. 갑자기 그에게 안기자 그녀의 가슴이 미친 듯이 진동했다.
"특별한 마음이 있어서 그런 게 아니다. 조금이라도 따뜻하게 해주려는 것이니 불편해도 참아."
물론 그건 거짓말이다. 특별한 마음은 많았다. 다만 추운 그녀를 따뜻하게 해주려는 의도가 있는 것도 사실이었다.
"난 신경 쓰지 말고 눈이라도 붙여라."
엘리제는 입을 다물었다. 그의 탄탄한 가슴이, 차갑지만 뜨거운 체온이, 부드러운 손길이 느껴졌다.
'나 바보 같아.'
그녀는 눈을 감았다. 눈을 감으니 그가 더욱 생생하게 느껴졌다. 불편하지 않았다. 싫지도 않았다. 마음은 무거웠지만 그의 따듯한 온기에 아늑해졌다.
'그래, 알고 있어.'
그는 자신을 좋아한다. 이전 삶과 달랐다. 그리고 자신도 그가 좋았다. 이전 삶처럼, 아니, 어쩌면 그때보다도 더. 그건 그녀가 아무리 외면해도 부정할 수 없는 사실이었다. 이미 자신은 그에게 빠져들었다.
'난 정말 바보야. 겁쟁이야.'
하지만 이전 삶의 기억이 자꾸 그녀의 발목을 잡았다. 파국을 맞았던 과거가, 단두대의 칼날이 트라우마처럼 마음이 열리는 것을 가로막았다.

—직시해야 해.

알고 있다.

—계속 눈을 돌리다가는 후회할 수도 있어.

그래, 알고 있다. 이렇게 계속 눈을 돌리다가는 후회하는 순간이 올 수도 있다는 것을.

'알아. 안다고. 난 바보야. 겁쟁이야. 정말로.'

엘리제는 괴로운 한숨을 내쉬었다. 린덴은 그녀가 몸이 아파 그런 것인지 알고 조금 더 부드럽고 강하게 엘리제의 몸을 안아주었다. 그 강인하고 부드러운 손길에 엘리제는 눈을 감았다. 따뜻했다.

엘리제가 깊은 잠에 빠져들자 황태자는 자신의 품에 안긴 엘리제를 내려다보았다.

'엘리제.'

손을 들어 그녀의 머리를 쓰다듬었다.

움찔!

그녀의 몸이 잠시 놀라는 듯했지만 이내 고요해졌다.

"아프지 마라."

그는 나직이 말했다.

"네가 아프면 내가 더 아프니까."

다음 날에도 엘리제의 몸 상태는 나아지지 않았다. 고열은 더 악화된 듯했다. 아무래도 하루 정도 더 쉬어야 좋아질 것 같았지만 엘리제는 괜찮은 척 말했다.

"다 나았습니다."

물론 속을 린덴이 아니었다.

"거짓말하지 마."

"정말 좋아졌습니다. 보세요."

그녀는 힘껏 자리에서 일어났으나 금세 다시 풀썩 넘어졌다. 린덴이 그녀의 손을 잡아당겨 품에 안았다. 또다시 그의 품에 갇힌 엘리제는 화악 얼굴이 붉어져 말했다.

"저, 전하?"

"이렇게 몸이 뜨거운데 괜찮다고? 거짓말하는 나쁜 버릇은 누구한테 배웠지?"

"저, 정말 괜찮습니다."

계속 부정하는 그녀를 보며 린덴은 입술을 비틀었다. 정말 마음에 안 들었다. 그래서였다. 그런 충동적인 행동을 한 것은. 린덴은 한 손으로 그녀의 목을 감싸더니 고개를 숙였다. 그의 이마가 그녀의 이마에 와 닿았다.

"……!"

그의 숨결이 느껴지자 엘리제는 뻣뻣이 굳었다. 전기에 감전된 듯 전율이 느껴졌다. 자신의 행동에 린덴도 놀랐다. 바로 코앞에서 느껴지는 그녀의 얼굴에 그는 침을 꿀꺽 삼켰다. 그의 눈이 그녀의 붉은 입술을 훑었다. 살짝 벌어진 그 붉은 입술을 마주하니 갑자기 타는 듯한 갈증이 느껴졌다. 가지고 싶다. 저 입술을 범해 가지고 싶었다. 그래서 그녀를 느끼고 싶었다.

그때, 그녀가 떨리는 목소리로 말했다.

"저, 전하……."

그 말에 린덴은 화들짝 놀라 그녀의 이마에서 얼굴을 뗐다. 그러곤 헛기침을 하며 말했다.

"어쨌든 이마가 이렇게 계속 뜨겁지 않으냐?"

"아? 네, 네."

그녀는 허겁지겁 고개를 끄덕였다. 그가 뭐라고 물어봤는지 하나도 안 들렸다.

"오늘은 여기서 하루 더 쉬도록 하겠다."

"하지만……."

"괜찮아. 어차피 적들이 없는 루트를 파악해 이동했으니. 지금쯤 공화국놈들은 완전히 반대 방향에서 헤매고 있을 것이다."

우크라산맥은 높고 험준하다. 이 산속에서 2명을 찾는 것은 백사장에서 바늘 찾는 것이나 다름없었다.

'이동 루트를 파악해 쫓아오지 않으면 절대 못 찾지.'

모략의 달인인 사막의 전갈이라면 모를까, 고지식한 위고 중장이 지휘하는 한 공화국군이 그들을 찾는 것은 요원한 일이었다. 애초에 지리를 파악한 린덴이 적들의 허를 찌르는 방향으로만 움직이고 있기 때문이다.

"그러니 하루 정도 더 쉬어도 돼. 너는 빨리 낫기나 해라."

"……네, 전하."

어쩔 수 없이 엘리제는 고개를 끄덕였다. 사실 아까 전 자신의 이마에 닿은 그의 느낌이 너무 선명해 제대로 된 생각을 할 수가 없었다.

"좀 쉬고 있어라. 난 잠시 근처를 둘러보고 오겠다."

"네, 전하."

그가 동굴을 나가자 그녀는 속으로 한숨을 내쉬었다.

'나 어떻게 해…….'

그와 함께하는 매순간 가슴을 가라앉힐 수가 없었다. 끝없이 밀고 들어오는 그에게 도저히 평정심을 유지할 수가 없었다.

'하아.'

곧 그가 돌아왔다.

"근처에 공화국군은 없는 듯하다. 안심하고 쉬어라."

"……네."

그렇게 하루 동안 휴식을 취하며 린덴은 엘리제를 간호했다. 그녀가 춥지 않도록 모포를 둘러주고, 때에 맞게 약을 챙겨주고, 심지어 비상식량을 이용해 죽을 만들어주기도 했다. 그리고 가끔 밖으로 나가 공화국군이 근처에 오는지도 확인했다.

잠을 거의 자지 못한 린덴은 분명 자신도 힘들 텐데 그런 내색은 조금도 보이지 않았다. 오로지 그녀만 바라봤다. 그런 그의 정성 어린 간호에 그녀는 가슴이 뭉클했다.

'전하.'

따뜻했다. 몸도 따뜻했지만 마음이 더 따뜻해졌다. 지구에서 그녀는 고아였다. 몸이 아파도 아무도 그녀를 간호해 주지 않았다. 그저 혼자서 끙끙거렸을 뿐이다. 그런 기억 때문일까? 그의 정성스런 간호에 눈물이 나올 것 같아 그녀는 무릎 속에 얼굴을 파묻었다.

'난 정말 바보야. 정말, 정말로.'

이전 삶에 경험했던 단두대의 칼날 때문에 용기를 내지 못하는 자신은 바보였다. 하지만 그것과는 별개로 이 순간이 좋았다. 너무나.

비잔티움 인근 흑해로 접어드는 해안.

프랑소엔 공화국의 해군 함장 샤를은 조타실에서 부관에게 물었다.

"크림반도까지는 얼마나 남았지?"

"한 5일 정도 더 걸릴 것 같습니다."

"안개가 짙군. 암초가 있는 지역은 아니지만 조심해야겠어."

"네, 함장님."

10여 척에 이르는 공화국 함대가 크림반도를 향해 안개가 낀 바다를 가로지르고 있었다. 보급품과 지원군을 실은 함대였다.

"전황이 많이 안 좋다던데."

"네, 그렇다고 합니다."

"큰일이야."

샤를은 시가를 꺼내 입에 물었다. 애초에 무리해서 일으킨 전쟁이다. 아무리 흑해의 재해권을 얻기 위해서라지만 40만의 장병을 동원한 것 자체만으로도 공화국은 휘청거리고 있었다. 그런데 그렇게 무리했는데 전쟁에서 패전한다? 그 후폭풍이 얼마나 심할지 짐작도 되지 않았다. 시몬 니콜라스가 30년간 공화국을 지배했다지만 패전한다면 권력을 내려놓아야 할지도 몰랐다.

'패전을 피할 수 없다면 최대한 균형이라도 맞춰야 해. 압도적으로 패해 버리면 강화 회담을 할 때 조건을 감당할 수가 없어.'

그나마 한 가지 다행인 점은 제국의 총사령관인 황태자와 예비 황태자비가 아군의 세력권에 있다는 것이었다. 패전을 피할 수 없다면 그들이라도 반드시 잡아야 한다.

"저, 함장님!"

"무슨 일이냐?"

"전방에 식별 불가한 함정들이 나타났습니다!"

"뭐?"

샤를은 놀라 망원경을 들었다. 정말 안개 너머로 흐릿한 그림자들이 보였다.

"뭐지?"

정확히 보이지 않지만 그 규모가 어마어마했다. 배들의 크기도 최소 장갑함이나 전열함으로 보였다.

'설마?'

샤를은 침을 꿀꺽 삼켰다. 전 세계에서 저런 규모의 함대를 보유하고 있는 나라는 딱 두 곳뿐이다. 바로 프랑소엔 공화국과 브리티아 제국! 그리고 이 근방엔 자신들 말고 공화국의 함대가 없었다.

"로마노프 황실기, 로열 네이비(Royal Nayv)입니다! 비상! 제국 함대입니다!"

조타수가 비명을 지르듯 외쳤다. 이제 샤를 제독의 눈에도 적들 배에 꽂혀 있는 장엄한 로마노프 황가의 깃발이 보였다.

'아니, 저 표식은 제국 3함대의 깃발? 왜 동방 힌디에 있어야 할 3함대가 흑해에?!'

샤를은 믿을 수 없다는 표정을 지었다. 브리티아 제국의 3함대는 동방의 힌디 근방에 주둔하고 있는 함대로 어마어마한 화력을 자랑했다.

'어째서? 내가 지금 잘못 보고 있는 건가?'

하지만 이 순간 그의 이런 의문은 무의미했다.

"적 함대가 다가옵니다! 함장님, 지시를 내려주십시오!"

샤를은 화들짝 놀라 명령을 내렸다.

"포문을 열어라! 접근을 허용하면 안 돼!"

그러나 제국의 해군 로열 네이비는 그야말로 세계 최강이다. 공화국도 강한 해군력을 가지고 있지만 제국에 비하면 그야말로 조족지혈. 바다에서 로열 네이비를 당해낼 수 있는 함대는 세계 어디에도 없었다.

"적 함대가 U자 형으로 움직이고 있습니다."

"막아! 포를 쏴! 당장!"

공화국의 함대가 다급히 불을 뿜었다. 하지만 제국의 철갑 함대는 유유히 그 공격을 무시하고 공화국의 함대를 에워쌌다. 마치 그림을 그리는 듯한 우아한 조타술이었다. 전열을 정비한 제국의 함대가 일제히 포문을 열었다.

끼잉. 철컥. 철컥.

"안 돼!"

샤를은 비명을 질렀다.

콰앙!

하늘을 울리는 대포 소리와 함께 공화국의 함대가 바다로 가라앉았다.

제국의 3함대 사령관 루이스 후작은 망원경으로 최후를 맞은 공화국의 함대를 바라보았다.

"아군의 피해는?"

"퀸트호와 마젤랑호가 피해를 입었습니다. 현재 수리 중입니다."

"그래."

루이스 후작은 고개를 끄덕였다.

"황태자 전하의 명은 숙지하고 있지?"

"네, 제독."

제국 3함대의 부사령관 랑트 백작은 고개를 숙였다.

"기함인 전열함 퀸(Queen)호를 비롯한 1진은 이곳에서 대기하며 공화국의 배를 오는 족족 격파한다. 크림반도의 공화국군의 총알과 밀이 한 톨도 남지 않을 때까지 보급을 완전히 끊을 것이다."

루이스 후작은 황태자 린덴이 내린 두 번째 명을 전달했다.

"그리고 자네의 2진은 굴카족 용병들과 함께 크림반도의 남쪽에 상륙한다."

굴카족은 힌디 북쪽 히리야산맥의 전투 민족으로, 서대륙 밖에서 제국군에게 한때 패배를 안겨주기도 했던 절대의 강병이었다. 지금 3함대와 함께한 대규모 수송선에는 그 용병들이 3만이나 타고 있었다. 제국군의 수까지 합치면 5만 이상의 대군이다.

"공화국군이 밀집해 있는 심페폴 이남은 현재 무주공산. 우리 3함대가 그 이남을 모조리 점령한다."

루이스 후작은 차갑게 말했다.

"황태자 전하의 명을 따라 우리 제국 3함대의 손으로 이 전쟁을 끝낸다!"

우크라산맥의 한 기슭.

화사하게 생긴 꽃 같은 남자가 건량을 씹고 있었다.

"아, 도대체 어디에 있는 거야?!"

남자는 지도를 보며 투덜거렸다.

"지금쯤 도착해야 하는데? 설마 바보 형님, 길 잃은 건 아니겠지?"

남자는 살짝 눈살을 찌푸리며 주변을 둘러보았다. 주변 경관이라곤 눈과 나무, 그리고 봉우리밖에 없다. 남자는 고개를 갸웃했다.

"아니, 설마 길을 잃은 건 나인가? 여기가 아닌 건 아니겠지?"

남자는 다시 지도를 뚫어져라 살폈다. 왠지 길을 잃은 게 연애 바보 형님이 아니라 자신인 것 같다. 사실 그는 길을 찾는 데 영 소질이 없었다. 동방에서 무사 여행을 할 때도 툭하면 길을 잃었으니까.

"아, 정말 어디에 있느냐고?!"

그런 그의 주변에는 이십여 명의 푸른 제복을 입은 공화국 병사들이 쓰러져 신음을 흘리고 있었다. 남자의 이름은 검제, 3황자 미하일드 로마노프. 우크라산맥에서 조난 중이었다.

엘리제와 린덴은 하루 동안 동굴에서 휴식을 취하고 다시 이동했다. 이틀을 푹 쉰 탓에 엘리제의 몸은 많이 나아졌다. 다행이었다.

"여기서 잠시만 쉬고 있어라."

"네?"

그녀를 놔두고 린덴은 잠시 어딘가를 다녀왔다. 그리고 곧 나타난 그의 손에는 의외의 것이 들려 있었다.

"전하, 그건?"

"꿩이다."

"꿩이요? 그건 어째서?"

의아한 표정을 짓는 엘리제에게 린덴은 당연하다는 듯 말했다.

"식량으로 사용하려고."

"아……."

산맥에서 보내는 시간이 길어지자 챙겨온 비상식량이 거의 떨어졌다.

"꿩은 못 먹나?"

"아니요. 잘 먹어요."

"잘 먹어?"

"네, 맛있잖아요."

린덴은 의외란 표정을 지었다. 하지만 엘리제는 생각했다.

'한국에서도 은근히 찾아 먹는 사람들이 있으니까.'

한국에서 병원 생활을 하며 가끔 외과의 높은 교수들과 회식을 하러 간 적이 있다. 꿩은 흔하게 먹는 요리는 아니지만 나름 닭과 오리를 섞은 듯해 별미였다.

"그런데 불을 피워도 되나요?"

불을 피우면 연기가 오른다. 그러면 공화국군에 그들의 위치를 광고하는 것이나 다름없었다.

"어차피 잠깐이니 괜찮다. 초상 능력으로 가리면 되니까."

"아……."

"그 정도 초상 능력은 몸에 부담도 가지 않아."

확실히 전투에 사용하는 초상 능력이 아니면 간단한 것들은 몸에 부담을 거의 주지 않았다.

"잠시 기다리고 있어. 금방 요리할 테니."

"전하께서 요리를 하신다고요?"

엘리제는 믿을 수 없다는 표정을 지었다. 평생 요리는커녕 손에 물 한 번 안 묻혀 봤을 텐데 요리라니? 하지만 린덴은 무뚝뚝한 말투로 말했다.

"그래, 나 나름 잘한다."

전혀 신뢰가 가지 않는 말이었다. 어쨌든 린덴은 요리를 시작했다. 털을 다듬어 꼬챙이에 꿩을 꿰고, 장작을 모으고, 성냥으로 불을 지피고. 어찌 된 일인지 의외로 정말 능숙했다.

"이런 건 도대체 언제……?"

"2년 전, 앙젤리에서."

그녀는 고개를 끄덕였다. 2년 전 앙젤리 전쟁에서 그는 사령부의 사령관이 아니라 일선 부대의 전투 지휘관이었다고 한다. 그러니 경험이 있었던 것이다.

'내가 전하가 해주는 요리를 먹는 날이 오다니.'

엘리제는 복잡한 시선으로 장작 구이에 열중인 린덴을 바라봤다. 참 다시 살고 볼 일이다. 그가 직접 해주는 요리라니! 지난 삶에서는 상상도 해본 적 없다. 심지어 그녀가 앉아 있는 바위에는 모포가 펼쳐져 있었다. 춥다고 그가 직접 깔아준 것이었다.

'이러고 있으니 꼭 캠핑 온 것 같네.'

장작에 불을 붙이자 따뜻한 기운이 올라왔다. 추운 겨울, 남자가 땔감을 가져와 불을 붙이고 여자를 위해 맛있는 장작 구이를 해준다! 눈이 빨개져 그들을 쫓고 있는 공화국군만 아니라면 완전히 알콩달콩한 캠핑의 한 장면이었다.

'하아.'

문득 행복했지만 엘리제는 속으로 한숨을 내쉬었다. 그래, 좋았다. 이 순간이. 아무런 생각 없이 지금처럼 따뜻한 불을 쬐며 그를 바라보고만 있고 싶었다.

'이 겁쟁아, 빨리 마음을 정리해. 알잖아. 도망만 가면 언젠가는 후회하는 순간이 올지도 모른다는걸.'

그녀는 입술을 깨물었다. 그때 한창 장작 구이에 열중하던 린덴이 꼬치에 고기를 꽂고 그녀에게 다가왔다.

"한번 맛봐라."

그런데 그녀는 고기를 바로 받지 않고 입을 굳게 다물었다.

"왜 그러지?"

"아, 아니…… 전하."

"응? 왜?"

엘리제는 뭐라 표현해야 할지 고민했다. 그리고 상황에 어울리지 않게 웃음이 터지려고 해 그걸 참는 것도 곤란했다.

"그…… 얼굴이…… 쿡."

고기를 굽느라 조각 같은 그의 얼굴에 검은 재가 잔뜩 묻었던 것이다. 항상 흔들림 없고 완벽하던 그가 숯검둥이 얼굴이라니!

"쿡쿡."

결국, 그녀는 참지 못하고 웃음을 터뜨렸다.

"왜 그러지?"

"얼굴이, 얼굴이…… 쿡쿡."

그 말에 그는 자신의 얼굴을 쓰윽 만졌다. 검은 재가 묻어나오는 것을 보고 그녀가 웃는 이유를 깨달았다.

"이상한가?"

"아니요. 아니요. 그래도 잘생기셨어요."

그렇게 말한 그녀는 순간 아차 했다. 그에게 잘생겼다니, 웃다가 너무 편하게 말해버린 것이다.

'그래도 잘생기긴 하셨는걸.'

엘리제는 그렇게 생각했다. 첫 번째 삶도 그렇고, 두 번째 삶도 그렇고, 이번에도 그렇고 그보다 잘생긴 사람은 없었다. 아니, 실제로는 있었을지도 모르지만 그녀에겐 그가 가장 잘생긴 남자였다. 저렇게 숯검둥이 된 것도 멋져 보였으니까.

'잘생겼다고? 이렇게 재가 묻었는데?'

린덴은 그녀가 자신을 놀리는 것인가 살짝 의심했다. 어쨌든 정말 간만에 엘리제가 웃는 것을 보니 기분이 좋아 넘어가기로 했다. 저렇게 웃는 모습을 볼 수 있다면 놀려도 얼마든지 좋았다.

"어쨌든 먹어봐라."

"네, 감사합니다."

엘리제는 고기를 받아 한 입 깨물었다. 천연 그대로의 장작 구이. 닭과 오리가 섞인 부드러우면서도 담백한 맛을 기대했는데 생각과는 달랐다.

'읍. 뭐지, 이 맛은?'

그녀는 린덴을 올려다보았다. 그는 고기를 깨물며 말했다.

"맛은 괜찮을 거다. 2년 전, 앙젤리에서도 내가 취식을 담당하면 다들 맛있다고 좋아했거든."

"……혹시 그 칭찬을 하신 분들이?"

"내 부하들이지."

“……혹시 굉장히 과하게 칭찬하진 않던가요?”

“그랬지. 맛이 괜찮았던 것 같아.”

역시나 그가 요리를 잘할 리가 없지. 그는 상관의 비위를 맞추기 위해 부하들이 한 칭찬을 곧이곧대로 믿고 있는 것이었다.

“그 고기 이리로 줘보세요.”

“왜?”

“제가 더 맛있게 해드릴게요.”

“네가?”

황태자는 의아한 표정을 지었다. 대귀족가의 영애인 엘리제가 요리를? 그는 야전에서 전쟁을 수행하며 생존을 위해 해본 것이지만 그녀는 요리해 볼 기회가 없었을 텐데? 하지만 엘리제는 자신만만하게 말했다.

“네, 이래 봬도 제가 요리 경력이 꽤 길다고요.”

“……그대가?”

의아한 시선에 엘리제는 아차 했다. 그녀의 요리 경력은 의과대학에 들어간 후, 자취하면서부터다.

“어쨌든 기대하세요.”

뭐, 사실 맨날 대학 도서관에서 살아서 요리 경험 자체는 많지 않았지만 그보다는 나을 것이다.

‘자취생의 요리 실력을 보여줘야지.’

그런 생각으로 그녀는 그가 가져온 커다란 배낭에서 양념을 꺼냈다. 도대체 이 가방은 마법이라도 걸려 있는지 별의별 게 다 들어 있었다. 의아한 시선으로 황태자를 바라보니 당연하다는 듯 답했다.

“혹시나 너에게 요리해 줄 일이 생길까 가져왔다.”

"……!"

다시 얼굴이 붉어지려는 것을 참으며 그녀는 꿩고기에 양념을 쳤다.

'어차피 여기서 스튜나 찜을 만들 수도 없으니 간만 맞춰도 훨씬 나을 거야.'

고르게 소금을 쳐 간을 맞추고, 살짝 덜 익은 부분을 다시 익혔다. 그리고 비린내와 냄새를 제거하기 위해 후추를 쳤다. 그것만으로도 맛이 훨씬 좋아졌다. 아까 전엔 비린 맛이 나고 밍밍했다면, 지금은 진정한 천연 꿩 장작 구이가 되었달까? 캠핑 와서 먹는 것 같았다.

"대단하군."

황태자도 놀란 표정을 지었다.

"맛있어. 밖에서도 이런 맛을 낼 수가 있군."

사실 별로 한 것도 없건만 그 칭찬을 들으니 엘리제는 왠지 으쓱한 마음이 들었다. 자신이 한 요리를 그가 잘 먹으니 기분도 좋았다.

한참 고기를 먹다가 그가 불쑥 물었다.

"앞으론 네가 나에게 요리를 해줄 건가?"

"아, 이곳에서 요리할 일이 있으면 제가……."

"아니, 그것 말고. 론도에 돌아가서 말이야."

"……!"

그녀의 얼굴이 살짝 붉어졌다. 그가 무슨 말을 하는지 깨달았지만 모르는 척 대답했다.

"한 끼…… 정도는 가문에 오시면 해드릴게요."

하지만 린덴은 고개를 저었다.

"한 끼 말고 난 자주 먹고 싶은데?"

"……저 사실 요리 잘 못해요."

“이거 맛있는데? 그리고 요리 경력이 길다며?”

“그, 그게…….”

엘리제는 버벅거렸고, 린덴은 무뚝뚝한 목소리로 말했다.

“상관없다. 네가 해주는 요리면 뭐든 좋을 것 같군.”

“저, 저 남은 고기 타는지 보고 올게요!”

뭐라 대답할 말을 찾지 못해 엘리제는 자리에서 일어나 장작 구이를 살피러 갔다.

‘그가 내가 해준 요리를 먹는다고?’

요리를 종종 해주는 사이, 그런 관계는 부부를 의미한다. 그녀는 고기를 살피며 자신도 모르게 그가 자신이 만든 요리를 먹는 상상을 해보았다. 무뚝뚝한 그는 반찬 투정은 하지 않겠지. 맛없어도 맛있는 척 먹어줄 것이다. 아니, 의외로 반찬 투정을 하려나? 린덴에게서 등을 돌리고 있는 그녀의 얼굴에 옅은 홍조가 떠올랐다. 싫지 않은 상상이었다.

식사를 끝내고 둘은 길을 걸었다. 린덴이 계속 공화국의 허를 찌르는 방향으로 가서인지 다행히 공화국군을 피할 수 있었다. 산길을 걷다가 해가 질 무렵이면 그들은 이전처럼 노숙을 하고 요리를 해먹었다. 린덴은 그녀가 무슨 요리를 해주든 맛있게 먹어주었다. 솔직히 별로인 요리도 있었는데 그냥 맛있다고 해주었다. 그때마다 그녀는 내심 기뻐했고 행복을 느꼈다. 한번은 장작 구이를 하느라 둘 모두의 얼굴이 까매져 서로 깔깔 웃은 적도 있었다. 엘리제가 먼저 웃었고, 그도 쿡쿡거리며 웃었다. 그녀는 그가 소리 내어 웃는 것은 그때 난생처음 보았다.

봄이 오기 전, 마지막 한파가 몰아치려는 것인지 밤에는 한층 더 추워졌다. 그래서 어쩔 수 없이 둘은 꼭 껴안고 잘 수밖에 없었다.

"이리로 와라."

"하지만……."

"그러면 따로 자다 얼어 죽을 것이냐? 특별한 마음이 있어서 그런 게 아니라 어쩔 수 없는 것이니 이리로 와."

엘리제는 그 말에 한숨을 내쉬었다.

'제가 특별한 마음이 생겨서요.'

그에게 꼬옥 안기니 추위 속에서도 따뜻했다. 하지만 문제는 심장의 떨림, 그리고 그의 몸에 닿는 부분이 전기가 닿은 듯 찌릿했다.

'이전에는 안 그랬는데.'

이전 삶, 부부였으니 당연히 서로의 몸을 맞닿을 일이 많았다. 공식적인 자리에서 손을 잡거나, 춤을 추거나, 아니면 밤에 부부 관계를 가질 때나. 하지만 그의 차가운 눈 때문이었을까? 그를 사랑했음에도 이런 식으로 가슴이 떨리거나 닿은 손이 찌릿하진 않았다. 특히 사랑이 아닌, 의무로 인해 억지로 관계를 가질 때는 떨림은커녕 슬펐다. 그러나 지금은 사소한 접촉에도 심장이 터질 것만 같다.

'하아, 모르겠다.'

그녀는 눈을 감았다. 그냥 아무 생각도 하고 싶지 않았다. 지금은 그냥 그의 체온을 느끼며 잠드는 밤이 마냥 좋기만 했다.

그녀의 손을 이끌고 한창 산비탈을 오르던 린덴의 얼굴이 굳어졌다.

"잠깐."

"전하……?"

린덴은 대답하지 않고 가방에서 급히 망원경을 꺼냈다. 그리고 산 아래를 굽어 살폈다. 곧 그의 얼굴이 딱딱해졌고, 그녀의 등줄기로 불안이 스쳐 지나갔다.

"문제가 생겼다."

"네?"

"공화국군이 우리의 행적을 발견한 것 같다."

엘리제가 놀라 물었다.

"어떻게?"

지금까지 그들은 항상 공화국군의 허를 찌르며 이동했다. 그런데 어떻게 갑자기 그들을 찾은 걸까? 린덴은 인상을 찌푸렸다.

"루이 니콜라스, 그놈이 직접 추격을 시작한 것 같군."

망원경 너머로 외팔인 젊은 지휘관이 시뻘게진 얼굴로 병사들을 다그치고 있는 게 보였다.

사막의 전갈, 루이 니콜라스. 한쪽 팔이 잘린 그가 병석에서 일어나 직접 그들을 추격하기 시작한 것이다. 사막의 전갈은 위고 중장과 달리 모략과 전술의 달인. 린덴의 이동 경로를 예측해 낸 것이다.

'지긋지긋한 놈. 그때 숨통을 끊었어야 했는데.'

린덴은 속으로 욕설을 내뱉었다. 어쨌든 상황이 곤란해졌다. 지금껏 공화국군을 지휘하던 위고 중장은 순수한 열혈 무인이라 그저 병력을 무작정 우크라산맥에 때려 넣기만 해 빈틈으로 지나갈 수 있었지만 루이 니콜라스는 달랐다. 비록 한 팔을 잃었다지만 모략의 달인답게 철저한 계산으로 그들의 이동 경로를 파악해 포위망을 형성하기 시작했다.

"엘리제, 힘들겠지만 속도를 내야겠다."

"네, 전하!"

엘리제는 긴장된 얼굴로 고개를 끄덕였다.

"하루 정도만 더 이동하면 공화국군의 세력권에서 벗어날 수 있다. 그러니 조금만 더 힘내라."

엘리제의 손을 잡아끌며 린덴은 간절히 바랐다.

'제발 아무 일 없이 돌파할 수 있기를. 하루, 딱 하루만 마주치지 않으면 된다. 그러면 공화국군의 손아귀에서 벗어날 수 있어.'

하루만 더 가면 양측 세력이 비등하게 교전을 벌이는 지역이 나타난다. 거기까지만 가면 된다. 그러면 변고를 눈치챈 제국군이 구원군을 보내줄 것이다. 하지만 늘 그렇듯 이런 바람은 이루어지지 않는다. 얼마 뒤 그들은 푸른 제복의 병사들과 맞닥뜨렸다.

"공제다!"

"전원 발포 준비! 니콜라스 각하의 명대로 즉결 사살한다! 너는 신호탄을 쏴!"

그들은 무슨 명을 받았는지 생포할 생각도 없이 곧바로 발포를 준비했다.

피유웅!

곧 붉은 신호탄이 하늘로 날아올랐고 그들을 향해 총알이 날아들었다. 심지어 수류탄도 날아왔다.

"엘리제!"

"전하!"

린덴은 그녀를 감싸 안았다. 공간 방어가 펼쳐지며 총알이 튕겨 나갔다.

콰앙!

곧 수류탄의 파편이 그들을 덮쳤다.

'크윽!'

초상 능력의 반작용으로 크게 앓은 지 얼마 되지 않았다. 그런데 재차 무리한 초상 능력을 사용하니 린덴의 속이 진탕됐다. 하지만 린덴은 자신의 품에 안긴 작은 소녀를 바라봤다.

'너만큼은 무슨 일이 있어도 지켜내겠다, 엘리제.'

이를 악물며 다짐한 그는 엘리제를 한 손에 안고 돌파를 시작했다. 그는 북쪽을 향해 일직선으로 달렸다. 아군의 접경지까지는 하루 거리. 끔찍이도 먼 거리였지만 그는 아랑곳하지 않았다. 그렇게 그녀를 지키고자 하는 그의 처절한 싸움이 시작되었다.

"공제를 발견했다고?"

"네, 각하!"

루이 니콜라스는 흉측하게 일그러진 얼굴로 기괴한 웃음을 터뜨렸다.

"잘했어. 잘했어. 큭큭."

그 광기 어린 모습에 흉갑기병대의 사령관 위고 중장은 소름이 돋았다. 전령으로 온 병사도 침을 꿀꺽 삼켰다. 공화국 최고의 명장은 이미 망가질 대로 망가진 지 오래였다.

"저, 정말 보는 즉시 사살합니까? 생포하지 않고 말입니까?"

"그래."

"하지만……."

"죽이라고! 아니면 네가 죽고 싶어?!"

루이 니콜라스는 빨게진 눈으로 고함을 질렀다.

"공제든, 등불을 든 여인이든 다 죽여라. 내가 갈 때까지 그 연놈들이 살아 있으면 너희가 죽을 줄 알아."

그런 그의 왼팔은 팔꿈치부터 잘려 있었다. 오른팔도 손목 동맥이 상해 기능을 못 하고 있었다. 양팔을 다 잃은 것이다. 모두 공제와 등불을 든 여인 때문이었다.

'절대 용서하지 않아.'

그는 지금껏 자신이 저지른 일은 생각지도 않고 이성을 잃고 증오에 사로잡혀 있었다.

"나도 간다."

"각하?"

"그놈들의 최후를 직접 목격해야겠어."

루이는 괴물처럼 웃었다.

그때였다.

까악.

하늘 위에서 검은 깃털을 가진 까마귀가 푸드득 나무 위에 내려앉았다.

까악.

그 흉조(凶鳥)는 다시 한 번 불길한 울음을 흘렸다. 정확히 루이 니콜라스를 바라보며.

우크라산맥의 북동쪽 가도.

한 무리의 기병대가 먼지바람을 일으키며 가도를 질주하고 있었다.

"다, 단장님. 이렇게 가도 괜찮은 것입니까?"

어깨에 총과 검이 교차하는 마크를 단 붉은 제복의 장교가 당황해 물었다. 얼음 같은 인상의 아름다운 미남자는 말을 달리며 짧게 답했다.

"안 되지."

"그, 그러면 어째서? 맥가일 원수께서는 각 부대마다 반드시 제자리를 지키라 명령하지 않으셨습니까?"

"명령 불복종이다."

"네에?!"

장교는 당황해 젊은 미남자를 바라봤다. 얼마 전까지 총기사단의 부단장이었던, 이제는 전(前) 단장의 사망으로 신임 단장이 된 렌 남작은 대수롭지 않은 표정이었다.

"우리가 지금 누굴 구하러 가는 거지?"

"……."

"그리고 우리는 누구지?"

렌은 뒤를 돌아보았다. 이천의 기병대가 결연한 얼굴로 그를 따르고 있었다.

"너희에게 하나 묻겠다!"

"네, 단장님!"

"너희는 누구냐?!"

우렁찬 함성이 터져 나왔다.

"우리는 황실의 자랑스러운 로열 나이츠, 총기사단입니다!"

"우리는 지금 누굴 구하러 가는 것이냐?!"

"나의 주인을 구하러 갑니다!"

렌은 말을 달리며 기병용 라이플을 들어 올렸다.

"그래, 우리는 우리의 주인, 황태자 전하와 예비 황태자비를 구하러 간다! 명령 불복종은 내가 책임지겠다. 로열 나이츠인 우리는 우리의 충성을 다한다!"

"와아!"

우레와 같은 함성이 가도를 울렸다. 고개를 앞으로 돌린 렌의 표정이 딱딱하게 굳었다.

'조금만 기다리십시오, 전하.'

그는 여동생의 얼굴도 떠올렸다.

'너도 절대 다치면 안 된다.'

그는 초조한 얼굴로 입술을 깨물었다.

'내 동생.'

수많은 적에게 쫓기는 린덴과 엘리제의 상황은 좋지 않았다. 초상능력자인 그는 분명 강했지만 인간인 이상 한계가 있었다. 그리고 적의 숫자가 너무 많았다. 아무리 필사적으로 돌파해도 적은 끝없이 몰려들었다.

"1진 돌격!"

"와아! 자유와 평등을 위하여!"

좁은 협곡, 푸른 제복을 입은 병사들이 끝없이 린덴과 엘리제에게 달려들었다. 린덴은 이를 악물며 초상 능력을 사용했다.

'진공 만들기.'

병사들의 진형 한가운데의 공기가 일시적으로 증발하며 진공 상태가 되었다. 그와 동시에 비어버린 공간을 메우기 위해 휘몰아치는 공기의 후폭풍!

후웅!

"아악!"

돌격하던 병사들은 균형을 잡지 못하고 형편없이 쓰러져 버렸다. 한순간에 소대 규모에 달하는 인원을 전투 불능으로 만드는 기적을 선보였지만 적의 공격은 끝이 보이지 않았다.

"2진 일제 사격!"

타앙! 타앙! 타앙!

마치 비가 내리듯 총알이 쏟아졌다. 공간 방어를 하였지만 화망을 형성한 총알 세례는 린덴의 내부에 타격을 주었다.

'크.'

속이 뒤집어질 것 같은 고통을 억누르며 그는 한 걸음, 한 걸음 앞으로 나아갔다. 어떻게든 엘리제가 다치지 않도록 온몸으로 그녀를 감싸며. 린덴은 전방에서 일제 사격을 가하는 적 진형을 향해 초상 능력 '공간 찢어발기기'를 시전하였고, 곧 비명을 지르며 적들이 쓰러졌다. 생명을 잃은 적들은 거의 없었지만 당분간 거동은 어려울 것이다. 참으로 무시무시한 위력. 하지만 힘을 사용할 때마다 그의 내부는 문드러져 갔다.

"저, 전하……."

"난…… 괜찮다."

그런 그를 바라보며 엘리제의 눈이 끝없이 흔들렸다. 결국 린덴은 끝없이 몰려드는 적들을 향해 연거푸 초상 능력을 사용하다 반작용이 와 거칠게 기침을 토했다.

"쿨럭. 커억!"

"전하!"

린덴의 입에서 한줄기 피가 흘러내렸다. 그 모습을 본 엘리제의 심장이 덜컥 내려앉았다.

"괜…… 찮다. 정말 괜찮아."

린덴은 장갑으로 피를 닦았다. 장갑이 빨갛게 물들었다. 한계에 도달했는지 숨길 수 없는 통증이 그의 얼굴에 스쳐 지나갔다. 엘리제는 입술을 깨물었다. 그가 괴로워하는 모습을 보니 가슴이 찢어질 듯 아팠다. 그것을 보고 그녀는 애원하듯 말했다.

"이대로는 안 돼요. 전하 혼자라도 가세요."

"뭐?"

"전하 혼자면 이곳을 벗어날 수 있잖아요. 그러니 전하 혼자 가세요. 빨리요."

"말도 안 되는 소리는 하지도……."

그런데 그때, 엘리제가 자신도 모르게 버럭 소리쳤다.

"제가 싫어서 그래요!"

"뭐?"

"저도 싫다고요! 전하가 다치는 거! 전하가 괴로워하는 거! 전하가 죽을지도 모르는 거 싫다고요! 저도 아프다고요!"

"……너?"

린덴의 눈이 커졌다. 지금 무슨 이야기를 하고 있는 거지? 엘리제의 눈동자에서 와락 눈물이 쏟아졌다. 그녀는 자신이 눈물을 흘리고 있는지도 모르고 애원했다.

"그러니 제발 부탁이에요. 절 놔두고 혼자 가세요. 제발…… 제발 부탁이에요."

"엘리제……."

린덴의 가슴이 요동쳤다. 그녀가 자신을 걱정하며 울고 있다는 게 그를 격동시켰다.

"엘리제…… 너……."

그때 낮은 목소리가 그들 사이를 갈라놓았다.

"오랜만입니다, 공제 전하."

린덴과 엘리제는 흠칫 놀라 고개를 돌렸다. 경갑을 갖춘 3명의 젊은 남자가 그들을 바라보고 있었다.

"앙젤리 이후로 처음 뵙겠습니다."

린덴은 짓눌린 신음을 내뱉었다.

"삼기사(三騎士)."

"네, 기억해 주셔서 감사합니다, 전하."

비교적 나이 들어 보이는 이가 공손히 예를 올렸다. 젠틀한 신사 같은 인상이었지만 린덴과 엘리제의 얼굴은 딱딱하게 굳었다. 린덴은 물론, 엘리제도 삼기사의 존재를 알고 있었다.

삼기사.

흉갑기병대의 사령관 위고 중장과 더불어 공화국 최고의 오러 나이츠들의 별명이다. 한 명, 한 명이 위고 중장에 맞먹는 실력자였는데 비슷한 나이 또래라 늘 형제처럼 어울려 다녀 삼기사란 별명이 붙었다. 그들은 서로의 뜻이 잘 맞는 만큼 합공이 무시무시했다.

'하필 지쳐 있는 상태에서!'

린덴은 굳은 얼굴로 생각했다. 최악의 상태에서 최악의 상대를 만나 버렸다.

"이렇게 뵙게 되어서 유감이군요, 아름다운 레이디. 빛의 도시, 파리스 거리에서 만났으면 데이트 신청이라도 했을 텐데."

삼기사 중 셋째가 엘리제에게 찡끗 미소를 지었다. 바람둥이 같은 인상이었다.

"쓸데없는 이야기는 하지 마. 공제에게 집중해라."

엄격한 인상의 둘째가 말했다.

"네에, 네에. 형님들, 그럼 바로 시작하죠."

스릉.

그들은 각자의 검을 일제히 뽑았다. 첫째는 기병용 세이버, 둘째는 레이피어, 셋째는 톱니 같은 날의 잔인한 검, 프랑베르쥬(Flamberge)였다.

린덴도 검을 꺼내 들었다.

"레이디는 뒤로 물러나시죠. 휘말리게 하고 싶지 않습니다."

삼기사 중 첫째가 말했다. 황태자도 그녀에게 말했다.

"엘리제, 뒤로 물러나라."

"하지만……."

"어서! 옆에 있으면 방해돼!"

린덴은 초상 능력을 이용해 엘리제를 뒤로 밀어내었다. 삼기사는 여성에 대한 존중인지 그녀가 안전거리로 물러날 때까지 기다려 주었다.

"그러면 갑니다, 전하. 사살을 명받아 손속에 사정을 둘 수 없음을 이해하시길."

그 말과 동시에 싸움이 시작되었다.

파앙!

시작은 린덴의 초상 능력, 공간 베기였다. 프랑베르쥬를 든 셋째의 목이 있던 공간이 아지랑이처럼 일그러졌다.

"크윽!

오러 나이츠의 육감으로 간신히 그걸 피해낸 삼기사의 셋째는 신음을 흘렸다. 그사이 첫째와 둘째가 단숨에 린덴과의 거리를 좁혔다.

타앙!

검에 맺힌 오러와 공간 방어가 부닥쳤다. 지금껏 무리를 한 탓에 이미 한계에 도달해 있던 린덴은 신음을 삼켰다. 그의 코에서 한줄기 피가 흘러내렸다.

"전하!"

엘리제가 비명 지르듯 외쳤다. 린덴은 이를 악물고 힘을 끌어 올렸다. 자신이 쓰러지면 그녀도 끝이다. 그러니 그는 절대 질 수 없었다.

파앙! 파앙!

공간 베기, 의식 추방, 눈 가리기 등 수차례 초상 능력이 삼기사에게 작렬했다. 삼기사도 이를 악물고 오러를 린덴에게 휘둘렀다. 그렇게 생사를 돌보지 않는 치열한 공방이 수도 없이 이어졌다.

싸움은 마침내 끝이 났다.

"커억! 쿨럭!"

린덴은 계속해서 피를 토했다.

"전하!"

엘리제가 그에게 뛰어왔다.

"아아…… 전하. 전하……."

결국, 승자는 린덴이었다. 삼기사는 모두 차가운 땅에 몸을 누이고 있었다. 그녀를 지키고자 하는 그의 의지가 이긴 것이다. 하지만 그의 상태도 좋지 않았다. 등 뒤에 난 기다란 자상에서 흘러나온 피에 상의가 붉게 물들었고, 무리해서 초상 능력을 사용한 대가로 계속해서 선홍빛 피를 토했다.

"전하, 전하…… 어떻게…… 어떻게……."

엘리제는 떨리는 손으로 그의 상처를 어루만졌다. 그녀의 눈에서 끝없이 눈물이 흘러나왔다.

그때, 린덴이 흐릿한 눈으로 그녀에게 물었다.

"엘…… 리제, 너는 괜찮으냐?"

그 걱정을 듣는 순간, 엘리제는 무너져 내렸다. 가슴이 너무 아파 참을 수가 없었다.

"전하, 전하…… 제발…… 나를 놔두고…… 끄윽."

린덴은 살짝 미소를 지었다.

"거의…… 다 왔다. 저…… 앞의 협곡만 넘으면…… 돼……."

"끄윽, 흐윽…… 그러면 전하 혼자서라도…… 제발, 제발."

"괜…… 찮다니까."

린덴은 말하는 것도 힘겨운지 스르륵 눈을 감았다.

"잠시만…… 쉬었다…… 출발하자."

"전하, 전하!"

그런데 그 순간이었다! 하염없이 눈물을 흘리던 엘리제의 눈이 커졌다.

린덴의 등 뒤에 쓰러져 있던 삼기사의 셋째가 떨리는 몸으로 자리에서 일어난 것이다. 그런 그의 손에는 검은색 권총이 들려 있었다. 삼기사의 셋째는 마지막 힘을 다해 총구를 정확히 린덴의 심장을 향해 겨누었다.

'아…….'

엘리제는 절망이 가득한 눈으로 총구를 바라보았다.

찰칵.

총이 장전되었다. 저 권총의 방아쇠가 당겨지면 린덴은 죽을 것이다. 눈을 감은 그는 자신에게 다가온 죽음을 눈치채지 못하고 있었다.

'그가 죽는다고?'

그 순간 엘리제의 시간이 멈추었다. 마치 생명을 잃은 것처럼 세상이 회색으로 변했다. 지금껏 그와 함께했던 일들이 주마등처럼 스쳐 지나갔다.

왜 모르고 있었을까? 아니, 왜 억지로 외면하고 있었을까? 이전 삶의 악몽 따위, 단두대의 칼날 따위 중요한 게 아니란 것을. 중요한 것은 바로 '그'라는 것을.

'알고 있잖아.'

그의 죽음을 앞둔 이 순간 그녀는 자신과 마주했다. 그래, 그녀는 이전 삶의 기억이 두려웠다. 이전 삶의 기억은 트라우마처럼 그녀의 마음을 닫아버렸다.

'하지만 그가 죽으면…… 넌 살 수 있어?'

아니, 없었다. 이전 삶의 악몽 따위 그의 죽음 앞에서 다 사소한 일이 되어버렸다. 그가 죽고 없다면 고작 이전 삶의 기억이 뭐가 중요하겠는가? 그녀도 이제 그가 없는 삶을 상상할 수 없게 되었다.

'린덴…… 전하…….'

그 사실을 깨달은 순간 시간이 다시 흐르며 세상이 붉게 변했고, 엘리제는 선택했다. 자신도 모르게 본능적으로 린덴을 감쌌다.

타앙!

그 순간 붉은 세상에 총성이 울렸다.

퍼억!

린덴의 눈이 커졌고, 둔탁한 소리와 함께 엘리제의 오른 어깨에서 피가 튀어 올랐다.

"엘…… 리제……?"

린덴은 믿을 수 없다는 눈으로 자신을 감싼 엘리제를 바라봤다. 그녀의 상의가 순식간에 피로 젖어드는 모습이 그의 뇌리를 마비시켰다.

"엘리제! 안 돼!"

그는 마지막 힘을 끌어올려 초상 능력으로 삼기사의 셋째의 목을 베고, 엘리제를 끌어안았다. 인형처럼 힘이 빠진 그녀가 그에게 매달려 흔들렸다.

"전…… 하."

"어째서! 어째서! 안 돼! 엘리제!"

린덴이 미친 듯이 그녀를 불렀다. 그 음성을 들으며 엘리제는 가만히 미소를 지었다. 린덴이 그토록 보고 싶어 했던 자신을 향한 그녀의 미소였다.

'아아, 내가 막았구나. 다행이야.'

그녀는 흐릿한 의식으로 생각했다.

'난 정말 바보야.'

조금만 더 빨리 마음을 열었으면 좋았을 텐데. 이전 삶의 기억 따위가 뭐라고, 왜 나는 이렇게나 그를 거부했을까.

그녀는 속으로 씁쓸히 웃었다. 두 번의 삶을 살며, 그리고 의사 일을 하며 깨달은 것이 있다. 문제를 회피하면 결국 후회하게 된다는 것을.

'알면 뭐해, 내가 이렇게나 바보인데.'

그래도 다행이다. 지금 이 순간 총을 맞은 것이 그가 아니라 자신이어서. 그리고 지금이나마 마음을 인정하게 되어서. 그래서 그녀는 입을 열었다.

"전하…… 린덴…… 저…… 당신에게 할 말이 있어요……."

"엘리제!"

엘리제는 뿌연 시야로 끝없이 흔들리는 그의 금안을 바라봤다. 아아, 저 차가운 금안에 눈물이 고이는 모습을 보게 되다니. 그녀는 다시 미소를 지었다.

"저 당신을……."

하지만 그녀는 말을 잇지 못했다. 완전히 의식을 잃은 것이다.

"엘리제! 정신 차려! 엘리제! 엘리제!"

황태자 린덴은 그녀를 끌어안고 비명을 질렀다.

저벅저벅.

한 걸음 한 걸음 옮길 때마다 피가 방울방울 떨어졌다. 하얀 눈 위에 찍힌 그의 발자국 위로 붉은 핏방울이 이어졌다.

"엘리제."

그는 허탈한 목소리로 중얼거렸다. 그의 양손에는 하얀 소녀가 피에 젖은 채 늘어져 있었다.

"웃기지 마. 네가 이렇게 죽는다고? 절대…… 절대 죽게 내버려 두지 않아."

린덴은 짓씹듯 말했다. 무리한 초상 능력의 반작용으로 이미 그의 몸은 감각이 없어진 지 오래다. 시야도 흐릿했다. 한 발, 한 발 내딛는 발걸음이 파르르 떨렸다. 하지만 그는 발걸음을 멈추지 않았다. 그녀를 살려야 하니까. 자신의 몸이 부서지더라도 그녀를 살리고 말 것이다.

'제발, 제발…… 엘리제.'

그는 엘리제와 달리 의사가 아니니 그녀가 얼마나 위중한 상태인지 알 수가 없었다. 그저 알 수 있는 것은 중요한 혈관이라도 다쳤는지 출혈량이 많다는 것. 그래서 알고 있는 지식과 심지어 초상 능력까지 동원해 어떻게든 지혈을 시도했다.

그의 간절한 정성 때문일까? 다행히 출혈이 어느 정도 멈추긴 했지만 완전하지는 않았다. 이미 흘린 피가 많아서인지 그렇지 않아도 하얀 안색은 시체가 같았고, 맥도 빠르고 얕았다.

'빌어먹을. 왜 맨날 너는 내 가슴을 이렇게 아프게 하는 거냐.'

린덴은 이를 악물었다. 힘이 빠져서일까, 아니면 습기가 차올라서일까. 시야가 계속 흐려졌다.

'엘리제, 제발…….'

그는 자신의 품에 안긴 엘리제를 바라보았다. 그녀의 창백한 얼굴을 보니 그의 가슴이 칼로 도려내지는 것 같았다. 다시는 경험하고 싶지 않은 끔찍한 아픔이었다.

'제발 살아만 나다오. 부탁이다. 제발…….'

그래서 날 얼마든지 아프게 해도 좋으니, 제발. 그는 간절히 빌었다.

'아까 나한테 할 말이 있다고 했잖아. 그 말을 들려줘야지.'

그녀가 준 십자가가 떠올랐다.

'그리고 이 '징표'도 돌려받아야지, 엘리제. 응?'

린덴은 그렇게 기도하는 마음으로 그녀를 안고 산맥을 돌파했다. 그의 몸도 만신창이였으나 어떤 적이 나타나도 무릎 꿇지 않았다. 어느덧 그도 자신이 흘린 피로 흠뻑 젖었으나 그녀를 품 안에서 놓지 않았다. 이윽고 그의 시야 너머로 목적지인 협곡이 보이기 시작했다.

'드디어…….'

저 협곡만 지나면 드디어 우크라산맥에서 벗어나 공화국군의 세력권에서 탈출하게 된다. 협곡 밖은 공화국군과 제국군이 세력 다툼을 벌이는 완충 지역이니 제국군의 도움을 기대할 수 있었다.

'다 왔으니…… 조금만…… 조금만 기다려라, 엘리제.'

하지만 협곡에 다가간 린덴은 아득한 절망감에 빠졌다. 이미 기다리고 있는 자들이 있었던 것이다.

"이쪽으로 올 줄 알고 있었지, 공제."

괴물 같은 표정. 사막의 전갈, 루이 니콜라스였다! 그리고 전갈의 주위로 무수한 병력이 그들을 향해 총을 겨누고 있었다. 족히 1,000명은 넘어 보이는 병력이었다.

'아아…….'

린덴은 하늘을 올려다보았다. 결국 이렇게 끝나는 것인가? 공화국 정예 1,000명이라니. 아무리 자신이라도 방법이 없었다.

"그래도 여기까지 오다니 대단하군. 역시 공제야. 혼자 몸으로 도대체 몇 명을 쓰러뜨린 거지?"

"……."

"등불을 든 여인은 죽은 건가? 아쉽군. 살아 있으면 조금 가지고 놀다 죽이려 했는데."

루이 니콜라스가 악마 같은 미소를 지었다.

"어쨌든 우리의 지긋지긋한 인연도 이제 끝낼 때가 되었군."

그가 팔꿈치밖에 안 남은 왼팔을 들어 올렸다.

찰칵. 찰칵. 찰칵. 찰칵. 찰칵.

그 신호와 함께 소총병들이 장전을 완료했다. 전갈의 팔이 떨어지는 순간 일제히 발포할 것이다. 마지막 순간, 총구들을 보며 린덴은 간절히 기원했다. 이제 자신은 저 총알 세례를 막을 힘이 없었다.

'제발…….'

자신은 죽어도 괜찮다. 하지만 이 소녀만큼은, 자신이 사랑하는 이 소녀만큼은 살리고 싶었다.

'제발…….'

그런데 그 최후의 순간, 도저히 생각지도 못 한 목소리가 장내를 갈랐다.

"드디어 찾았다!"

모두가 깜짝 놀라 고개를 돌려 목소리의 주인을 찾았다. 하지만 고개를 돌려봐도 아무도 없었다.

"누구지? 누가 말한 거지?"

"어디에 있는 거지?"

그때 공화국군 중 누군가가 떨리는 목소리로 말했다.

"저, 저…… 하늘에!"

까마득한 높이의 허공에 화사한 인상의 젊은 남자가 서 있었다. 마치 허공을 계단으로 삼은 듯이. 그의 검은 군화 밑으로 희미한 소용돌이가 몰아치고 있었다.

"검제!"

공화국의 병사들이 비명처럼 소리를 질렀다. 하지만 검제, 미하일드 로마노프는 공화국군이 아닌 린덴과 엘리제를 보았다.

"가관이군."

그의 화사한 얼굴이 평소와 다르게 얼음장처럼 차갑게 변했다. 혈인이 된 바보 형님과 총에 맞은 예쁜 레이디를 본 탓이었다.

"정말 가관이야."

그는 다만 낮게 중얼거렸다. 그리고 이 모든 일의 원흉인 사막의 전갈, 루이 니콜라스를 바라봤다. 허공에서 내리꽂히는 그 시선에 루이 니콜라스는 자신도 모르게 침을 꿀꺽 삼켰다. 선연히 느껴지는 검제의 살기였다.

검제는 초상 능력을 거둬 사뿐히 린덴과 엘리제 옆으로 내려왔다. 린덴은 꿈을 꾸듯 멍하니 물었다.

"네가 어떻게 여기에?"

"어떻게는 무슨 어떻게야. 그냥 왔지."

미하일은 대수롭지 않게 답했다.

"그나저나 그때 의식 추방 진짜 강하게 썼더라? 방심하고 있었는데, 치사하게."

"……영창에서 탈옥한 건가?"

"그래, 탈옥했다. 어쩔래? 또 영창에 넣을 거야?"

"탈옥…… 한 거면 영창에 다시 가야지……."

그 말에 미하일의 이마가 꿈틀거렸다. 진짜, 이 바보 형님이.

"나 일부러 습하고 구석진 곳에 집어넣은 거지? 곰팡이랑 벌레 많이 나오게."

"……그래."

린덴은 부정하지 않았고, 미하일의 다시 이마가 꿈틀거렸다. 아, 정말 진짜. 내가 벌레랑 곰팡이 싫어하는 것 알고. 저런 몸 상태만 아니면 드잡이질이라도 하겠는데.

"하아."

미하일은 한숨을 내쉬었다.

"가."

"……."

"여기는 내가 알아서 할 테니 가라고."

린덴은 지칠 대로 지쳐 흐릿해진 눈동자를 들어 잠시 동생의 눈을 바라봤다. 금빛 눈동자들이 마주쳤다.

"뭐 해? 빨리 가라고. 시간 없잖아. 리제, 죽게 놔둘 거야?"

"……그래."

린덴은 거부하지 않았다. 미하일의 말처럼 사양할 시간도 없었다.

그녀를 살리기 위해선 일분일초라도 빨리 제국 군영의 병원으로 가야 했다. 미하일은 손을 들어 방향을 가리켰다.

"공화국 놈들 때문에 저 협곡으로는 못 가니, 저 방향으로 가. 하늘에서 살피니 저쪽으로 가도 길이 연결되어 있어."

린덴은 그가 가리킨 방향으로 발걸음을 옮겼다. 그는 짧게 말했다.

"……고맙다."

"별말씀을."

"꼭 살아 돌아와라. 명령이니."

미하일은 그 말엔 살짝 놀랐다. 살아 돌아오라니, 슬프게도 둘 사이에는 조금 안 어울리는 말이었다.

"살아 돌아오라고? 진심이야?"

"그래."

그러며 린덴은 말했다.

"돌아오면 무단 탈옥 죄로 영창에 다시 갈 각오는 하고."

그는 지금 린덴의 말이 진담인지, 살짝 농담한 것인지 고민했다. 미하일은 리제를 안은 채 힘겹게 걸어가는 린덴의 뒷모습을 잠시 바라봤다.

미하일과 린덴은 정적(政敵). 전쟁이 끝나 론도로 돌아가면 서로 죽고 죽여야 하는 관계였지만, 왠지 아주 잠시 동안 보통의 형제로 돌아온 듯한 느낌이 들었다. 15년 전, 백원의 궁에서 일어난 로마노프 황가의 혈사, '혈탑의 비극' 이전처럼 말이다.

그때, 린덴과 엘리제가 사라지는 모습을 지켜보던 루이 니콜라스가 퍼뜩 정신이 들어 외쳤다.

"막아!"

미하일이 루이 니콜라스를 똑바로 바라보았다.
“누구 마음대로?”
“……!”
다시 선연히 느껴지는 살기.
“허억!”
루이 니콜라스는 허겁지겁 추하게 뒷걸음질을 쳤다. 미하일은 허리춤에서 한 가지 물건을 꺼내 들었다. 검제란 이름과 어울리지 않게 권총이었다.
“예전부터 생각한 것이 있지.”
그는 가만히 루이 니콜라스의 인중을 향해 총을 겨누었다.
“다른 놈은 몰라도 네놈만은 기회가 되면 없애야겠다고.”
루이 니콜라스는 침을 꿀꺽 삼켰다. 그는 발작적으로 외쳤다.
“거, 거기서 쏜다고 맞을 것 같으냐?!”
지금 미하일과 전갈의 거리는 400m가 넘는다. 권총은 물론 소총도 닿을 수 없는 거리. 하지만 미하일은 피식 웃었다. 얼음 같은 웃음이었다.
“당연히 이 거리에서 총알이 닿을 리가 없지.”
루이 니콜라스는 미하일이 무슨 의중을 가졌는지 몰라 미심쩍은 표정을 지었다. 그 순간 권총이 불을 뿜었다.
타앙!
“일반적인 총알이라면 말이야.”
투명한 바람이 공이를 맞고 튀어나온 총알을 감쌌다. 미하일의 초상 능력은 다름 아닌 바람, 풍(風) 속성. 총알이 향하는 방향으로 바람의 저항이 사라졌다. 그리고 그 길을 총알을 감싼 쐐기 모양의 바람이 날아들었다.

퍼억!

루이 니콜라스의 이마가 정통으로 뚫렸다.

"……컥!"

그렇게 사막의 전갈은 외마디 비명과 함께 사망했다. 한때 제국을 떨게 하였던 모략의 귀재치고는 다소 허망한 최후였다.

"각하!"

"니콜라스 각하!"

뒤늦게 상황을 파악한 공화국군이 비명을 질렀다. 급히 상태를 살폈으나 이미 즉사한 후였다.

"이이! 검제!"

공화국 최강의 오러 나이츠이자 흉갑기병대의 사령관 위고 중장이 분노로 고함을 질렀으나, 미하일은 검을 빼 들며 이렇게 말할 뿐이었다.

"이 선."

파앗!

바람이 불며 그의 전방 50m에 기다란 선이 생겼다.

"이 선을 넘어오면 다 죽인다."

미하일은 빙글 웃었다.

"난 어딘가 무른 형님과 달라서 말이야. 착한 인상과 다르게 한다면 해. 그리고 나 지금 리제 때문에 조금 빡쳐 있어서."

"무, 무슨 말도 안 되는……."

위고는 손을 부들부들 떨었다. 공화국군은 1,000명이 넘는다. 고작 한 명이 1,000명을 협박하고 있는 것이다. 하지만 미하일은 루이가 죽어 자동으로 지휘권을 넘겨받은 위고 중장에게 말했다.

"뭐가 이상하지, 위고 중장? 중장은 알고 있지 않은가, 내가 청에서 불렸던 별명이 무엇인지."

"……!"

"검귀(劍鬼)였다고. 쉽게 말해 검에 미친 귀신."

미하일은 과거 3년간의 가출을 떠올렸다. 가출, 그건 장엄한 오페라로까지 꾸며진 그의 영웅담에 어울리는 단어는 아니었지만 사실이 그러했다.

지금으로부터 7년 전, 그의 어머니인 1황비 마리엔이 결국 미쳤다. 아직은 성숙하지 못했던 그는 어머니의 광증을 견디지 못했고, 황궁을 뛰쳐나가 무사 여행을 떠났다. 말이 무사 여행이지, 도망이고 가출이었다.

'어쩌면 미친 것은 어머니만이 아니었을지도 모르지.'

티가 나지 않았을 뿐 당시에는 미하일도, 큰형님 1황자 지펠도, 작은형님 2황자 린덴도 모두 미쳐 있었다. 가출한 그는 어딘가 망가져 있었고 서대륙, 검은 대륙을 지나 밀항을 통해 청나라에 갔을 때는 그 정도가 심각한 수준이었다. 아무리 악인을 향해서라지만 그의 검에는 자비가 없었고, 그 무자비한 검술을 본 청인들은 미하일을 검귀라 부르며 두려워했다. 검룡(劍龍) 운학, 은화(銀花) 남궁소예 등 당시 좋은 친구들을 만나지 못했다면 그는 어쩌면 검에 먹힌 살육귀(殺戮鬼)가 되었을지도 모른다.

'다들 다시 한 번 보고 싶군. 어렵겠지만.'

미하일은 고개를 저으며 상념을 털어냈다. 지금은 잡념에 빠질 때가 아니라 싸울 때다.

"참고로 나 지금 화가 정말 많이 나 있거든. 최근 이렇게 화가 난 적이 있는지 모를 지경이야."

검제는 스산하게 웃었다. 잔잔한 웃음이건만 1,000명의 군대가 흠칫 놀랐다.

"그러니 올 거면 이 악물고 와. 조금 거칠 수도 있어."

린덴은 뚝뚝 피를 흘리며 길을 걸었다.

'이제 조금…… 조금만.'

정말 조금만 더 가면 지긋지긋한 공화국군의 세력권에서 벗어난다. 앞의 협곡에 마지막 공화국군이 모두 모여 있었던 것인지, 그의 앞에는 어떤 적도 나타나지 않았다. 그건 정말 다행인 일이었다. 이제 린덴은 초상 능력은커녕 검 하나 들어 올릴 힘도 남아 있지 않았기 때문이다.

'이제 조금만…… 제발 조금만 더 버텨다오, 엘리제…….'

그는 간절한 마음으로 소녀의 얼굴을 바라봤다.

그런데 그때였다!

"파비앙 중령님, 어차피 이곳으로 공제가 오겠습니까? 각하께서 처리하시겠죠."

"그래도 각하의 명령이니 우린 이곳을 사수해야 한다."

린덴은 다시 아득한 절망감을 느낄 수밖에 없었다. 이런 곳까지 공화국군이 있는 것이다. 숫자는 많지 않았다. 일개 소대 규모, 즉 3~40명 정도. 평소라면 가볍게 제압할 병력이지만 지금 그는 30명은커녕 5명도 감당하기 어려웠다.

'어떻게 하지?'

설상가상으로 적들은 순찰이라도 하는지 그가 있는 쪽으로 천천히 다가오기 시작했다. 이제 산맥이 끝나는 부분이라 그런지, 파비앙 중령이라 불린 적 지휘관은 갈색 군마를 타고 있었다.

린덴은 일단 짙은 수풀 속으로 몸을 숨겼다. 군인이라기보단 성실한 학자처럼 생긴 적 지휘관, 파비앙 중령은 5명 정도의 적병과 함께 린덴이 숨은 수풀 쪽으로 다가왔다. 린덴은 제발 적들이 자신들을 발견하지 못하길 빌었다.

하지만 하필 적 지휘관과 린덴의 눈이 딱 마주쳤다. 린덴은 이를 악물었다. 끝장이었다. 이제는 무슨 수를 써서라도 정면으로 저들을 돌파해야 했다. 그런데 믿을 수 없는 일이 일어났다.

"계속 날씨가 춥군."

파비앙 중령이라 불린 이가 쓰윽 눈을 돌리며 병사에게 말을 건 것이다. 마치 아무것도 못 본 것처럼.

"아, 네. 그러게 말입니다. 파리스는 지금쯤 봄일 텐데."

"자네도 파리스 출신인가?"

"네, 중령님. 제가 이래 보여도 마르뜨 언덕에서 잘나가는 놈이었습니다."

"그런가? 그래서 그런지 잘생긴 것 같기도 하군."

그 말에 병사들이 웃음을 터뜨렸다.

"아니, 중령님. 이놈 말을 믿으십니까?"

"이놈보다는 중령님이 훨씬 잘생기셨습니다."

그 화기애애한 대화를 들으며 린덴은 눈을 깜빡였다. 이게 어떻게 된 일이지?

'못 본 건가?'

아니다. 분명 봤다. 적 지휘관의 갈색 눈동자는 짧은 시간이지만 분명히 자신과 자신의 품에 안긴 엘리제를 훑었다.

"그러고 보니 자네들의 말이 맞는 것 같군."

"네?"

"이곳에 공제와 등불을 든 여인이 올 리가 없지 않겠는가."

"그렇죠?"

"계속 대기하느라 쉬지도 못 하고 있는데, 자네들은 저쪽으로 가서 잠시 쉬고 돌아오게."

"중령님께서는?"

"나는 이곳에서 아까 못다 한 생각이나 잠시 정리하겠네."

"네, 금방 쉬고 돌아오겠습니다!"

중령의 명에 공화국 병사들은 신이 나서 사라졌다. 그들이 멀찍이 사라지자 파비앙은 잠시 하늘을 바라보다가 말에서 내려 본인도 그들을 향해 걸어갔다. 이런 중얼거림을 남기며.

"이제는 말을 타는 것이 좋을 겁니다."

"……!"

린덴은 도저히 지금 상황을 이해할 수가 없었다. 왜 적의 지휘관이 자신들에게 호의를 베푸는 거지? 어쨌든 지금은 호의를 거절할 때가 아니다. 특히 말은 지금 그들에게 가장 필요한 것이었다. 그는 급히 엘리제를 안고 파비앙이 두고 간 말에 올라탔다.

'파비앙이라고.'

린덴은 말의 배를 차 미친 듯이 앞으로 튀어 나갔다.

한편, 그런 그들의 뒷모습을 파비앙이 복잡한 눈으로 바라봤다.

'이 일을 들키면 교수형이겠군.'

다 잡은 적의 총사령관을 놓아주었다. 잘못 걸리면 교수형을 당할지도 모른다. 그도 평소라면 절대 적 총사령관을 놓아주지 않았을 것이다.

'하지만 등불을 든 여인을 이렇게 죽게 놔둘 수는 없지.'

그는 씁쓸히 생각했다. 상처 입은 작은 소녀가 그의 발목을 잡았다. 왜인지 모르지만 저 소녀를 이런 곳에서 죽게 놔두면 안 될 것 같았다.

'모르겠군. 이 일로 나중에 잘못되면 제국에 망명 신청하면 받아주려나.'

그렇게 파비앙은, 공화국의 중령이자 향후 몇 차례의 혁명 끝에 프랑소엔 공화국의 총통이 되는 그는 복잡한 머리로 생각했다.

드디어 탁 트인 평야가 나타났다.

린덴은 제국군 부대를 향해 말을 달렸다. 사실 온몸이 한계에 이른 그는 방향감각 따위는 남아 있지 않았다. 그저 본능적으로 북쪽을 향해 말을 채찍질했다. 그런데 얼마 말을 달리지 않아 저 멀리서 우르르 먼지 구름이 피어오르는 것이 보였다.

"……!"

그 모습을 보고 린덴은 우뚝 말을 멈추어 섰다. 초상 능력의 반작용으로 시야가 흐릿해 피아가 정확히 구별되지 않았다.

'적인가, 아군인가?'

만약 저 기병대의 정체가 공화국의 큐래시어면 자신들은 그걸로 끝이었다. 이런 상태로는 절대 도망칠 수 없었다.

'제발, 주여.'

그는 목에 건 십자가를 잡고 품에 안긴 작은 소녀를 위해 기도했다.

곧 기병대가 눈앞까지 다가왔다. 선두에 선 남자의 얼굴을 알아본 린덴은 온몸에 맥이 탁 풀렸다.

"전하! 엘리제!"

보도(寶刀)와 같이 아름다운 얼굴. 그 차가운 얼굴은 평소와 다르게 초조함에 덮여 있었다. 렌이었다.

"……늦었잖아."

황태자는 중얼거렸다. 늦었다. 늦어도 한참 늦었다. 너무 늦어 나중에 엘리제의 몸이 회복되면 기념으로 죽을 때까지 술이라도 먹여야겠다. 저 친구가 제일 싫어하는 독한 위스키로. 그렇게 그는 멍하니 생각했다.

"전하!"

"전하! 괜찮으십니까?!"

"황태자비께서는?!"

로열 나이츠들이 놀란 얼굴로 그들에게 다가왔다. 그렇게 그녀와 그의 여행이 끝이 났다. 이제 남은 것은 엘리제를 치료하는 것이다.

협곡에 남은 미하일은 공화국군을 상대하고 있었다. 그런데 전투 장면이 묘했다. 분명 1 대 1,000의 싸움이건만 겁에 질려 있는 것은 1,000명이었다.

"으으…… 괴물 같은."

공화국군이 주춤주춤 뒤로 물러났다.

"그 선 넘어오지 마라니까."

검제 미하일은 차갑게 경고했다.

"쏴! 쏘라고!"

한 장교가 병사들에게 명했다. 공화국군은 이를 악물고 소총을 겨누었다.

타앙! 타앙!

하지만 이미 진열이 흐트러져서인지 화망 형성도 되지 않았고, 그 탓에 명중률이 형편없었다. 그나마 검제에 근처에 닿은 총탄은 그의 초상 능력, 에어 배리어를 뚫지 못했다.

"총 말고! 수류탄! 척탄병 어디 있나?! 수류탄을 던져!"

확실히 수류탄은 오러 나이츠도, 초상 능력자도 무시하기 어려운 폭발력을 가지고 있었다. 수류탄 전문 보병인 척탄병이 미하일에게 수류탄을 집어 던졌다.

"소용없다니까."

그의 발이 허공을 밟았다. 그리고 바람을 타고 가속을 시작했다.

파앗!

일순간 그의 몸이 잔상이 남을 정도로 빨라졌다. 미하일은 폭발이 일어나기 전 허공에서 수류탄을 낚아채 그대로 공화국 병사들의 머리 위로 던져 버렸다.

콰앙!

"크악! 으악!"

공화국 병사들은 모두 공포에 질려 바닥에 엎드렸다. 수류탄이 한

참 허공 위에서 터진 덕분에 인명 피해는 없었지만 검제의 말도 안 되는 무위에 사기는 바닥을 쳤다.

"이익! 대포를 쏴!"

그들은 공제를 잡기 위해 소형 대포도 끌고 왔다.

치익! 콰앙!

불이 타오른 후 포문이 불을 뿜었다. 아이언 볼! 궤적에 닿는 것은 모조리 파괴해 버리는 철제 쇠공이 미하일에게 직선으로 날아왔다. 하지만 미하일은 눈 하나 깜짝하지 않고 검을 들었다.

우웅!

단전의 호흡과 더불어 자연의 에너지, 오러가 검에 모여들었고, 그는 그 기세 그대로 중단세로 베었다.

서걱!

그리고 다시 일어난 믿지 못할 일. 아이언 볼이 두부처럼 검에 잘려 나간 것이다.

"으…… 이런 말도 안 되는……."

도저히 상식적으로 받아들일 수 없는 무위를 계속해서 보여주는 검제에게 공화국 병사들은 이러지도 못 하고 저러지도 못 하며 기가 질려 주춤거렸다. 미하일은 여전히 차가운 표정으로 그들을 바라봤다.

"그 선 넘어오지만 마. 그러면 살려준다."

이미 아무도 그가 정한 선을 넘어가지 않고 있었다. 죽고 싶지 않았던 것이다. 그렇게 대치가 이어졌다. 1명이 1,000명을 핍박하는 말도 안 되는 대치 속에서 미하일은 속으로 생각했다.

'힘들군. 이제 곧 한계인데.'

한 치의 흔들림도 없이 강인한 모습을 보이고 있지만 사실 허세였다.

'이런 다수와의 싸움은 기세에서 밀리면 그대로 끝이니까.'

린덴과 다르게 그는 이런 싸움의 경험이 많았다. 그래서 알고 있었다. 무조건 기선을 제압해야 한다는 것을. 그래야 그나마 시간을 끌고 버틸 수가 있다. 하지만 이것도 곧 한계였다.

'확실히 초상 능력을 사용하면 금방 피로가 오긴 하는군.'

무속성의 린덴은 조상 능력을 사용할수록 몸에 반작용이 온다. 하지만 그렇다고 다른 유(有)속성의 초상 능력을 사용하는 황족들이 무한대로 능력을 사용할 수 있는 것은 아니었다. 부작용이 없을 뿐 피로도는 똑같았다.

그는 린덴과 엘리제가 떠난 시간을 계산했다.

'내가 이렇게나 고생하는데 리제가 잘못되기만 해봐라.'

그는 린덴의 품에 처져 있던 엘리제를 떠올렸다. 만약 그녀가 잘못되면 형님이라도 용서하지 않을 것이다.

'아니야. 괜찮을 거야.'

미하일은 애써 불안을 털어냈다. 그런 끔찍한 생각은 떠올리지 않기로 했다. 그녀가 소중한 존재가 된 것은 린덴뿐이 아니었다. 어느덧 그녀는 미하일의 가슴속에도 깊숙이 들어와 있었으니까.

'이제 슬슬 나도 이곳을 떠야겠군.'

미하일은 여전히 차가운 표정을 유지하며 공화국군을 노려보았다. 그러며 공화국군이 눈치 못 챌 정도로 슬금슬금 뒷걸음질 치며 도망갈 준비를 하였다.

21장

운명

린덴과 엘리제는 드디어 제국군 군영에 도착할 수 있었다. 혈인(血人)이 된 총사령관과 등불을 든 여인을 보고 제국군 모두가 경악했다.

"전하!"

"아니, 황태자비께서!"

홀로 군을 진두지휘하며 고군분투하던 맥가일 원수가 화급히 뛰쳐나왔다. 본인의 신분을 잊고 무책임하게 행동한 황태자에게 잔뜩 잔소리라도 하려 했지만 그의 눈빛을 본 순간 입을 다물었다. 초상능력의 반작용으로 괴롭게 꺼져 가면서도, 자신의 소녀를 향해 형형히 타오르는 그 눈빛을 보고 무슨 말을 할 수 있겠는가.

"빨리, 빨리 수술 준비를 해! 무슨 일이 있어도 반드시 살려라!"

"……!"

"반드시 살려야 한다. 만약 그녀가 조금이라도 잘못된다면 너희를 절대, 절대 가만두지 않겠다."

린덴은 허겁지겁 달려온 의사들을 겁박했다. 황태자의 그 흉포한 기세에 의사들은 침을 꿀꺽 삼켰다. 한 의사가 용기를 내어 말했다.

"저, 전하. 전하께서도 치료를……."

엘리제뿐 아니라 린덴의 몸 상태도 엉망이긴 마찬가지였다. 하지만 황태자는 완강한 얼굴로 고개를 저었다.

"난 됐다."

"하, 하지만……."

"날 신경 쓸 정신이 있으면 엘리제를 조금이라도 더 돌보라고! 난 괜찮으니!"

발작적인 외침. 평소와 전혀 다른, 이성을 잃은 모습이었다.

'엘리제, 제발.'

그가 그러는 이유는 이곳 군영까지 오며 엘리제의 상태가 한층 더 악화됐기 때문이다. 장기간 피를 흘린 탓인지 이제 맥도 잘 느껴지지 않았다. 간신히 느껴지는 맥은 실낱같이 약했다.

'아아, 제발. 제발…….'

린덴은 그녀가 이대로 목숨을 잃고 자신을 떠나버릴까 싶어 미쳐버릴 것 같았다. 초조함과 불안함에 정신을 차릴 수가 없었다. 그런 불안함은 린덴만 느끼는 것이 아니었다.

"아니, 등불을 든 여인께서?"

"황태자비께서?"

그녀의 몰골을 본 제국군 병사들이 크게 동요했다. 엘리제는 단순한 예비 황태자비가 아니었다. 바로 그들 모두의 소중한 여인이었다.

"상태가 좋지 않아. 빨리 응급수술에 들어가야 해."

"그래, 반드시 살려야 해."

의사들도 이를 악물었다. 지금 제국군 군영의 의료진들은 엘리제의 헌신에 감동해 자원하여 전장에 온 이들이 대부분이다. 그런 그들에게 이 작은 소녀는 누구보다 믿을 수 있는 동료이자 본받을 만한 스승이었고 이상이며 빛이었다. 이렇게 이 소녀를 잃을 수는 없었다.

군 병원에 곧바로 수술이 준비되었고, 엘리제는 창백하게 의식을 잃은 채 수술실에 들어갔다. 수술을 시작하기 직전 린덴이 초조한 얼굴로 물었다.

"누가…… 누가 그녀의 수술을 집도할 것이지?"

"저입니다, 전하."

그녀의 스승, 그레이엄 남작이 답했다. 이 군영에서 엘리제 다음으로 뛰어난 수술 실력을 가진 이는 다름 아닌 그레이엄이었다.

"자네가?"

"네."

평소 린덴은 마음속으로 엘리제의 스승이라는 그레이엄을 못마땅해했었다. 그레이엄이 그녀를 바라보는 눈빛이 마음에 안 들었던 탓이다. 하지만 이 순간 린덴은 그런 마음을 버리고 그의 손을 잡았다.

"……!"

그레이엄은 지고한 황태자가 자신의 손을 잡자 흠칫 놀랐다. 린덴은 그레이엄에게 간절하게 말했다.

"제발…… 제발 부탁한다."

"……!"

"그녀를 살려다오. 어떤 보상이라도 하겠다. 제발 부탁한다."

그레이엄은 놀란 눈으로 황태자를 바라봤다. 저 황태자가 '부탁'이라고 했다. 명령 외에는 절대로 해보지 않았을 만인지상의 지고한 이가. 그만큼 간절한 것이리라. 그레이엄은 묵묵히 고개를 끄덕였다.

"제 마음이, 그리고 우리 모두의 마음이 전하의 마음과 같습니다."

그는 무뚝뚝한 목소리로 말을 이었다.

"반드시 살리겠습니다."

짧지만 확고한 의지가 담긴 말을 끝으로 수술실의 문이 닫혔다.

그레이엄을 비롯해 군영 내 최고의 실력을 가진 의사들이 수술을 시작했다.

'데임 클로랜스, 아니, 로제.'

그레이엄은 이전 그녀가 사용하던 가명을 속으로 중얼거렸다. 그녀가 처음 자신의 교수실에 왔던 순간이 떠올랐다.

'전 당신을 그냥 쫓아내려 했었죠.'

그는 처음엔 그녀를 싫어했다. 그래서 부랑자 병실에 방치했고 도망가길 바랐었다. 분명 그랬는데, 그녀는 언제부터 이렇게 자신의 마음에 들어온 것일까? 자신은 언제부터 이렇게 그녀만 바라보게 된 것일까.

'죄송합니다, 데임 클로랜스. 전 사실…… 당신을 사랑하고 있습니다.'

결코 입 밖으로 낼 수 없는 마음. 그녀는 황태자비가 될 것이다. 그러니 자신은 그저 그녀를 바라만 볼 수밖에 없다. 그레이엄은 씁쓸히 웃었다. 그가 그녀에게 이 마음을 밖으로 보이는 일은 평생 없을 것이다. 이렇게 가까운 곳에서 바라볼 수 있다는 것에 감사하며, 그 기억으로 평생을 살아갈 것이다.

'로제.'

그레이엄의 눈이 결연한 의지로 빛났다. 반드시 그녀를 살릴 것이다. 자신의 손으로.

수술은 길었다. 황태자는 응급처치를 받은 후 꼼짝도 않고 수술실 앞에 앉아 수술이 끝나길 기다렸다. 마치 석상이라도 된 것 같았다.

"저, 전하. 전하께서도 안정을 취하셔야 합니다."

"괜찮다."

"하, 하지만……."

의사가 땀을 뻘뻘 흘렸다. 맥가일 원수도 사색이 되어 황태자에게 말했다.

"전하, 몸을 돌보셔야 합니다."

"괜찮다고."

언제나 이지적이고 냉철하던 황태자다. 찔러도 피 한 방울 안 나올 것 같은 그가 이성을 잃고, 말도 안 되는 고집을 부리고 있었다. 응급처치를 받았다지만 절대적으로 안정을 취해야 하는 상태였다.

"데임 클로랜스께서는 금방 회복되실 겁니다."

"알아."

그 말에 린덴은 강하게 긍정했다. 그 긍정은 확신이나 믿음이라기보다는 간절한 기원이었다.

'제발…… 좋아져야 한다. 엘리제…….'

린덴은 하늘을 올려다보았다. 이토록 자신이 무력하다니. 자신의 심장인 그녀가 저렇게 생사의 기로에서 수술을 받고 있는데, 제국의 만인지상인 그는 할 수 있는 게 아무것도 없었다. 그저 무력하게 하늘을 보며 기도하는 것 외에는. 린덴은 씁쓸히 생각했다.

'신이시여, 그녀를 가엾게 여기시고 부디 깨어나게 하소서.'

15년 전 '그날' 이후 그는 신을 찾지 않았다. 하지만 최근 그는 몇 번인지도 모를 정도로 계속해서 신을 찾고 있다. 모두 엘리제 때문이다.

'엘리제…….'

그녀의 모습이 보고 싶었다. 작은 체구로 환자를 보며 미소 짓던 모습을, 여리지만 강하게 자신의 의견을 말하는 모습을, 론도의 테스 강변에서 다소곳이 걷던 모습을, 케이크를 먹으며 좋아하던 모습을, 심지어 그녀의 삐뚤삐뚤한 못난 글씨까지 전부 보고 싶었다. 그 모습을 다시는 보지 못할지도 모른다는 생각이 드니 미쳐 버릴 것 같았다.

'이렇게 다시 소중한 사람을 잃을 수는 없어.'

그는 입술을 깨물며 절규했다.

엘리제의 회생을 바라는 것은 린덴만이 아니었다. 군 병원이 위치한 프라바, 3만의 제국군이 머물고 있는 그 군영에 이상한 분위기가 감지되었다.

"밥 됐어. 밥 먹어."

"안 먹어."

"뭐?"

취사병은 놀라 잭슨을 바라봤다. 산만 한 덩치의 잭슨은 늘 밥이 모자라다며 투정 부리던 놈이었다.

"정말 안 먹어? 어디 아파?"

"아, 몰라. 조용해."

그러며 잭슨은 눈을 감았다. 뭐야? 취사병은 다른 병사들에게 말했다.

"밥 됐어. 다들 나와."

"안 나가."

"뭐?"

"우리 초소는 다 안 먹을 거야. 다른 초소에 넘겨줘."

이놈들이 단체로 미쳤나? 전쟁에 나온 병사가 밥을 안 먹겠다니. 취사병은 어안이 벙벙해 눈을 깜빡였다.

"후회하지 마. 나중에 달라고 해도 안 준다."

"그래."

오히려 병사들은 귀찮다는 듯 손을 내저었다. 진짜 뭐야? 그런데 옆에 초소를 가니 더 놀라운 일이 일어났다. 그들도 식사를 거부한 것이다.

"너희도 안 먹는다고?"

"그래. 다른 초소 줘."

그리고 그 옆의 초소도 마찬가지였다. 당황한 취사병은 중대장에게 이 사실을 보고했다. 중대장 라인 대위는 당황해 물었다.

"뭐? 병사들이 식사를 거부하고 있다고?"

"네, 모두 식사를 거부하고 있습니다."

그 말에 대위는 심각한 표정을 지었다. 군인이 단식이라니? 원래 단식은 강한 불만이나 문제가 있을 때 항의의 의미로 행하는 경우가 많다.

'도대체 무슨 불만이 있길래?'

어쨌든 가만히 놔둘 일이 아니다. 단식할 정도의 불만이라면 더 큰 일이 일어나기 전에 정확히 무슨 불만이 있는지 확인하고 해결해야 한다.

"너희 도대체 무슨 불만이 있는 거냐?"

라인 대위는 초소의 분대장들을 불러 먼저 대화를 시도했다.

"밥을 안 먹다니. 불만이 있으면 먼저 지휘관인 나에게 이야기해야지, 다짜고짜 단식하면 어떻게 해?"

그런데 대답이 의외였다.

"불만 하나도 없습니다."

"그러면 왜 단식을?"

"아, 그건……."

그들은 쑥스러운 표정으로 답했다.

"기도 중이었습니다."

"뭐? 웬 기도?"

"지금 데임 클로랜스께서 수술을 받고 계시지 않습니까. 저희 부대에 계신 군종 목사님이 식사를 거르며 기도하시길래 따라 해봤습니다."

그 말에 라인 대위는 입을 벌렸다. 예비 황태자비를 위해 기도 중이었다고? 부대원 모두가 식사까지 거르며? 그는 짧은 머리의 분대장에게 말했다.

"자네 구교잖아? 근데 목사님을 따라 기도해?"

"그게 무슨 상관입니까?"

"그리고 자네는 무교잖아? 근데 무슨 기도야?"

같은 브리티아인이지만 종교는 조금씩 달랐다. 물론 주로 신교나 구교였지만 무교도 가끔씩 있었다. 평소 무신론자라 자처하던 대머리 분대장, 스캇은 머리를 긁적였다.

"아, 뭐 그렇긴 한데요."

"근데?"

"제가 두 달 전 죽을 뻔하지 않았습니까? 파편에 튄 상처가 곪아서. 근데 등불을 든 여인 덕분에 살았습니다. 그분 아니었으면 전 죽었을 거란 말이죠. 그리고 그런 병사가 여기에 한둘이 아닙니다."

스캇은 계속해서 말했다.

"그런데 우리를 위해 자신의 몸도 돌보지 않으시고 헌신하던 소중한 레이디께서 지금 사경을 헤매고 있단 말입니다. 이 상황에서 우리가 어떻게 가만히 있겠습니까? 할 수 있는 게 하늘에다 대고 비는 것밖에 없으니 기도라도 해야죠. 지금 구교든 신교든 무교든 무슨 상관입니까?"

"……."

"그러니 수술이 끝날 때까지만이라도 뭐라고 하지 말아주셨으면 좋겠습니다. 지금 다들 심각하다고요."

어안이 벙벙해진 라인 대위가 뭐라 한 마디 하려 할 때였다.

한 분대장이 낮게 말했다. 과거 무슨 잘못을 저질렀는지 감옥에 수감된 경력이 있는 병사였다.

"만약 등불을 든 여인이 잘못되기라도 한다면 공화국 놈들은 저희의 분노를 감당해야 할 것입니다."

결국, 라인 대위는 그들을 만류하지 못했다. 그렇게 사령부 프라바에 주둔하고 있는 병사들은 한마음으로 수술이 시행되고 있는 병원과 하늘을 바라보았다. 병사들은 출정 전, 출정식에서 그녀가 했던 약속을 떠올렸다.

"여러분이 다쳤을 때, 상처로 고통받을 때 제가 옆에 있겠습니다."

작은 소녀는 그 약속을 지켰다. 그녀는 다친 그들과 늘 함께했다. 그래서 그들은 간절히 기원했다. 자신들의 등불을 든 여인이 쾌유하길.

얼마나 시간이 지났을까? 수술실 앞에서 기다리는 린덴의 시야가 깜깜하게 변하며 병원 복도에 등불이 하나둘 켜질 때였다.

드디어 수술실 문이 열리며 한 중년 의사가 밖으로 나왔다. 수술이 드디어 막바지에 이르러 결과를 알려주러 온 것이다.

"어떻게 됐나?!"

린덴은 다급히 일어나며 물었다. 안 좋은 몸으로 워낙 급하게 일어나 현기증에 몸이 휘청 흔들렸다.

"전하! 진정하십시오!"

맥가일이 걱정스러운 얼굴로 린덴을 부축했다. 하지만 황태자의 눈은 의사의 입에 고정되어 있었다.

"그게……."

그 목소리를 듣는 순간 린덴의 가슴이 철렁 내려앉았다. 밝은 목소리가 아니었던 것이다.

'아니야. 그럴 리가 없어.'

린덴은 그렇게 믿었다. 그녀는, 그 작은 소녀는 거짓말처럼 일어나 이전처럼 강한 모습을 보여줄 것이다. 그럴 것이 분명했다. 하지만 묻는 그의 목소리는 불안으로 떨렸다.

"어…… 떻게 됐지?"

중년 의사는 한숨을 내쉬었다.

"수술은 잘되었습니다."

"……!"

"수술은 성공적입니다. 다행히 총알이 중요 신경 부위를 건들지 않아 후유증도 남지 않을 것입니다. 그레이엄 경께서 심혈을 다해 수술해 상처 치료만 잘 받으면 흉터도 거의 안 남을 것입니다."

"……그런데?"

수술 경과가 좋다면서 왜 저렇게 의사의 얼굴이 어둡단 말인가?

"수술은 잘되었는데…… 문제가 하나 있습니다."

"무엇인가?"

"지금까지 피를 너무 많이 흘렸습니다. 수액으로 보충하였지만 출혈의 정도가 너무 심해 한계가 있습니다. 빈혈 수치가 너무 낮아 장기에 산소 공급이 원활히 되지 않는 상태입니다."

"……그러면?"

"수술은 잘 끝났지만 이대로라면 과다 출혈에 의한 합병증으로 사망할 가능성이 높습니다.

"……!"

절망적인 이야기였다. 린덴이 낮게 으르렁거렸다.

"웃기지 마."

"……."

"웃기지 말라고! 그녀가 죽는다고?!"

고함을 지르자 피잉 머리가 돌며 린덴은 비틀거렸다. 맥가일이 만류했지만 그는 정신을 차릴 수가 없었다. 그녀가 죽는다고? 그럴 리가 없어!

그때, 의사가 희망적인 이야기를 하였다.

"한 가지 방법이 있긴 합니다."

"뭐지?!"

"하지만 위험합니다. 검사 결과를 봤을 때 실패 확률이 압도적으로 높습니다. 그리고 만약 실패하면 데임 클로랜스께서는 사망할 것입니다. 하지만 지금은 이 방법 외엔 없습니다."

린덴의 눈이 크게 흔들렸다.

"그 방법이 뭐지?"

의사는 굳은 얼굴로 말했다.

"수혈입니다."

"수…… 혈이라고?"

수혈(輸血). 환자의 몸에 직접 타인의 피를 주입하는 것을 뜻한다. 현대 지구에서는 너무나 당연한 상식이라 어린애도 아는 의료 처치. 하지만 린덴은 그 생경한 용어가 무슨 뜻인지 몰랐다.

"네, 전하. 부족한 혈액을 타인의 피로 채워주는 것입니다. 수액을 주사하듯 직접 혈관에 넣어주게 됩니다."

"그러면…… 하면 되지 않는가? 뭐가 문제지?"

의학 지식이 없는 린덴은 이해가 되지 않았다. 피가 필요하면 넣어주면 되는 것 아닌가? 하지만 이 시대의 수혈은 그렇게 간단한 문제가 아니었다.

"타인의 피가 몸에 들어가면 높은 확률로 거부반응이 일어납니다."

"거부반응?"

"네, 몸에 들어간 피가 체내 거부반응에 의해 용해되고 고열이 일어나며 검은 소변이 나오게 되지요."

의사가 말하는 것은 현대 지구에서 '급성 용혈성 수혈 부작용'이라 불리는 거부반응이다. 현대 지구에서는 상식적인, ABO 등의 혈액형 불일치로 일어나는 거부반응으로, 일단 발생하면 치명적인 결과를 일으킨다.

"그래도 다행히 최근 데임 클로랜스께서 이 문제에 대한 해결책을 마련하였습니다."

"뭐지?"

린덴은 급히 물었다.

"수혈 전 미리 몸 외부에서 혈액끼리 반응시켜 보는 것입니다."

지구에서는 1901년이 되어서야 시작된 혈액형 교차반응 검사(Cross-matching test)였다. 엘리제는 크림반도에 온 후, 전쟁터에서 수혈의 필요성을 곧바로 깨달았고, 간단한 교차반응 검사를 도입했다. 그녀가 그 검사를 도입하기 전까지는 제국의 의사들은 과거 지구의 의사들이 그랬듯 혈액형의 존재를 모르고 무작위적으로 수혈을 시도하고 있었다. 그 결과 혈액형이 일치하지 않아 거부반응이 수없이 일어나 수혈 부작용으로 인한 사망률이 50%에 육박하고 있었다.

"데임께서 도입하신 방법 덕분에 50%에 육박하던 수혈 부작용 사망률이 1% 미만으로 줄어들었습니다."

"그런데? 그러면 그 방법을 사용해 수혈하면 되잖아. 뭐가 문제라는 거지?"

린덴은 일분일초가 귀중한 시간에 이런 쓸데없는 설명을 하는 의사가 이해가 되지 않았다. 의사는 깊게 한숨을 내쉬었다.

"데임께 맞는 혈액형이 없습니다."

"뭐?"

"시금 건장한 병사들의 혈액을 채취하며 계속 교차 검사를 하고 있는데, 그 어떤 혈액과도 데임의 피와 일치하지 않습니다. 계속해서 거부반응이 일어납니다."

"……!"

"지금까지 단 한 번도 이런 일이 없었는데 도대체 왜 그런지 모르겠습니다."

엘리제가 혈액 교차반응을 도입한 이후 이런 경우는 단 한 번도 없었다. 어떤 피가 들어와도 거부반응을 일으키다니? 지금 수술실의 의사들은 그 문제를 해결하지 못해 망연자실해 있었다.

'도대체 모르겠구나.'

세상 사람들의 혈액에는 단순히 ABOtype 말고도 거부반응을 일으키는 더 많은 요소가 있다는 것을 모르는 의사는 그저 답답할 뿐이었다.

'데임 클로랜스라면 왜 이런 현상이 일어나는지 알고 있을까?'

왠지 그녀라면 그 답을 알고 있을 것 같았다. 하지만 그녀는 지금 수술대에 누워 있다. 그녀 없이 자신들만으로 이 문제에 대한 해결책을 내놓아야 한다.

"그럼 어떻게 해야 한다는 거지?"

"일단 데임께 맞는 혈액을 조금 더 찾아보긴 할 것입니다만, 만약 맞는 혈액이 없다면."

의사는 한숨을 내쉬었다. 나락에 떨어지는 것 같은 깊은 한숨이었다.

"아무 혈액이라도 주입해 봐야 할 것 같습니다."

"만약 그렇게 해서 거부반응이 일어나면?"

"그때는…… 방법이 없습니다."

방법이 없다? 그녀가 사망한다는 뜻이었다. 그 절망적인 말을 들은 순간 린덴이 벽을 강하게 후려쳤다.

콰앙!

"빨리 구해."

"……."

"맞는 혈액, 빨리 구하라고! 무슨 수를 써도 좋으니!"

"네, 전하!"

그 흉포한 기세에 의사는 허겁지겁 고개를 끄덕였다.

'제길, 엘리제! 엘리제!'

맞는 혈액을 찾지 못하면 이대로 그녀를 보내야 한다고?

'웃기지 마. 절대, 절대 너를 이렇게 보내지 않아.'

린덴은 입술을 깨물었다. 어찌나 강하게 깨물었는지 입술이 찢어지며 피가 주르륵 흘러내렸다.

수술실의 의사들은 절망했다. 그 누구의 피를 반응시켜도 마찬가지였다. 마치 저주라도 내린 듯 그녀의 피는 모든 피에 거부반응을 보였다. 심지어 수술하던 집도의들의 피도 시도해 보았으나 소용없었다.

'아아, 엘리제.'

린덴은 흐릿한 눈으로 그녀를 바라보았다. 이미 수술이 끝난 엘리제는 가만히 침대에 누워 있었다. 미동도 없이 시체처럼 창백한 그녀의 안색은 그의 가슴을 갈기갈기 찢어발겼다.

'이 자리에 누워 있는 게 네가 아니라 나라면 좋았을 텐데. 그러면 이렇게 가슴이 아프지는 않았을 텐데.'

차라리 죽어가는 게 자신이었다면, 그랬다면 좋았을 것 같다.

'내 피라도 줄 수 있으면, 그러면 내 모든 피를 너에게 주었을 텐데. 그래서 내가 죽더라도 너만 살아날 수 있다면.'

그는 그렇게 절망했다.

그런데 그 절망적인 순간에 머릿속을 스치는 것이 있었다.

"왜 내 피는 검사해 보지 않지?"

의사들이 황태자를 바라봤다.

"전하께서는 수혈할 수 있는 상태가 아닙니다."

수혈하려면 최소 400cc 이상의 혈액을 빼내야 한다. 하지만 현재 린덴은 그런 부담을 감수할 수 있는 몸 상태가 아니었다.

"아마…… 전하의 피를 검사하셔도 똑같을 것입니다."

이미 많은 이의 피를 반응시켜 봤다. 다 소용없었는데 황태자의 피라고 다르겠는가? 모두 그 가능성을 기대하지 않았다.

린덴은 입을 다물었다. 그도 알고 있다. 이런 상황에서 자신의 피가 그녀의 혈액과 일치할 확률은 기적이 일어날 확률보다 낮다는 것을. 아무리 그녀가 자신의 약혼녀라도 실제로는 피 한 방울 안 섞이지 않았는가?

'만약 엘리제와 내 피가 일치한다면 그건 우리가 기적보다도 더 깊은 운명이란 뜻이겠지.'

황태자는 실없이 생각했다. 어쨌든 좋았다. 이렇게 그녀를 보낼 바엔 기적보다도 힘든 확률이라도 바라고 싶었다.

"실패해도 좋으니 내 피도 검사해 봐."

"……알겠습니다."

의사들이 조심스럽게 존귀한 그의 피를 채취했다. 그리고 엘리제의 혈관에서 뽑은 혈액에 반응을 해보았다.

모두 검사 결과를 기다렸다. 크게 기대하는 사람은 아무도 없었다. 모든 이의 피가 일치하지 않았는데 황태자라고 다르겠는가? 그건 검사를 명한 황태자 본인도 마찬가지였다. 아무리 기적을 바란다 해도 이런 상황에서 자신의 피가 그녀에게 맞기를 바라는 것은 무리였다. 그저 발악이었을 뿐이다. 어떻게든 그녀를 붙들고 싶은.

그런데 믿을 수 없는 일이 일어났다.

"이게 어떻게 된 거지?"

누군가 엘리제의 혈액을 보며 중얼거렸다.

"왜 응집반응이 일어나지 않지?"

원래 예상대로라면 딱딱하게 응집반응이 일어나야 한다. 지금까지 그녀의 피는 모든 혈액에 거부반응, 즉 응집반응을 나타냈다. 그런데 전혀 변화가 없었다. 거부반응을 보이지 않은 것이다.

"아직 시간이 안 지나서 그런가?"

하지만 시간이 지나도 마찬가지다. 미동도 하지 않았다. 린덴은 눈을 깜빡거렸다.

"이게 어떻게 된 거지? 내 피는 괜찮은 것인가?"

"다, 다시 한 번 확인해 보겠습니다!"

의사들이 다급히 재검사를 시행했다. 하지만 여전히 응집반응은 일어나지 않았다. 황태자와 엘리제의 혈액이 일치하는 것이다!

"오! 신이시여! 이런 기적이!"

놀란 탄성이 터져 나왔다! 기적, 이건 말 그대로 기적이었다!

"내 피가 그녀에게 맞는 것인가?"

황태자가 얼떨떨한 얼굴로 물었다.

"네! 그렇습니다, 전하!"

한 의사가 흥분해서 외쳤다. 그 대답을 듣는 순간, 황태자의 얼굴에 환희가 차올랐다. 그 환희는 초주검이 된 얼굴과 전혀 어울리지 않았지만 이 순간 그는 온 세상이 구원받은 것처럼 기뻐했다.

"그러면 엘리제는, 엘리제는 살 수 있는 것이지?"

그는 떨리는 목소리로 물었다. 그런데 한 완고한 인상의 의사가 고개를 저었다.

"전하의 피를 수혈받으면 살 수 있을 것입니다. 하지만 문제가 있습니다."

"또 무슨 문제?"

황태자는 와락 인상을 구겼다. 그놈의 문제는 왜 끝도 없이 나온단 말인가!

"현재 전하의 몸은 수혈할 수 있는 상태가 아닙니다."

"……."

"간신히 버티고 계시지만 전하께서도 몸 상태가 심각한 상황입니다. 그 몸으로 수혈은 무리입니다."

틀린 말이 아니었다. 린덴의 몸도 이미 한계에 이르렀다. 그런 상태에서 수혈이라니.

"그딴 것 상관없다."

그는 재고할 가치도 없다는 듯 단번에 명을 내렸다.

"수혈을 시작해! 지금 당장!"

"하, 하지만! 전하!"

"명령이다! 지금 황태자인 내 명에 따르지 않을 생각인가?"

서릿발 같은 단호한 외침이었다. 어쩔 수 없이 의사들은 황태자의 몸에서 피를 뽑아 엘리제의 몸에 수혈을 시작했다.

"몸에 무리가 가는 것 같으면 바로 말씀해 주십시오."

그렇지 않아도 피가 몸에서 빠져나가자 곧바로 무리가 왔다. 머리가 어지러우며 시야가 하얘졌다. 하지만 황태자는 질끈 눈을 감았다.

'엘리제, 너만 살아날 수 있다면 이런 것 따위.'

천 번이고 만 번이고 할 수 있었다. 그때 낮은 목소리가 황태자에게 들려왔다.

"감사합니다, 전하."

힐끗 눈을 떠보니 까칠한 인상의 남자, 그레이엄이었다. 황태자는 이 와중에도 그의 감사가 마음에 안 들어 입술을 비틀었다.

"내 여자다. 그러니 네가 감사할 필요는 없다."

"……."

"너는 엘리제나 잘 치료하도록."

그렇게 황태자의 피가 엘리제에게 수혈되었다. 조금씩 그의 피가 들어갈 때마다 종잇장 같은 그녀의 얼굴에 붉은 혈색이 돌기 시작했다. 흐릿한 시선으로 그 모습을 보며 린덴은 가슴이 울컥했다. 자신의 피가 그녀에게 생명을 불어넣고 있다니, 그건 놀라우면서도 환희가 넘치는 광경이었다.

"좋아…… 지는 것인가?"

린덴은 의사들에게 물었다. 의사들이 흠칫 놀랄 정도로 그의 목소리에는 기력이 없었다.

"네, 전하. 이제 데임께서는 좋아지실 것입니다."

"다행…… 정말 다행이군."

린덴은 천천히 눈을 감았다. 졸렸다. 이제 잠시만 눈을 붙였다 일어나면 다시 그녀가 웃는 모습을 볼 수 있겠지? 그는 그런 생각을 하며 앉은 채로 의식을 잃었다.

"전하!"

"전하! 정신 차리십시오!"

"전하를 병실로 옮겨! 빨리!"

결국, 그가 쓰러지자 의사들이 비명을 질렀다. 의식을 잃은 채 급히 응급처치를 받는 그의 입가에는 옅은 미소가 걸려 있었다.

며칠 뒤, 사령부가 위치한 제국군 군영에 거지 몰골을 한 남자가 도착했다.

"정지! 누구냐!"

"아아. 나야, 나."

남자는 힘없는 동작으로 손을 흔들었다. 경계를 서던 병사는 총으로 남자를 겨누다 눈을 크게 떴다. 거지 몰골이지만 익숙한 얼굴이었던 것이다.

"3황자 전하?"

"그래, 나야."

3황자 검제 미하일은 한숨을 푹 쉬며 답했다.

"드디어 도착했네. 왜 이렇게 길이 어려운 거야."

그가 며칠이 지나서야 군영에 도착한 건 공화국군 때문이 아니라 길을 잃은 탓이었다. 심각한 길치인 그는 우크라산맥에서 방향을 잘못 잡아 북쪽이 아닌 남쪽으로 한참을 내려가다 온갖 고생을 다하고 돌아온 것이다. 공화국군을 공포에 떨게 했던 풍 속성 초상 능력자 마하일이 지독한 길치라니, 참으로 웃지 못할 일이었다.

"아아, 드디어 집에 왔네. 오는 길에 다른 군영에서 듣긴 했는데 리제는 괜찮아진 거지? 형님도 괜찮다고 하고."

"……."

"어쨌든 씻을 물 좀 준비해 줘. 먹을 것이랑 같이."

그런데 병사의 반응이 이상했다. 그의 정체를 알았음에도 겨누고 있는 총을 내리지 않았던 것이다.

"뭐 해? 나 미하일이라니까."

"알고 있습니다!"

"근데?"

"그…… 총사령관님의 명을 받아서."

"명? 형님이 무슨 명을?"

순간 린덴이 했던 말이 떠오르자 미하일은 인상을 와락 구겼다. 설마, 그 바보 형님이?

그때, 그가 군내에서 가장 듣기 싫어하는 사람의 목소리가 들렸다.

"영창 가셔야죠, 전하."

"으악! 갈트 준장!"

헌병대의 갈트 준장이 마치 새디스트같이 얄미운 미소를 지으며 그를 바라보고 있었다.

"죄명은 아시죠? 무단 탈옥죄."

"아악! 그게 무슨 말도 안 되는 이야기야?! 난 형님과 리제를 구했다고!"

"네, 큰 공을 세우신 것은 알고 있습니다. 그건 차후 포상이 내려질 겁니다. 얼핏 들으니 무척 큰 상이 내려질 거라 하더군요. 기대하십시오. 하지만 공은 공, 잘못은 잘못이지 않습니까? 잘못한 것은 벌을 받아야죠. 어물쩍 넘어가면 군 기강이 서지 않습니다. 그러니 뭐, 군 기강을 세운다 생각하시고 잠깐 한 몸 희생하시죠, 전하. 노블레스 오블리주가 별것입니까?"

"아악! 무슨 헛소리야! 싫다고! 영창 싫어! 또 벌레 나오는 방 줄 거잖아!"

"이번엔 특별히 깨끗한 방으로 드리겠습니다. 좋은 방이 남아 있으면요."

"거짓말하지 마!"

"근데 벌레는 왜 이렇게 싫어합니까? 쯧, 다 큰 남자가."

"그러는 넌 좋아?!"

"뭐, 저야 영창 갈 일이 없으니까요. 하여튼 갑시다. 시간도 늦었는데."

미하일은 끌려가며 비명을 질렀다.

"아악! 이거 일부러 그러는 거지?! 이 바보 형님을 진짜!"

그 시각, 크림반도 남부에 위치한 해안 요새 퐁트뢰.

경비를 서던 스위센 용병들이 하품했다.

"하아, 피곤하네. 좀 자도 되려나?"

"뭐, 여기까지 제국군이 오겠어? 좀 자."

"그럴까?"

퐁트뢰는 반도의 서남부 해안 교통의 요충지로, 흑해로 향하는 중요 항구이기도 했다. 따라서 굳건한 요새가 세워져 있었지만 그 요새를 지키는 병력은 적었다. 고작 2,000명 남짓한 스위센 용병이 전부였다. 공화국을 주축으로 하는 연합군의 주력들은 모두 반도의 중부, 심페폴 인근에서 제국군과 각축전을 벌이는 중이었다.

"전황이 안 좋다던데."

"그러게. 공제가 심페폴로 혼자 들어와서 사막의 전갈을 빈사 상태로 만들었다며?"

아직 루이의 사망 소식은 반도 남부까지 전해지지 않았다. 하지만 공화국이 형편없이 밀리고 있음은 모두 알고 있었다.

"모르겠다. 우리야 뭐, 돈이나 대충 받으면 되지. 이런 데서 죽으면 개죽음이야."

한 용병이 말하며 하품을 늘어지게 했다. 그런데 하품으로 벌어진 입을 다물기 전, 그는 믿지 못할 광경을 보았다.

"저건?"

그는 자신이 헛것을 보았나 싶어 눈을 비볐다. 하지만 헛것이 아니었다. 옆에 용병이 놀라 비명을 질렀다.

"웬 배들이?"

한두 대가 아니었다. 낮게 깔린 해무를 뚫고 시커먼 철갑함들이 나타나기 시작했는데, 그 규모가 얼마나 큰지 앞바다를 온통 뒤덮고 있었다.

"공화국의 함대인가?"

"아니야. 깃발이 없잖아. 뭐지?"

공화국은 자유와 평등, 박애를 의미하는 삼색의 깃발을 사용한다. 하지만 저 함대가 사용하는 깃발은 그것이 아니었다. 한 병사가 깃발 문장을 알아보고 비명을 질렀다.

"제국 황실기다! 제국 3함대야!"

"뭐, 제국 3함대?!"

많은 이가 제국 3함대가 얼마나 무시무시한지 너무도 잘 알고 있었다. 동방에 주둔하며 적에겐 악몽이나 다름없는 화력을 지니고 있는 함대였다.

"말도 안 돼! 3함대가 왜 여기에?!"

그들의 눈에 보이는 것은 3함대뿐만이 아니었다. 얼마나 많은 병력이 실려 있는지, 수송선들이 끝없이 뒤에 늘어서 있었다.

"대포, 대포 준비해!"

"적선의 접근을 허용하지 마!"

하지만 의미 없는 일이었다. 고작 2,000명의 군기 빠진 용병들이 막기엔 3함대는 너무나 강력한 적이었다.

기잉. 철컥. 철컥.

요새에 다가온 장갑함들이 포문을 열었고, 곧 수많은 대포가 불을 뿜었다. 벼락과도 같은 위력의 포격이었다.

"크악!"

"아악!"

얼마 지나지 않아 요새는 기능을 잃고 너덜너덜하게 변해 버렸고, 무력화된 요새 앞 해안가로 수송선들이 접안하기 시작했다. 그리고 배의 문이 열리며 나타난 굴카 용병들. 세계에서 가장 드높은 산맥, 히리야의 지배자이자 과거 청의 대제(大帝)를 격파하고 브리티아 제국군에도 악몽을 안겨 주었던 그들이 일제히 상륙했다. 그 전투 민족들이 쿠크리를 들고 요새에 진입했고, 그것으로 퐁트뢰 요새의 주인이 바뀌었다.

"요새의 점령이 끝났습니다."

3함대의 부사령관 랑트 백작은 그 보고에 고개를 끄덕였다.

"좋다. 그러면 우리는 황태자 전하의 작전을 수행하겠다."

황태자 린덴이 그들에게 내린 작전.

"이제부터 심페폴 이남의 모든 요충지를 우리 3함대가 점령한다."

반도에서 일어난 전쟁의 종막을 선언하는 명령이었다.

수혈이 끝난 후, 엘리제의 얼굴에 혈색이 돌아오는 것을 목격한 린덴은 곧바로 정신을 잃고 쓰러졌다. 사실 그때까지 버틴 것은 기적에 가까웠다. 그녀를 향한 마음이 아니었다면 군영에 도착하기도 전에 쓰러졌으리라. 어쨌든 그런 그의 마음 덕에 엘리제는 살 수 있었다. 그가 아니었다면 그녀는 군영에 도착하기 전에 진즉 죽었을 것이다.

"엘리제."

린덴은 병실 침대에 누워 고개를 돌렸다. 그러자 얇은 커튼 하나를 사이에 두고 침대에 누워 있는 하얀 얼굴의 소녀가 눈에 들어왔다. 그의 심장, 엘리제였다.

'아픈 것은 싫지만 이건 좋군.'

둘은 지금 한 병실에서 입원 치료 중이었다. 야전병원의 열악한 환경상 1인실이 없었기 때문인데, 그는 그것까지도 좋았다. 눈만 뜨면 그녀를 바라볼 수 있었기 때문이다.

'그래도 다행이다. 정말 다행이야.'

린덴은 한숨을 내쉬었다. 그녀가 자신을 영원히 떠날지도 모른다는 생각이 들었을 때 얼마나 아프던지. 지옥의 고통이 이러할까. 무저갱과도 같은 좌절이었다. 다시는 경험하고 싶지 않았다. 린덴은 조금 더 그녀를 가깝게 보고 싶어 몸을 옆으로 돌리려다 끊어질 듯한 격통을 느끼고 신음을 흘렸다.

"큭."

도주 당시 초상 능력을 무리하게 사용해 온몸이 만신창이었다. 그런 상태에서 수혈까지 했으니, 당분간 병실에서 벗어날 생각은 꿈에도 못 하는 상태였다. 그래도 좋았다. 그녀가 무사해서, 그녀가 자신의 곁에 있어서. 이렇게 계속 같이 있을 수만 있다면 그는 얼마든지 아파도 좋을 것 같았다.

'그런데.'

린덴은 인상을 찌푸렸다.

'도대체 언제 일어나는 거지?'

원체 의사들이 정성을 쏟은 덕에 그녀의 몸은 굉장히 많이 회복된 상태다. 특히 그레이엄, 그 마음에 안 드는 놈은 어찌나 그녀에게 붙어 있던지.

'물론 그녀를 치료하기 위해서라는 건 알지만.'

그래도 마음에 안 들었다. 굉장히.

의사들은 쇼크의 후유증 때문에 못 일어나는 것이라고, 곧 아무 이상 없이 정신을 차릴 거라고 말은 하고 있지만 그래도 빨리 그녀의 웃는 모습을 보고 싶었다.

"크윽."

린덴은 억지로 몸을 일으켜 그녀가 누워 있는 침대 옆의 의자로 자리를 옮겼다.

"엘리제."

그의 손이 그녀의 백금발에 닿았다. 부드러운 감촉. 그는 깨지기 쉬운 보석을 다루듯 조심히 그 머릿결을 쓰다듬었다.

"이제 넌 내 거다. 이제는 도망갈 생각하지 마."

그날, 수혈하던 밤을 떠올렸다. 오로지 자신만이 그녀에게 피를 줄 수 있었다. 그건 기적과도 같은 일이었고, 운명과도 같은 일이었다.

그때의 일을 생각하면 그녀는 자신의 운명이 분명했다. 그는 그렇게 확신했다. 물론 서로의 피가 거부반응을 일으키지 않은 것이 단순한 우연이었을 수도 있다. 하지만 린덴은 그냥 자기 마음대로 해석하기로 했다. 서로가 피할 수 없는 운명이기 때문에 신이 그런 기적을 일으켜 준 것이라고.

'그런데 그때 나에게 무슨 이야기를 하려고 했던 거지?'

문득 협곡에서 엘리제가 정신을 잃기 전에 했던 말이 떠올랐다.

'전하…… 린덴…… 저…… 당신에게 할 말이 있어요…….

그 뒤의 이야기를 듣지 못했다. 당시에는 그녀가 위독해 정신이 없어 생각하지 못했지만 지금은 자꾸 신경이 쓰였다. 도대체 무슨 이야기를 하려고 했던 것일까?

'설마, 그녀도 나를?'

문득 그런 생각이 들었으나 곧 고개를 저었다. 항상 자신을 밀어내던 엘리제다. 그런 그녀가 자신을 마음에 두고 있을 리가 없지 않은가?

'그때의 눈빛은…….'

의식을 잃기 전 자신을 바라보던 엘리제의 눈빛에는 안타까운 갈망이 가득했었다. 무엇에 대한 갈망이었을까? 왜 안타까워했던 것일까?

'엘리제, 빨리 일어나라. 나에게 무슨 이야기를 하려고 했던 것인지 알려줘야지.'

린덴은 작게 한숨을 내쉬었다.

'그리고 이 징표도 다시 받아가야지.'

그는 진주 십자가 목걸이를 만지작거렸다. 그녀에게 이 목걸이도 돌려주어야 한다.

'또 너랑 하고 싶은 게 많아. 그러니 빨리 일어나길.'

그녀가 웃는 모습도 보고 싶었고, 그녀와 아무것도 아닌 대화를 하며 시간을 보내고도 싶었다. 조용한 공원을 같이 걷고 싶기도 했고, 그녀가 좋아하는 파스타와 케이크도 먹고 싶었다. 론도에 돌아가면 러브 스토리 연극도 같이 보고 싶었다. 물론 린덴은 잡담도, 산책도, 파스타도, 디저트도, 연극도 모두 싫어한다. 하지만 그녀와 함께라면 그도 좋았다. 그녀가 기뻐하는 모습을 눈에 담고 싶었다.

'엘리제…….'

그런데 그 순간 그의 간절한 바람이 이루어졌다.

"전…… 하……?"

"……!"

린덴의 눈동자가 크게 뜨여졌다. 그는 떨리는 눈으로 시선을 돌렸다. 그녀가 살포시 눈을 뜨고 자신을 바라보고 있었다. 그 푸른 눈을 보는 순간, 린덴은 가슴속에서 뜨거운 것이 울컥 치밀어 올랐다. 그녀가 눈을 뜨면 너무나 하고 싶은 말이 많았다. 하지만 이 순간 그는 한 마디 말도 꺼내지 못했다. 가슴이 요동쳐 진정할 수가 없었다.

"엘리제……."

그는 떨리는 손으로 그녀의 뺨을 어루만졌다. 지금 이 순간이 꿈은 아닌지, 만지면 터져 버리는 거품 같은 환상은 아닌지 두려워하면서.

"전하……."

그녀는 자신의 뺨을 만지는 그의 손길에 흠칫 놀란 듯했다. 하지만 이제 막 의식을 차려 몽롱한 탓인지 피하거나 거부하지는 않았다. 그저 멍하니 그의 눈을 보며 말했다.

"저…… 꿈을 꾸었어요."

"무슨 꿈을?"

"긴 꿈인데 악몽이었어요. 길고…… 끔찍한."

그 말에 린덴은 인상을 찌푸렸다.

'무슨 악몽을?'

엘리제가 잠을 잘 때마다 잠꼬대하던 것이 떠올랐다. 매번 도대체 무슨 악몽을 꾸는지, 그녀는 항상 괴로운 신음을 흘렸다. 또 똑같은 악몽을 꾼 것인가? 린덴의 걱정스런 얼굴을 본 엘리제가 살짝 웃었다. 옅지만 잔잔하고 평온한 미소였다. 마치 마음의 짐을 내려놓은 것처럼 평안한 그 표정에 린덴은 의아한 얼굴을 했다. 악몽을 꾸었다면서 왜 저런 표정이지?

"이제 괜찮아요, 악몽 꾸어도. 나…… 이제 알았으니까요."

"그게 무슨 말이지?"

이해할 수 없는 말이었다.

"그냥 그게…… 그러니까……."

그녀는 무언가를 설명하려는 듯 떠듬떠듬 말하였다. 하지만 그러기엔 힘에 부치는지 목소리가 잦아들었다. 눈동자의 빛도 다시 스르르 줄어들었다.

"미안…… 미안해요. 저…… 조금만…… 나…… 전하께…… 할 말이…… 있는데……."

린덴은 고개를 저었다.

"괜찮다. 조금 더 쉬어라."

"네…… 조금만……."

곧 엘리제의 눈이 완전히 감겼다. 다시 의식이 가라앉은 것이다.

"하아."

린덴은 한숨을 내쉬었다.

'무슨 이야기를 하려고 한 거지?'

지난번 총에 맞는 순간부터 두 번째였다. 그녀는 자신에게 무슨 이야기를 하려고 했던 걸까. 그것도 저렇게나 아련한 눈빛으로.

"일어나면 이야기해 주겠지."

그는 그렇게 생각했다. 이제 의식을 차렸으니 완전히 의식이 돌아오는 것도 멀지 않을 것이다. 린덴은 그녀의 몸에 이불을 덮어주며 말했다.

"푹 자라. 악몽 따위 꾸지 말고."

그는 자신의 침대로 돌아가 벽면에 기대 앉아 하염없이 그녀의 잠든 모습을 바라보았다. 그런 그들에게 창틈 사이로 잔잔한 달빛이 내려앉았다.

하지만 하루가 지나도 그녀는 다시 의식을 회복하지 못했다. 의사들은 곧 의식이 돌아올 테니 걱정하지 말라고 린덴을 달랬다. 심한 쇼크를 앓은 후 완전히 의식이 회복될 때까지 오래 걸리는 경우도 종종 있다고 했다. 하지만 설명을 들어도 린덴은 초조한 마음이 들었다. 그도 괜찮을 거라고 믿었지만 계속 걱정되는 것은 어쩔 수가 없었다.

그날 저녁, 린덴은 병실에서 의외의 손님을 맞았다.

"……엘 후작?"

명재상이자 명실상부한 브리티아 제국의 2인자, 엘리제의 아버지인 엘 드 클로랜스 후작이었다. 그의 근엄한 얼굴은 마치 돌덩이처럼 딱딱하게 굳어 있었다. 뒤에는 엘리제의 작은오빠 크리스도 서 있었다. 항상 부드럽던 그의 얼굴도 후작과 마찬가지로 딱딱하게 굳어 있었다. 마지막으로 차가운 인상, 렌 남작도 있었는데 뭔가 평소와 다르게 아버지의 눈치를 보고 있는 느낌이었다.

"전하를 뵙습니다."

엘 후작은 먼저 황태자인 린덴에게 예를 표했다. 하지만 성의 있는 태도는 아니었다. 예를 표하면서도 후작의 시선은 커튼 너머 엘리제에게 꽂혀 있었다.

"……엘리제. 내 딸."

의식을 잃고 누워 있는 딸을 본 아버지의 얼굴이 참담하게 일그러졌다. 눈물을 참으려는지 후작은 입술을 질끈 깨물었다. 그러나 그런 결의에도 불구하고 눈물 한 방울이 눈에서 흘러내렸다. 목숨보다도 소중한 딸이 전쟁에 참여해 고생하다 적에게 납치당하고, 총까지 맞아 의식을 잃고 있다니. 후작은 너무나 속이 상했다.

"……후작."

린덴은 엘 후작을 불렀다. 말없이 눈물 흘리는 그에게 무슨 이야기를 해야 할지 모르겠다. 많이 좋아진 거라고? 이제 금방 깨어날 거라고? 하나도 위로가 되지 않을 것이다. 자신도 그런 말이 하나도 위로되지 않았으니까. 그것을 잘 알기에 린덴은 탄식하듯 말했다.

"……미안하오. 다 내 잘못이오."

사실 그가 잘못한 것은 없었다. 오히려 그는 엘리제를 위해 목숨을 돌보지 않고 최선을 다했다. 그러나 그는 미안하다 말했다. 빈말이 아니라, 그녀가 저렇게 누워 있는 것이 정말 미안했다. 엘 후작은 크게 한숨을 내쉬었다.

"아닙니다. 전하께서 이 아이를 위해 하신 일들, 전부 다 알고 있습니다. 오히려 감사의 말씀을 올립니다."

"……."

"이 아이가 이렇게 된 것은 모두 이 아이가 잘못한 것이지요. 아니, 정확히 말하면 제가 잘못한 것이지요. 무슨 일이 있어도 전쟁터에 오게 하면 안 되는 것이었는데."

군 병원 사망률 20배 감소, 등불을 든 여인, 코프스크 대회전 승리의 주역, 대전염병 유행 차단 등 그녀가 이 전쟁에서 해낸 일이 수도 없이 많건만, 후작에게 그런 것들은 하나도 중요하지 않았다. 그저 딸이 이렇게 누워 있는 것이 가슴이 찢어질 듯 아플 뿐이었다.

"전하."

"……말하시오."

"엘리제는 제가 데려가겠습니다."

"……!"

그 뜻밖의 말에 황태자는 눈을 크게 떴다. 후작은 단호히 말했다.

"더 이상 이 아이를 전장에 두지 못하겠습니다."

"……알겠소. 그렇게 하시오."

아버지가 딸을 데려간다는데 뭐라고 하겠는가? 더구나 그녀가 이 위험한 곳에서 떠나기를 바라는 것은 린덴도 마찬가지였다. 다만 그에겐 미처 해결하지 못한 일이 남아 있었다.

'이야기를 듣지 못했는데.'

그녀가 자신에게 하려던 이야기는 무엇이었을까? 계속 신경이 쓰이는데, 론도에 돌아가 버리면 그 말을 들을 수 없게 된다. 게다가 그녀에 대한 그리움을 감당할 자신이 없었다.

'보고 싶을 텐데 어떻게 버티지.'

하지만 그런 이유로 엘 후작을 말리진 않았다. 자신의 감정보다 그녀의 안전이 더 중요하니까. 대신 그는 내심 다짐했다.

'무슨 수를 써서라도 최대한 빨리 이 전쟁을 마무리 지어야겠군.'

그렇게 지극히 사적인 이유로 제국군의 총사령관 린덴은 빠른 종전을 결심했다.

"의사의 소견으로는 움직이는 데 큰 무리는 없다고 하니, 바로 출발하겠습니다."

엘 후작은 그렇게 말했다. 클로랜스 가문에서 미리 준비해 온 최고 시설의 마차와 의료진이 엘리제의 이송에 동원되었다. 먼저 근처 역으로 이동한 후 기차를 통해 가까운 로마노프령에 가 최신식 병원에서 치료를 마무리할 것이다. 그 후 몸이 어느 정도 회복되면 배를 타고 론도로 돌아갈 예정이라 했다.

"그러면 가보겠습니다."

그렇게 엘리제와 엘 후작, 크리스를 태운 마차가 전장을 떠났다. 로열 나이츠 총기사단의 휘하 연대가 호위를 맡았다. 엘 후작은 과분하다며 사양했으나, 린덴이 억지로 붙였다. 호위대장은 당연히 렌 남작이었다.

린덴은 멍하니 그들의 뒷모습을 바라봤다. 그녀가 사라지자 왠지 가슴이 비는 듯한 느낌이 들어 빨리 이 전쟁을 끝내겠다고 다시 한번 굳게 다짐했다. 마차가 시야에서 사라진 후, 고개를 돌린 린덴은 문득 중얼거렸다.

"봄이군."

군데군데 나무에서 꽃이 피고 있었다. 드디어 영원할 것 같은 겨울이 지나고 크림반도에 봄이 오고 있었다.

'다음에 론도에서 만날 때는 지금과 다를까?'

마지막 그녀의 눈빛이 떠올랐다. 왠지 아련하게 자신을 바라보던 시선.

'그랬으면 좋겠군.'

아픈 겨울이 지나고 따뜻한 봄이 오듯, 그녀와 자신의 관계도 그랬으면 좋겠다. 그래서 앞으로는 그녀와 같이 웃고 싶었다. 봉오리를 터뜨리는 저 꽃처럼 화사하게 말이다.

22장
원죄

시간이 흘렀다.

황태자 린덴의 전격적인 작전 덕분에 봄이 지나기 전, 수도 심페폴과 그 인근을 제외한 반도의 모든 요충지가 제국군의 손에 넘어왔다. 공화국군은 보급이 끊긴 채 심페폴에 고립되었고, 여름이 다가오자 도저히 전쟁을 수행할 수 없는 상태가 되었다. 공화국군은 극심한 기아에 허덕이며 간신히 제국군에 대항했지만 사실 저항할 기력도, 의지도 사라진 상태였다.

그렇게 무더운 여름이 지나고, 가을이 다가올 때 결국 프랑소엔 공화국의 총통 시몬 니콜라스는 론도 로마노프 황실에 서신을 보냈다. 강화 제의였다. 이로써 반도에서 제국민이 학살당함으로써 벌어졌던 크림전쟁이 막을 내리게 되었다.

많은 피를 흘렸지만 결국 제국의 대승리였다. 처음 제국민 학살을 주도했던 반도의 과격주의자들을 체포했고, 그 밖에 전략적으로 얻은 소득도 컸다.

첫 번째 소득은 흑해(黑海)의 재해권을 완벽하게 얻었다. 이제 서대륙 북동부와 중동 대륙의 바다는 오롯이 제국의 영향력 아래에 놓이게 되었다.

두 번째는 공화국에서 받은 막대한 전쟁 배상금. 그 액수는 전비를 한 번에 만회할 정도로 막대했고, 무리한 원정에 배상금까지 지불하게 된 공화국은 재정이 뿌리째 흔들렸다. 이는 나중에 철혈의 독재자 시몬 니콜라스의 몰락과 프랑소엔 2공화국이 건립하게 되는 계기가 되었다. 이 과정에서 두각을 드러낸 인물은 다름 아닌 엘리제를 구해 준 파비앙 중령이었다.

훗날 그가 공화국의 총통이 됨으로써 제국과 공화국의 관계는 많은 변화를 맞게 되지만 그건 아직 일어나지 않은 먼 미래의 이야기. 그렇게 전후 협상을 거치는 동안 가을이 지나 깊은 겨울로 접어들었다. 그리고 엘리제는 18살 생일을 앞둔 소녀가 되었다.

파리스와 더불어 서대륙 최고의 도시 론도.

문화의 중심이라는 빛의 도시 파리스가 화창한 것과 달리 론도에는 늘 안개가 자욱했다. 더구나 겨울이 깊어지니 추적추적 내리던 비가 눈으로 변하며 마차를 움직이기도 어려웠다.

"서기관님, 오늘은 일찍 퇴근하세요?"

그 론도의 중심, 황궁 옆에 위치한 행정부.

관료들의 업무를 보조하는 일을 하는 젊은 여인이 웃으며 물었다. 서기관이라 불린 젊은 남자가 고개를 들었다. 부드러운 인상의 청년이었는데, 훈훈하게 잘생겼다.

"네, 어떻게 알았어요?"

"오늘 그날이잖아요."

"아……."

청년은 민망한 표정을 지었다.

"일주일에 한 번 카린 베이커리에서 특제 케이크가 나오는 날 맞죠? 그거 다 팔리기 전에 사 가셔야 하잖아요."

"네."

여인은 부럽다는 듯 말했다.

"저도 서기관님 같은 오빠가 있으면 좋을 텐데. 제 오라비들은 절 보면 못 잡아먹어서 항상 안달이거든요."

"하하."

"하긴 저라도 서기관님의 동생분 같은 동생이 있으면 잘해 줄 것 같아요."

그 말에 청년은 미소를 지었다. 맞는 말이었다. 자신의 동생이 특별하긴 하지. 그의 동생은 바로 다름 아닌 엘리제였으니까! 청년, 크리스는 생각했다. 누구라도 엘리제같이 사랑스러운 동생이 있으면 잘해 주지 않고 못 배길 것이라고.

'아니, 형님을 보면 그건 아닌 것 같기도 하고.'

크리스는 막내 여동생에게 항상 까칠한 형을 생각하며 잠시 고개를 갸웃했다.

"어쨌든 먼저 일어나겠습니다."

"아, 서기관님."
"네?"
젊은 여인이 서운한 목소리로 말했다.
"이제 곧 다른 보직으로 옮기시죠?"
"네, 황태자 전하의 비서관으로 가게 되었습니다. 이제 곧 전하께서 본국으로 귀국하시면 옮기게 될 거예요."
차후 황제가 될 황태자의 비서관! 어마어마한 요직이자 권력의 핵심 자리로 옮기게 되는 것이다. 젊은 나이임에도 능력을 인정받은 덕이었다. 특히 전쟁에 참전하기 전, 엘리제의 취향을 알기 위해 황태자는 도움 안 되는 렌 대신 그를 불러 몇 번 독대한 적이 있었는데, 그때 크리스의 능력을 눈여겨보게 되었다.
"축하를 드려야 하는데 아쉽네요."
"뭐가 아쉬워요. 오히려 저랑 일하느라 힘드셨을 거면서. 이제 '리볼버'는 갈 테니 편하게 일하세요."
그 말에 젊은 여인은 당황해 손을 저었다.
'리볼버'는 부드러운 인상과 다르게 단호하고 확실한 일 처리 때문에 붙여진 그의 별명이었다. 확실히 쉴 틈 없이 몰아치는 그의 일 처리 스타일 때문에 고생하긴 했다.
"그래도 잘해 주셨잖아요."
크리스는 미소 지었다.
"그렇게 말해줘서 고마워요. 잘 따라줘서 더 고맙고요. 다음에 기회가 되면 밥이나 한 끼 해요."
"……네."
크리스는 정장에 코트를 걸치고 우산을 펼치며 사라졌다. 젊은 여인은 작게 중얼거렸다.

"밥 안 사줄 거면서."

그녀는 아쉬운 표정으로 크리스의 뒷모습을 바라봤다.

"어떻게 1년 내내 눈치를 못 채냐. 내가 얼마나 티를 많이 냈는데 여동생만 챙기고. 바보 서기관님."

그녀는 한숨을 내쉬었다.

일찍 퇴근한 크리스는 카린 베이커리에 들러 엘리제가 좋아하는 케이크를 샀다. 다행히 늦지 않게 도착해 품절 전에 구입할 수 있었다.

'또 사온다고 뭐라고 하려나?'

엘리제가 그에게 케이크를 사달라고 부탁한 것은 당연히 아니었다. 이런 궂은 날씨에 오빠가 고생하는 것을 바랄 그녀가 아니니까. 그냥 그가 사주고 싶어서 사가는 것이다. 동생이 맛있게 먹는 것이 좋아서.

'리제.'

크리스는 크림반도에 그녀를 찾아갔을 때를 떠올렸다. 어깨에 총을 맞고 누워 있는 모습에 얼마나 가슴이 찢어지던지, 아버지와 그 모두 그녀를 전쟁터에 보낸 것을 뼈저리게 후회했다.

그래도 다행히 잘 회복되었다. 병원에서 집중적인 치료를 받고, 집에 돌아와 푹 요양한 덕이다. 그녀는 후유증 없이 완전히 건강해졌다.

'물론 건강이란 단어는 그 아이와 어울리지 않지만.'

원체 약했던 아이니까. 지금도 툭하면 감기에 걸려 골골거렸다. 마음 같아선 집에서 못 나가게 하고 싶지만 하고 싶은 일은 뭐가 그렇게 많은 것인지. 동생이 최근 '새로 얻은 직장'에서 해내고 있는 일의 양을 보면 일벌레라 불리는 자신도 혀를 내두를 정도다.

'황제 폐하께서도 기뻐하시는 일을 내가 말릴 수도 없고.'

크리스는 고개를 저었다. 기특하긴 했지만 무리는 안 했으면 좋겠는데 늘 너무 무리하는 것 같아 걱정이 들었다.

'오늘도 자정 넘어서까지 안 자면 강제로 불을 꺼버려야겠어.'

그렇게 부드러운 '리볼버'는 단호하게 생각하며 저택으로 들어갔다.

"오셨습니까, 공자님?"

"응, 리제는? 아직 안 돌아왔나?"

크리스는 오자마자 동생부터 찾았다.

"아닙니다. 오늘 공식 휴무라서 출근 안 하셨습니다."

"그러면? 방에서 일하나?"

그 물음에 가문의 기사 벤톨 경은 곤란한 표정을 지었다.

"그게……."

"응, 왜? 무슨 일 있어?"

하지만 대답을 들을 필요가 없었다. 근처 정원에서 엘리제의 목소리가 들렸던 것이다.

"꺄악!"

크리스는 깜짝 놀랐다. 동생이 비명을?

"리제!"

그는 공들여 사온 케이크를 대충 팽개치고 다급히 소리가 들린 곳으로 달려갔다. 도대체 무슨 일이지?! 곧 정원에 도착한 크리스는 눈앞의 광경을 보고 맥이 풀렸다.

"하, 하지 마요!"
"뭘 하지 마, 리제?"
"눈 뿌리면 차갑단 말이에요!"
정원엔 가디건을 걸친 하얀 소녀와 육감적인 몸매를 지닌 모델 같은 여인이 있었는데, 서로 정원에 쌓인 눈을 뿌리며 놀고 있었던 것이다. 고고하면서 자신감 넘치는 인상의 여인은 씨익 웃으며 양손에 눈을 들고 엘리제에게 다가갔다. 엘리제는 겁먹은 토끼처럼 뒷걸음질을 쳤다.
"하지 마요, 언니. 응?"
"리제가 먼저 했잖아?"
"그, 그건 장난으로 조금……."
"하여튼 이리로 와."
"꺄악! 싫어요!"
여인은 매정하게 눈을 뿌렸고, 눈을 뒤집어쓴 엘리제는 자신도 양손으로 눈을 뿌렸다. 하지만 두 눈 질끈 감고 허우적거리는데 맞을 턱이 있나? 눈싸움은 여인의 일방적인 우세였다.
"크흠. 크흠!"
동생이 가련하게 당하는 모습을 불편하게 지켜보던 크리스는 헛기침을 했다. 그제야 그의 존재를 눈치챈 두 여자가 고개를 돌렸다.
"오빠!"
이제 그를 오라버니가 아닌 오빠라 부르게 된 엘리제가 활짝 웃으며 뛰어왔다. 눈에 뒤덮여 완전 하얀 눈 토끼가 된 엘리제의 몸을 털어주며 크리스가 잔소리했다.
"누가 추운데 이렇게 나와서 놀래? 또 감기 걸리면 어떻게 하려고?"

"하지만 간만에 언니가 와서."

"또 감기 걸리면 그때는 밤에 논문 쓰는 거 금지야."

"안 돼요! 지금 쓰고 있는 게 얼마나 중요한 논문인데……."

하지만 크리스는 부드러운 얼굴로 칼날같이 고개를 저었다.

"절대 안 돼."

그는 고개를 돌려 엉거주춤 서 있는 도도한 인상의 여인에게 인사했다.

"오랜만입니다, 레이디 유리엔."

"……그러게요. 일찍 오셨네요."

왠지 불편해하는 그 대답에 크리스도 곤란한 표정을 지었다. 여인의 이름은 유리엔 드 차일드. 클로랜스 가문의 가장 큰 적인 차일드 후작가의 적녀이자 차기 당주였다!

'어쩌다 둘이 이렇게 친해진 거야.'

크리스는 속으로 한숨을 내쉬었다. 크림반도에서 귀국한 후 엘리제와 유리엔은 급속도로 친해졌다.

'리제가 전쟁 때 전(前) 후계자였던 알버트 경의 목숨을 구해 주었다고 했지. 그것도 자기의 목숨을 걸고 수술해서.'

그 일로 암셀 후작은 엘리제를 몇 번이고 초대해 감사를 표시했다. 정적의 딸이지만 엘리제의 목숨을 건 헌신은 정치적 이해관계를 초월하는 감동을 주었던 것이다. 그것이 계기가 되어 엘리제는 유리엔과도 계속 만나게 되었고, 그렇지 않아도 길 건너 이웃사촌(?)이었던 그녀들은 마음도 잘 통해 금세 언니 동생 하는 사이가 되었다.

'하지만 난 불편하단 말이지.'

크리스는 씁쓸히 생각했다. 지금은 전쟁 때문에 잠잠하지만 이제 곧 론도에는 총성 없는 전쟁이 벌어질 것이다. 황태자와 3황자가 황위를 놓고 다투는 형제 간의 전쟁 말이다. 그리고 그 전쟁은 총칼을 들고 하는 싸움보다 더 슬프고 괴로울지도 몰랐다.

"……미리 말씀드리지만 눈싸움은 제가 시작한 것이 아니에요. 리제, 동생이 먼저 시작했어요."

그 말에 크리스는 추운지 얼굴이 빨개진 엘리제를 바라봤다.

"엘리제?"

그 시선에 켕기는지 엘리제는 고개를 숙였다.

"아니, 그냥 장난친 건데……."

크리스는 한숨을 내쉬고 유리엔에게 말했다.

"어쨌든 추운데 들어가시죠. 케이크나 먹읍시다."

그들은 접객실로 들어가 따뜻한 난로 앞에 몸을 녹였다. 그리고 크리스가 사온 케이크와 엘리제가 끓인 차로 티타임을 가졌다.

유리엔은 차향을 맡으며 감탄했다.

"언제나 생각하지만 리제의 차는 정말 훌륭한 것 같아."

"그래요, 언니?"

"응, 동방의 귀인들이 직접 끓인 것 같아. 난 아무리 해도 이렇게 안 우려지던데, 어떻게 하는 거야?"

엘리제의 다도(茶道)는 하루아침에 이루어진 것이 아니었다. 이전 삶, 황후로 살며 부단한 노력을 한 덕분이었다.

"천하의 데임 클로랜스가 설마 다도까지 훌륭한 레이디라고 누가 상상하겠어? 너무 완벽하잖아."

"어, 언니."

민망해하는 엘리제를 보며 유리엔은 웃었다.

"물론 눈싸움을 좋아하는 소녀란 것도 상상 못 하겠지만 말이야. 제국 최고의 의료 기관인 황실십자병원의 수석 교수이자 신임 황궁 어의의 취미가 눈싸움이라니."

"아, 아니에요! 오늘은 그냥 장난으로……."

"부끄러워할 필요 없어. 만약 또 하고 싶으면 언제든 말해."

"안 해요!"

당황하는 엘리제를 보며 유리엔은 소리 내어 웃었다. 현재 제국의 가장 이름 높은 명사(名士)가 이렇게나 귀엽고 사랑스러운 소녀라니. 참, 신기한 일이다.

'뭐, 신기한 것은 그것만이 아니지.'

저 크리스만 해도 집에선 마냥 좋은 오빠지만 행정부에서의 별명이 '리볼버'다. 우습게도 그 별명은 귀족파가 지은 별명이다. 크리스가 추진한 정책으로 귀족파가 손해 본 게 한두 가지가 아니었다.

'하아.'

문득 떠오른 생각에 유리엔은 속으로 한숨을 내쉬었다.

"뭐 안 좋은 일 있으세요, 언니?"

"아, 아니야. 일은 할 만해?"

"네, 너무 좋아요."

엘리제는 활짝 웃으며 답했다. 그 모습을 보며 유리엔은 고개를 저었다.

"나는 피는 한 방울도 못 보겠는데."

"좋아하는 일이니까요."

엘리제는 최근 새로운 직장을 얻었다. 아버지인 엘 후작은 그녀가 다친 후 의사 일을 하는 것을 강하게 반대했다. 그렇지 않아도 약한

데 이제 절대 무리하는 것을 보고 싶지 않다는 것이었다. 그래서 원래 직장인 테레사병원에서 해고당하고, 강제로 요양하던 중 의외의 곳에서 스카우트 제의가 들어왔다. 엘 후작도 차마 반대하지 못할 곳에서.

"그나저나 참 대단해. 최연소 황실십자병원의 수석 교수 겸 황궁 자문 어의라니."

그녀에게 스카우트 제의가 온 곳은 황실 직속 의료 기관인 황실십자병원과 황궁에서였다. 그들은 무려 제국 최고 병원의 수석 교수직과 황제를 직접 진료하는 황궁 자문 어의직을 제안했다.

엘리제는 당시를 생각했다.

'나도 깜짝 놀랐지.'

아무리 그녀의 명성이 높다고 해도 18살도 되기 전에 수석 교수직과 황궁 자문 어의라니. 유례가 없던 일이다. 하지만 배경을 알고 이해했다.

'폐하께서 갑자기 상태가 안 좋아지시다니.'

황궁 어의이자 황실십자병원의 병원장인 밴 자작은 자신의 능력만으로는 황제를 치료할 수 없다고 판단했고, 최고의 의사가 필요하다 생각했다. 그래서 고심 끝에 선택한 것이 바로 엘리제였다. 그녀가 지금까지 이룩한 의학적 업적은 그 누구도 따라올 수 없는 것이었으니까.

'물론 반대하는 사람들이 없었던 것은 아니지만.'

그녀는 그날의 일을 떠올렸다.

밴 자작은 한마디로 사람들의 반대를 잠재웠다.

'그러면 자네들이 폐하를 치료할 수 있겠는가?'

그 말에 모두가 입을 다물었다. 옆에서 듣고 있던 황제도 의외의 반응을 보였다. 그녀가 의사가 되는 것을 그토록 반대하던 황제가 무슨 생각이 들었는지, 별 반대 없이 승낙했다.

'영애가 어의라고? 좋군. 사실 린덴 그 아이도 워낙 부탁하고 나도 생각이 바뀌어 영애에게 '선물'을 하나 주려 했었고.'

그 아리송한 말에 무슨 선물인지 물었으나, 황제는 웃으며 이렇게만 답하였다.

'지금까지 한 번도 전례가 없었던 일이라 황궁의 궁내부장이 분명 반대할 것이고, 법적 절차가 있어 처리하는 데 조금 시간이 걸리네. 허허. 살면서 내가 이런 법안을 발의하게 될 줄은 몰랐네. 하여튼 조금만 기다리게.'

'도대체 뭘까?'

잠시 생각에 잠긴 엘리제에게 유리엔이 물었다.

"황실십자병원에서 수석 교수로 일하는 거 힘들지 않아?"

"즐거워요."

엘리제의 답에 유리엔은 묘한 표정을 지었다.

"거기 워낙 고명한 의사가 많아서 어린 영애가 왔다고 싫어하지는 않아?"

"뭐, 그런 분들도 계시긴 해요."

엘리제는 솔직하게 답했다. 당연히 모두가 그녀를 환영하는 것은 아니다. 아무리 명성이 높다지만, 일단 너무 어리지 않은가? 편견을 가지고 보는 이들도 당연히 있었다. 다만 이제 곧 황태자비가 될 지고한 신분의 그녀이기에 대놓고 말을 못 할 뿐이다.

"그래도 괜찮아요."

'그런 시선은 익숙하니까.'

엘리제는 차를 마시며 생각했다. 한국에서 서울대 의대 최연소 교수가 됐을 때도 그녀를 못마땅하게 생각하는 이가 많았다.

'어차피 그런 시선이야 시간이 지나면 자연스레 없어질 테니 신경 쓸 필요 없어.'

그때 그녀가 그들에게 답으로 보여준 것은 뛰어난 실력이었다. 최선을 다해 노력하며 뛰어난 실력을 보이니 그녀를 배척하던 이는 모두 사라졌고, 그녀를 인정하게 되었다. 물론 그건 그녀가 적을 만들지 않는 공손한 태도를 견지했기 때문에 가능했던 일이었다. 평소 호감 가는 태도에 뛰어난 실력이 조화를 이루니, 어린 나이에도 불구하고 모두의 인정을 받을 수 있었던 것이다.

'지금도 티 나게 나를 못마땅해하는 교수들이 몇 명 있긴 하지만…….'

최선을 다하다 보면 자연히 해결될 문제라 생각했다. 엘리제의 그런 의연한 태도에 유리엔은 눈을 빛내며 고개를 끄덕였다. 저렇게 작고 여린 소녀가 어쩜 저리도 강인한지 감탄이 나왔다.

"이제 슬슬 일어나 봐야겠다."

"가시게요?"

"응, 오래 있었잖아. 가봐야지."

엘리제는 아쉽다는 표정을 지었다.

"또 놀러 오실 거죠?"

유리엔은 그녀가 아쉬워하는 얼굴이 왠지 강아지 같다는 생각을 하며 피식 웃었다.

"나야 괜찮은데, 리제 네가 항상 바쁘잖아. 오늘도 간신히 쉬는 거면서."

"다음에 쉴 때 또 연락드릴게요."

"그래, 그런데 다음에 시간이 나도 네가 날 만날 수 있을까?"

"네?"

유리엔은 짓궂은 표정을 지었다.

"이제 곧 전하가 오시잖아. 세기의 로맨티스트 황태자 전하 말이야."

그 말에 엘리제의 얼굴이 빨개졌다.

"그, 그건……."

엘리제가 공화국에 포로로 잡혀갔을 때, 황태자가 그녀를 구하러 간 것은 제국 전체에 널리 알려진 일대 사건이었다. 자신의 여자를 위해 죽음도 불사한 그의 행동에 제국의 모든 소녀가 감동했고, 졸지에 그는 평소의 딱딱한 이미지와 다르게 세기의 로맨티스트가 되어버렸다.

'부럽네.'

유리엔은 겉으로 웃고 있었지만 마음속은 슬픔이 가득했다. 그녀는 남몰래 황태자를 연모하고 있다. 물론 이루어질 가능성은 전혀 없고, 속으로만 삭이고 있는 감정이지만 말이다. 그녀는 자신의 마음을 숨기고 태연히 물었다.

"오래 못 봤잖아. 거의 10개월은 되지 않았나? 보고 싶지?"

"……."

엘리제는 대답하지 않고 얼굴만 붉혔다.

'전하.'

그녀는 무뚝뚝한 얼굴의 그를 떠올렸다. 유리엔이 말이 맞았다. 그가 너무도 보고 싶었다. 오죽하면 꿈에서도 그를 그리워할까. 이제 그는 꿈에서 그녀에게 단두대의 칼날을 내리지 않았다. 그저 따뜻하게 웃어주었다.

황실십자병원은 황궁 옆에 자리한 의료 기관이다. 원래 설립 목적이 황족과 고위 귀족들을 진료하기 위해서였기 때문이다. 따라서 황제와 황족을 진료하는 어의는 모두 황실십자병원의 병원장이나 수석 교수직을 겸임했다. 마침 때맞춰 수석 교수였던 게임 경이 개인 사정으로 사임해 그 자리를 엘리제가 맡게 되었다.

엘리제는 황실십자병원의 수술실에서 한창 수술 중이었다.

"타이(Tie), 실 주세요."

어의라고 황제와 몇 안 되는 황궁의 황족만 진료하는 것이 아니다. 황실십자병원의 교수로 일하며 고위 귀족들의 치료도 같이 병행한다. 이는 황족만 전담하는 동방의 어의와는 다른 모습으로, 오히려 현대 지구의 대통령 주치의와 비슷했다

"여기 있습니다, 교수님."

엘리제의 손가락이 허공에서 춤을 췄다. 그리고 질끈 묶어지는 동맥. 그녀는 손을 멈추지 않았다. 메스가 움직이며 위 주변의 림프절들을 툭툭 쳐 내었다. 위를 잘라내기 전 시행하는 D2 절제였다. 엘리제가 지금 집도하고 있는 수술은 다름 아닌 위암 환자의 위절제술이었다.

'위암 환자의 재발을 예방하기 위해서는 림프절을 최대한 많이 쳐 내야 해.'

암세포는 전이가 일어나기 전, 가장 먼저 근처의 림프절로 이동한다. 그러니 재발을 막기 위해선 림프절을 최대한 제거해야 하는데, 문제는 테크닉이었다. 위 근처 3㎝만 절제하는 D1과 다르게 D2 절제는 지구의 미국 의사들도 어려워하는 절제법이다.

하지만 위암 수술의 최고봉은 위암 유병률이 높은 한국과 일본의 의사. 그녀는 그중에서도 괴물이라 불리던 서젼(Surgeon)이었다. 황실십자병원의 교수들은 감히 시도할 생각도 못 할 위치의 림프절들을 가벼운 손놀림으로 툭툭 쳐 내었다.

"지혈 포셉(절제 도구) 주세요."

"네, 교수님!"

거침없는 수술 진행. 쾌속하게 림프절 D2 절제를 끝내고 위를 잘라내기 시작했다.

탈칵. 철컥. 찌익.

고요한 수술실에 그녀의 손이 자아내는 소리만 들렸다.

'어, 어떻게 이럴 수가?'

한편 수술실에 있던 모두가 경악해 그녀의 수술을 바라봤다. 이곳은 제국 최고의 의료 기관, 황실십자병원이다. 그런 만큼 최고의 의료진이 최고 수준의 수술을 한다. 따라서 어지간한 실력에는 놀라지도 않는다. 그래서 저 소문이 자자한 천재 소녀, 등불을 든 여인이 교수로 온다고 했을 때도 다들 코웃음 쳤었다. 잘해 봤자 얼마나 잘하겠어? 당연한 의심이었다. 그녀가 지금까지 보여준 헌신과 업적들은 폄훼할 거리가 없었지만 수술 실력도 그만큼 어마어마할 것이라 상상하긴 어려웠다. 일단 나이가 너무 어렸던 것이다. 하지만 지금 그들은 의학계를 또다시 발칵 뒤집어놓을 신세계를 목격하고 있었다.

'어떻게 이런 수술을? 말도 안 돼?'

참관차 들어온 피터 교수의 눈동자가 요동쳤다. 두 눈으로 보면서도 지금 광경을 믿을 수가 없었다. 황실십자병원의 차기 수석 교수감으로 여겨지던 명의인 그가 평생을 추구하던, 아니, 그보다 더 드높은 경지의 수술이 눈앞에 펼쳐지고 있었다.

"봉합 실 주세요."

어느새 위의 전방부 1/3을 잘라내고 위아전절제술을 마무리한 엘리제가 실을 부탁했다. 그리고 소장을 끌어당겨 길을 내, 잘라낸 위와 연결하는 재건술을 시행했다.

'Roux-en-Y 재건술!'

피터 교수는 다시 한 번 경악했다.

Roux-en-Y 재건술.

이전 의사 자격시험에 엘리제가 답으로 적어낸 수술법이었다. 당시 그녀가 적어낸 획기적인 답안은 학회에 거센 파란을 일으켰다. 하지만 그 수술을 실제로 시행한 의사는 없었다. 아이디어는 좋았지만 너무 고난이도였던 것이다. 그런데 지금 저 소녀는 너무나 자연스럽게 그 수술을 시행하고 있었다. 아무런 주저도 없이, 낯빛 하나 흔들리지 않고 태연하게!

'믿을 수가 없구나. 믿을 수가 없어.'

피터 교수는 무려 의학에 30년의 세월을 바친 의학자. 이 순간 그는 그레이엄 남작이 엘리제를 보고 처음 느꼈던 감정을 그대로 느끼고 있었다.

'대단해. 정말 대단해…… 어떻게 저렇게…….'

하지만 의학에 몰두하며 보낸 자신의 지난 삶을 무상하게 만드는 소녀의 실력에 좌절하거나 질투하진 않았다. 비슷한 실력이어야 좌절하고 질투도 하는 것이다. 저 압도적인 실력 앞에서 느껴지는 감정은 그저 경외였다. 그리고 또 하나 느끼는 감정은 기대감이었다. 앞으로 저 소녀와 함께하는 황실십자병원 생활에 얼마나 놀라운 일이 많을까 그는 설레기까지 했다.

'저런 분이 황태자비가 되다니.'

그런 아쉬운 마음이 들 정도였다. 저런 희대의 천재는 병원에만 가둬서 수술만 시켜야 하는데!

"클로즈 합니다."

수술을 끝내는 선언이었다. 어느새 재건술을 끝내고 지혈까지 마무리한 것이다.

"수고하셨습니다!"

어시스턴트들이 우렁차게 말했다.

"마무리는 제가 하겠습니다, 교수님."

젊은 의사가 공손히 말하자 엘리제는 고개를 끄덕이며 피에 젖은 장갑을 벗었다.

"오늘 수술은 이걸로 끝인가요?"

그녀는 수술실 창으로 밖을 보았다. 어느새 어둑어둑한 저녁이 다가오고 있었다.

"네, 다 끝났습니다."

"모두 수고하셨어요. 뒤 처치 부탁할게요."

"네, 교수님!"

그녀가 수술실을 나가자 남은 인원들이 혀를 내둘렀다.

"방금 데임께서 수술하시는 거 봤어? 난 이 수술을 이런 식으로 할 수 있다는 걸 처음 알았어.”

“그러게. 나도 깜짝 놀랐어. 어떻게 저런 손놀림이 가능한 거지?”

모두가 경악에서 벗어나질 못했다. 그때 누군가 말했다.

“이제 곧 황태자 전하와 약혼하고 결혼하시면 의사는 그만두시겠지?”

그 말에 모두가 입을 다물었다. 그렇다. 원체 압도적인 실력에 깜빡깜빡 잊고 있지만 그녀는 예비 황태자비였다. 황후가 되고 나서도 의사 일을 계속하지는 않을 것이다.

“아쉽다. 계속 같이 일하면서 배우고 싶은데.”

“그러니까. 수술 하나하나가 다 예술인데.”

“황후가 되신 다음에도 의사 일을 할 수는 없겠지?”

“당연히 안 되겠지. 지금까지 황후가 다른 직업을 가진 거 봤어?”

“하지만 제국법에 황후가 다른 직업을 가지면 안 된다는 법이 있어?”

“몰라. 어쨌든 안 되지 않을까?”

모두가 아쉬운 얼굴로 그녀가 사라진 문을 바라봤다.

엘리제는 가운을 걸친 채 자신의 교수실로 돌아왔다. 그녀는 시계를 보았다. 오후 4시 30분.

‘30분 정도 시간이 남아 있으니…….’

펜을 들었다. 그녀는 워커홀릭답게 요즘 거의 온종일 일에 매진하고 있었다. 퇴근 시간은 보통 저녁 10시쯤. 아버지가 너무 싫어해서 그 시간이 넘으면 집에 가서 남은 일을 처리했다. 그렇게 바쁜 시간을 보내고 있는 그녀지만, 그래도 꼭 빠지지 않고 하는 일이 있었다.

바로 아직 크림반도에 있는 이들을 위해 편지를 쓰는 일이었다.

'먼저 큰오라버니.'

그녀는 렌을 위해 편지를 썼다. 잘 지내고 있는지 안부를 묻고, 혹시 궁금할까 봐 집안의 여러 일을 적었다. 편지를 봉투에 넣으며 그녀는 입술을 삐죽 내밀었다.

'여동생이 이렇게 편지를 써서 보내주는데 답장 한 번 안 하고.'

큰오라버니답다고나 할까? 아무리 편지를 보내도 단 한 번도 답장이 없었다.

'다음엔 밀.'

3황자는 렌과는 완전히 반대였다. 오히려 먼저 그녀에게 끝없이 편지를 보냈다.

답장해! 빨리 보고 싶다.

매번 이런 말을 덧붙이면서 말이다. 덕분에 거의 펜팔 하는 수준으로 계속해서 편지를 주고받아 그녀의 방에는 그가 보낸 편지가 가득히 쌓이게 되었다.

'마지막으로 전하…….'

두근.

그를 떠올리자 그녀의 가슴이 뛰었다. 앞의 둘과는 달랐다. 단순히 편지지에 펜을 가져가는 것일 뿐인데 가슴이 설렜다. 보고 싶었다.

'전하.'

처음엔 생각했다. 오랫동안 떨어져서 못 보고 있으면 마음이 변하지 않을까 하고. 하지만 아니었다. 시간이 지나도 계속해서 생각났다. 그녀는 천천히 글씨를 적어 내려갔다. 앞의 두 명에게 쓸 때와는 전혀 다른 정성으로.

전하께 엘리제가.

여기 론도는 추운데, 크림반도는 안 추우신가요?

거기까지 쓴 엘리제는 펜을 멈추었다. '안 추우신가요?'라니. 뭔가 없어 보이는 표현이잖아. 뭔가 더 고풍스럽고 예쁘게 표현할 수는 없을까? 그녀는 편지지를 구겨 버리고 다시 쓰기 시작했다.

전하께 엘리제가.

이곳은 눈이 많이 왔는데, 그곳에도 많이 왔나요?

아니야, 이것도 아니야. 더 없어 보이잖아?

"난 왜 이렇게 문장력이 없을까."

엘리제는 한숨을 내쉬었다. 글씨체도 못나게 삐뚤삐뚤. 다른 귀족가의 영애들 보면 글씨도 예쁘고, 문장도 굉장히 고풍스럽게 쓰던데.

"이런 편지를 전하께 보낼 수는 없어."

그녀는 한숨을 내쉬며 다시 쓰기 시작했다. 하지만 없는 문장력이 갑자기 생기겠는가? 아무리 써도 조악한 문장만 나왔다.

'나 그래도 논문은 잘 쓰는데.'

엘리제는 울상을 지었다. 차라리 도표와 통계로 이루어진 의학 논문을 한 편 완성해서 보내는 게 쉬울 것 같았다.

'매번 이래서 전하께만 편지 못 보냈는데.'

지난번 그에게서 온 편지가 떠올랐다.

잘 지내나? 몸은 건강한가? 곧 보자.

황태자다운 짧은 문장. 그래도 워낙 필체가 강렬하고 품격 있어 자신과 다르게 남성적이고 멋진 느낌이 들었다. 문제는 마지막에 덧붙인 추신.

그런데 왜 매번 나에게만 편지를 안 하는 거지?

'안 하는 게 아니라, 못 하는 거라고요.'

그녀는 한숨을 내쉬었다. 자신에게 관심도 없는 큰오라비 렌과 친구인 밀에게 보내는 편지와 그에게 보내는 편지가 어떻게 같겠는가? 그가 자신의 글씨를, 문장을 하나하나 볼 것이란 생각이 드니 정성들여 쓰고 싶었다. 예쁘고, 좋은 문장으로 보내고 싶었다. 그런 그녀의 마음 덕분에 매번 쓰레기통엔 편지지만 쌓이고, 정작 편지는 못 보내고 있는 것이었다.

'편지 말고 선물이라도 보낼까?'

그렇지 않아도 그가 추울까 봐 스웨터를 짠 적이 있다. 하지만 하늘이 내린 수술 솜씨를 가진 그녀이지만 자수 솜씨는 꽝이었다. 어떻게 완성하긴 완성했는데 도무지 사람이 입을 옷이 아니었다.

'하아, 이번엔 꼭 우아하게 써서…….'

엘리제가 한참을 편지지와 고군분투하고 있을 때였다. 누군가 그녀의 방문을 두드렸다.

"들어가도 되겠습니까?"

"네, 들어오세요."

문을 열고 들어온 인물을 본 엘리제는 눈을 크게 떴다. 황제를 최측근에서 모시는 시종장 밴트 경이었던 것이다.

"무슨 일이시죠?"

"폐하의 명을 받고 왔습니다, 데임."

"……?"

"폐하께서 데임을 잠시 뵙자고 하셔서요."

엘리제는 의아한 표정을 지었다. 황궁 어의가 된 그녀는 최근 매일 황제와 진료를 위한 면담을 하고 있었다. 그런데 왜 또?

"아, 하실 말씀이 있다고 하더군요."

밴트 시종장은 웃으며 말했다.

"그리고 줄 '선물'도 있다고 하십니다."

그러고 보니 황제는 그녀에게 '선물'을 준다고 했었다.

"기대하고 오라고 하셨습니다. 영애가 가장 바라던 것이니 분명 기뻐할 거라고."

그 말에 엘리제는 고개를 갸웃했다. 대체 무슨 선물인 거지?

황실십자병원과 황제가 머무는 궁은 지척이었다. 유사시에 의사들이 곧바로 달려가 진료하기 위한 건물 배치였다.

저녁이 가까운 시간이건만 황제 민체스터는 집무실에서 업무에 열중이었다. 민체스터는 자는 시간과 대신들을 만나는 시간을 제외하고는 늘 집무실에 있었다. 마치 서류 보는 기계인 것처럼 항상 일만 했다.

엘리제는 황제를 접견하기 위해 집무실로 향했다. 그녀는 그가 개인적인 즐거움을 추구하는 것을 한 번도 본 적이 없었다. 미식을 탐하지도, 술을 마시지도, 여인을 찾지도, 오락을 즐기지도 않았다. 그렇다고 권력을 누리지도 않았다. 그는 그저 정말 일만 했다. 어쩔 때 보면 그는 황제라기보단 제국이란 거대 기계의 부품처럼 느껴질 때도 있었다.

'폐하.'

엘리제는 심란한 눈으로 황제를 바라봤다. 복잡한 기분이 들었다. 황제는 그녀를 아꼈다. 그래서 가족으로 맞으려 했고, 그녀의 가장 큰 소원인 의사의 길을 막으려 했다. 당시엔 그게 얼마나 끔찍했는지 모른다.

'지금도 황후가 되면 의사 일을 못 하는 게 아쉽지만.'

아쉽다? 사실 그런 단어로 표현할 말은 아니었다. 이제 황태자를 향한 마음을 인정하게 되었지만, 의사 일을 못 하게 된다는 사실을 떠올릴 때마다 가슴이 뻥 뚫리는 것 같았다. 새가 날개를 잃으면 이런 아픔일까? 마음이 도려내지는 것처럼 아팠다. 다만 피할 수 없기에 순응할 뿐이다. 최근 무리해 일하는 것은 그 때문인지도 모른다. 앞으로는 못 한다고 생각하니 마지막 불꽃을 태우려는 마음으로.

'하지만…….'

그녀는 최근 반년 만에 훌쩍 살이 빠진 황제를 바라봤다. 무슨 병을 앓고 있는지 민체스터는 몸이 쇠약해지며 기력이 크게 떨어졌다. 여러 사정이야 어쨌든 이전 삶에서도, 이번 삶에서도 자신을 많이 아끼는 그였기에 저렇게 약해진 모습을 보니 마음이 안 좋았다.

밴트 시종장이 황제에게 고했다.

"폐하, 데임 클로랜스가 왔습니다."

"오, 왔는가?"

황제는 서류에서 고개를 들어 그녀를 바라봤다. 황궁 어의가 아니라 마치 딸이 온 듯 반기는 모습이었다. 엘리제는 고개를 숙이며 예를 표했다.

"황제 폐하를 뵙습니다."

"그래, 바쁜데 내가 불렀군."

"아닙니다, 폐하. 몸은 괜찮으십니까?"

"영애가 처방한 약을 먹고서 많이 괜찮아졌어. 고맙네. 혈당 수치도 많이 낮아지고."

황제는 잔잔한 미소를 지으며 말했다. 그 피로가 느껴지는 얼굴에 엘리제는 속으로 한숨을 내쉬었다.

'지금 폐하께서 앓고 계신 병이 도대체 뭘까? 다른 증상은 없고 기력만 계속 없어 하시니.'

그녀도 황제의 병을 정확히 진단하지 못하고 있었다.

'의심이 가는 병들이 없는 것은 아니지만.'

의심 가는 질환은 많았다. 몸 깊은 곳에 숨어 있을 정체 모를 암, 자가 면역 질환, 희귀한 내분비 병, 혈액병 등등. 이 모든 질환이 다 황제와 같은 증상을 나타낼 수 있었다.

'현재 지구라면 모조리 다 검사를 해보아서 진단해 냈을 텐데.'

그녀가 지구에 있었다면 병을 진단해 낼 수 있었을 것이다. 하지만 이곳에서는 검사에 한계가 있었다. 아무리 그녀라도 저런 병들은 현대의 진단 도구 없이 밝혀낼 수가 없었다.

'보전적인 처치밖에는 해드릴 수 있는 게 없어.'

그녀는 답답한 마음으로 생각했다. 명확한 원인을 모르니 근본적인 치료를 할 수가 없다. 할 수 있는 것은 오로지 보조적인 치료들뿐. 그것만으로도 황제의 상태는 많이 호전되긴 했지만 근본적인 치료를 못 하니 상태가 언제 어떻게 변할지 몰랐다.

"그래, 요즘 하고 있는 여러 일은 잘되고 있나?"

"제가 부족하지만 최선을 다하고 있습니다, 폐하."

그녀가 공손히 답했다.

"부족하긴. 기적의 천사라 불리는 영애가 부족하면 다른 이들은 어떻게 하겠는가."

황제는 짓궂은 표정으로 말했다. 그 말에 엘리제는 당황한 표정을 지었다.

"기적의 천사라니, 과분합니다."

기적의 천사는 크림전쟁 때 그녀의 활약을 본 이들이 지어준 또 하나의 별명이었다.

"열심히 하는 것은 좋지만 너무 무리하지는 말고. 원래도 몸이 약한 것으로 아는데, 그러다 건강 상할까 걱정이 돼. 재상이 영애 걱정을 얼마나 하고 있는지 알고 있지?"

"네, 폐하."

그렇게 둘은 두런두런 대화하였다. 민체스터는 어의를 대한다기보다는 조카딸을 대하듯 그녀를 편안하게 대했다. 엘리제는 한결같이 공손히 답하며 황제가 본론을 꺼내길 기다렸다. 그녀가 지금 진행 중인 여러 일에 대해 한참을 이야기하다 황제가 문득 말했다.

"아, 그러고 보니 영애. 내가 바쁜데 계속 쓸데없는 말만 했군."
"아닙니다, 폐하."
"그래, 내가 왜 영애를 불렀는지 궁금하지? 주고 싶은 '선물'이 있어서 불렀어. 아마 크게 기뻐할 거야. 영애가 가장 바라던 것이니."
그러며 황제는 웃었다.
"내가 이 '선물'을 영애에게 주기 위해 궁내부장과 얼마나 다퉜는지 모르네. 절대 안 된다는 것을 간신히 고쳤어."
그 말에 엘리제는 의아한 표정을 지었다. 도대체 무슨 선물을 말하는 거지? 만약 보석 같은 거라면 필요 없는데. 하지만 황제는 바로 선물에 대해 말하지 않고 잠시 말을 돌렸다.
"그 전에 영애, 묻고 싶은 것이 있다."
"네, 폐하. 말씀하시옵소서."
"나중에 황후가 되면 어떤 황후가 되고 싶은가?"
그 말에 엘리제는 잠시 입을 다물었다. 황후. 그녀에게 그 단어는 깊은 의미를 가지고 있었다. 이전 삶, 황후가 되어 파국을 맞았고, 그래서 이번 삶에선 황후가 되지 않기 위해 그토록 노력했었으니까. 하지만 이제는 다르다. 그녀는 황후가 될 것이다. 더는 그를 부정하지 않기로 했으니까. 생각을 가다듬은 엘리제는 차분한 어조로 말했다.
"사실 저는 황후가 되기에 부족한 여인입니다."
"흐음……?"
황제는 말도 안 된다는 표정을 지었다. 그녀가 부족하면 도대체 누가 황후에 어울린단 말인가? 하지만 그녀는 진심이었다. 이전 삶을 떠올렸다. 당시 그녀는 최악의 황후였다. 린덴과의 사랑이 엇갈려 삐뚤어졌다고 하지만 당시의 죄악들은 부정할 수 없는 그녀의 잘못이었다. 하지만 그래서 결심했다.

"부족하므로 노력하겠습니다."

이전 삶을 절대 반복하지 않겠다고, 오히려 이전 삶과 정반대의 황후가 되겠다고 그녀는 마음속으로 다짐했다.

"부족함을 잊지 않고, 항상 최선을 다하겠습니다. 스스로 높아지려 하지 않고, 낮아져 다른 사람들을 위한 황후가 되겠습니다. 그래서."

그녀는 잠시 말을 멈추고 깊게 숨을 들이켰다.

"이 제국에 부끄럽지 않은 진정한 퍼스트레이디가 되고 싶습니다."

퍼스트레이디. 가장 존귀한 여성을 뜻하는 단어이다. 그녀는 이전 삶에서 제국의 퍼스트레이디였다. 하지만 과연 존귀한 여인이었을까? 아니, 그렇지 않았다. 스스로 높인다고 존귀해지는 것이 아니니까. 오히려 그때의 그녀는 추했다. 대신 이번 삶에서는 진정한 퍼스트레이디가 되겠다고 결심했다. 그녀에게 주어진 위치에서 최선을 다하는 존귀한 여인이 말이다.

'잘할 수 있을지는 자신 없지만.'

그래도 엘리제는 의지를 다졌다. 노력할 것이다.

"하하, 역시 등불을 든 여인다운 말이군. 기특해. 아주 기특해."

황제가 기쁜 표정을 지었다.

기특한 딸을 보듯 그의 표정이 부드러워졌다.

"영애."

"네, 폐하."

"지금까지 미안했네."

"폐하?"

놀란 엘리제는 자신도 모르게 반문했다. 황제인 그가 갑작스레 사과라니?

"내가 영애의 뜻도 헤아리지 않고 너무 막무가내로 결혼을 밀어붙였지."

황제의 얼굴이 씁쓸해졌다.

"사실 개인적인 이유가 있긴 있었네. 영애를 너무나도 가족으로 맞고 싶어서 그랬던 것이니 이해해 주기 바라네."

"……폐하."

엘리제는 뭐라 답을 해야 할지 몰라 고개를 숙였다. 그런데 그때, 황제가 그녀에게 불쑥 서류를 내밀었다.

"폐하?"

"선물이네. 읽어보게."

의아한 마음으로 서류를 읽은 엘리제의 몸이 뻣뻣이 굳었다. 그녀는 파르르 떨리는 목소리로 물었다.

"폐, 폐하…… 이, 이것은……?"

"왜? 마음에 안 드나?"

빼곡한 글이 적혀 있는 서류에는 이런 내용이 적혀 있었다.

〈궁내법 개정안〉

발의자 : 황제 민체스터 드 로마노프, 황태자 린덴 드 로마노프.

개정 내용 : 제국력 285년 부로 황후의 위(位)에 오를 여인은 황제의 재가하에 다른 직업을 겸업할 수 있다.

단, 내명부 업무 수행에 문제가 없는 범위하에서 허용한다.

"……!"

이 말도 안 되는 법은 단 한 명만을 위한 것이었다. 그 누가 황후를 하며 겸업을 하겠는가? 바로 의사의 길을 바라는 그녀를 위해 법을 개정한 것이다!

"폐, 폐하? 어째서……?"

"뭐, 사실 짐이 처음 생각한 것은 아니었고 린덴, 그놈이 하도 편지로 졸라대서. 그리고 나도 크림반도에서 영애가 해낸 일들을 보고 조금 생각이 바뀌었지."

그러며 그는 찡긋 미소를 지었다.

"내 개인적인 욕심으로 영애가 의사가 되는 것을 반대하긴 했지만. 사실 영애 같은 의사를 왕실에만 묶어두는 것도 조금 아까운 일 아니겠나. 앞으로 어떤 일들을 더 해낼 수 있을지 모르는데 말이야. 그리고 무엇보다 본인이 그토록 바라기도 하고 말이야."

엘리제는 입을 다물었다. 너무나 갑작스러워서 뭐라고 할 말을 찾을 수가 없었다.

뚜욱.

자신도 모르게 눈물이 그녀의 눈동자에서 흘러내렸다.

"폐, 폐하……."

한번 흐르기 시작한 눈물은 봇물이 터지듯 흘러나왔다. 이 갑작스러운 일에 감정을 주체할 수 없었다. 그간 얼마나 속상해했는가? 결국, 어쩔 수 없는 일이라 여기며, 아무 말도 안 하고 있었지만 속은 시커멓게 타들어 가고 있었다. 황태자를 받아들이기로 했음에도 의사를 포기해야 하는 것 때문에 마음 한구석이 계속 무거웠다. 지금이야 의사 일을 하고 있어서 괜찮지만 막상 결혼해 새장 속에 갇힌 새 신세가 되면 어떻게 할지 막막했었다. 그런데 이런 뜻밖의 선물이라니?

'전하…….'

분명 린덴의 마음이리라. 그녀도 알고 있다. 황태자는 자신이 의사 일을 하는 것을 그리 좋아하지 않는다는 것을. 사실 누가 좋겠는가? 본인이 사랑하는 여인이 험한 일을 하는 것을 말이다. 하지만 그럼에도 그녀가 원하니 이런 무리한 일을 해준 것이다.

황궁에는 당연히 지엄한 법도가 있다. 이건 그 법도를 완전히 뭉개 버리는 일이다. 황후가 의사 일을 겸업하다니, 말이 되는가. 모르긴 몰라도 뒤에서 굉장한 잡음이 있었을 것이다. 그럼에도 그는 했다. 오로지 그녀를 위해서.

'전하.'

황태자의 깊은 배려가 짐작되자 그녀는 하염없이 눈물을 흘렸다. 오늘따라 그가 더 보고 싶었다.

"죄, 죄송합니다, 폐하. 추태를 보여 정말 죄송합니다. 죄송합니다."

황제 앞인지라 엘리제는 허겁지겁 눈물을 닦았다. 하지만 마음이 쉽사리 진정되지 않았다. 민체스터는 말없이 그녀가 진정할 때까지 기다려 주었다. 한참의 시간이 지난 후 황제는 넌지시 물었다.

"그렇게 기쁜가?"

"네, 폐하."

엘리제는 고개를 숙였다. 그녀에게 의학의 길은 화가에게 그림과 같고, 음악가에게 음악과 같다. 아니, 극단적으로 말하면 노름꾼의 도박이나 마약 중독자의 마약과도 같았다. 즉, 결코 떨어뜨릴 수 없는 것이다.

민체스터는 씁쓸한 표정을 지었다. 자신의 고집 때문에 저 여린 소녀를 지금까지 마음 아프게 했다는 사실에 미안한 마음이 들었다.

"어쨌든 그렇다고 황궁의 일에 소홀하면 안 되네. 개정안을 보면 알겠지만 황궁의 일에 소홀하지 않은 범위에서야."

"네, 명심하겠습니다."

엘리제는 빨개진 눈으로 활짝 웃으며 답했다. 그런 것 따위 얼마든지 할 수 있었다. 몸이 가루가 되어 부서지더라도 해낼 것이다.

"영애."

"네, 폐하."

"선물은 마음에 드는가?"

"네, 그렇사옵니다."

엘리제는 허겁지겁 고개를 끄덕였다. 마음에 든다 뿐이겠는가? 그녀에게는 다이아몬드 광산을 통째로 주는 것보다 백배는 더 큰 가치가 있는 선물이었다.

"선물이 마음에 들면 짐의 부탁을 하나 들어주겠는가?"

"부탁…… 말입니까?"

엘리제는 의아한 표정을 지었다. 대브리티아 제국의 황제인 그가 자신에게 무슨 부탁을?

"뭐, 어려운 부탁은 아니네. 나쁜 부탁도 아니고."

왠지 예전 자신이 전쟁에 참전할 때 황제에게 했던 거짓말과 비슷한 말투였지만 엘리제는 고개를 끄덕였다. 이런 선물을 받았는데 무슨 부탁을 못 들어주겠는가?

"말씀하십시오. 능력이 된다면 최선을 다하도록 하겠습니다."

"그래, 고맙네."

고개를 끄덕인 황제는 왠지 쓸쓸한 말투로 말했다.

"앞으로 잘해 주게."

"네?"

"앞으로 내게 어떤 일이 일어나더라도 말이야. 린덴을, 그리고 미하일을 잘 부탁하네."

엘리제의 얼굴이 굳어졌다. 황제는 지금 자신의 사후를 염려하고 부탁을 하는 것이었다.

"폐하."

"알아. 내가 당장 어떻게 되지는 않겠지. 영애의 치료를 받으니 몸도 이전보다 많이 좋아졌고 말이야. 하지만…… 세상일이 어떻게 될지는 모르는 것 아닌가."

황제는 나직이 한숨을 내쉬었다. 그런 그의 모습은 전 세계에 영향을 떨치며 제국을 경영하는 거인(巨人)이 아니라, 병색 깊은 노인처럼 힘없고 무기력하게 보였다.

"특별한 의미를 가지고 하는 부탁은 아니야. 그냥, 잘 부탁하네."

"……네, 폐하."

엘리제는 고개를 숙였다. 왜일까. 가슴이 한없이 무거워졌다.

"그래, 고맙네. 난 조금 졸려서 잠시 자고 일어나야겠군. 내일 또 보도록 하지."

"네, 폐하. 평안히 쉬시옵소서."

깊게 인사를 올린 엘리제는 조심이 뒷걸음질 쳐 황제의 집무실에서 나왔다.

홀로 남은 민체스터는 깊은 한숨을 내쉬었다.

"후우."

그는 책상 서랍을 열어 액자를 꺼내었다. 대제국의 황제와 어울리지 않는 그 빛바랜 액자에는 4명의 인물을 그린 초상화가 있었다. 젊은 시절의 민체스터와 어린 린덴, 그리고 검은 머리의 젊은 여인과 어린 소녀였다.

초상화 속 10살쯤 되어 보이는 어린 소녀는 흑발에 금안이었는데, 분위기가 차분해 방금 나간 엘리제와 비슷한 느낌이었다. 그 소녀를 안고 있는 흑발에 푸른 눈을 가진 조용한 인상의 여인에게 황제의 시선이 오래 머물렀다.

"그곳에서 잘 지내고 있소?"

민체스터는 그녀를 보며 중얼거렸다.

"황후."

그는 지그시 눈을 감았다.

"보고 싶구려."

눈을 감은 민체스터는 꿈을 꾸었다.

대략 30년 전, 아직 20대의 젊은 황태자 시절. 원죄(原罪)가 시작되던 날이었다.

30년 전, 론도의 피카딜리 거리.

지금도 그렇지만 당시에도 피카딜리 거리는 론도 최고의 번화가였다. 수많은 공연과 카페, 술집에는 항상 젊은이들로 북적거렸다.

그 피카딜리의 가장 고급스러운 카페 3층.

2명의 남자와 1명의 여자가 앉아 두런두런 이야기를 나누고 있었다. 약간 가벼운 인상의 사내가 신이 나서 목소리를 높였다.

"민체스터, 들어봐. 내가 지난밤 체스터 자작가의 영애와 말이야."

"엘!"

금발의 푸른 눈을 가진 아리따운 소녀가 날카롭게 그의 말을 끊었다. 엘이라 불린 청년은 찔끔하여 소녀를 바라봤다.

"마리엔, 왜 그래?"

"황태자 전하께 민체스터가 뭐예요! 도대체 예의범절이라곤!"

씩씩거리며 말하는 소녀는 굉장히 아름다웠다. 화려한 금발에, 호수 같은 푸른 눈. 그도 그럴 것이 그녀는 당시 론도 최고의 미녀라 불리던 차일드 후작가의 공녀, 마리엔 드 차일드였으니까.

"뭐 어때? 우리끼리만 있는데. 너무 딱딱하게 구는 거 아니야?"

"그래도 예의를 차리세요. 전하는 엘, 당신의 친구가 아니라 다음 대의 황제가 되실 분이란 말이에요."

그때 가만히 듣고 있던 남자가 입을 열었다. 온화한 인상이었지만 묘한 카리스마가 흘렀다.

"마리엔, 난 괜찮아."

"하지만 예법이……."

"엘 말대로 우린 오랜 친구고, 엘마저 딱딱하게 굴면 난 많이 슬플 거야."

그 말에 가벼운 인상의 남자가 얼굴에 화색을 띠었다.

"그렇지, 민체스터?"

"그래그래."

"하하. 내가 다른 데서도 이러는 것은 아니잖아. 이래 봬도 내가 제국 최고의 명문 클로랜스 후작가의 적자라고!"

기분이 좋아진 최고의 명문 클로랜스 후작가의 적자는 지난밤 자신이 꼬신 체스터 자작가의 영애에 대한 이야기를 신나서 하였다.

역시 마찬가지로 대귀족 차일드 가문의 공녀 마리엔은 못마땅하단 표정으로 그의 이야기를 외면했고, 브리티아 제국의 황태자는 잔잔히 웃으며 그의 이야기를 들어주었다.

"그러니까 다음 날……."

그런데 그 순간이었다. 청년, 엘이 입을 꾹 다물었다.

"엘?"

민체스터가 의아한 표정을 지었다. 엘이 얼빠진 얼굴로 중얼거렸다.

"대박이다."

"뭐?"

"완전 내 이상형이야."

민체스터와 마리엔은 황당하단 표정을 지었다. 엘의 눈은 창밖 거리에 꽂혀 있었다. 거리에는 수많은 사람이 있어 그가 누구를 보고 말하는 건지 알 수 없었다.

"이봐, 엘……."

"잠깐! 나 잠깐만 갔다가 올게!"

엘은 뒤도 돌아보지 않고 계단을 뛰어 내려갔다. 민체스터와 마리엔은 멍하니 그의 뒷모습을 바라봤다.

"하여간……."

민체스터는 웃음을 터뜨리며 차를 입가에 가져갔다. 너무나 엘다운 모습이었다.

"웃을 일이 아니에요. 대클로랜스가의 후계자가 저런 꼴이라니, 참 큰일이라니까요."

마리엔이 투덜거렸다.

"지금의 클로랜스 후작께서는 그토록 훌륭하신데, 엘은 왜 저 모양일까요? 아버지의 도움으로 기사단에 들어가서도 훈련은 맨날 빼먹고 여자 뒤꽁무니만 쫓아다니고."

"뭐, 나름 귀엽지 않아?"

"그렇게 말할 게 아니라니까요. 총기사단에서 엘을 쫓아내야 한다고 진작부터 말이 많다고요."

"언젠가는 정신 차리고 잘하겠지."

마리엔은 한숨을 내쉬었다.

"전하는 너무 사람이 좋으시다니까요. 아무리 친구라도 이렇게 계속 감싸는 것은 좋지 않다고 생각해요."

마리엔은 여전히 못마땅한 얼굴로 중얼거렸다.

"엘이 전하의 반의반만이라도 닮아야 할 텐데."

그렇게 말하는 그녀의 눈동자 깊은 곳에서는 그를 향한 깊은 감정이 일렁이고 있었다.

"……."

민체스터는 자신을 향한 그녀의 감정을 알고 있었지만 모른 척했다. 민체스터, 엘, 마리엔 셋은 어릴 적부터 소꿉친구였다. 그리고 마리엔은 그를 사랑했다. 하지만 그는 그녀를 좋아하지 않았다. 그럴 만한 분명한 이유라도 있는 걸까? 글쎄, 사람이 사람을 좋아하는 데 이유가 없듯이, 좋아하지 않는 데도 이유가 없는 법이다. 굳이 꼽자면 그녀가 황실도 함부로 손을 댈 수 없는 국제 금융계의 재벌, 차일드가의 적녀라는 것? 그녀의 오라비가 암셀이라는 것? 어쨌든 민체스터는 마리엔을 좋아하지 않았다.

그런데 그렇게 둘이 대화를 나누던 중이었다. 엘이 후다닥 3층으로 다시 올라왔다.

"잘됐나?"

민체스터가 웃으며 물었다. 엘이 힘껏 고개를 끄덕였다.

"응, 두 명인데 그중 한 명이 진짜 예뻐. 오랜 친구라 그런지 분위기는 둘 다 비슷한데, 백금발의 레이디가 진짜 예뻐. 둘 다 부르주아 가문의 영애들이야. 그 예쁜 백금발의 레이디는 간호사가 꿈이라 하더라고. 특이하지?"

민체스터는 그 말을 듣고 실소했다. 어느새 그런 이야기까지 들었데? 참, 엘의 능력이 대단하긴 하다.

곧 엘이 헌팅한 두 명의 여인이 카페로 올라왔다. 민체스터는 별 생각 없이 그녀들을 돌아봤다.

"……!"

그의 몸이 벼락이라도 맞은 듯 굳어졌다. 엘의 말처럼 정말 아름다웠다. 그렇지만 그것보다 눈길을 끄는 것은 강렬하게 빛나는 푸른 눈동자였다.

"테레사라고 합니다."

백금발의 여인이 부드럽게 인사했다.

"미…… 밀러라고 하오."

민체스터는 자신이 평소 사용하던 가명을 말했다.

"멋진 이름이시네요."

테레사라고 자신을 소개한 여인이 방긋 웃었다. 그 미소를 보자 민체스터는 자신도 모르게 가슴이 뛰었다. 그리고 그때, 뒤에 가만히 서 있던 여인이 자신을 소개했다.

"레베카라고 합니다."

여인은 제국인으로서는 특이하게 흑발을 가지고 있었다. 하지만 눈길을 끄는 점은 그뿐. 민체스터는 곧 다시 테레사라 자신을 소개한 여인에게 정신을 뺏겼다. 흑발의 여인도 자세히 살피면 상당한 미인이었으나, 워낙 조용한 분위기 때문인지 잘 보이지 않았다. 그래서였다. 민체스터가 앞으로 자신과 레베카가 어떤 운명으로 엮일지 짐작하지 못했던 것은.

민체스터는 퍼뜩 잠에서 깨어났다.

"또 그 꿈이군."

민체스터는 반복되는 '악몽'에 씁쓸한 웃음을 지었다. 그날부터였다. 행복과 원죄의 씨앗이 동시에 싹트기 시작한 것은.

"레베카."

그는 그녀의 이름을 불렀다. 이제는 볼 수 없는 기억 속에만 존재하는 그 얼굴을 떠올려 보았다. 레베카 드 로마노프. 제국의 11대 황후이자 1황녀 이블린과 2황자 린덴의 어머니. 그리고 과거의 그날 백원의 궁, 혈탑의 비극의 주인공.

그는 답답한 마음에 창문을 열어 론도의 야경을 바라보았다. 서대륙 최고의 도시 론도. 그가 일평생을 바쳐 일구어낸 풍경이 보였다.

시민들은 말한다. 민체스터는 희대의 명군이라고. 틀린 말은 아니었다. 그의 통치 아래 브리티아는 눈부신 발전을 이룩했으니까.

'다 의미 없지.'

그는 쓰린 표정을 지었다. '그날' 이후 린덴은 가슴속에 칼을 품었다. 그리고 자신은 모든 것을 잊기 위해 오로지 일에만 매진했다. 그 결과 역사에 기록될 명군이란 칭호를 얻었지만 과연 성공한 삶이었을까? 아닐 것이다. 자신은 '그날' 이후 단 하루도 행복했던 적이 없으니까.

"미안하오."

민체스터는 가족이 그려진 초상화를 바라보았다. 그의 눈가에 희미한 물기가 차올랐다. 그 누구에게도 보인 적 없는 감정이었다.

"이블린, 너에게도…… 정말 미안하구나. 린덴, 너에게도…… 내가 조금만 더 잘했더라면, 그랬으면……."

그의 어깨가 희미하게 떨렸다. 미안한 것은 그들만이 아니었다. 죽은 1황자 지펠에게도, 3황자 미하일에게도 미안했다. 그 세 황자는 아무런 잘못도 없으면서 선대의 잘못을 물려받았다.

이제 린덴과 미하일 사이에선 비극이 일어날 것이다. 죄가 있는 자신으로선 말릴 수 없는 일이었다. 아니, 그 누가 말릴 수 있겠는가? 그들의 한(恨)을. 그럼에도 민체스터는 말리고 싶었다. 이제 더 이상 어떤 비극도 일어나지 않았으면 좋겠다. 자신의 자식들 모두 아프지 않았으면 좋겠다.

"하아."

그는 깊은 한숨을 내쉬었다.

"엘리제."

민체스터는 작은 소녀의 이름을 불렀다. '그날' 죽은 1황녀 이블린과 똑 닮은 분위기의 소녀. 그가 아끼는 소녀.

"네가 제발 잘해 주었으면……."

그는 그녀의 별명을 떠올렸다. 기적의 천사. 그 별명처럼 기적을 바라는 것은 아니다. 다만 미래에 일어날 비극에 맞닥뜨리면 그녀가 자신의 아들들에게 조금의 따스함이라도 나누어 주었으면 좋겠다. 그렇게만 해줘도 더 이상 바랄 것이 없을 것 같았다.

제국력 285년 새해 겨울.

크림반도의 수도 심페폴에는 황실십자기가 나부끼고 있었다.

'이제 이 지긋지긋한 반도의 눈도 끝이군.'

한때 공화국군이 사령부로 사용하던 시청의 집무실에 앉아 린덴은 생각했다. 종전한 지 어느덧 4개월이 지났다. 이미 대부분의 병력은 본국으로 귀국한 상태다. 이제 반도에 있는 제국의 병력은 고작 2만 남짓.

하지만 린덴은 아직도 이 지긋지긋한 크림반도를 떠나지 못하고 있었다. 총사령관으로서, 제국의 황태자로서 전후 처리를 해야 했기 때문이다.

'뭐가 이렇게 할 일이 많은 거야. 이런 일들까지 내가 직접 해야 하는 건가.'

그는 인상을 찌푸렸다. 일이 많은 것은 사실 당연했다. 반도의 새로운 정부와 앞으로 제국과의 관계를 재정립해야 했으니까. 그걸 알고 있음에도 마음에 안 들었다. 다 때려치우고 당장 론도로 돌아가고 싶었다. 그가 이렇게 끊임없이 속으로 투덜거리는 이유는 바로 엘리제 때문이었다.

'도대체 언제 볼 수 있는 거야.'

벌써 못 본 지 10개월이다. 너무 보고 싶어 금단증상이 일어날 지경이다.

'엘리제.'

작지만 당당한 소녀, 그리고 사랑스러운 자신의 소녀. 그녀가 총에 맞았을 때가 생각났다. 차라리 자신이 죽었으면 죽었지, 다시는 떠올리고 싶지 않은 기억이다.

'그때 엘 후작보고 데려가지 말라고 해야 했나.'

그는 씁쓸히 생각했다. 이렇게 애타는 증상이 심할지는 몰랐다. 정말 상상도 못 한 타는 듯한 갈망이었다. 시간이 지난다고 해서 줄어들지도 않았다. 오히려 점점 더 심해졌다.

미칠 노릇이었다. 서류를 보다가도 그녀 생각에 몇 번이나 멍하게 시간을 보내는지 모른다. 마약을 해본 적은 없었지만 그 금단증상이 이럴까? 하는 생각이 들 정도였다.

'이제 곧 가니 기다려라.'

그나마 다행인 것은 며칠 후면 심페폴을 떠난다는 점이었다. 지긋지긋한 전후 처리가 드디어 마무리된 것이다. 물론 그렇다고 곧바로 그녀를 만날 수 있는 것은 아니다. 크림반도와 론도는 너무 멀었다.

'젠장, 론도는 왜 하필 서대륙 끝 브리티아 섬에 있는 거야.'

론도로 가려면 기차를 타고 로마노프령의 상트부르항에 가야 한다. 그리고 또 증기선을 타고 발토해와 북해를 건너야 한다. 물론 대양을 건너야 하는 신대륙이나 동방의 청, 힌디에 비하면 가까운 거리지만 지금의 그에게는 까마득하게만 느껴졌다.

'어떻게 지내고 있을까?'

잘 지내고 있는 것 같다. 큰오라버니인 렌에게 보낸 편지를 보면 황실 어의와 황실십자병원의 교수가 되었다고 하니까. 씩씩하게 잘 지내서 다행이긴 한데, 그게 또 심술이 났다.

'난 이렇게 널 생각하며 힘들게 지내고 있는데, 너는 그냥 잘 지내고 있단 말이지?'

그도 안다. 그것이 정말 유치하기 짝이 없는 심술이란 것을. 그래도 어떻게 하겠나. 못 봐서 그런지 계속 심술이 나는 것을.

'이번에 가면 절대 놓아주지 않겠어.'

그는 굳게 생각했다. 이제는 절대 그녀가 자신의 손아귀에서 빠져나가는 것을 보지 않겠다. 옆에 꽁꽁 묶어둘 것이다. 벗어나려 해도 소용없다.

그때, 누군가 방문을 두드렸다.

"렌입니다. 들어가도 되겠습니까, 전하?"

"들어와라."

그의 친우이자 가장 신뢰하는, 아니, 이제는 엘리제 때문에 점수가 조금 깎인 렌 남작이 들어왔다. 저이는 일만 잘하지, 동생에 대해서는 하나도 아는 것이 없다. 그게 린덴의 불만이었다.

"보고 때문에 왔습니다. 총기사단 휘하 2연대 모두 복귀 준비를 끝냈습니다."

"그래."

렌은 이러저런 보고를 추가로 하였다.

"이상입니다. 그러면 돌아가 보겠습니다."

그런데 린덴의 반응이 이상했다. 돌아가라, 인사를 받아주지도 않는 것이다. 오히려 조금 머뭇거리며 친우의 눈치를 살폈다. 렌이 의아한 표정을 지었다.

"전하?"

"……왔지?"

"네?"

차가운 인상의 아름다운 남자는 고개를 갸웃했다. 전하가 무슨 말을 하는 거지?

"편지."

"네?"

"네 동생한테 편지 오지 않았냐고."

"오긴 왔습니다만, 그건 왜?"

린덴은 인상을 찌푸렸다. 속에서 열불이 났다.

'도대체 왜 나한테는 안 보내는 거지?'

동생한테 하나도 관심 없는 저놈한테는 하루가 멀다 하고 편지를 보내면서! 눈치를 보니 심지어 미하일, 그놈도 매번 편지를 받는 것 같다. 그런데 도대체 왜 나한테만 안 보낸단 말이냐? 린덴은 그것이 너무 불만이었다. 물론 엘리제가 그에게 아예 편지를 보내지 않은 것은 아니었다. 가끔, 정말 가뭄에 콩 나듯 편지를 보냈다. 그것도 격식을 한껏 차린 어투로 말이다.

대브리티아 제국의 황태자 전하께 클로랜스 가문의 여식, 엘리제 드 클로랜스가…….

린덴은 그 편지의 어투도 마음에 들지 않았다. 저 무관심한 큰오라비나 미하일, 그놈에게는 편하고 친근하게 편지를 쓰면서, 왜 내게는 항상 저런 기계 같은 말투로 보내는 거지? 친근감이라고는 일푼도 느껴지지 않았다.

"가져와."

"네?"

"총사령관으로서 이상한 내용의 편지가 군 내부에 반입되지 않았는지 확인해야겠다. 그러니 가져와 봐."

이게 말인가, 똥인가.

"……알겠습니다."

하나도 논리적이지 않은 요구였지만 애초에 동생의 편지에 별 관심이 없는 무뚝뚝한 오빠는 주군의 명령에 고개를 끄덕였다. 렌에게 편지를 받아 든 린덴은 천천히 읽기 시작했다. 정작 편지의 주인인 큰오라비는 30초 만에 대충 훑어봤지만 그는 무슨 외교 협정 조약 문서를 검토하듯 꼼꼼히 한 글자, 한 글자를 살폈다. 눈에 박아 넣는 것 같았다.

큰오라버니에게.

그녀의 글씨는 예쁜 얼굴과 다르게 삐뚤삐뚤 못났다. 하지만 그 글씨조차도 그에게는 귀여웠다.

론도는 많이 추워요. 크림반도도 많이 춥죠? 감기 조심하시고요. 아버지, 어머니는 모두 건강하세요. 저도 건강하고요.

'건강하다니 다행이군.'

그는 '저도 건강하고요'란 문장을 특히 집중해서 봤다. 항상 약한 그녀가 감기라도 걸리는 건 아닌지 걱정이다.

작은오빠는 요즘 계속 바빠요. 일이 많은 것 같아요.

'작은오라비, 크리스. 그놈은 저놈보다는 낫지.'

린덴은 멍하니 서 있는 렌을 바라봤다. 크리스는 여동생에게 전혀 관심이 없는 렌보다는 훨씬 도움이 되는 오라비였다.

이제 전하께서 귀국하시면 부서를 옮긴다고 하더라고요. 그래서 더 바쁜 것 같아요.

그 순간 린덴은 눈을 집중했다. '전하'라고, 드디어 자신의 이야기가 나왔다. 하지만 곧 실망했다. 그때 한 번 지나가듯 나오고 자신에 대한 언급은 전혀 없었던 것이다.

'나에 대해 할 이야기가 그렇게 없는 건가.'

물론 오라비에게 하는 편지에 자신에 대한 이야기를 적을 필요는 없다. 그도 안다. 그런데 그냥 마음에 안 들었다. 그렇게 편지의 내용을 몇 번이고 꼼꼼히 읽은 그는 렌에게 물었다.

"답장은 했나?"

"답장 말입니까? 안 했습니다."

"……왜?"

"답장을 해야 합니까?"

그 대답이 린덴을 울컥하게 했다. 자신은 받고 싶어도 못 받는 편지를 이렇게 받으면서 고마운지도 모르고 답장도 안 해?!

"렌."

"네, 전하."

"오늘 바쁜가?"

"아닙니다. 저녁이라 일과 끝나서 쉴 예정입니다."

"잘됐군."

"네?"

"오늘 나와 같이 술이나 먹지."

그 말에 렌의 얼굴이 딱딱하게 굳었다.

"술…… 말씀이십니까? 어째서?"

"어째서긴. 자네와 마신 지도 오래되지 않았나?"

렌의 치명적인 약점은 술이 약하단 것이었다. 제국 전체에서 손꼽히는 강자인 주제에 맥주 한 잔만 마셔도 얼굴이 빨개져 정신을 못 차렸다. 그래서 린덴은 평소에는 그에게 술을 권하지 않았다. 하지만 이렇게 그의 여동생 때문에 얄미울 때는 술을 한잔 주고 싶었다.

"싫나?"

"그, 그건 아니지만 맥주 반 잔 정도만……."

린덴은 고개를 흔들고는 강하게 말했다.

"맥주는 무슨. 위스키."

렌의 얼굴이 하얗게 질렸다. 위스키는 그가 가장 무서워하는 술이었다.

'그러니까 평소에 잘하라고.'

린덴은 속으로 중얼거렸다. 아마 렌은 왜 자신이 황태자에게 위스키를 받아야 하는지 평생 짐작도 못 할 것이다.

렌과의 술자리는 길지 않았다. 죄라곤 동생에게 무심하다는 것 외에는 없는 렌에게 차마 독한 위스키를 강권하지 못해 맥주를 주었지만 그마저도 몇 잔 마시더니 곯아떨어져 잠이 든 탓이었다.

"쿨……."

린덴은 낮은 숨소리를 내며 자신의 침대에 누워 있는 렌을 바라보았다. 저렇게 잠들어 있는 모습을 보니, 나름 엘리제와 닮은 것 같기도 했다.

'잠시 바람이나 쐬어야겠군.'

린덴은 코트를 걸치고 밖으로 나왔다. 그러고 보니 귀국 전 한 가지 해결해야 할 용무가 있었다. 제국군 방한용 코트를 입었음에도 날씨는 추웠다. 숨을 쉴 때마다 나오는 하얀 입김을 보며 생각했다.

'론도도 춥겠지? 감기 걸리면 안 되는데.'

그 생각의 주체는 당연히 엘리제였다. 왜 그렇게 몸이 약해 툭하면 감기에 걸리는지.

'어쨌든 지금 그놈이 있는 위치가…….'

다그닥. 다그닥.

말을 타고 거리를 달리니 심페폴 여기저기서 제국군들이 여유 있게 술을 즐기고 있는 것이 보였다. 정국도 안정을 찾았고, 이제 며칠 뒤면 본국으로 귀국하니 크림반도의 마지막을 기념하고 있는 것이다. 병사들의 술자리는 큰 문제를 일으키지 않는 범위에서 지휘관들도 용인해 주고 있었다.

얼마나 말을 타고 달렸을까. 시 외곽에 위치한 커다란 규모의 호텔이 나타났다. 건물은 호텔인데 제국군이 통째로 빌려 쓰고 있는 듯 정문에는 경호를 서는 병사들이 보였다.

'여기인가?'

맞는 것 같았다. 안에서 왁자지껄한 소음이 들렸던 것이다.

"전하! 제 잔도 한 잔 받으십시오!"

"아! 그만! 이미 취했다고!"

"안 됩니다! 이제 본국으로 돌아가면 또 언제 이렇게 마시겠습니까! 오늘은 마시고 죽으셔야 합니다!"

"그게 무슨 헛소리야! 가서도 맨날 마실 거잖아! 살려줘!"

그리고 터져 나오는 웃음소리들. 익숙한 목소리였다. 린덴은 고개를 젓고는 호텔 문을 열고 들어갔다. 홀에서 왁자지껄 파티를 벌이던 사람들이 린덴을 알아보고 일순간 조용해졌다. 그들의 정체는 3황자와 검기사단. 정치적인 관점에서 본다면 린덴의 적들이었다.

"이곳엔…… 무슨 일이십니까, 전하?"

갑작스레 나타난 황태자에게 검기사단의 부단장이 어색한 얼굴로 물었다. 부단장 로버트는 로열가드의 수장 길버트와 총기사단의 렌과 더불어 제국의 손꼽히는 강자였다.

"아."

린덴은 얼굴이 빨개져 있는 미하일을 바라봤다.

"딸꾹, 형님?"

미하일은 형님이 왜 왔는지 얼떨떨한 표정이었다.

"나 최근엔 영창 갈 일 한 것 없는데?"

어지간히 영창에서 고생했는지 만나자마자 영창 이야기였다. 린덴은 피식 웃었다.

"영창 보내려고 온 것 아니다."

"그러면?"

"술이나 한잔하려고."

"뭐?"

미하일은 황당한 표정을 지었다. 린덴은 품에서 담배를 하나 꺼내 물었다. 오랜만에 피우는 담배였다.

"술이나 한잔하지, 동생."

검기사단의 기사들이 눈을 동그랗게 뜨고 바라보고 있어 조용히 술을 마실 수 있는 분위기는 아니었다. 두 사람은 호텔 밖으로 나왔다. 그들은 근처 전경이 한눈에 내려다보이는 성벽 위로 올라가 술을 꺼냈다. 바람이 불어 몹시 추웠지만 덕분에 미하일은 취기가 가시는 것을 느낄 수 있었다.

"무슨 일이야? 이유 없이 나랑 술 마실 형님이 아니잖아?"

"특별한 이유는 없다."

"정말?"

"그래."

짧게 답한 린덴은 챙겨온 잔에 술을 따랐다.

"보드카네?"

"추우니까. 로마노프령산이다."

서대륙 북단의 로마노프령 사람들은 워낙 날씨가 매서워 추위를 잊기 위해 독한 보드카를 즐겨 마셨다. 둘은 안주도 없이 보드카를 쭈욱 들이켰다.

"크으. 보드카는 소주랑 맛이 비슷하다니까."

"소주?"

"있어. 동방 술."

그러며 3황자는 잠시 추억에 잠겨 아련한 표정을 지었다. 항주에서 친구들, 검룡 운학과 은화 남궁소예와 술을 마시던 것이 떠올랐다. 정말 진탕 마셨었는데.

'그립군.'

소주, 백주, 황주, 분주 등 세상에 있는 술을 모조리 마실 기세로 마셨었다. 하지만 곧 그의 입가가 씁쓸해졌다. 그립기에 슬펐다. 다시는 돌아가지 못할 기억이니까.

상념에 잠긴 동생을 보며 린덴이 툭 물었다.

"동방은 즐거웠었나?"

"좋았지. 좋은 사람들도 많이 만나고."

"그렇군. 나도 한번 가보면 좋겠군."

린덴은 외국이라곤 전쟁 때문에 앙젤리와 이곳 크림반도에 온 것 외에는 가본 적이 없다.

"다시 가보고 싶나?"

"가보고 싶지. 친구들 다 잘 있나 궁금하기도 하고."

미하일은 잠시 허공을 바라봤다. 어깨에 놓인 짐만 아니었으면 당장 떠났을 것이다.

"그렇군."

둘은 한동안 아무 말 없이 술을 마셨다. 왠지 분위기가 무거워졌다. 그 무거운 분위기가 싫었는지 미하일이 일순 장난스러운 표정을 지었다.

"갈 거야. 나중에."

"그래?"

"응, 리제랑 같이."

"뭐?"

갑자기 린덴의 분위기가 사나워졌다.

"엘리제랑? 기분 나쁜 농담은 하지도 마라."

"농담 아닌데? 이미 약속했다고. 같이 여행가기로. 청뿐 아니라 려도. 그리고 신대륙의 오대호까지. 같이 다 가보기로 했어."

"거짓말하지 마."

"진짜야. 못 믿겠으면 편지로 물어보든지."

린덴의 표정이 형편없이 일그러졌다. 편지가 와야 편지로 물어볼 것 아닌가. 그리고 미하일 저놈의 얼굴을 보니 거짓말하는 것 같지가 않았다.

'아니, 저놈이랑 여행을 가기로 약속했다고?'

이 여자를 도대체 어떻게 해야 할까. 추운 날씨임에도 화가 부글부글 끓어올랐다. 론도에 도착하기만 해봐라. 옆에 꽁꽁 묶어 놓고 자신만 바라보게 할 것이다. 다른 곳으로는 눈도 돌리지 못하게.

그때, 미하일이 빙글거리며 그를 약 올렸다.

"그러고 보니 형한테는 편지 거의 안 오지? 나는 이틀 전에도 편지 왔었는데."

"……총사령관의 명령이니 입 다물어라."

화났다. 진짜 화났다. 형님의 분노에 미하일은 입을 다물었다. 린덴은 커다란 잔에 보드카를 콸콸 따르며 말했다.

"마셔."

"아, 왜?! 너무 많잖아! 이건 폭력이야! 주폭!"

"총사령관으로서 검기사단의 단장에게 주는 격려주다."

"거짓말하지 마! 이거 개인적인 악감정으로 주는 거지?!"

"아니면 영창 가든지."

"무슨 놈의 영창이야! 내가 이번 전쟁 때 영창을 몇 번이나 간 줄 알아?!"

"다 잘못했으니 간 거지. 이유 없이 보낸 적은 없다."

둘은 한참을 티격태격하였다. 그렇게 얼마나 정신없이 아옹다옹 했을까. 둘은 뚝 입을 다물었다. 너무 유치하다고 느낀 것이다. 대신 미하일이 배를 잡고 시원하게 웃었다.

"하하. 형님이랑 이런 대화는 진짜 오랜만이네. 간만에 재미있어. 재미있어."

"난 재미없다."

린덴이 무뚝뚝하게 답했다.

"형님."

"왜?"

"내가 리제 꼬시면 어떻게 할 거야?"

린덴은 동생을 가만히 바라봤다.

"목숨 걸고 꼬셔라."

미하일은 대답 없이 가만히 미소를 지었다. 목숨을 걸라고?

'일단 그건 론도에 돌아가서.'

해묵은 악연 따위는 잠시 잊고 지금은 형님과 술을 마실 때다.

"한 잔 더 줘. 그 폭력적으로 큰 잔 말고, 정상적인 잔으로."

쪼르륵.

린덴은 다시 보드카를 따라주었다. 그렇게 다시 둘은 말없이 술을 마셨다. 그리고 가져온 술이 다 떨어져 갈 무렵, 린덴이 지나가듯 물었다.

"미하일."

"왜, 형님?"

"포기할 수는 없겠나?"

미하일도 술을 한 잔 털어 넣으며 지나가듯 답했다.

"어떻게 그러겠어. 그래도 내 어머니인데."

"그렇군."

"형님은?"

"나도 그렇다."

"그래."

성벽에 선 둘은 가만히 밖을 내려다보았다. 어둠이 깔린 평원은 하얀 눈으로 덮여 있었다.

"예전에 지펠 형님이 동방 명(明) 시대 때 쓴 소설 읽고, 도원결의(桃園結義) 따라한 거 기억나?"

"아아, 그 소설이 세 개의 나라가 싸우는 이야기였나? 명작이었지."

린덴은 고개를 끄덕였다.

"도원결의는 아니었지. 복숭아나무가 아니라 장미정원에서 했던 맹세였으니까."

"그래도 맹세를 하긴 했잖아. 대충 따라서."

미하일은 쿡쿡 웃었다.

"그때 형님이 장비였나? 지펠 형님이 유비였고."

린덴은 인상을 찌푸렸다.

"내가 왜 장비였던 것이지? 아무리 봐도 지펠, 그놈이 장비에 제일 가까운데."

"그러게. 형님은 장비는 아니지. 그때 형님 성격은 오히려 유장에 가까웠는데."

"뭣이?"

유장. 그 소설에 나오는 착하고 무능한 군주였다.

"왜? 유장 나름 착하잖아. 물론 지금은 조조에 가깝지만."

"내가 조조라고?"

"나름 칭찬이라고."

린덴은 인상을 찌푸렸다. 미하일은 다시 웃다가 보드카 병을 보더니 중얼거렸다.

"술 다 떨어졌다."

"그런가."

"응."

병을 보니 어느덧 비어 있었다. 마치 모래시계의 모래가 떨어진 것처럼. 그래서 꿈에서 깨어나 현실로 돌아올 시간이 된 것처럼. 린덴은 고개를 끄덕였다.

"잘 쉬어라."

"응, 형님도."

인사를 나눈 둘은 각자의 길을 향해 사라졌다. 방금까지 같이 술을 나눈 게 거짓말 같았다.

그렇게 크림반도의 이야기가 막을 내렸다. 그리고 엘리제의 이전 삶, 역사에 기록되었던 론도의 비극이 막을 올렸다.

23장

마주 보다

론도 거리의 분위기가 들뜨기 시작했다. 근래 들어 가장 큰 규모의 다툼이었던 크림전쟁이 막을 내리고, 그 승전의 용사들이 귀국을 앞두고 있었기 때문이다. 곧 있을 성대한 개선식에 모두가 들뜬 마음으로 축제를 준비했다.

"아가씨, 이제 곧 황태자 전하께서 돌아오신대요."

저택의 어린 하녀 마리는 어느덧 귀여운 티가 나는 소녀가 되어 있었다.

"……응."

엘리제는 살짝 얼굴을 붉히며 고개를 끄덕였다.

'드디어 전하께서 오시는구나.'

두근.

그를 생각하자 그녀의 가슴이 파르르 진동했다. 지난 10개월 내내 그가 보고 싶었다. 시간이 흐를수록 그 그리움은 점점 깊어지고 커져만 갔다.

'언제쯤 도착하실까.'

이제 상트부르 항에서 배를 탔다고 하니 어느 정도 시일이 걸릴 것이다. 바다 사정에 따라 배의 항해 속도도 다를 것이다.

'조심히 오셔야 할 텐데.'

그를 떠올리자 한편으론 걱정이 되기도 했다.

'전하를 어떻게 대해야 하지?'

총을 맞는 순간, 그에 대한 자신의 마음을 인정했다. 그런데 그 뒤로 그를 본 적이 한 번도 없다. 마음을 인정한 것은 그녀 스스로일 뿐, 그와의 관계는 아직 평행선이었던 것이다.

'전하.'

우크라산맥에서 그와 함께했던 시간을 떠올렸다.

"난 너를 놓지 않을 거야. 무슨 일이 있어도 너를 내 것으로 만들 테니, 그러니 도망갈 생각하지 마."

그 말을 떠올리는 순간, 그녀의 얼굴이 사과처럼 붉어졌다. 밤마다 추위를 막기 위해 그가 자신을 감싸 안았던 것도 떠올랐다. 그리고 자신의 이마에 닿았던 그의 숨결.

"아가씨? 괜찮으세요?"

마리의 걱정스러운 물음에 엘리제는 화들짝 고개를 저었다. 그녀의 얼굴은 빨갛다 못해 터질 것 같았다.

"아니야. 괜찮아."

"정말 괜찮아요? 요즘 너무 무리하시는 것 아니에요?"

"응, 아니야."

두근두근.

그와 닿았던 순간들이 떠오르자 민망하고 부끄러우며, 간질간질한 마음이 들었다. 떠올리는 것만으로도 이렇게 가슴이 터질 것 같은데 실제로 만나면 어떻게 하지.

"아가씨.

"응?"

"저 스웨터랑 목도리 전하께 드릴 거죠?"

마리는 엘리제가 그를 위해 틈틈이 짠 스웨터랑 목도리를 가리켰다. 물론 말이 스웨터와 목도리지, 엉망으로 짠 거라 제대로 된 형태는 아니었다.

"저런 걸 어떻게 드려. 그냥 버릴 거야."

"그래요? 하지만 정성 들여 짜셨는데."

마리는 왠지 저런 스웨터와 목도리라도 황태자가 기쁘게 받을 것 같다는 생각을 하였다. 하지만 엘리제는 강하게 고개를 저었다. 그에게 저런 볼썽사나운 것을 어떻게 선물하겠는가.

"마리, 나중에 옷 가게에 같이 갈래?"

"정말요?"

마리는 놀란 얼굴을 했다. 엘리제가 최근 2년 동안 옷 가게에 가자고 하는 것은 처음이었다.

어린 하녀는 짓궂은 표정으로 물었다.

"전하께 예쁜 모습 보여드리려 그런 거죠?"

엘리제는 민망한 얼굴로 말끝을 흐렸다.

"아니야. 그냥 옷도 다 낡고 해서……."

뻔히 티 나는 거짓말이다. 애초에 수술복과 가운만 선호하는 그녀는 옷이 낡든 말든 신경도 쓰지 않았다. 주인의 사랑스러운 모습에 어린 하녀는 활짝 웃으며 답했다.

"네, 같이 가요. 제일 예쁜 옷으로 골라 드릴게요."

그렇게 엘리제는 그가 오고 있다는 소식을 들은 후, 설레는 가슴으로 하루하루를 보냈다.

"교수님, 이 환자분은 라온 자각가의 자제분으로 췌장염으로 입원하였습니다. 현재……."

"……."

"교수님?"

"아, 아. 네. 죄송해요. 췌장염이라고요? 수액 치료와 통증 조절해 주세요."

엘리제는 허겁지겁 고개를 끄덕였다. 그런 그녀의 모습을 사람들은 놀란 눈으로 바라봤다. 자신들을 놀라게 한 기적의 의사가 빈틈을 보여서가 아니다. 아무리 가슴이 설렌다 하여도 환자를 보는 일을 소홀히 할 그녀가 아니었으니까. 그들이 놀란 이유는 단 하나, 그녀의 아름다움 때문이었다.

'원래 아름다운지는 알고 있었지만.'

인형 같은 얼굴의 엘리제는 예전에도 론도 최고의 미녀로 꼽혔다. 거기다 18살로 접어들며 풋풋한 소녀가 되자 조금씩 여인의 향기가 깃들고 있었다. 마치 꽃이 만개하기 시작하는 듯한 아름다운 향기가 말이다.

인형 같은 외모에 차분한 성숙미가 더해지자 도저히 눈을 뗄 수 없을 정도로 아름다웠다. 간단한 수술복에 가운만 입어도 그 외모를 가릴 수는 없었다. 아니, 오히려 수술복에 가운이 그녀의 외모를 가장 빛나게 하였다. 그녀가 가장 아름다운 순간은 환자를 볼 때였으니까.

더구나 요즘은 무슨 이유에서인지 최근 그녀는 설레 보였다. 항상 강인하게 환자를 보던 그녀가 사춘기 소녀처럼 들뜬 표정을 하고 있으니 너무나 사랑스러워 보였다. 덕분에 황실십자병원의 젊은 남자 의료진들은 발그레한 그녀를 보며 애가 탈 수밖에 없었다.

'황태자비가 될 분만 아니어도 당장 고백했을 텐데.'

그런 생각을 하는 이가 한둘이 아니었다. 그리고 그런 가련한 남자 중 일인, 아니, 단순히 가련하다는 단어만으로는 지금까지의 가슴 아픔을 다 표현하기 어려운 남자, 그레이엄 남작은 씁쓸한 얼굴로 한숨을 내쉬었다.

"왜 그러세요, 선생님?"

"아닙니다, 데임."

그레이엄 드 팰론. 그는 지금까지의 연구 업적과 크림반도에서의 헌신을 인정받아 엘리제와 비슷한 시기에 황실십자병원에서 스카우트 제의를 받았다. 직위는 정식 교수! 황실십자병원의 교수는 제국의 의사 중 가장 빛나는 위치라 할 수 있었다. 최고라 인정받는 의사들만이 황실십자병원에 발을 들일 수 있기 때문이다.

'황실십자병원의 교수가 되는 것은 내 오랜 꿈이긴 했지만.'

그레이엄의 표정은 마냥 밝지만은 않았다. 엘리제 때문이었다. 앞으로도 그녀를 옆에서 볼 수 있으니 기뻤지만, 동시에 가슴이 아팠다. 사랑하는 사람을 옆에 두고도 그저 바라볼 수밖에 없다는 것은 너무 큰 고문이었다. 하지만 마음이 아프더라도 못 보는 것보다는 나았기에 그는 참을 수밖에 없었다.

"론트 남작가에서 데임께 수술을 부탁하였습니다."

"저에게요?"

론트 남작가는 귀족파에 속하는 가문이다. 물론 그녀는 치료하는데 있어 그런 정치적 이념 따위는 신경 쓰지 않았지만 상대측이 꺼리는 경우가 많았다.

"로즈데일병원에서 치료가 불가하다고 이야기했다고 하더군요."

"아……."

엘리제는 사정을 이해했다. 그녀의 수술을 목격한 이가 많아지며 점점 소문이 퍼지고 있었다. '불가능한 질병도 데임 클로랜스라면 고칠 수 있다!'라고. 물론 엘리제도 인간인 만큼 엄연히 한계가 있긴 했지만, 그래도 다른 병원에서 불치의 판정을 받은 이에게 그녀는 마지막 희망이나 다름없었다. 그러니 설령 적대적인 귀족파라 할지라도 최후의 순간 그녀에게 치료를 부탁하러 오는 것이다. 물론 엘리제는 정치적 이념 따위는 전혀 개의치 않았다. 자신은 의사이니까.

"네, 알겠어요. 정확히 어느 부위 수술이죠?"

"위 분문부 암입니다."

위 분문부는 식도와 맞닿아 있어서 수술이 쉽지가 않았다. 위 전체와 식도 일부도 잘라내야 한다. 그리고 소장과 잘라낸 식도를 연결해야 하니 고난이도에 속하는 수술이었다. 위험한 수술이지만 엘리제는 고개를 끄덕였다.

"네, 일정 잡을게요. 가능한 날이……."

그녀는 달력을 보고 살짝 인상을 찌푸렸다. 워낙 일정이 빽빽이 차 있어 시간을 내기가 쉽지 않았다. 어의이니 황제의 진료도 봐야 하고, 몰려오는 응급 환자들 수술도 해야 하고, 수석 교수이니 아카데미에 나가 강의도 해야 한다. 게다가 그녀가 황제의 재가를 받아 진행하는 보건 프로젝트들과 연구 논문들까지 있다 보니 몸이 3개라도 부족한 일정이다.

'수술 일정이 너무 빽빽이 차 있는데.'

커다란 달력에는 날짜마다 예정된 수술이 적혀 있었는데, 어찌나 빼곡한지 눈이 아플 지경이었다.

'어쩌지? 너무 미루면 안 되는데.'

그런데 빼곡한 수술 일정 사이, 비어 있는 날이 눈에 띄었다.

'아, 이날은…….'

바로 린덴이 론도에 도착하기로 예정된 날이었다. 크림에서 떠나기 전, 그는 이런 편지를 보냈다.

마중 나오도록. 안 나오면 혼날 줄 알아라.

엘리제는 그 편지를 보고 입술을 삐죽했다.

'그렇지 않아도 마중 가려고 했다고요.'

황태자가 복귀한다고 성대한 입항식이 예정되어 있지는 않았다. 이미 대부분의 병력이 복귀한 상태고, 곧 대규모 승전 연회와 개선식을 치를 예정이기 때문이다. 따라서 그녀가 예비 황태자비로서 꼭 그를 마중 나갈 필요는 없었다.

‘공식적으로는 그렇지만.’

그래도 그와 무려 10개월 만에 만나는 것이다. 그러니 당연히 마중 나가려 했었다. 그날을 위해 수술도 모두 비워 놓았다. 그뿐이 아니다. 그에게 예쁘게 보이기 위해 드레스도 새로 장만했다.

‘어쩔 수 없지.’

그녀는 한숨을 내쉬었다. 가급적이면 그날은 비워놓고 싶었지만 생명이 위험해질 수 있는 암 환자의 수술을 개인적인 사정 때문에 미룰 수는 없다.

‘아침 첫 수술로 하면 늦지 않게 마중 나갈 수 있을 거야.’

도착 예정 시간은 대략 늦은 오후경이다. 보통 예정 시간보다 늦게 도착하는 경우가 많으니, 일찍 수술을 시작해 점심 전에 끝내면 서둘러 치장을 하고 배가 도착하는 시간에 맞춰 나갈 수 있을 것이다. 그렇게 생각한 엘리제는 말했다.

“이날로 수술 일정 잡아주세요, 선생님.”

“이날 말입니까?”

그레이엄이 놀란 표정을 지었다. 엘리제의 일거수일투족을 눈에 담고 있는 그는 그녀가 왜 그날을 비워 놓았는지 잘 알고 있었다. 엘리제는 한숨을 내쉬며 말했다.

“어쩔 수 없죠. 그리고 수술을 일찍 시작하면 늦지는 않을 것 같으니 그렇게 잡아주세요.”

“알겠습니다.”

그녀는 론트 남작도 만났다.

“론트 남작입니다, 데임.”

“네, 반가워요. 남작님의 수술을 집도할 엘리제 드 클로랜스입니다.”

중년 남자는 굉장히 불편한 표정으로 그녀에게 인사했다.

론트 남작은 귀족파의 대표 인물 중 한 사람으로, 거침없는 언사로 유명했다. 정계에서 그녀의 아버지 엘 후작과도 여러 차례 다툼이 있었는데 막상 그의 딸에게 목숨이 걸린 수술을 받게 된다니 회한이 가득한 얼굴이었다.

"정말…… 제 수술을 해주는 것입니까?"

남작은 믿기 어려운 눈으로 물었다. 엘리제는 그가 왜 그런 물음을 했는지 깨달았다. 그녀는 본인의 뜻과 상관없이 황제파의 가장 핵심 인물로 여겨지고 있었다. 당연하다. 황제파의 수장 클로랜스 후작가의 적녀이자 황태자의 예비 약혼녀였으니까. 물론 의사인 그녀는 그런 정치적 역학 관계를 전혀 신경 쓰지 않았다. 그래서 그녀는 남작의 불안감을 가라앉혀 주기 위해 말했다.

"남작님."

"네?"

"남작님은 오늘 저에게 어떤 이유로 오셨나요?"

"그야 치료받으러……."

"저도 그렇습니다."

엘리제는 살짝 웃었다. 부드러우면서도 다른 사람을 안정시켜 주는 미소였다.

"저는 지금 예비 황태자비로 이 병원에 있는 게 아닙니다. 저는 의사로서 이 병원에서 일하고 있습니다. 그러니 오로지 환자만 바라봅니다."

"……!"

"저는 환자를 치료하는 것 외에는 아무것도 신경 쓰지 않아요. 그러니 남작님도 이 병원에서만큼은 다른 것 신경 쓰지 마시고 오로지 치료받는 것에만 집중하세요."

"데, 데임……."

그녀의 말에 남작은 감동한 표정을 지었다. 자신이 지금까지 정쟁을 벌이며 클로랜스 후작가에 못되게 군 것이 몇 번이던가. 그런데 저런 따뜻한 태도라니. 그녀의 한 마디 한 마디에 담겨 있는 의사로서의 강한 자신감을 읽을 수 있었다. 남작은 그녀에게 진찰을 받으며 희망이 생기기 시작했다.

'살 수 있을지도 몰라.'

모든 의사가 그를 포기했다. 그래서 자포자기한 심정으로 그녀에게 찾아왔다. 하지만 그는 이 순간 생각했다. 등불을 든 여인, 그녀 같은 의사가 수술을 해준다면 자신도 살 수 있을지 모른다고.

브리티아 섬 동쪽의 북해(北海).

한 떼의 증기선이 바다를 가르고 있었다. 제국 2함대였다.

'이제 곧 도착하겠군.'

총사령관 린덴은 갑판에 서서 서쪽을 바라봤다. 정확히는 론도, 그녀가 있는 곳을.

'왜 이렇게 느린 거지.'

세계 최고의 추진 동력을 갖춘 증기선이건만 린덴은 너무 느리다고 투덜거렸다. 마음 같아선 하늘을 날아서 론도에 도착하고 싶었다. 이제 도착할 날이 며칠 남지 않았지만 가까워질수록 더욱 마음이 타들어 갔다. 어서 빨리 그녀를 보고 싶었다.

'이제 놔주지 않을 거다. 각오해.'

그는 속으로 중얼거렸다. 엘리제, 강단 있는 초식동물. 도망가려 해도 소용없다. 맹수가 되어 철저히 사냥할 것이다.

"언제쯤 도착할 예정이지?"

"그……."

북해와 발토해를 담당하는 제국 2함대의 제독은 도대체 몇 번이지 모를 질문을 또 받고 어색한 미소를 지었다. 황태자는 하루에 7번쯤 저 질문을 하고 있었다. 제독은 늘 하던 똑같은 대답을 다시 한 번 반복했다.

"속력을 내고 있습니다. 아마 예정 시간에 늦지 않게 도착할 수 있을 것입니다."

"더 일찍 도착할 수는 없나?"

"최선을 다하겠습니다."

"그래."

황태자는 고개를 끄덕였다.

'빨리 론도에 도착했으면 좋겠군.'

보고 싶었다. 정말로.

드디어 대망의 도착 예정 날이 다가왔다. 이른 새벽, 엘리제는 들뜬 얼굴로 저택을 나섰다.

"아가씨, 오늘은 꼭 빨리 돌아오셔야 해요!"

"응, 꼭 그럴게."

마리가 신신당부했다.

"단장할 것이 많단 말이에요. 꼭 꼭 빨리 와야 해요."

엘리제는 고개를 끄덕였다.

"그런데 그 드레스 정말 괜찮을까? 너무 몸 선이 드러나는 것 같은데……."

"요즘 최신 유행이에요! 아가씨는 뭘 입어도 예쁘니 걱정하지 마세요."

"나 피부 괜찮아? 어제 잠을 설쳐서……."

그녀는 걱정스러운 표정을 지었다. 드디어 그를 만난다는 생각에 잠을 제대로 못 잤다. 혹시 피부가 거칠어졌으면 어쩌지?

"예뻐요, 예뻐. 돌아오시면 제가 다 단장해 드릴 테니 빨리 오시기나 하세요."

"응."

엘리제는 마차에 올라타 황실십자병원으로 향했다. 그녀는 눈을 감았다.

'전하를 만나면 어떻게 대해야지?'

이제 그를 부정하지 않는다. 하지만 두려움이 없다면 거짓말이리라. 과거의 파국은 트라우마가 되어 그녀를 30년이나 넘게 괴롭혔으니까.

'그래도.'

두려움이 있다 하더라도 자신은 그를 마주 보려고 노력할 것이다. 과거에 대한 두려움보다 그가 소중하다는 것을, 이제 자신도 그가 없으면 안 된다는 것을 깨달았으니까. 그러니 조금씩 조금씩 노력해 갈 것이다.

'전하.'

다만 걱정되는 것은 어떻게 그를 대해야 하는 것이었다. 자신의 마음을 깨달은 후 첫 만남이다. 뭐라고 인사를 해야지? 무슨 표정을 지어야지? 무슨 말을 해야지? 어색하면 어떻게 하지?

물론 그녀도 안다. 이런 고민이 시답지 않다는 것을. 그래도 어떻게 하겠는가? 이런 사소한 것도 신경 쓰이는 것을. 그가 마음에 들어온 탓일 거다.

"병원에 도착했습니다, 아가씨."

"고마워요, 경."

엘리제는 어릴 적부터 자신의 호위역을 해주고 있는 벤톨에게 웃으며 인사했다. 그의 손을 잡고 마차에서 내리는 순간, 그녀는 생각했다.

'일단 병원에 왔으니 수술에 집중하자. 그에 대한 생각은 나중에.'

자꾸 떠오르는 그에 대한 생각을 고개를 저어 밀어내었다.

'집중해, 엘리제.'

그녀에게는 수많은 수술 중 하나일지 몰라도 수술을 받는 란트 남작에게는 자신의 생명이 걸린 일이었다. 그러니 아무리 개인적으로 중요한 날이라도 잡념으로 수술에 지장이 가게 할 수는 없었다.

'전하에 대한 생각은 수술이 끝나고 나서 하자.'

그녀는 자신의 교수실에서 드레스를 벗고 수술복으로 갈아입었다. 그리고 하얀 가운을 걸쳤다. 그렇게 외과의사로 변한 작은 소녀는 수술실로 내려갔다.

"오셨습니까, 교수님."

미리 나와서 기다리던 어시스턴트들이 그녀를 맞았다.

엘리제는 고개를 끄덕이며 물었다.

"준비는 다 되었나요?"

"네, 교수님."

"환자는 어디 있죠?"

"수술실 옆에 누워 있습니다."

그녀는 긴장한 얼굴로 수술을 기다리는 란트 남작에게 다가갔다.

"데임."

불안한 목소리였다. 엘리제는 걱정하지 말라는 듯 미소 지으며 그의 손을 잡아주었다.

"불안해하지 마세요. 한숨 자고 일어나면 다 끝나 있을 것이니."

"저…… 살 수 있겠습니까?"

엘리제는 고개를 끄덕였다.

"네, 걱정하지 마세요. 살 수 있어요."

짧고 간단한 말. 그녀는 마주잡은 손에 꽉 힘을 주었다. 그 작지만 강인한 손을 느끼며 란트는 마음이 안정되었다. 그는 눈시울을 붉히며 생각했다.

'아아, 내가 정말로 살아날 수 있다면.'

정치적 이념을 떠나서 이 소녀에게만큼은 절대 그 은혜를 잊지 않으리라. 그렇게 귀족파와 황제파의 대립이 점차 고조되는 그때, 론도의 이른 아침 병원의 한구석에서 한줄기 따뜻한 바람이 불기 시작했다.

수술은 생각보다 어려웠다. 애초에 위 분문부 암은 위암 중에서 가장 치료가 어려운 질환이다. 기존의 림프절 절제도 철저히 해야 하고, 위 일부가 아니라 위 전체를 잘라야 하며, 심지어 식도의 하부도 잘라 내야 한다. 그것만으로도 고난이도인데 란트 남작은 해부학적 변형도 있었다. 그 때문에 엘리제는 진땀을 흘리며 수술을 해야 했다.

"하아."

결국 고비를 넘기고 난 후, 그녀는 깊은 한숨을 내쉬었다.

'얼마나 지났을까?'

아무래도 신경 쓰일 것 같아, 일부러 수술실에 놓인 회중시계를 치워 버렸다. 워낙 수술에 집중하느라 시간이 얼마나 지났는지 감이 잡히지 않았다.

'마무리까지 잘하자.'

그래도 다행인 점은 진땀을 흘리긴 했지만 체감상 그렇게 많은 시간이 흐르진 않은 것 같았다. 이제 어려운 부분은 다 지났으니 침착히 진행하면 늦지 않게 그를 마중 나갈 수 있을 거라 생각했다.

'집중. 최선을 다하자.'

엘리제는 마지막까지 심혈을 기울여 수술했다.

한편, 그런 그녀를 어시스트하는 의사들은 그녀의 손놀림을 보며 계속해서 경악하고 있었다.

'역시 데임 클로랜스. 억지를 부려 어시스트로 들어온 보람이 있구나.'

황실십자병원의 의사들은 제국 최고의 의사로 모두 이름 높은 대가였다. 따라서 다들 의학에 대한 열정이 깊었고, 더 뛰어난 의술을 위해 자신의 삶을 바치고 있는 이들이었다. 그런 그들에게 데임 클로랜스, 이 기적 같은 소녀의 수술은 하늘이 준 선물이나 다름없었다. 다들 조금이라도 더 그녀의 수술을 자세히 보고자 어시스트를 자청했고, 참관하러 들어오는 교수도 많았다.

'정말 대단해. 저 부위에서 저런 테크닉을.'

그렇게 의사들의 경악 속에서 수술이 진행되었다.

"클로즈 합니다."

드디어 엘리제는 수술을 끝내는 선언을 하였다.

"수고하셨습니다!"

"죄송한데, 마무리를 부탁할게요."

"네, 교수님."

엘리제는 장갑을 벗으며 수술실을 나왔다.

'시간이?'

나오자마자 시계를 보고 그녀는 깜짝 놀랐다. 벌써 12시였다.

'늦은 건 아니겠지?'

그녀는 초조한 표정으로 생각했다.

'그래도 배가 예정 시간에 정확히 도착하는 경우는 거의 없으니까. 특히 이렇게 먼 바다를 건너는 함선들이라면 더 그렇겠지? 서두르면 늦지 않을 거야.'

그녀는 자신의 몸을 살폈다.

'빨리 저택에 돌아가서 치장하고.'

수술하면서 팔에 피가 튀어 있었고, 진땀을 흘린 탓인지 이마에는 땀도 맺혀 있었다.

'너무 엉망이잖아.'

엘리제는 속으로 울상을 지었다. 10개월 만에 만나는 그에게 최대한 예쁜 모습을 보이고 싶은데 꼴이 말이 아니었다.

'일단 팔에 묻은 피 먼저.'

이 상태로 저택에 돌아갈 수는 없는 노릇이라 그녀는 수술실 한편에 마련된 세면장으로 향했다. 물을 틀어 팔에 묻은 핏자국을 지우며 초조히 생각했다.

'빨리. 빨리 닦고 가자.'

이런 모습이 아닌, 최대한 예쁘게 치장을 하고 그를 만나고 싶었다. 그녀는 그렇게 외과의사가 아니라, 여자로서 생각했다.

그런데 그 순간이었다. 도저히 생각지도 못 했던 목소리가 등 뒤에서 들렸다.

"……엘리제."

그 낮은 저음을 듣고 손을 씻던 엘리제의 몸이 뻣뻣이 굳었다.

'설마……?'

"엘리제."

"……!"

낮은 저음이 다시 한 번 자신의 이름을 불렀다. 차가웠지만 타오르는 듯한 열망이 담겨 있는 음성. 그 목소리를 듣는 순간, 그녀의 다리에서 힘이 탁 풀려 버렸다.

그였다! 린덴, 그가 자신을 부르고 있었다.

'전하…….'

그녀의 눈동자에 피잉 눈물이 돌았다. 문득 가슴속에서 뜨거운 것이 북받쳤다. 어떻게 그가 벌써 이곳에? 이런 의문은 떠올리지도 못했다. 감정이 너무 요동쳐 다른 사고가 마비된 탓이다.

너무도 보고 싶었던 그가 등 뒤에 있었지만 그녀는 선뜻 돌아서지 못했다. 뒤돌아서 그를 마주하면 이 요동치는 감정을 조절하지 못할 것 같았기에.

'전하…….'

그렇게 그녀는 뻣뻣이 굳어 속으로 그의 이름만 불렀다. 그런데 그 순간, 뒤에서 기척이 느껴진다 싶더니 단단한 무언가가 그녀를 와락 껴안았다.

"……!"

그의 팔이었다. 그가 등 뒤에서 그녀를 강하게 껴안았다. 온몸으로 와 닿는 그의 단단한 느낌에, 그리고 그의 체향에 엘리제는 아득한 느낌이 들었다.

'아아…… 전하.'

정말 그였다. 그토록 바라던.

그때 린덴이 그녀의 귓가에 대고 낮은 목소리로 물었다.

"왜 마중 나오지 않았지?"

엘리제는 대답하지 못했다. 가슴이 너무 격동해 도저히 입을 열 수가 없었다. 한 마디라도 하면 눈물이 흘러버릴 것 같았다.

린덴은 작게 한숨을 내쉬었다.

"또 환자 때문에 그랬겠지."

그는 자신에게 안긴 소녀를 바라봤다. 이렇게 두 손으로 그녀를 안고 있다니, 꿈을 꾸고 있는 것 같았다. 그는 더욱 힘을 주어 그녀를 자신의 품으로 잡아당겼다. 조금 더 그녀를 느끼고 싶었다. 나의 심장, 나의 모든 것.

"보고 싶었다."

그 낮지만 따스한 말을 듣는 순간 그녀의 눈에서 한줄기 눈물이 흘러내렸다.

'저도요. 저도 보고 싶었어요.'

머리가 하얘져 아무런 생각도 들지 않았다. 그의 손에 닿은 어깨가, 배가, 그리고 그의 몸에 닿은 등이 타오를 듯 뜨거웠다. 가슴이 요동치고 진탕했다. 이대로 무너져 버리면 어떻게 하나 걱정이 들 정도였다.

그때, 그가 입을 열었다.

"드디어 잡았어."

그는 초식동물을 사냥하는 맹수가 되어 말했다.

"그러니 이제는 절대 놔주지 않을 거야."

"……!"

"네가 싫어한다 해도 상관없어. 각오해."

'아아, 전하.'

엘리제는 현기증이 났다. 자신을 향한 그의 갈망에 전신이 묶여 버리는 것 같았다. 아찔한 속박감. 그 순간 그녀는 한 가지 사실을 떠올렸다.

'아…… 그는 아직 나의 마음을 모르는구나.'

그럴 수밖에 없었다. 이제까지 표현한 적이 없으니까.

'나도 전달해야 해. 마음을.'

하지만 도저히 입이 떨어지지가 않았다. 가슴이 떨려 그의 얼굴을 마주 보기도 어려운데, 어떻게 마음을 전달한단 말인가. 어렵지만 전달해야 했다. 어떻게? 결국 그녀는 떨리는 음성으로 입을 열었다.

"전하……."

개미가 기어가는 듯 작은 목소리였다.

"왜 그러지?"

그녀는 침을 꿀꺽 삼켰다.

"……제가…… 차를 한잔 대접해도 될까요?"

"차?"

린덴은 살짝 눈썹을 찌푸리며 고개를 숙였다. 얼굴을 낮추자 자연히 그의 입술이 그녀의 귓불에 밀접했다.

"내가 지금 원하는 것은 차가 아니라, 바로 너인데?"

"……!"

그녀의 가슴이 파르르 흔들렸다. 나를 바란다니? 더구나 귓가에서 느껴지는 그의 입김도 그녀의 정신을 뒤흔들었다.

"전하……."

그녀가 침을 꿀꺽 삼키며 말했다.

"……제 교수실에 조, 좋은 차가 있어요. 차를……."

비는 듯한 음성에 린덴은 입을 다물었다.

'차라.'

지금은 그녀를 느끼고 싶지, 차를 마시고 싶은 기분은 아니었다.

'아니, 사실은 그저 너를 느끼고 싶은 게 아니라.'

그녀를 송두리째 가지고 싶었다. 그야말로 미칠 듯한 갈망. 그는 힐끗 시선을 돌렸다. 마침 수술을 마치고 나온 의료진들이 경악해 자신들을 바라보고 있었다.

"차는 네 방에서 마시는 건가?"

"네, 네. 전하."

"그 방엔 아무도 없나?"

엘리제는 그걸 왜 물어보는지 의아한 마음이 들었다.

"아…… 네. 저만 사용하는 방입니다."

“그렇군.”

린덴은 미소 지었다. 아무 방해도 받지 않고 단둘이 있을 수 있다는 거지. 차에 관심은 없었지만 그건 마음에 들었다. 그렇게 초식동물은 맹수를 자신의 방에 초대했다.

엘리제는 린덴을 자신의 교수실로 데려왔다. 왠지 그와 단둘이 있는 게 부담스러운 느낌이 들어 문을 살짝 열어두었으나, 달칵, 린덴이 문을 닫아버렸다.

“……왜 문을?”

“방해받기 싫으니까.”

“뭘요?”

물었으나 그는 대답하지 않았다. 그저 강렬한 눈빛으로 자신을 바라볼 뿐이었다. 꿀꺽. 그녀는 침을 삼켰다.

‘나, 나 뭔가 실수한 건가?’

그런 생각이 슬며시 들었으나 애써 외면했다. 오랜만에 봐서일까? 그는 이전과 달랐다. 아니, 자신을 향한 열망은 동일했으나, 조금 더 거침이 없었다. 그건 그녀가 모르는 그의 심경 변화 때문이었다. 그녀가 총에 맞아 죽어갈 때 그는 다짐했다. 만약 그녀가 살아 돌아온다면 그때는 절대 그녀를 손에서 놓지 않겠다고. 반드시 자신의 것으로 만들어 꽁꽁 묶어두겠다고.

“여기 앉으세요. 차, 차를 끓여 드릴게요.”

엘리제는 일부러 그의 시선을 피하며 차를 준비하기 시작했다.

린덴은 잠시 앉아 그녀의 방을 살폈다.

'생각보다 지저분하군.'

그녀의 수려한 외모를 생각하면 차분히 정리된 전경이나 아늑한 핑크빛 교수실이 상상되었으나, 실상은 정반대였다. 그냥 일중독 교수의 너저분한 사무실이랄까. 여기저기 책과 서류가 뒤엉켜 있었다.

'하긴 글씨도 삐뚤삐뚤 못 쓰니까.'

엘리제가 부끄러운 듯 말했다.

"너무 그렇게 보지 마세요. 민망해요."

그녀는 그의 집무실을 떠올렸다. 자로 잰 듯이 정리된 그의 방과 비교하면 자신의 방은 완전히 난장판이었다.

'전하는 지저분한 거 싫어하시는데.'

왜 미리 방을 정리하지 않았을까. 그녀는 후회되었다.

"미리 정리하지 않고 초대해서 죄송해요. 다음에는 정리를 하고……."

그런데 린덴이 의외의 말을 하였다.

"난 이 방이 좋은데."

"네?"

"네 향기가 느껴지니까."

"……!"

그녀의 얼굴이 붉어졌다.

"빠, 빨리 차 끓여 드릴게요."

그녀는 도망치듯 그에게서 멀어졌다. 도저히 그의 시선을 받고 있을 수가 없었다. 하지만 조그만 교수실에서 도망가 봤자 어딜 가겠는가. 그의 눈은 집요하게 그녀의 뒤를 쫓아왔고, 그 눈빛을 느낄 때마다 그녀의 심장이 뛰었다. 떨리는 손으로 물에 찻잎을 넣고 불을 붙였다.

'제발 진정해, 심장아.'

그녀는 속으로 울상을 지었다. 좋은 차를 우리려면 마음을 가다듬고 집중해야 하는데, 도저히 정신을 차릴 수가 없었다. 계속 린덴이 신경 쓰였다.

그때 린덴이 인상을 찌푸리며 물었다.

"이건 뭐지?"

놀라 고개를 돌리니 그가 열린 캐비닛 속에서 한 물건을 보고 있었다.

'아!'

그녀는 화들짝 놀라 달려갔다. 자신이 그에게 주기 위해 짠 목도리 실패작이었다!

"아무것도 아니에요."

"뭐가 아무것도 아니야?"

그녀가 가리기 전, 그가 먼저 그 목도리 비슷한 실패작을 낚아챘다. 린덴은 놀란 목소리로 물었다.

"설마 네가 짠 것인가? 누굴 주려고 짠 것이지?"

그녀의 얼굴이 다시 빨개졌다. 대답할 수 없다. 이런 못난 물건을 그를 위해 만들었다고 하기엔 부끄러웠다.

"……."

그런데 그 침묵을 오해한 린덴의 기세가 흉포해졌다.

"말해. 누구야."

탁.

그는 그녀의 손목을 잡았다. 갑작스레 느껴지는 그 뜨거운 감각에 그녀는 다시 한 번 놀랐다. 그녀는 움츠러들며 말했다.

"정말 아무것도 아니에요."

"빨리 말해라. 누굴 주려고 짠 거지? 설마 미하일, 그놈인가?"

"아, 아니에요!"

화들짝 고개를 저었다. 갑자기 여기서 미하일 이름이 왜 나온단 말인가? 그런데 그 순간 그녀의 등 뒤 캐비닛 안에 수북이 쌓여 있는 편지지에 그의 시선이 닿았다.

"이건……?"

그녀의 얼굴이 하얘졌다. 린덴이 보고 있는 것은 그에게 쓰다가 문장이 마음에 들지 않아 보내지 못한 편지들이었다!

'안 돼! 저 편지들은!'

"아무것도 아니에요! 다, 닫을게요!"

그녀는 급히 캐비닛 문을 닫으려 했다. 부끄러워 보이고 싶지 않았다. 하지만 가만히 보고 있을 린덴이 아니었다. 그녀의 손을 잡아 문을 닫는 걸 저지하고는 수북이 쌓인 편지지를 꺼내 펼쳐 보았다.

"……!"

그의 눈이 화등잔만 하게 커졌다.

'아아……! 어떻게 해.'

그녀는 쥐구멍에라도 숨고 싶었다.

"너……."

린덴은 흔들리는 눈으로 편지들을 봤다.

전하께.

엘리제예요. 춥지는 않으신가요?

전하께.

눈이 많이 내리네요. 크림반도는 어떤가요?

전하께.

론도는 비가 왔어요. 혹시 몸은 아프지 않은가요?

삐뚤삐뚤 못난 글씨. 대부분 '전하께'로 시작되는 편지는 길지 않았다. 하지만 모두 그를 향한 편지였다.

"나에게…… 편지를 거의 쓰지 않은 것 아니었나?"

엘리제는 민망함에 고개를 숙였다.

"제가 글을 잘 못 쓰니…… 조금이라도 더 잘 써서 보내고 싶어서…… 전하에게 보내는 거니까……."

기어들어가는 목소리였지만 린덴에게는 천둥보다 더 크게 들렸다.

'이게 무슨 소리지? 내가 지금 제대로 듣고 있는 것이 맞는 건가? 나에게 보내는 거니 조금이라도 잘 쓰고 싶었다고? 왜? 설마 이 말의 의미는?'

린덴은 믿을 수 없다는 듯 그녀를 바라봤다.

"엘…… 리제?"

엘리제의 얼굴은 완전히 홍당무처럼 변해 있었다.

"차, 차 끓어요. 잠시만 기다리세요."

그녀는 급히 그에게서 도망치려 했으나 맹수는 놔주지 않았다.

탁.

"……!"

자신의 팔목을 강하게 움켜쥐는 느낌에 엘리제는 눈을 크게 떴다.

그가 그녀를 강하게 끌어당겨 자신을 바라보게 했다.

“내가 말했지.”

거리가 너무 가까웠다. 서로의 숨결이 느껴지는 거리에서 그가 그녀를 내려다보았다.

“내가 바라는 것은 차 따위가 아니라 너라고.”

그의 손이 그녀의 뺨을 어루만졌다. 그리고 그 손은 뺨에서 귀로, 목덜미를 훑었다.

‘아.’

그녀의 몸이 파르르 떨렸다. 전기에 감전된 듯 그의 손이 닿는 곳이 너무 뜨거웠다. 타들어 가는 것 같았다.

“엘리제.”

“…….”

“엘리제.”

그가 고개를 숙였다. 그러자 그와 그녀의 얼굴이 더욱 가까워졌다. 숨결이, 체향이 서로에게 닿았다. 자신을 원하는 그의 눈동자에 엘리제의 몸은 뻿뻿이 굳었다. 손가락 하나 까닥할 수 없게 그에게 꽁꽁 묶여 버렸다.

그의 손가락이 그녀의 붉은 입술에 닿았다. 스치듯 만지는 손가락.

“내가…… 지금 오해하고 있는 것인지는 모르겠다. 하지만 상관없어.”

그가 조금 더 고개를 숙였다. 그와 그녀의 얼굴이 더욱 가까워졌다. 고작 손가락 하나도 안 될 정도의 거리.

“네가 오해하게 한 것이니, 이대로 계속 오해할 테니까.”

“……전하.”

"도망갈 생각하지 말도록."

안 놔줄 테니까, 영원히! 그의 얼굴이 조금 더 내려왔다. 그의 입술이 그녀의 붉은 입술에 닿기 직전, 엘리제는 눈을 질끈 감았다.

'아아, 나 어떻게 하지.'

머리가 하얘져 정신을 차릴 수가 없었다. 심장이 미친 듯이 뛰었다.

그런데 그때였다! 생각지도 못 한 소리가 울렸다.

똑. 똑.

조금은 큰 노크 소리.

"들어가도 되겠습니까?"

"……!"

둘은 깜짝 놀랐다. 특히 엘리제는 마치 도망가듯 그에게서 화들짝 떨어졌다.

"드, 들어오세요!"

린덴은 확 인상을 찌푸렸다. 젠장. 뭐야! 하필 이런 순간에! 그는 여전히 홍당무 같은 엘리제의 얼굴을 바라봤다.

'어쩌면 단순히 오해가 아니라…….'

조금 전 그녀가 했던 말이 떠올랐다.

'조금이라도 더 잘 써서…… 보내고 싶어서…… 전하에게 보내는 거니까…….'

이 말의 의미는 하나였다. 그녀도 어쩌면 자신을 싫어하지 않는 것일지도 모른다. 그리고 떠오르는 우크라산맥에서의 기억.

"저도 싫다고요! 전하가 다치는 거! 전하가 괴로워하는 거! 전하가 죽을지도 모르는 거! 싫다고요! 저도 아프다고요!"

그녀가 자신을 향해 눈물 흘리던 것도 떠올랐다. 어쩌면, 어쩌면?

"엘리제……."

그는 시선을 피하고 있는 그녀를 불렀다. 그저 오해하고 짐작만 할 것이 아니라 그녀에게 제대로 듣고 싶었다. 마음을 확인하고 싶었다.

"들어가겠습니다."

그때 훼방꾼이 들어왔다. 그 훼방꾼의 얼굴을 본 엘리제의 표정이 확 밝아졌다.

"오빠!"

부드러운 인상의 미남. 작은오빠 크리스였다. 엘리제는 마치 곤란에 처해 있다가 백마 탄 왕자라도 만난 것처럼 그에게로 달려갔다. 크리스는 부드러운 미소를 지으며 동생을 가볍게 안아주었다.

"우리 리제, 밥은 먹었어?"

"아직요. 오빠는요?"

"나도 아직 안 먹었지. 오늘 일 늦게 안 끝나지? 저녁에 맛있는 거나 먹으러 갈까?"

"네, 네."

그 지나치게 다정한 모습에 린덴의 눈썹이 꿈틀거렸다. 다른 놈이었으면 요절을 냈겠지만 저이는 그녀의 친오라비인 크리스였다. 그나마 렌보다는 조금 더 낫다고 린덴에게 평가받는.

"그런데 여기는 어쩐 일이세요?"

"아, 그게……."

크리스는 그 물음에 그녀와의 포옹을 풀고 황태자를 돌아보았다.

"전하를 뵙습니다. 신임 비서관 크리스 드 클로랜스입니다."

"……그래, 여기는 무슨 일이지? 난 자네 동생에게 용건이 있다만."

'별 용무 없으면 빨리 돌아가지?'란 말투로 황태자가 말했다. 하지만 린덴에게는 불행히도 크리스는 아무 일 없이 여기 온 것이 아니었다.

"황제 폐하의 명을 받고 왔습니다."

"아바마마가?"

"네, 전하. 폐하께서 지금 바로 뵙자고 하시더군요."

그 말에 린덴은 살짝 인상을 찌푸렸다. 생각해 보니 항구에 입항한 후 모든 절차를 무시하고 곧바로 그녀에게 달려와 버렸다. 원래는 황제인 민체스터에게 먼저 가 보고를 하는 것이 당연한 것이었는데, 그녀가 너무 보고 싶어 앞뒤 안 가리고 달려온 것이다.

'어쩔 수 없군.'

속으로 한숨을 내쉰 린덴은 엘리제를 바라봤다.

"엘리제."

"네, 네? 전하?"

엘리제는 화들짝 놀라 그를 바라봤다. 방금 맞닿을 뻔했던 그의 입술이 떠올라 그녀의 가슴을 뛰게 했다.

그는 낮은 목소리로 말했다.

"잠시 기다리고 있어라."

"……!"

"곧 다시 올 테니."

의례적인 말이었지만 그 안에 담긴 의미는 그렇지 않았다. 그의 타오르는 듯한 시선은 이런 뜻을 담고 있었다. '금방 잡으러 올 테니, 도망갈 생각은 꿈에도 하지 말고 기다려'라는. 린덴은 또 생각했다.

'직접 들어봐야겠어. 내 생각이 맞는 것인지.'

그는 살짝 붉어진 그녀의 얼굴을 바라봤다. 자신의 생각이 맞는 것인지, 그녀의 입으로 직접 들을 것이다.

그때, 옆에서 크리스가 또 훼방을 놓듯 말했다.

"전하, 빨리 가보셔야 할 것 같습니다. 폐하께서 기다리십니다."

"……그래."

그렇게 둘은 사라졌다. 홀로 남은 엘리제는 다리에 힘이 빠져 응접용 소파에 주저앉았다.

"하아……."

그녀는 길게 숨을 내쉬었다. 방금 그의 손길이, 자신에게 다가오던 입술이 떠올랐다. 가슴이 계속 뛰었다.

금방 가겠다는 말과 다르게 린덴은 한참이나 그녀에게 돌아가지 못했다. 처리해야 할 일이 너무나 많았던 것이다.

"아바마마를 뵙습니다."

"그래, 정말 수고가 많았다."

민체스터가 옅게 웃으며 승전 후 돌아온 아들을 맞았다. 린덴은 안 본 사이 부쩍 마른 아버지를 보고 일순 말을 잊었다. 이야기는 들었지만 생각보다 훨씬 기력이 없어 보였던 것이다.

"아바마마……."

민체스터는 고개를 저었다.

"괜찮아. 신경 쓰지 않아도 된다. 엘리제 그 아이가 처방한 약을 먹고 많이 나아졌다."

"……."

"태자, 그간 고생이 많았지? 브리티아 섬과 기후가 달라 힘들진 않았더냐? 전쟁 시 입었던 상처들은 다 나았고?"

"저는 괜찮았습니다. 아바마마께서는……."

"괜찮으니 정말 걱정 안 해도 되느니라."

그렇게 둘은 황제와 원정군의 총사령관이라기보단 일반적인 아버지와 아들처럼 그동안 못다 한 말을 나누었다.

"그래, 네가 정말로 큰일을 해주었어. 피할 수 없어 일어난 전쟁이지만 다행히 네 덕에 큰 승리를 거두었구나."

민체스터는 총사령관이었던 아들의 공을 치하했다. 하지만 린덴은 가만히 고개를 저었다.

"제 공이 아닙니다."

"그러면?"

"엘리제, 그녀가 아니었다면 이 전쟁은 쉽지 않았을 것입니다. 이렇게 빠르게 공화국군에 대승을 거둘 수 있었던 것은 모두 그녀의 공입니다."

그 말에 황제는 고개를 끄덕였다. 의사로 참전한 그녀이지만 중요한 분기마다 어김없이 커다란 공을 세웠다. 그녀가 아니었다면 몽쉘 왕국의 참전을 대비하지 못해 2군단이 전멸했을 거고, 코프스크 대회전 때 패배했을 것이며, 전염병의 창궐을 막지 못했을 것이다. 이 순간, 제국이 승리의 축배를 들 수 있는 것은 그녀 덕분이었다.

"그래, 그렇지. 이번 승전식 때 공로에 따라 상을 내리기 위해 전공을 따져 보았는데, 엘리제 그 아이의 전공 순위가 어마어마하더구나."

승전식의 하이라이트인 전공 포상. 가장 큰 전공을 세운 10명에게 황제가 직접 황실십자훈장과 더불어 포상을 내린다. 지금껏 여성이 그 영광된 명예의 자리에 선 적이 없었는데, 엘리제는 여성이자 제국 역사상 최연소로 그 자리에 서게 될 것 같다. 그것도 엄청난 공로와 함께.

'전공 순위가.'

처음 그녀의 전공 순위를 확인한 황제는 놀라 다시 한 번 확인했다. 하지만 검토 결과 그 순위에는 아무런 문제가 없었다. 오히려 낮은 감이 있었다.

'대단해. 정말 대단해.'

민체스터는 그렇게 생각하고 말을 돌렸다.

"그나저나 태자."

"네, 아바마마."

"약혼은 언제 할 것이냐?"

민체스터가 어딘지 짓궂은 어조로 말했다.

"이전 그 아이가 나에게 한 이야기가 있었지. 네가 만약 자신을 바라지 않으면 약혼을 취소해 달라고."

"……."

그 말에 린덴의 얼굴이 굳어졌다. 그건 엘리제가 전쟁에 참전하기 전 내건 조건이었다. 만약 황태자가 자신을 원하지 않으면 그가 원하는 여인과 이어질 수 있도록 해달라고. 그가 원하지 않는 불행한 결혼을 하지 않도록 해달라고.

'약혼 취소라고? 꿈도 꿀 생각하지 마.'

린덴은 살짝 입술을 깨물었다. 자신은 이미 그녀 없이는 못 살게 되었는데, 웬 파혼이란 말인가. 방금 봤는데도 다시 또 보고 싶어 가슴이 타건만.

'빨리 약혼을 해야겠군.'

생각해 보니 예비 황태자비로 여겨지고 있긴 하지만 그녀와 자신은 공식적으로 아무런 관계도 아니었다. 정식 약혼식을 치르지 않았으니까.

'약혼자라.'

그는 그 단어를 속으로 중얼거렸다. 어차피 약혼식을 치르든 안 치르든 그녀를 놔줄 생각은 없었지만 공식적인 관계가 되는 것도 좋을 것 같았다. 그녀의 손가락에 자신이 준 반지를 끼우고 싶었다. 이 여자가 바로 내 여자라고, 내 거라고 말이다.

'아니, 약혼 관계만으론 부족하지.'

그는 그렇게 생각했다. 약혼자란 이름으로 그녀와 자신이 얽히는 것도 나쁘진 않았지만 그가 마음속으로 원하는 것은 고작 그런 것이 아니었다. 그가 간절히 원하는 것은 그녀와 진정으로 하나가 되는 것이었다. 그래서 그는 물었다.

"아바마마."

"왜 그러느냐?"

"황실의 예법상 황태자가 약혼식 없이 바로 결혼할 수는 없습니까?"

"……."

황제는 오랜만에 만난 아들이 못하던 농담을 배워왔나 싶어 유심히 바라보았다. 물론 린덴은 농담하는 것이 아니었다. 그는 농담 따위 할 줄 몰랐다.

'그녀가 내 아내라.'

부부. 생각만 해도 기분 좋아지는 단어였다. 그녀는 자신의 아내가 되고, 자신은 그녀의 남편이 된다. 진정으로 오롯이 자신의 것이 되는 것이다. 그 맑은 눈빛도, 하얀 피부도, 숨결까지도. 모두.

'궁내부장에게 예법을 살펴보라 해야겠군. 예외 조항은 없는지.'

그렇게 린덴은 진지하게 생각했다.

그 뒤로도 그는 며칠 동안이나 엘리제를 만나지 못했다. 일이 끝없이 밀려들었기 때문이다. 승전식 준비, 대신 회의, 정책 검토, 타국의 외교관 알현 등등. 어느 것 하나 가벼운 것이 없었고, 툭하면 걸어오는 귀족파의 시비에 일 처리를 빨리 끝낼 수도 없었다. 그래서 간신히 하나를 끝내고 한숨을 돌리려 하면 신임 비서관인 크리스가 또 일을 물어왔다.

"다음 의회에서 논의될 세법 개정안입니다. 귀족파의 핵심 인물인 메르키트 백작이 제안한 입법안입니다."

"……."

린덴은 서류에 사인하다가 가만히 크리스를 올려다보았다. 렌도 그렇지만 이 크리스도 은근히 엘리제를 닮았다. 형제니 당연한가? 모두 특징적인 백금발인 것도 그렇고.

"전하?"

"……아니다."

"혹시 무슨 문제라도 있습니까?"

"……그대는 참 유능한 비서인 것 같군."

린덴은 한숨을 내쉬듯 말했다. 크리스는 누가 엘리제의 오빠 아니랄까 봐 참 유능했다. 부드러운 인상과 다르게 한 치의 빈틈도 없었고, 왜 행정부에서 '리볼버'란 별명으로 불렸는지 며칠 만에 느낄 수 있을 정도였다. 하지만 문제가 있었다.

'너무 유능하잖아, 너무. 이렇게까지 유능할 필요는 없다고.'

린덴은 속으로 이를 갈았다. 모름지기 비서의 일이란 무엇이겠는가? 상관이 업무를 빠뜨리지 않고, 차질 없이 수행할 수 있도록 하는 것이 비서의 역할이었다. 그런 면에서 크리스는 완벽했다. 어찌나 꼼꼼하고 업무 처리가 빠른지, 린덴에게 쉬지 않고 해야 할 일을 던져주었다. 이번 일이 끝나면 다음 일을, 다음 일이 끝나면 그다음 일을.

'덕분에 나도 업무 효율이 확실히 늘긴 했지만.'

문제는 쉴 틈이 없다는 것이다. 더 정확히 말하면 엘리제, 그녀를 보러 갈 틈이 없다는 것이 문제였다.

'왜 바로 옆에 있으면서도 못 보는 거지?'

황실십자병원과 그의 궁은 멀지 않았다. 애초에 그녀가 일하는 황실십자병원과 황궁이 붙어 있었으니까.

'왜 론도에 와서도 보고 싶어 해야 한단 말인가.'

그런 그의 불만도 모르고 크리스가 부드러운 미소를 지으며 서류를 또 건네주었다.

"이건 그 입법안을 검토하고 살피실 서류입니다. 웨일의 만스 시에서 건의한 내용으로……."

무언가 크리스에 대한 점수가 급속도로 깎이고 있었다. 왠지 렌이 조금 더 나은 것 같기도 하다. 물론 비서관으로서의 능력은 더할 나위가 없었지만 말이다.

그러던 다음 날이었다. 점점 불만이 쌓여 폭발하기 직전, 대전 회의를 가던 중 린덴은 문득 발걸음을 멈추었다. 그의 시선은 정원 너며 어딘가에 꽂혔다.

"전하? 회의 시간에 늦을 수도 있습니다."

크리스가 재촉했으나 린덴은 이렇게 답했다.

"늦어도 돼."

"네? 대신들이……."

"대신들? 기다리라고 해. 너도 여기서 잠시만 기다리고 있도록."

"전하?"

하지만 린덴은 듣지 않고 척척 전혀 다른 곳으로 발걸음을 옮길 뿐이었다.

"전하?!"

"기다려. 금방 다녀올 테니."

그가 향한 곳은 정원 너머. 그곳에 엘리제가 있었다! 왕진 가방을 손에 쥐고 간호사 한 명과 어딘가를 향하고 있었던 것이다.

'엘리제.'

크리스의 말처럼 바로 가지 않으면 대전 회의에 늦겠지만 지금 그게 문제인가? 며칠 만에 그녀를 봤는데.

'대전 회의 따위, 조금 늦어도 돼.'

대신들과 정국을 논하는 대전 회의가 순식간에 '따위'로 전락하였다. 초조해진 그의 발걸음이 뛰듯 빨라졌다. 하지만 서둘러 갔음에도 정원 너머에 도착했을 땐 그녀는 이미 어딘가로 사라지고 없었다. 린덴은 인상을 찌푸리며 주변에서 경비를 서던 가드에게 물었다.

"여기로 데임 클로랜스가 오지 않았었나?"

"네, 그렇습니다, 전하!"

"어디로 갔지?"

"하버 공작 부인께서 고열이 난다 하여 진료를 보러 가신다고 들었습니다."

하버 공작 부인. 웨일의 대귀족 하버 공작의 부인으로, 황실의 먼 친척이었다. 파킨슨병을 앓고 있었는데, 2년 전, 탄신연회 때 엘리제가 목숨을 구한 적이 있었다.

'젠장.'

그런 용무라면 가서 잡을 수도 없다.

'왜 이렇게 얼굴 보기가 어려운 거지?'

그녀가 보고 싶다. 함께 이야기를 나누고, 손을 어루만지며, 그녀의 작은 몸을 안고 체향을 느끼고 싶다. 이렇게 가슴은 타오르는데, 지척에 있음에도 못 보니 미칠 것 같았다.

'이대로는 안 돼.'

그는 굳은 얼굴로 생각했다.

'오늘은 무슨 수를 써서라도 보고 만다.'

그 얄미운 크리스가 방해하더라도, 아무리 일이 바빠도 상관없었다. 오늘만큼은 그녀를 잡을 것이다. 그렇게 그는 다짐했다. 하지만 그 다짐은 쉽지 않았다. 대전 회의가 생각 외로 길어졌던 탓이다.

"전하, 그 개정안은 이치에 맞지 않는 것 같습니다."

주름살이 자글자글한 비호감 외모의 중년 귀족 사내가 손을 들어 반대했다. 린덴은 속으로 인상을 찌푸렸다.

'메르키트 백작.'

저 메기 같은 인상을 지닌 남자의 정체는 메르키트 백작. 상원의 위원장으로 차일드 가문의 암셀 후작에 이어 귀족파 서열 2위의 귀족이었다. 차일드 가문이 서대륙 전체를 아우르는 거대한 금권으로 귀족파의 뒤를 받친다면, 상원위원장인 메르키트 백작은 막대한 정치력으로 황제파와 직접 맞서는 역할을 하였다.

'짜증 나는군.'

평소에도 골머리를 앓게 했지만 오늘따라 유독 심했다. 단순히 이번 개정안이 귀족파의 손익을 건드리기 때문은 아니었다.

"우리 상원은 행정부에서 이 개정안을 다시 검토해야 한다고 생각합니다."

"제 생각도 그렇습니다. 무리한 개정안입니다. 원점에서 다시 기안해야 합니다."

귀족파의 여러 인물이 강하게 반대 의견을 피력했다. 린덴은 한숨을 내쉬었다. 저들이 오늘따라 유독 강한 태도를 보이는 이유는 따로 있었다. 그는 시선을 돌려 그 원흉을 바라봤다.

저 멀리 정장을 입고 앉아 있는 꽃같이 화사한 외모의 젊은 남자. 3황자 미하일 드 로마노프. 그의 동생이자 정적이었다. 미하일은 평소의 가벼운 모습과는 달리 딱딱한 얼굴을 하고 있었다.

'미하일.'

린덴은 씁쓸한 미소를 지었다. 모두 알고 있는 것이다. 크림전쟁이 끝난 이상, 이제 곧 자신과 미하일의 싸움이 시작될 것이란 것을. 그리고 이 싸움의 패자는 목숨을 잃게 될 것이다. 그와 미하일 모두 마음속으로 원하는 일은 아니었지만 피할 수 없는 일이었다. 그래, 그저 어쩔 수 없는 일일 뿐이다. 속으로 한숨을 내쉰 린덴은 안건을 다시 살폈다. 왜일까? 늘 꾸던 악몽이 떠오르며 갑자기 피로가 몰려왔다. 그 순간 린덴은 그녀가 미치도록 보고 싶었다.

그때 엘리제는 하버 공작 부인을 치료하고 궁을 나서고 있었다. 공작 부인의 발열은 폐렴 초기 증상이었다. 이런저런 처치를 하고 나서 상태가 안정되는 것을 확인 후 궁에서 나왔다.

'좋아지셔야 할 텐데.'

엘리제는 황실십자병원으로 향하는 길을 걸으며 한숨을 내쉬었다. 공작 부인은 파킨슨병이 진행되며 자꾸 여러 합병증이 발생하고 있었다. 웨일이 아닌 궁에 머물고 있는 것도 그에 대비한 치료를 위해서였다.

"다음 일정이 어떻게 되죠?"

"마티스 자작가 영애의 탈장 수술이 예정되어 있습니다, 교수님."

엘리제는 고개를 끄덕였다. 여전히 그녀는 눈코 뜰 새 없이 바빴다. 아니, 테레사병원에서 일할 때보다 지금이 훨씬 바쁜 것 같았다. 어의로서 황제와 황족들의 건강을 챙기는 것 외에 황실십자병원의 의사로서 수술도 해야 하고, 교수로서 아카데미에서 강의도 해야 한다. 그것뿐인가? 황제의 재가를 받고 진행하는 보건 프로젝트들도 있고, 개인적으로 진행하는 연구 논문도 틈틈이 작성해야 한다.

그야말로 몸이 두 개라도 모자랄 상황. 그래도 바쁘고 피곤해도 그녀는 행복했다. 원하는 일을 하고 있기 때문이다. 다만 한 가지 마음에 걸리는 점이 있었다.

'전하.'

엘리제는 길을 걷다가 발걸음을 멈추었다. 그리고 고개를 돌려 저 멀리 보이는 하나의 궁을 바라보았다.

사자궁.

황태자인 린덴이 머무는 궁으로, 후에 그녀가 결혼을 하면 들어갈 곳이었다.

'많이 바쁘시겠지?'

그녀는 속으로 한숨을 내쉬었다. 사람 마음이 참 웃기다. 그와 마주했을 때는 그렇게 떨려 어쩔 줄 몰라 했으면서 안 보니 또 이렇게 보고 싶다.

'금방 오신다 하셨으면서.'

그날의 짧은 만남 이후, 아무런 소식이 없다.

'10개월 만에 오셨는데, 계속 못 뵈는구나.'

물론 알고 있다. 이제 막 복귀한 그가 얼마나 바쁠지. 그래도 아쉬운 마음이 들었다. 다시 만나면 또 얼굴만 빨개져 아무 말 못 할 거면서.

"교수님?"

간호사가 멍하니 서서 사자궁을 바라보는 엘리제에게 의아한 시선을 보냈다. 엘리제는 고개를 저었다.

"마티스 영애의 수술은 정확히 얼마나 남았죠?"

"한 시간 반 뒤에 시작이에요. 하버 공작 부인의 치료 때문에 넉넉히 미뤄놨어요."

그 말을 들은 엘리제는 자신도 모르게 생각했다.

'내가 한번 찾아가 볼까?'

하지만 곧 화들짝 놀라며 고개를 저었다.

'내, 내가 어떻게 찾아가…….'

아무리 약혼자로 예정된 사이라지만 불쑥 어떻게 황태자를 찾아가겠는가. 아니, 사실 그가 황태자인 것은 중요하지 않았다. 같은 황자라도 친구인 미하일을 찾아가야 한다면 아무런 거리낌도 없었을 것이다. 하지만 그를 찾아가는 것은 이유 없이 부끄러웠다.

'그래도 보고 싶은데.'

엘리제는 한숨을 내쉬었다.

'잠깐 찾아가는 것은 괜찮지 않을까? 그러니까 바쁘시니 잠시 기운을 내시라고…… 난 어의니까 혹 바쁜데 몸이 이상하지는 않는지…….'

그녀의 얼굴이 살짝 붉어졌다. 어의니까 황태자의 몸을 살펴야 한다고? 뭔가 말도 안 되는 핑계 같았다. 하지만 그래도 잠시만 찾아뵙는 것은 괜찮지 않을까? 실제로 크림반도에서 복귀한 후 검진을 받은 적이 한 번도 없으니까.

'그, 그래. 어차피 한번은 전하의 몸 상태를 살피러 가야 하니까.'

그래, 이건 의사로서 검진을 위해 가는 것이다. 그녀는 그렇게 스스로에게 되뇌었다. 마음을 정한 엘리제는 자신의 교수실로 돌아와 거울 앞에 섰다.

'조금만 머리를 다듬고.'

현재 그녀는 전혀 꾸미지 않은 상태였다. 화장기 없는 맨얼굴에 머리는 포니테일로 질끈 묶었다. 물론 그것만으로도 충분히, 아니, 꾸민 것보다 더 예뻤지만 그녀는 서둘러 거울을 보며 이리저리 다듬었다.

일단 머리를 풀었다. 끈을 풀자 부드러운 백금발이 가운을 입은 어깨 밑에서 찰랑거렸다. 그리고 민낯에 희미하게 기초화장을 하였다. 물론 검진하러 가는데 치장을 할 필요는 없다. 그래도 일하던 얼굴 그대로 그를 만나러 가기는 싫었다. 조금이라도 더 예쁘게 보이고 싶었다. 그렇게 외과의사 엘리제는 설레는 소녀가 되어 교수실을 나왔다. 혹시나 과로할지 모를 그를 위해 피로를 풀어주는 찻잎과 간단한 다과도 챙겼다.

'그런데 만나면 뭐라고 하지?'

며칠 전 마지막 순간 그의 눈빛이 떠올랐다. 그때 그가 했던 말이 아직도 귓가에 남아 있었다.

"내가 바라는 것은 차 따위가 아니라 너라고."

그녀의 얼굴이 붉어졌다. 자신의 입술에 거의 맞닿을 뻔한 그의 입술도 떠올랐다.

'쓰, 쓸데없는 생각하지 마. 엘리제, 그냥 검진하러 가는 거야. 크림반도에서 돌아온 전하의 몸이 괜찮은지. 그러니 잠깐만 뵙고 나올 거야.'

하지만 한번 떠오른 생각은 멈추지 않았다. 자꾸만 당시의 생각이 머릿속을 휘저었다. 뒤에서 자신을 감쌌던 그의 몸짓, 자신을 만지던 그의 손길. 모두 선명히 떠올랐다.

'이, 이상한 생각하지 말고 정신 차려.'

콩닥콩닥.

심장이 이상하게 뛰었다. 지금 이 가슴 떨리는 느낌이 도대체 무슨 감정인지 모르겠다. 그렇게 떨리는 마음으로 사자궁에 도착한 엘리제는 의외의 말을 들었다.

"황태자 전하께서는 지금 안 계십니다."

"아……."

이전에 그녀에게서 목숨을 구명받은 적 있던 란돌 경이 미안한 표정을 지었다.

"그러면 언제쯤 오실 예정이신가요?"

"지금 대전 회의가 한창이실 테니 아마 꽤 걸릴 것입니다. 돌아가시면 전하께 데임의 방문 소식을 알려드릴까요?"

엘리제는 고개를 저었다.

"아니에요. 그냥 특별한 일로 온 것은 아니니…… 전하께는 따로 말씀해 주지 마세요."

그녀는 잠시 주저하다 물었다.

"전하께서 요즘 많이 바쁘시죠?"

"네, 귀국한 지 얼마 안 되셔서 밀린 업무를 처리하느라 요즘 잠도 잘 못 주무시고 계십니다."

"……그렇군요."

엘리제는 속으로 한숨을 내쉬었다. 힘없이 황실십자병원으로 돌아가려다 문득 한 가지 생각이 나 몸을 돌렸다.

"저, 란돌 경."

"네, 데임?"

"이 차를 전하께 끓여 드릴 수 있으시겠어요?"

그녀는 자신이 챙겨온 작은 단지를 건네주었다. 딸의 과로를 걱정한 엘 후작이 어렵사리 구한 동방의 차로, 피로를 풀어주는 효과가 있다고 알려졌다.

"배합 방법과 물을 끓이는 방법은……."

이전 삶, 황태자는 차 마시는 것을 좋아했다. 아마 지금도 다르지 않을 것이다. 그녀는 그가 가장 좋아하던 맛이 우러나오도록 레시피를 일러준 후 병원으로 돌아왔다.

엘리제는 교수실로 돌아온 후, 의자에 앉았다.

'수술 준비해야지.'

그녀는 속으로 중얼거렸다. 그를 만나러 사자궁으로 향할 때만 해도 기운이 넘쳤는데, 이상하게 지금은 힘이 빠졌다. 엘리제는 고개를 강하게 젓고 다시 머리를 한 갈래로 묶었다. 그리고 수술을 준비하러 병실로 내려갔다.

대전 회의는 깊은 밤이 되어서야 끝이 났다. 사자궁으로 돌아온 황태자는 한숨을 내쉬었다.

'지치는군.'

회중시계를 보니 저녁 9시 30분이었다. 저녁은커녕 휴식도 없이 비생산적인 논쟁을 벌이니 몸이 추욱 늘어졌다.

"대전 회의가 길어졌군요."

시종 란돌의 말에 린덴은 고개를 끄덕였다.

"그치들과의 회의가 늘 그렇지."

"그러게 말입니다. 하여튼 한심한 작자들입니다."

이전 암행 때, 총상을 입어 엘리제에게 비장절제술을 받았던 란돌은 장기간 요양을 한 후 얼마 전 궁으로 복귀했다. 왕년에 로열 나이츠, 총기사단의 단원이었던 그는 시종이라기보다 기사에 가까운 몸을 가지고 있었다. 말투도 시종치고는 가벼웠다.

"식사를 준비시킬까요?"

"아니, 됐다. 그냥 조금 쉬고 싶군."
"그러면 위스키라도?"
'위스키라.'
한잔하고 싶긴 했지만 그는 책상을 바라봤다. 회의에 갔다 온 사이, 서류가 또 쌓여 있었다. 분명 그 얄미운 크리스가 가져온 것일 거다.
"아니, 처리해야 할 서류가 있어서 술은 어려울 것 같군."
그러자 란돌이 마침 생각났다는 듯 손뼉을 치며 말했다.
"그러면 차는 어떠십니까?"
"차?"
"네, 마침 피로를 풀어주는 차가 들어왔습니다."
린덴은 고개를 끄덕였다. 차는 그가 평소에도 늘 즐기는 음료다. 마음을 안정시켜 주는 느낌이 좋아 그렇지 않아도 차분히 한잔 마시고 싶긴 했다. 저 덜렁거리는 란돌이 끓이는 차는 영 깊은 맛이 안 나긴 하지만.
'그러고 보니 그녀가 그렇게 차를 잘 끓인다고 했지?'
아버지 민체스터에게 몇 번이고 칭찬을 들었었다. 엘리제, 그녀가 끓이는 차는 그야말로 론도 최고라고.
'한번 끓여 달라 해야겠군.'
그는 눈을 감으며 생각했다. 한 번뿐이겠는가? 나중에 같이 살게 되면 매일 그녀의 차를 마실 수 있을 것이다.
'빨리 약혼, 아니, 결혼해야겠어.'
생각이 꼬리를 물며 자연스레 그녀가 떠올랐다. 차뿐 아니라 그녀와 하고 싶은 것이 참 많았다. 지금 당장에라도 이 서류를 던져 버리고 그녀에게 달려가고 싶었다.

'엘리제.'

그때, 란돌이 돌아와 찻잔을 조심스레 내려놓았다.

"뜨거우니 조심히 드십시오."

"흠?"

린덴은 차를 보며 의외란 표정을 지었다. 굉장히 그윽한 향이 올라오고 있었다. 저 란돌은 황궁 시종이지만 다도에는 영 재능이 없었는데 어떻게 이런 향이 나지? 다른 시종이 끓인 건가?

살짝 맛을 본 다음에는 더 놀랐다. 이전 란돌이 끓인 것과는 전혀 다르게 깊은 맛이 느껴졌던 것이다. 풍미도 제법 자신의 취향에 맞았다.

"누가 이 차를 끓인 거지?"

"네?"

"네가 이런 차를 끓였을 리는 없고. 이 밤에 누구에게 부탁한 것이지?"

"제가 끓인 것입니다."

"그대가?"

그 믿을 수 없다는 표정에 란돌은 억울하단 얼굴을 했다.

"네, 새로운 레시피대로 끓여 보았습니다."

"새로운 레시피? 누가 알려준 거지?"

"데임 클로랜스께서 알려주셨습니다."

그 의외의 말에 황태자는 눈을 번쩍 떴다.

데임 클로랜스? 엘리제 그녀가? 란돌에게 차 끓이는 법을 알려주었다고? 왜?

"그녀가 왜 너에게 차 끓이는 법을 알려준 거지?"

"오늘 오후에 잠깐 오셨었는데, 전하께서 요즘 과로하신지 물어본 다음 찻잎을 주면서 레시피를 알려주고 갔습니다."

린덴은 자신의 귀를 의심했다. 그녀가 자신을 찾아왔다고?

"그 말 정말인가?"

"네?"

"그녀가 정말 나를 찾아왔느냐고."

다급한 물음에 란돌은 고개를 끄덕였다.

"네, 잠시 오셨다 가셨습니다. 특별히 중요한 용무로 온 것은 아니니, 따로 전하께 알리지는 말라 하시더군요."

그 말에 린덴은 저 눈치 없는 시종에게 화를 내고 싶었다. 그녀가 찾아왔으면 당장에 알려야지! 모를 뻔하지 않았는가! 지금 이따위 서류나 보고 있을 때가 아니었다.

'왜 날 찾아온 거지? 그것도 특별한 용무도 없었다면서?'

자신이야 그녀를 간절히 열망하지만 그녀는 아니었다.

'그런데 왜?'

아직 그녀의 마음을 정확히 모르는 그는 혼란스러운 의문이 들었다. 하지만 그 순간 그녀가 했던 말들이 떠올랐다.

"저도 싫다고요! 전하가 다치는 거! 전하가 괴로워하는 거! 전하가 죽을지도 모르는 거! 싫다고요! 저도 아프다고요!"

"조금이라도 더…… 잘 써서 보내고 싶어서…… 전하에게 보내는 거니까……."

그녀의 캐비닛에 수북이 쌓여 있던 편지들도 떠올랐다.

'……설마, 정말로?'

린덴의 머릿속에 한 가지 가정이 그려졌다. 그가 그토록 바라던 것.

'그녀가 나를……?'

두근.

그 기대감에 린덴의 가슴이 뛰었다. 그녀가 자신을 거부하든 말든 상관하지 않겠다 생각했다. 그런 것에 상관없이 무조건 그녀를 가지겠다고, 오로지 자신의 것으로 만들겠다고. 하지만 그러면서도 얼마나 바랐는가? 그녀의 마음속에 자신이 들어가길, 그녀가 자신을 바라봐 주길.

'아니야. 아직은 정확히 몰라.'

린덴은 고개를 저었다. 하지만 그러면서도 가슴은 계속해서 뛰었다. 단지 추측일 뿐이지만 걷잡을 수 없는 감정이 풍랑처럼 거세게 일었다.

'엘리제.'

그는 그녀의 이름을 불렀다. 확인하고 싶다. 만나서 그 작은 몸을 끌어안고, 그녀의 마음을 확인해 보고 싶다. 그리고 거기까지 생각이 진행했을 때, 그는 더 머뭇거리지 않고 자리에서 일어났다. 지금 얄미운 크리스가 던져 준 서류가 중요한 것이 아니었다.

"전하? 왜 그러십니까?"

"잠시 나갔다 오겠다."

"네? 이 시간에 어디를?"

란돌이 당황해 물었다. 벌써 저녁 10시가 넘은 시간이다. 린덴은 검은 코트를 걸치며 말했다.

"암행."

"네? 갑자기 어디로 암행을……?"

"클로랜스가로 암행 다녀오겠다."

"크, 클로랜스가요?"

란돌은 입을 벌렸다. 재상가에 왜 암행을 다녀온단 말인가? 하지만 린덴은 더 설명하지 않았다.

"다녀오마."

린덴은 그렇게 짧은 말을 남긴 후, 궁을 나와 곧바로 말을 달렸다. 클로랜스 저택, 바로 그녀가 있는 곳으로. 그런 그의 등 뒤로 한 송이 눈이 내리기 시작했다. 겨울의 끝을 알리는 아름다운 눈이었다.

부지런히 말을 달린 결과 오래 걸리지 않아 클로랜스 저택이 위치한 화이트가에 도착했다. 화이트가는 귀족들이 모여 사는 곳답게 거리가 깔끔하게 정리되어 있었다.

말에서 내린 린덴은 클로랜스 저택을 바라봤다. 정확히는 저택 2층, 그녀의 침실 쪽을 바라봤다.

'불이 꺼져 있군. 자고 있나?'

린덴은 인상을 찌푸렸다. 생각해 보니 무작정 왔지만 너무 늦은 시간이었다. 잠이 들었어도 이상하지 않을 시간이다.

'젠장.'

왜 이렇게 만나기가 어렵단 말인가. 빨리 그녀를 보고 싶고, 그녀를 끌어안고 느끼고 싶었다. 그리고 자신의 품 안에 가둔 채 마음을 확인하고 싶었다.

'어떻게 하지?'

그는 고민했다. 하지만 방법이 없었다. 이미 잠이 들었는데 강제로 깨워 납치할 수도 없는 노릇 아닌가?

'제길. 이러니 빨리 결혼을 해야지.'

그는 아직 제대로 데이트도 안 해본 주제에 그렇게 생각했다. 결혼하면 이렇게 못 만나 가슴 타는 일은 없을 텐데. 그녀가 자신의 아내가 되면, 그래서 같이 살게 되면 손안에서 한순간도 놓아주지 않을 것이다. 아침에 일찍 일어나 아직 잠에서 깨어나지 않은 그녀의 얼굴을 볼 것이고, 그녀가 일어나면 입맞춤해 줄 것이다. 그리고 커피에 곁들여 빵을 먹고, 같이 식사를 하며, 한가할 때는 그녀가 좋아하는 디저트와 차를 마시고, 같이 산책을 할 것이다. 매일, 단 하루도 빠짐없이. 그렇게 그녀와 함께라면 '그날' 이후 늘 악몽을 꾸는 자신이지만, 어쩌면 행복해질 수 있을지도 몰랐다.

'궁내부장을 다시 한 번 닦달해야겠어. 정말 약혼 없이 결혼은 안 되느냐고.'

며칠 전 물었을 때는 질색해 경기를 일으켰었다. 말도 안 된다고. 역사상 그랬던 적이 한 번도 없었다고. 예법에 어긋난다고.

"전하! 황후가 되실 분이 의사 겸업을 할 수 있도록 말도 안 되는 개정안을 내시더니 약혼 생략까지! 정말 이 늙은이를 말려 죽일 것입니까!"

궁내부장은 그렇게 말하며 고래고래 난리였다. 하지만 그는 입술을 비틀며 웃었다.

'예법, 그따위 것.'

그런데 그가 생각에 빠져 있을 때였다. 등 뒤에서 마차가 멈추는 소리가 들리더니, 뜻밖의 음성이 그를 불렀다.

"전하?"

살짝 떨리는 익숙한 여린 목소리. 엘리제였다!

그는 급히 고개를 돌렸다. 마차의 문이 열리며 추운 날씨 탓에 회색 코트를 걸친 그녀가 밖으로 나오고 있었다.

"전하? 이 시간에 이곳엔 어떻게……?"

그의 앞에 도착한 그녀는 푸른 눈을 커다랗게 뜨며 그를 바라봤다. 그 순간 그 사랑스러운 눈을 본 그는 충동을 참지 못하고 와락 그녀를 껴안았다.

엘리제가 당황해 그를 불렀다.

"저, 전하……?"

하지만 그를 거부하진 않았다. 단단히 느껴지는 그의 몸에 안기자 그녀의 가슴이 다시 뛰었다. 그의 품에 들어와서일까? 추운 날씨가 따뜻하게 변하는 듯했다.

린덴이 낮은 목소리로 물었다.

"이제야 일이 끝나 돌아오는 것인가?"

"……네."

"보고 싶었다."

그 낮지만 달콤한 목소리에 엘리제는 가만히 눈을 감았다. 오후에 그와 만나지 못하고 하루 내내 계속 기운이 없었는데, 마음이 따듯해졌다.

'저도요. 저도 보고 싶었어요.'

엘리제는 속으로 그렇게 중얼거렸다. 그리고 자신도 모르게 손을 들어 그의 등 뒤를 마주 감싸 안았다.

자신의 등 뒤에 살포시 느껴지는 그녀의 손길에 놀라 린덴은 눈을 크게 떴다.

'이건……?'

놀라 품 안에 안긴 그녀를 내려다보니 얼굴이 빨갛게 물들어 있었다. 그 사랑스러운 모습에 린덴의 가슴이 뭉클해졌다. 지금 자신의 품 안에 느껴지는 그녀가 꿈처럼 느껴졌다.

그렇게 둘은 잠시 가만히 서로를 느끼고 있었다. 작은 눈송이가 둘의 머리 위로 떨어졌다.

린덴은 한 손으로 엘리제의 머리와 얼굴에 내려앉은 눈을 부드럽게 닦아주었다. 그의 손이 얼굴에 닿자, 그녀가 살짝 움찔했다. 엘리제는 그제야 정신이 들었는지 그의 등 뒤를 감쌌던 손을 내리며 그의 품에서 벗어나려 했다. 하지만 그는 놔주지 않았다. 오히려 더욱 강하게 끌어안으며 그녀의 귓가에 대고 물었다.

"오늘 왜 나를 찾아온 것이지?"

그녀의 얼굴이 당황으로 빨갛게 물들었다.

"그, 그건……."

"말해봐라. 명령이다."

그 말을 들은 엘리제는 입을 굳게 다물었다. 그를 찾아간 이유? 단 하나다.

'보고 싶었으니까.'

하지만 귓가에서 바로 그의 숨결이 느껴지는 이 상황에서 어떻게 그런 이야기를 하겠는가. 그녀는 고개를 옆으로 돌리며 말했다.

"그, 그게 검진을 위해서요."

"검진?"

"네, 크림반도에서 돌아오신 지 얼마 안 됐으니까…… 건강은 괜찮으신지 확인하려고…… 그게 전 어의이기도 하고……."

"단지 그 이유 때문인가?"

"그…… 네."

그 순간 그의 차가운 손이 품 안에 안긴 채 옆으로 돌아가 있던 그녀의 턱을 잡더니 똑바로 자신을 바라보게 했다.

쿵.

품 안에 안겨 그의 얼굴을 코앞에서 마주하게 된 그녀는 심장이 내려앉는 것 같았다. 너무 가까웠다. 그의 입술에서 나오는 숨결이 곧바로 느껴졌다.

"저, 전하……."

제발 놔달라는 듯 그녀가 그를 불렀다. 하지만 그는 그녀를 놔줄 생각이 없었다.

"다시 한 번 물으마. 정말 그 이유 때문인가?"

엘리제는 입을 다물었다. 그의 금안이 타오르듯 그녀를 직시했다. 그 시선을 피하고 싶었으나, 그는 놔주지 않았다. 마치 마음을 꿰뚫듯 바라보는 그의 시선에 결국 그녀는 입을 열었다.

"거, 걱정도 됐고요……."

"걱정?"

"네, 그게…… 전 어의니까……."

린덴은 인상을 찌푸렸다. 이 초식동물이 자꾸 자신을 자극하고 있다. 그는 그녀의 허리를 감싼 손에 더욱 강하게 힘을 주어 자신 쪽으로 끌어당겼다. 마치 거짓말하는 아이를 혼내듯. 둘의 몸이 한 몸처럼 밀착했다.

"엘리제."

"……."

"정확히 말해라."

엘리제는 울상을 지었다. 귓불 끝까지 얼굴이 빨개졌다. 결국, 그녀는 고백했다.

"……보고 싶어서요."

그 목소리는 개미가 기어가는 소리보다 작았다. 그래서 린덴은 그녀의 말을 곧바로 알아듣지 못했다. 아니, 어쩌면 너무나 소망하던 말이라 제대로 받아들이지 못한 것일 수도 있다.

"뭐? 안 들린다. 다시 말해봐라. 조금 더 크게."

그녀의 얼굴이 더욱더 붉어졌다. 한 번 말하는 것도 이렇게 힘든데, 다시 이야기해야 한다니. 그러나 그녀는 다시 입을 열었다.

"보고…… 싶어서요."

이번엔 린덴도 똑똑히 들었다. 그의 무뚝뚝하던 눈이 찢어질 듯 커졌다. 보고 싶어서 나를 찾아왔다고?

'지금 내가 꿈을 꾸고 있는 것은 아니겠지?'

그는 다시 한 번 물었다.

"누구를? 누구를 보고 싶어서 온 거지?"

이제 엘리제는 울 것 같은 표정을 지었다. 누구긴, 누구겠는가? 바로 눈앞에 있는 당신이지.

"전…… 하요."

"……!"

그 말을 듣는 순간, 린덴의 가슴에 말로 표현할 수 없는 환희가 차올랐다. 그건 지금까지 경험해 본 적 없는 벅찬 기쁨이었고, 가슴이 터질 듯한 격정이었다.

'내가…… 내가…… 지금 정말 꿈을 꾸고 있는 것이 아닌 건가?'

그는 의심했다. 하지만 꿈이 아니었다. 그의 품 안에 느껴지는 엘리제의 작은 몸도, 눈앞에서 떨고 있는 푸른 눈동자도 모두 현실이었다. 나를 보고 싶어 했다고? 그 말의 의미는 단 하나였다. 그녀의 마음에도 자신이 들어 있다는 것이다.

"전하와 저는 아무 사이도 아니지 않습니까?"

"전하가 이러시는 거…… 솔직히 거북합니다."

과거 그녀가 차가운 시선으로 자신을 밀어내던 말들이 떠올랐다. 하지만 이 순간, 그녀의 눈동자는 그때와 달랐다. 붉게 물든 얼굴에 파르르 떨리는 눈동자로 자신을 마주하고 있었다.

'아…… 엘리제.'

격동하는 가슴을 주체할 수가 없었다. 그녀의 마음을 확실히 더 확인하고 싶어 그는 다시 한 번 물었다.

"어째서, 어째서 나를 보고 싶어 한 거지?"

엘리제는 입을 다물었다.

'어째서?'

그 이유야 너무나 당연하지 않은가. 그렇지 않아도 민망해 죽겠는데 자꾸 꼬치꼬치 묻는 그가 원망스러웠다.

"대답해 봐라. 듣고 싶으니."

"……그냥…… 그냥 보고 싶었어요."

"그냥? 넌 나를 싫어했던 것 아니었나?"

도저히 그를 마주 보고 있을 수가 없어서 그녀는 고개를 푹 숙였다. 그리고 기어들어가는 목소리로 말했다.

“시, 싫어하지 않아요…….”

“……!”

“그러니까…… 싫어하지 않아요.”

린덴의 눈동자가 폭풍 속의 갈대처럼 흔들렸다.

‘신이여, 정말 이게 꿈이 아니란 말입니까?’

너무나 기뻐 오히려 현실감이 느껴지지 않았다. 이러다 눈을 감았다가 뜨면 꿈에서 깨어날 것만 같았다. 헛된 미몽을 꾼 것처럼.

“다시 말해봐라. 아니, 정확히 말해봐라. 싫어하지 않다는 것이 무슨 뜻이지?”

“그러니까…… 싫어하지 않아요…… 전하를…….”

그녀는 앵무새처럼 같은 말을 반복했다. 자신의 마음을 고백해 버린 엘리제는 지금 정신을 차릴 수가 없었다. 민망함에 얼굴을 들 수가 없어 그의 품 안에 더욱 얼굴을 파묻었다.

그때 그가 그녀의 얼굴을 다시 들어 올렸다. 다시 코앞에서 그와 얼굴을 맞대게 된 엘리제의 가슴이 터질 듯 쿵쾅거렸다.

“엘리제.”

“…….”

“엘리제.”

린덴은 계속해서 그녀를 불렀다. 자신의 이름이 불릴 때마다 그의 품 안에서 그녀의 심장이 떨렸다. 한 음절 한 음절에 담긴 깊은 갈망. 그 갈망에 취해 그녀도 자신도 모르게 신음을 흘리듯 말했다.

“네…… 전하…….”

"엘리제……."

그의 손이 그녀의 머리를 쓰다듬었다. 그리고 귀, 귓불, 뺨. 마치 귀중한 보석을 만지듯 그의 손이 그녀의 얼굴을 어루만졌고, 그의 손이 닿은 곳마다 엘리제는 전기에 감전되는 듯한 느낌을 받았다.

"전하……."

얼굴을 어루만지던 린덴의 손가락이 그녀의 붉디붉은 입술에 닿았다. 그의 감촉을 입술에서 느끼며 엘리제는 파르르 몸을 떨었다. 그 순간 그와 그녀의 눈이 마주쳤다.

"엘리제……."

그 빠지고 싶을 정도로 깊고 푸른 눈을 보며 린덴은 천천히 고개를 숙였다. 점점 가까워지는 그를 보며 그녀는 눈을 질끈 감았다. 심장이 미친 듯이 뛰었으나 피하진 않았다.

'아…… 전하.'

그렇게 그와 그녀의 거리가 사라지려는 순간, 놀란 목소리가 그들을 불렀다.

"전하?"

"엘리제?"

그 뜻밖의 목소리에 놀란 엘리제가 화들짝 그의 품에서 벗어났다.

"오, 오라버니? 오빠?"

목소리의 주인들을 확인한 린덴은 속으로 와락 인상을 구겼다. 그녀의 오라비들인 렌과 크리스였다!

'또 결정적인 순간에.'

큰오라비인 렌은 상황 판단이 안 되는지 어리둥절한 얼굴로 눈을 껌뻑거리고 있었다. 그리고 작은오빠 크리스는 살짝 인상을 찌푸리고 있었다. 밀회 장면을 들키기라도 한 것처럼 엘리제는 얼굴을 붉히며 물었다.

"왜, 왜 나오셨어요?"

"크흠, 왜 나오긴. 마차가 도착했는데 네가 안 들어오니 걱정되어 나와 봤지. 날씨가 쌀쌀한데 안 춥니? 아버지가 또 감기 걸릴까 걱정하시던데."

헛기침을 한 크리스가 부드럽게 말했다. 그러며 황태자를 흘끗 보는데 왠지 그 눈빛이 '도둑놈'을 보는 것 같은 느낌이 들었다.

"왜?"

두 번이나 결정적인 순간에 방해받은 린덴이 퉁명스럽게 물었다. 그녀의 친오빠만 아니었어도!

"아닙니다. 제가 저녁에 드린 서류는 내일 아침까지 검토해 주셔야……."

"안다, 알아. 돌아가서 할 거다."

그 얄미운 말에 린덴은 발끈해 말했다. 갈아치워 버릴까? 하지만 유능하니 뭐라고 할 수도 없고. 크리스는 지금껏 그가 만나본 비서관 중 가장 완벽했다. 왠지 얄미운 것만 빼고는.

"가자, 리제."

"……네."

엘리제는 여전히 붉어진 얼굴로 오빠들에게 다가갔다. 크리스가 우산을 들어 그녀의 머리 위를 가려 주었고, 연애 바보 렌은 여전히 멍한 표정이었다.

"그러면 저희는 이만 들어가 보겠습니다, 전하. 조심히 돌아가십시오."

"……그래."

"서류는 내일까지 꼭 부탁드리……."

"한다고!"

린덴이 인상을 찌푸리며 말했다. 저놈, 이거 일부러 그러는 것은 아니겠지?

잠시 후 백금발 삼남매는 저택으로 들어갔고, 린덴은 눈을 맞으며 그녀가 사라지는 모습을 가만히 지켜보았다.

'갔군.'

방금까지 함께 있다가 눈앞에서 사라지니 다시 가슴이 휑한 느낌이 들어 그는 씁쓸한 표정을 지었다. 봐도 계속해서 보고 싶으니, 정말 중독이 아닐 수 없었다.

그가 말을 타고 돌아가려는 순간이었다.

"저, 전하!"

다급한 외침이 등 뒤에서 들렸다. 놀라 돌아보니 작은 소녀가 그에게 종종걸음으로 달려오고 있었다.

"엘리제?"

"하아, 하아."

급하게 달려와서 힘든지, 숨을 몰아쉰 그녀는 무언가를 그에게 건네주었다.

"눈이 많이 오니 이걸 쓰시라고……."

눈이나 비를 막는 용도로 사용하는 챙이 넓은 모자와 망토였다. 그녀는 시선을 피하며 말했다.

"그…… 날씨가 추운데…… 건강이 상하시면 안 되니까…… 저는 황궁의 어의이기도 하고……."

그 우물쭈물한 말을 듣자, 린덴은 다시 충동을 참을 수가 없었다. 다시 한 번 그에게 와락 껴안긴 그녀의 얼굴이 붉어졌다. 그리고 그 순간 그의 입술이 엘리제의 이마에 와 닿았다.

"……!"

그 차갑지만 타오르는 듯한 감촉에 엘리제의 몸이 뻣뻣이 굳었다.

"엘리제."

"……네, 전하."

"내 궁에 와서 나에게 차를 끓여 줄 수 있겠나?"

"언제……?"

그는 가만히 입술을 떼고 그녀의 눈가에 입술을 가져갔다.

"언제든."

"……!"

"이제 앞으로 그대가 살 곳이니 언제든 와도 좋다."

그대가 살 곳. 그 말에 엘리제의 가슴이 살짝 떨렸다. 후에 언젠가 그와 하나가 되면 그녀가 살 곳. 눈가에 느껴지는 그의 뜨거운 숨결에 심장이 진동했다.

린덴이 나직이 말했다.

"가급적 매일. 그래, 매일 네가 와서 차를 끓여 주었으면 좋겠군."

엘리제가 시선을 피했다.

"매…… 매일은 어려워요. 병원 일이 바빠서……."

그 대답에 황태자는 인상을 찌푸렸다. 그때, 그녀는 더 이상 눈을 피하지 않고 그를 마주 바라봤다.

"그래도…… 최대한 자주 가서 끓여 드릴게요."

그 말을 듣는 순간, 린덴의 입에서 웃음이 흘러나왔다. 차가운 그의 얼굴에서 좀처럼 보기 힘든 기분 좋은 웃음이었다. 가슴이 터질 듯한 충만감. '그날' 이후 무채색의 지옥으로 변한 그의 마음에 넘쳐 흐르는 환희. 너무나 벅차 꿈처럼 여겨지는 행복감이었다.

그렇게 두 사람은 처음으로 서로를 마주 보기 시작했다. 그런 그들을 축복하듯 하늘에서 작은 눈송이가 휘날리는, 어느 예쁜 겨울 저녁 밤의 일이었다.

24장
상흔

엘리제와 린덴이 처음으로 서로를 마주하던 그 순간, 브리티아의 산업화를 이끈 명군(明君) 민체스터는 꿈을 꾸고 있었다.

삼십 년에 가까운 머나먼 옛날, 오늘처럼 눈 내리던 어느 겨울날이었다. 검은 예복을 입은 수많은 사람이 북적이며 클로랜스 저택을 드나들고 있었다.

"아, 엘 이 자식은 왜 하필이면 결혼식을 눈 내리는 겨울에 하는 거야?"

검은 예복이 어울리지 않는 거친 인상의 남자가 투덜거렸다. 로열 나이츠인 총기사단의 단원이었다.

"그러게. 듣자 하니 엘 그놈 사고 쳐서 결혼하는 거라는데?"

"사고?"

"응, 임신시켰데."

그 대답에 총기사단의 단원인 란돌은 황당한 표정을 지었다. 란돌은 총기사단의 소대장으로, 낙하산으로 들어온 클로랜스 가문의 골칫덩이 엘의 선배였다.

"엘, 그놈답군. 상대가 평민이라 하지 않았던가? 제국 최고의 명문 클로랜스 후작가가 발칵 뒤집어졌겠군."

"뭐, 완전 평민은 아니고 중부 지방의 부르주아 집안 출신이라고 하던데. 이름이 테레사였나? 이미 임신한 다음이고 후작께서도 워낙 성품이 좋으셔서 어쩔 수 없이 허락한 것 같더라고."

"참, 별일이군. 그나저나 엘 이놈은 결혼하면 그 바람기는 좀 가라앉으려나?"

"글쎄, 힘들지 않을까? 워낙 철없는 놈이니. 단장님께서도 결혼 뒤에도 그러면 기사단에서 내쫓는다던데?"

총기사단원들은 훗날 제국의 명재상이라 불리게 될 엘을 거침없이 깎아내렸다.

"아, 예식 시작한다. 빨리 들어가자."

그렇게 여러 하객이 이 희한한 결혼식에 두런두런 이야기하며 식장에 입장했다.

결혼식은 차분히 진행됐다. 엘은 결혼식 내내 만면에 미소를 띠고 있었다. 얼마나 행복해 보이는지, 보는 사람들이 웃음을 터뜨릴 정도였다. 신부 테레사는 당차던 평소와 다르게 다소곳이 신랑을 바라보고 있었는데, 그 모습이 참 예뻐 보였다.

"이상으로 엘 드 클로랜스와 레이디 테레사가 주님의 축복 아래에서 한 부부가 되었음을 선포합니다."

짝짝짝.

하객들은 그 행복해 보이는 한 쌍에게 아낌없이 박수를 쳐주었다.

"엘 저놈, 이제 정말 철들어야 하는데."

란돌이 투덜거리며 자리에서 일어났다. 동료가 웃으며 말을 받았다.

"이제 사고 안 칠 것 같은데?"

"왜?"

"저렇게 예쁜 부인을 두고 또 사고 치고 싶겠어?"

그 말에 란돌은 입을 다물었다. 하긴, 저런 부인을 맞으면 자신이라도 바람기가 없어질 것 같았다.

"어쨌든 돌아가자. 춥다."

하늘에서 눈이 내리고 있었다. 하객들은 추운 입김을 뱉으며 뿔뿔이 흩어졌다. 그렇게 북적이던 식장이 한산해졌을 때, 저택의 뒤편 화이트가의 도로에서 아픈 표정을 짓고 있는 남자가 있었다. 그 온화한 인상의 남자는 당시 브리티아 제국의 황태자인 민체스터 드 로마노프였다.

"하아, 제길."

차분한 평소와 다르게 그는 욕설을 내뱉었다. 그는 어디서 술도 마셨는지 얼굴이 붉게 물들어 있었다.

"어째서."

그가 이렇게 아파하는 이유는 다름 아닌 친우인 엘과 결혼한 테레사 때문이었다.

"내가 뭐가 부족하다고."

술에 취한 민체스터는 깊게 한숨을 내쉬었다.

민체스터와 엘은 테레사를 두고 사랑의 경쟁을 벌였다. 그리고 그

승자는 황태자인 그가 아니라 후작가의 골칫덩이 엘이었다. 민체스터는 그 사실을 도저히 받아들이기 힘들었다. 아니, 이미 마음속으로는 그녀를 놔주었지만 이렇게 결혼하는 모습을 보니 가슴이 아팠다.

"제길."

그는 다시 욕설을 내뱉었다. 가슴이 찢어질 듯 아파 도저히 참을 수가 없었다. 오늘 하루는 진탕 취해야 할 것 같았다.

그 순간이었다.

"전하."

익숙한 목소리에 민체스터는 고개를 돌렸다. 금발에 푸른 눈, 고귀한 기품의 여인. 그녀는 당대 론도 최고라고 불릴 정도로 아름다운 여인이었지만 민체스터는 인상을 찌푸렸다. 이 순간 가장 보기 싫은 인물이었기 때문이다.

여인의 이름은 마리엔 드 차일드. 국제 금융 재벌인 차일드 가의 공녀이자 어릴 적부터 소꿉친구. 그리고 얼마 전 그의 약혼녀가 된 여인이었다.

"전하, 어째서 이렇게 술을?"

마리엔이 놀란 얼굴로 비틀거리는 그에게 다가왔다. 그녀의 걱정 어린 손이 그의 몸에 닿는 순간.

탁!

민체스터가 그녀의 손을 쳐 냈다.

"……저, 전하?"

마리엔이 놀라 눈을 크게 떴다. 술에 취해서일까? 민체스터는 비틀린 소리를 냈다.

"가."

"……!"

"꺼지라고! 너 따위는 지금 꼴도 보기 싫으니!"

갑작스러운 폭언에 그녀의 커다란 눈에 아픔이 깃들며 눈물이 차올랐다. 하지만 마리엔은 입술을 깨물며 그 아픔을 참고 걱정 어린 말투로 말했다.

"전하, 많이 취하셨습니다. 날씨가 추우니 궁으로 돌아가시는 것이 좋겠습니다. 아니면 저희 저택이라도."

차일드가의 저택은 이곳 클로랜스가의 저택 바로 옆이었다. 그러나 민체스터는 피식 웃고는 다시 그녀의 가슴에 비수를 꽂았다.

"너희 저택? 그 더러운 돈으로 세운?"

"……!"

"다시 말하지만 꺼져. 지금 네 얼굴을 보고 있는 것만으로도 역겨움을 참기 어려우니."

"저, 전하."

결국, 마리엔은 참지 못하고 눈물을 흘렸다.

"어, 어째서 저에게 이렇게……."

"어째서? 몰라서 물어? 너 때문에! 네 고집 때문에 테레사가 내 곁을 떠났어! 네가 고집을 피워 내 약혼녀가 되는 바람에!"

민체스터는 그녀를 사랑하지 않았다. 하지만 마리엔은 그를 사랑했다. 그리고 현 황제는 대륙의 돈줄을 움켜쥐고 있는 차일드가의 공녀인 그녀를 황태자의 배필로 결정했다. 일테면 정략결혼이었다.

'끔찍한 일이지.'

민체스터는 이를 갈았다. 그는 그녀가 싫었다. 고리대금업자인 차일드 가문도 싫었다. 이렇게나 싫은데 결혼해야 한다니, 정말 끔찍한 일이었다.

“저, 전하…….”

마리엔의 눈에서 한없이 눈물이 흘러내렸다. 그녀는 더는 그의 곁에 있지 못하고 고개를 숙였다.

“부, 불편을 끼쳐 드려 죄, 죄송합니다. 흐윽. 그, 그래도 날이 추우니…… 조, 조심히 들어가시옵소서.”

그녀는 차일드가의 저택으로 들어갔다. 벽을 넘어 흐느껴 우는 소리가 들려왔다. 민체스터는 더욱 인상을 찌푸렸다. 그냥 다 짜증 났다. 한번 밉기 시작하면 한없이 미운 법인가 보다. 저렇게 우는 것도, 저렇게 울면서도 자신을 걱정하는 것도 다 싫은 것을 보면 말이다.

‘젠장.’

그는 비틀거리며 시내의 펍으로 향했다. 이른 시간이지만 잔뜩 취하지 않으면 못 견딜 것 같았다.

“무얼 드릴까요, 손님?”

“흑맥주.”

“네.”

민체스터는 커다란 맥주를 한 번에 들이켰다.

“한 잔 더.”

“소, 손님?”

“빨리.”

그렇게 민체스터는 연거푸 술을 들이켰다. 마치 마시고 죽을 사람처럼.

“소, 손님. 이제 그만…….”

“괜찮아…… 한 잔…… 더…….”

펍의 주인은 곤란한 표정을 지었다. 한눈에 봐도 귀족가의 공자로 보이는 저 청년은 이미 술에 만취한 상태다. 그런데 끝없이 술을 달라고 하니 난감할 따름이었다.

'같이 온 일행은 없나? 혼자 온 건가?'

펍의 주인은 주변을 둘러보았다. 그때, 차분한 목소리가 들렸다.

"그만 마시는 게 좋겠어요, 밀러."

밀러. 민체스터가 가명으로 쓰는 이름이었다.

"……누구?"

민체스터는 고개를 들었다. 흐릿한 시선 속으로 흑발의 여인이 보였다.

"레…… 베카?"

차분한 인상의 미녀. 테레사의 친구인 레베카였다.

"그만 마시세요. 이런 모습, 당신답지 않아요."

그 말에 민체스터는 피식 웃었다.

"나답지 않아? 나다운 게 뭔데?"

이렇게 가슴이 찢어지는데, 사랑하는 사람을 뺏겼는데 나다운 게 뭐가 중요하겠는가.

"하아."

한숨을 내쉰 레베카는 그의 옆에 앉았다. 그리고 펍의 주인에게 말했다.

"한 잔 더 주세요."

"네, 네."

민체스터가 그 술잔을 받아가려는 순간, 레베카가 낚아챘다.

"제가 마실 거예요."

그녀는 작정한 듯 벌컥벌컥 술을 들이켰다. 평소와 전혀 다른 모습에 민체스터의 눈이 커졌다.

"레베카?"

테레사와 어울리며 레베카와도 많은 만남을 가졌지만 그녀가 저렇게 술을 마시는 것은 처음 봤다.

"하아."

술잔을 탁 내려놓으며 그녀는 말했다.

"한 잔 더 주세요."

그녀는 다시 벌컥벌컥 술을 들이켰다.

"레, 레베카?"

민체스터는 완전히 당황했다. 지금 뭐 하는 거지? 어느덧 세 잔을 단숨에 비워 버린 흑발의 여인은 붉어진 얼굴로 그를 바라봤다.

"왜 그렇게 아파하세요?"

"그거야……."

사랑했으니까. 민체스터는 말을 삼켰다. 그때 레베카가 취기가 오른 얼굴로 말했다.

"왜 모르세요?"

"……뭘?"

"당신이 그렇게 아파하면 저는 더 아프다는 것을."

민체스터의 눈이 커졌다. 이게 무슨 말이지? 레베카, 흑발의 차분한 인상의 여인은 외모만큼이나 차분한 어조로 말했다.

"당신을 사랑해요. 그걸 왜 모르세요?"

민체스터는 번쩍 눈을 뜨며 꿈에서 깨어났다. 어느덧 전신이 땀에 흠뻑 젖어 있었다.

"꿈이군."

그는 씁쓸한 표정을 지었다. 꿈. 철없던 젊은 시절의 꿈이다.

"참, 어렸지."

정말 어린 시절이었다. 엘도, 자신도. 천방지축이었던 엘, 그리고 어른스러운 척했지만 속 좁은 아이였던 자신.

'진정 어렸던 것은 엘이 아니라, 나였지.'

그의 표정이 후회로 물들었다.

'내가 조금만 성숙했다면, 그랬다면 그날의 비극을 막을 수 있었을까?'

"하아."

그는 깊은 한숨을 내쉬었다. 괴로움과 후회로 점철된 한숨이었다. 그는 명군이었다. 시민 모두가 그를 칭송한다. 하지만 그는 실패자였다. 할 수만 있다면, 그렇다면 시간을 되돌리기라도 할 텐데.

"주여."

민체스터는 방구석에 놓인 십자가를 바라봤다.

"이런 죄인인 저도 구원받을 수 있겠습니까?"

그렇게 말하는 그는 이전보다 부쩍 마르고 기력이 없어 보였다.

그렇게 깊고 깊은 밤. 창밖에는 펑펑 눈이 내리고 있었다. 마치 그날의 그때처럼 론도가 하얗게 변했다.

간밤에 수북이 내린 눈으로 론도가 하얗게 변했다. 희대의 명군,

뇌제 민체스터의 통치 아래 번영을 누리고 있는 론도의 시민들은 밝은 얼굴로 아침을 맞았다. 그리고 어젯밤 엘리제와 린덴이 서로를 마주 봤던 화이트가의 도로에는 이른 아침부터 한 떼의 마차가 모여들기 시작했다.

"간밤에 잘 주무셨소, 백작?"

"그냥 그렇소이다. 요즘 꿈자리가 뒤숭숭하구려."

메기 같은 인상의 귀족 남자가 퉁명스레 인사를 받았다.

메르키트 백작. 제국 상원위원장이자 귀족파 서열 2위의 대귀족이었다.

"눈 때문에 늦지 않았나 모르겠구려."

클로랜스 저택 앞에 모여들고 있는 마차들은 귀족파의 것이었다. 물론 그들이 이곳에 모인 것은 클로랜스 가문을 방문하기 위해서가 아니었다. 클로랜스 저택 바로 건너편 차일드 가문에서 회동하기 위함이었다.

"어쨌든 빨리 들어갑시다."

서대륙의 돈줄을 쥐고 있는 가문답지 않게 검소한 차일드 저택에 들어가며 상원위원장 메르키트 백작은 고개를 돌렸다.

'클로랜스.'

귀족파의 대적인 황제파의 수장 가문, 그리고 최근 그들에게 가장 위협이 되는 인물이 사는 곳. 오늘 귀족파의 귀족들이 차일드 가문에 모이는 이유는 바로 그 '위협이 되는 인물'에 대해 논하기 위해서였다.

"이걸 참 어떻게 해야 할지 모르겠소."

"그러게 말이오."

"모이긴 모였지만 답이 나올지……."

차일드 가문의 회의실에 모여든 귀족들이 난감한 표정을 지었다. 오늘 논의할 얘기는 그만큼 간단치 않았던 것이다.

최근 그들 귀족파에게 가장 위협이 되는 인물. 그 인물은 차기 황제인 황태자도, 재상인 엘 후작도, 크림전쟁 후 군부의 실력자로 떠오르는 렌 남작도 아니었다.

바로 엘리제 드 클로랜스, 등불을 든 여인이었다. 론도 시민, 아니, 제국 전체에서 그 누구보다도 압도적인 인기와 지지를 얻고 있는 제국의 예비 퍼스트레이디. 바로 그녀가 그들 귀족파를 가장 크게 위협하고 있었다.

고풍스럽지만 약간은 낡은 회의실 원탁 테이블에 귀족파의 핵심 인물들이 모여 앉았다. 그들이 모두 모이자 문이 열리며 도도하고 당당한 인상의 미녀가 들어왔다.

국제 금융 재벌 차일드 가문의 차기 당주, 유리엔 드 차일드였다. 그 뒤를 따라 날카로운 인상의 장년인, 귀족파의 수장 암셀 후작이 들어왔는데, 지팡이를 짚은 모습이 수척해 보였다.

"모두 모였습니까?"

"네, 후작님."

과거 엘리제와 대면했을 때와 달리 많이 마른 모습이었다. 눈빛만은 여전히 형형했지만 어딘지 건강이 좋지 않아 보였다.

"잠시만 기다리시지요. 곧 전하께서 오실 테니."

그리고 얼마 지나지 않아 문이 열리며 한 젊은 남자가 들어왔다.

"전하를 뵙습니다!"

모두가 남자를 보며 자리에서 일어나 예를 표했다.

3황자 미하일 드 로마노프였다. 꽃처럼 화사한 그의 얼굴은 이전 엘리제를 대할 때와 달리 돌처럼 딱딱하게 굳어 있었다. 그가 걸어올 때 허리춤에 매달린 검제의 상징인 비천검이 흔들렸다.

"모두 앉으시죠."

"네, 전하."

미하일은 가장 상석에 앉았다. 그리고 그 좌우에 암셀 후작과 메르키트 백작이 자리했다.

"그럼 회의를 시작하겠습니다. 오늘 모임을 갖게 된 이유는 최근 시민들 사이에서 압도적인 지지를 받고 있는 엘리제 드 클로랜스에 대한 논의를 하기 위해서입니다."

엘리제 드 클로랜스. 그 이름을 듣는 순간 미하일의 눈썹이 꿈틀했다. 그가 뭐라고 하려는 순간, 한 중년 귀족이 손을 들어 발언했다. 얼마 전까지 동방의 대국 청에 영사로 나가 있던 외교계의 거물 류스 자작이었다.

"엘리제 드 클로랜스라면 예비 황태자비가 아닙니까? 의사로 활동하고 있다고 알고 있는데, 그녀가 우리에게 왜 문제가 되는 것입니까?"

메르키트 백작은 질문한 류스 자작을 바라봤다.

"자작은 귀국한 지 얼마 안 되어 데임 클로랜스에 대해 들어보지 못한 것 같구려."

"들어는 봤습니다. 워낙 유명하니까……."

데임 클로랜스는 현 제국의 가장 유명한 명사(名士)였다. 청에 파견 나갔던 류스 자작조차도 그 이름을 들어봤을 만큼 명성이 높았다.

"2년 전 예비 황태자비의 신분으로 빈민 구제 병원에서 빈민을 위해 일했고, 2차 론도 대역병에서 론도를 구했고, 크림전쟁에 참전하여 부상병들의 사망률을 20배나 낮췄으며, 등불을 든 여인으로 병사들에게 봉사. 또 전쟁을 승전으로 이끄는 공을 수차례나 세웠고, 현재는 황실십자병원의 의사로 수많은 사람을 살리고 있지요."

류스 자작은 청에서 전해 들은 그녀의 대표적인 업적들을 거론했다. 불과 2년도 안 되는 시간에, 그것도 어린 소녀가 이루었다고는 믿을 수 없는 일들뿐이었다.

"황제파인 클로랜스가의 영애이지만 같은 제국인으로서 존경할 만한 인물이라 생각했습니다만…… 그녀가 왜 우리에게 위협이……?"

그는 이해할 수 없다는 듯 물었다. 데임 클로랜스는 정치적 이념을 떠나 존경할 인물이었지, 적대할 인물은 아니라 생각한 것이다. 틀린 말은 아니었다. 그녀의 업적 중 적대할 만한 것이 어디 있는가? 숭고하단 말이 어울리는 업적들이었다.

메르키트 백작은 인상을 찌푸렸다.

"그게 문제요. 그녀는 사교계에서 생각 없이 하하 호호할 어린 나이에, 그것도 황태자비가 될 지고한 신분으로 믿을 수 없는 일들을 연거푸 해냈소. 그래서 현재 론도, 아니, 제국 전체에서 시민들에게 가장 사랑받는 여인이 되었다오. 지금 길거리에서 그녀 욕을 한 마디라도 하면 분노한 시민들에게 곧바로 돌팔매를 맞을 것이오. 그만큼 시민들의 사랑을 받고 있으니까."

"그런데……?"

그게 뭐가 문제가 된단 말인가? 그녀가 해낸 일들을 보면 그런 사랑을 받는 것이 당연한 것 아닌가?

메르키트 백작은 한숨을 내쉬었다.

"덕분에 그녀의 남편이 될 황태자의 지지율이 급격히 상승하고 있소. 문제는 바로 그것이오."

류스 자작의 얼굴이 딱딱하게 굳었다.

"그 말은……."

"그렇소. 원래 황태자에 대한 시민들의 지지율은 우리 3황자 전하에 비해 훨씬 낮았소. 그런데 그게 최근 역전되고 있는 것이오."

류스 자작은 침음을 흘렸다. 생각지도 못 한, 보통 심각한 문제가 아니었다. 원래 황태자의 지지율은 3황자에 비해 훨씬 낮았다. 시민들에게 친근한 검제에 비해 훨씬 딱딱한 이미지였던 탓이다. 시민 중 자신들에게 친근한 3황자가 황제가 되길 내심 바라고 있던 자가 많았었다.

"우리 귀족파가 황태자에 비해 가장 큰 우위를 가지고 있었던 것은 바로 3황자 전하를 향한 시민들의 지지였소. 계승권에서는 밀리지만 시민들이 진정으로 원하는 것은 3황자 전하라는 명분이 있었던 것이오. 그런데 그 지지가 황태자를 향해 돌아서고 있소. 바로 그 등불을 든 여인 때문에."

모두의 얼굴이 심각해졌다. 사실 귀족파가 3황자를 황제로 추대할 수 있는 가장 큰 명분은 시민들의 지지였다.

-계승 서열이 밀리더라도 시민들이 진정 원하는 것은 바로 검제 3황자 전하이시다!

이런 명분으로 3황자를 황제로 추대하려고 했던 것이다. 하지만 그 지지가 황태자를 향해 돌아선다면 명분 자체가 사라진다. 그러면 정쟁 자체를 벌일 수가 없었다. 정통성에서도, 실력에도, 명분에도 밀리는데 무슨 싸움을 하겠는가? 군사적으로 반란을 일으키지 않는 한 뒤집을 도리가 없었다.

“더 늦기 전에 이 상황을 손써야 하오. 그게 우리가 오늘 모인 목적이오.”

메르키트가 침중한 목소리로 말했다. 회의실에 무거운 침묵이 감돌았다. 그때 누군가 조심히 말했다.

“하지만 어떻게 손을 씁니까? 데임 클로랜스가 의사 일을 하는 것을 막을 수도 없고.”

다른 이도 말했다.

“그렇지 않아도 최근 황제 폐하께서 개정안까지 내지 않았습니까? 황태자비가 되어도 의사 일을 계속할 수 있도록.”

모두가 곤란한 표정을 지었다. 문제는 알지만 딱히 방법이 없었다. 환자를 위해 의술을 펼치는 것을 누가 어떻게 할 수 있겠는가? 더구나 더 큰 문제가 있었다.

“제 부인이 다음 주 데임 클로랜스께 위암 수술을 받기로 예정되어 있는데…….”

“저도 아버지의 수술을 부탁드려야 하는데…….”

“제 아들의 종기 수술도…….”

“저도 다음에 진료를 받기로 예약을…….”

귀족들이 눈치를 보며 조심히 말을 꺼냈다. 그렇다. 엘리제는 명실상부 제국, 아니, 세계 최고의 외과의사였다. 그녀만 바라보고 있는 환자가 수도 없이 많았다. 그리고 병은 귀족파의 귀족들에게도 공평하게 찾아온다. 그들 가족 중 그녀가 아니면 죽을 날만 기다려야 할 환자가 꽤 있었다. 이미 치료를 받고 있는 이도 있고, 곧 진료가 예정된 이도 있었다. 그런데 그녀에게 무슨 일이라도 생긴다면? 생각하기도 싫은 일이었다. 그러니 그녀는 건드릴 수 없는 성역이었다. 혹시라도 그녀가 의사 일을 못 하면 낭패를 보는 것은 오히려 그들이었으니까.

난감해하는 반응에 메르키트의 눈썹이 꿈틀했다.

콰앙!

그는 거칠게 책상을 내려치며 버럭 소리를 질렀다.

"그게 다 무슨 안이한 소리들이오?! 지금 상황을 모르는 거요?"

"……."

"만약 우리가 정쟁에 밀린다면, 그래서 저 린덴 드 로마노프가 황위에 오른다면 우리는 어떻게 될 것 같소? 그는 절대 우리를 가만 놔두지 않을 것이오. '그날'의 일을 벌써 잊은 것이오?!"

그 물음에 모두의 얼굴이 침중해졌다.

'그날'.

모두의 머리에 '그날'의 일이 떠올랐다. 황후인 레베카 드 로마노프와 1황녀인 이블린이 백원의 궁에서 피를 흘리며 싸늘한 주검으로 변한 날.

그날 이후 백원의 궁은 혈탑이란 별명을 가지게 되었다. 당시 어렸던 린덴은 눈앞에서 어머니와 누이의 죽음을 목격했고, 절대 그들을 용서하지 않을 것이다. 오로지 하나의 염원, 복수를 위해 황위에 오르려 하고 있는 인물이었으니까.

"그건…… 우리가 의도했던 바는 아니었소."

"상황이 그렇게 되었을 뿐인데……."

당시 사건에 깊게 연루되지 않았던 귀족들이 변명하듯 말했다. 하지만 메르키트는 눈썹을 찌푸렸다.

“그걸 누가 모르오? 문제는 황태자는 절대 그렇게 생각하지 않을 것이란 거요. 그가 황제가 되는 순간! 이 론도에는 피바람이 불 것이오.”

“…….”

“그리고 엄밀히 말해 이 자리에 있는 우리 중 그날의 일과 무관한 자는 아무도 없소.”

“하지만 그래도…….”

그때 누군가 낮은 목소리로 말했다.

“최소 3명은 죽겠지.”

3황자 미하일 드 로마노프였다. 미하일은 상황에 어울리지 않게 빙글 웃었다.

“바로 나와 내 어머니, 외숙 말이야.”

그의 어머니, 외숙. 바로 1황비인 마리엔과 차일드 가문의 가주인 암셀 후작을 뜻한다. 둘 모두 그날의 비극의 주역들. 만약 린덴이 황제가 된다면 그 둘은 무조건 죽음을 맞이하게 될 것이다.

‘그리고 나도 죽겠지.’

그 둘의 죽음을 가만히 보고 있을 수 없으니까. 그러니 그도 죽게 될 것이다.

‘답답하군.’

미하일은 손으로 머리를 쓸어 올렸다. 그도 안다. 당시 자신의 어머니와 숙부는 큰 잘못을 했다. 어떤 핑계를 대도 용서받을 수 없는. 그러니 린덴의 복수는 정당하다.

‘하지만 내 어머니란 말이야. 아무리 잘못했다 해도. 그리고 내 외숙이고. 제길.’

어떻게 아들로서 어머니가 죽는 것을 보고 있을 수 있겠는가? 아무리 그녀가 큰 잘못을 저질렀다고 해도. 그는 사실 황위에 관심이 없다. 하지만 린덴이 황위에 오르면 어머니가 죽는다. 그러니 어쩔 수 없이 자신이 황위에 올라야 한다. 그 싸움의 대가가 자신의 목숨이라도, 그래도 싸워야 한다.

'하아.'

속으로 깊게 한숨을 내쉰 그는 생각했다.

'여행이나 가고 싶군.'

미하일은 자신의 허리춤에 차인 검을 바라봤다.

비천검(飛天劍). 하늘을 난다는 뜻의 검으로 과거의 아픔에서 훨훨 벗어나라고 친우가 선물해 주었던 검이다. 그 이름 그대로 이 모든 것에서 벗어나고 싶었다. 그렇게 모든 것을 털고 여행을 떠나면 얼마나 좋을까? 이전처럼 항주의 소호에서 배를 띄어놓고 친우와 술이나 먹고 싶었다.

'불가능한 일.'

그는 한숨을 내쉬고 자리에서 일어났다.

"어쨌든 오늘은 여기까지 하고. 백작이 방금 한 이야기는 어떻게 할지 다들 잘 생각해 보자고."

"전하."

"다음 회동은 크림전쟁의 승전식이 끝난 다음으로 하지."

곧 있으면 크림전쟁의 승전식이었다. 3황자가 모임을 파하자 다들 주섬주섬 자리에서 일어났다. 모두가 예를 표하고 사라질 때, 미하일이 가만히 메르키트 백작을 불렀다.

"백작."

"네, 전하."

"백작은 잠시 나를 보지."

백작이 의아할 얼굴을 하자 미하일이 웃으며 그에게 말했다.

"백작, 그거 알지?"

"네?"

"내가 백작을 참 좋아하는 거."

"아…… 네. 압니다."

메르키트는 얼떨떨한 표정을 지었다. 자신뿐 아니라 저 미하일은 사람이 좋아 누구든 가리지 않고 좋아한다. 그런데 갑자기 왜 그런 이야기를? 그뿐만 아니라 뭔가 분위기도 이상하다. 웃고 있는데 왠지 섬뜩한 느낌이 들었다.

"내가 황위에 오르면 백작의 공을 절대 잊지 않을 거야."

"네, 네. 감사합니다."

"그런데 백작."

"네?"

미하일이 가만히 말했다.

"쓸데없는 생각은 하지 마."

메르키트는 침을 꿀꺽 삼켰다.

"무슨…… 말씀이십니까?"

"리제 말이야. 데임 클로랜스."

미하일이 웃으며, 하지만 낮은 목소리로 말을 이었다.

"그녀한테 털끝 하나라도 손댈 생각하지 말라고."

"……!"

"난 백작을 참 아끼거든? 그러니 백작이 허튼 생각을 하면 참 슬플 거야."

메르키트의 등줄기가 서늘해졌다.

검제. 서대륙 최강검이, 동방에서 가장 강한 무인 중 하나인 오존(五尊)이라 불리던 미하일이 가만히 그를 바라봤다. 거역할 수 없는 위압감이 담긴 눈빛이었다.

"그…… 그렇게 하겠습니다."

메르키트는 허겁지겁 고개를 끄덕였다.

"하지만…… 어째서?"

메르키트는 조심히 물었다. 엘리제 드 클로랜스는 현재 3황자를 가장 위협하는 적이었다. 그녀 때문에 시민들의 지지가 황태자에게 넘어가고 있는데? 그래서 싸움도 못 하고 질 판인데?

"왜긴?"

하지만 미하일은 뭘 당연한 걸 묻느냐는 듯 답했다.

"내가 그녀를 사랑하니까 그렇지."

혈탑의 비극.

과거 레베카 황후는 모욕적인 누명을 뒤집어쓰고 백원의 궁에 유폐되었다. 물론 모두 그녀가 실제로 잘못을 저질렀을 거라 생각하지 않았다. 하지만 누구의 조작인지, 너무나 명확한 증거들이 나왔고 그녀는 그 누명에서 벗어날 수가 없었다.

"폐하, 아닙니다! 알고 계시지 않습니까? 제가 그런 일을 저지를 리가 없다는 것을요!"

레베카는 눈물로 사랑하는 남편에게 빌었고, 1황녀 이블린도 빌었다. 아직은 어렸던 2황자 린덴은 그저 울음만 터뜨렸다. 하지만 민체스터는 침묵했다. 그녀의 편을 들어주지 않았다. 아니, 정확히 말하면 들어주지 못했다. 그 추악한 죄의 증거를 들이민 것이 1황비 마리엔과 차일드 가문이었기 때문에.

물론 그도 알고 있었다. 레베카가, 어느덧 그가 목숨보다도 더 사랑하게 된 황후가 그런 추악한 잘못을 저지를 리가 없다는 것을.

하지만 당시 즉위한 지 얼마 안 된 그는 무력했다. 지금이야 30년에 가까운 세월 동안 각고의 노력으로 강력한 황권을 다졌지만 과거에는 대륙 전체를 쥐고 흔드는 차일드 가문을 거스르기 어려웠다. 특히나 그가 다른 황자를 제치고 황위에 오른 것은 클로랜스 가문의 도움과 더불어 차일드 가문의 도움이 막대했으니까. 또 그들 손에 명확한 증거까지 쥐어져 있으니 도저히 그들을 거스르며 도움을 줄 수가 없었다.

"잠시만…… 잠시만 기다려 주시오……."

결국, 그는 그렇게 말하는 것 외에는 할 수 있는 것이 없었다. 그렇게 황후는 유폐되었고, 그녀를 향한 비난이 쇄도했다.

"출신이 천한 것은 역시 어쩔 수가 없어."

"황후를 폐위시켜라!"

애초에 평민 출신인 그녀를 황후에 올렸을 때도 반대가 막심했었다. 많은 귀족, 특히 1황비 마리엔을 지지하는 차일드파의 귀족들이 황후의 폐위를 주장했다. 그런 상소가 올라올 때마다 레베카는, 그 흑발의 차분한 아름다움을 지녔던 그녀의 영혼은 점점 말라 비틀어져 갔다.

그렇게 지옥 같던 어느 날, 어린 린덴은 울면서 백원의 궁을 찾아갔다. 엄마를 보고 싶어서. 물론 가드의 제지로 만나지 못할 테지만, 그래도 엉엉 울면서 엄마를 부르고 싶어서. 그리고 백원의 궁에 어린 린덴이 도착한 순간 비극이 시작되었다.

쿵!

검은 무언가가 그의 눈앞으로 떨어졌다. 그게 무엇인지 깨닫는 순간, 눈앞이 핏빛으로 변했다.

어머니 레베카와 누이 이블린이었다. 말라 비틀어져 가던 그들이 결국 극단적인 선택을 한 것이다.

'아…….'

자신의 눈앞에서 피투성이로 변한 어머니와 누이를 본 어린 린덴의 세상이 정지했다. 그렇게 그의 세상이 무채색의 지옥으로 변했다.

'그날', 혈탑의 비극 이후 린덴은 항상 같은 꿈을 꾸었다. 어머니와 누이가 핏물로 변하는 꿈을.

그때부터였다. 그저 엄마의 손을 잡고 우는 것밖에 못하던 '바보 린덴'이 변하기 시작한 것은. 항상 다른 사람을 향하던 미소가 사라졌다. 표정을 잃은 아이에게 남은 것은 단 하나의 염원, 복수. 오로지 그 염원을 이루기 위해 아이는 자신의 모든 삶을 바치기 시작했다. 그렇게 어렸던 린덴은 너덜너덜한 가슴에 칼을 담았다.

린덴은 번뜩 눈을 떴다. 이마에 흐르는 땀을 닦으며 생각했다.

'또 그 꿈이군.'

새삼스러울 것은 없었다. 그는 그날 이후 단 하루도 빠짐없이 매일 그들의 꿈을 꾸었으니까. 심지어 이제는 꿈을 꾼다고 해서 아프지도 않았다. 아프려고 해도 아플 가슴이 남아 있어야 고통도 느낄 수 있는 법이니까.

"잠깐 잠이 들었나 보군."

어제 엘리제와 만나고 돌아온 후 그 얄미운 크리스가 던져 준 서류를 처리하느라 너무 늦게 잤다. 한 두세 시간쯤 잤나? 피로한 상태에서 이른 시간에 일어나 다시 업무를 보다 깜빡 존 모양이다.

악몽 때문일까? 갑자기 피로가 몰려와 그는 나직이 한숨을 내쉬었다.

"엘리제."

그는 그녀의 이름을 불렀다. 무채색의 지옥에서 한줄기 빛으로 다가온 소녀. 그리고 이제 자신의 모든 것이 된 그녀. 어제 보고 왔음에도 그녀가 또 보고 싶었다. 간절히 그녀를 떠올리자 놀랍게도 자신도 모르게 얼굴에 미소가 지어졌다.

"보고 싶었어요……."

"그러니까…… 싫어하지 않아요…… 전하를……."

그 말들을 떠올린 순간 다시 가슴이 벅차왔다. 간질간질하면서도 터질 것 같은 느낌. 이게 도대체 무슨 감정일까?

'보고 싶군.'

그는 속으로 중얼거렸다.

'정말로.'

한 번 보고 싶다는 생각이 드니 걷잡을 수가 없었다. 마치 금단증상이 일어나는 것처럼 그녀가 생각났다. 보고 싶었다. 함께 있고 싶었다. 그리고 작은 손을 만지고 싶었다. 품 안에 가두고 싶었다. 그 이마에, 붉은 입술에 입술을 맞추고 싶었다. 결국, 그는 충동을 참지 못했다.

"란돌."

"네, 전하."

"비서관은?"

"전하께서 명하신 신무기 개발 건으로 개발청을 방문 중입니다. 기밀을 요하는 일이라서 직접 갔습니다."

마침 잘됐다. 그 얄미운 크리스가 없을 때가 기회였다.

"잠시 나갔다 오마."

"전하? 어디에 가십니까?"

"황실십자병원."

그 말에 눈치 없는 시종이 물었다.

"병원엔 무슨 일로……?"

그는 짧게 답했다.

"시찰 간다."

그래, 시찰. 그녀를 시찰하고 와야겠다.

"쿨럭. 쿨럭."

어젯밤 추운 공기를 계속 마신 탓일까. 엘리제는 감기에 걸렸다. 하얀 마스크를 낀 채 연신 기침을 하는 그녀를 보며 그레이엄이 걱정스레 물었다.

"괜찮으십니까, 데임?"

"아, 네. 감기에 걸려서요. 괜찮아요."

하지만 얼굴이 빨간 게 가볍게 걸린 것이 아닌 것 같다. 열도 제법 나 보인다.

그레이엄은 못마땅한 얼굴로 말했다.

"왜 이렇게 자주 감기에 걸리는 겁니까?"

가슴 아프게. 그레이엄은 그 말은 삼켰다. 옆에서 바라만 보는 것도 힘든데, 아픈 모습을 보니 가슴이 찢어지는 듯했다.

"제가 원래 몸이 약해요."

"검사라도 받아보는 것이 어떻습니까? 이번 가을부터 제가 본 것만 해도 3번째입니다."

그의 걱정 어린 말에 엘리제는 고개를 저었다. 이전에도 툭하면 감기에 걸렸었다. 원체 몸이 약한 탓이다.

'조금 튼튼한 몸이면 좋을 텐데.'

할 일은 많은데 자꾸 아프니 불편했다. 그런 그녀를 보며 그레이엄은 고개를 저었다.

"그러면 조금 쉬기라도 하십시오. 다음 수술은 제가 대신할 테니."

"괜찮아요. 제가 할게요."

"데임."

하지만 엘리제는 고개를 저었다.

"정말로 괜찮아요. 감기가 심한 것도 아닌걸요."

지구에서 의사로 일할 때도 감기에 걸린 적이 없는 것은 아니다. 의사도 사람이니 이런저런 잔병치레를 한다. 하지만 입원할 정도로 중병이 아닌 한, 아프다고 일을 쉬는 의사는 한 명도 없다. 심지어 인턴, 레지던트 시절에는 맹장염 같은 수술을 받고 곧바로 일하는 경우도 많다. 그녀도 아프다고 쉬어본 적이 한 번도 없었다.

결국 한숨을 내쉰 그레이엄이 말했다.

"그러면 이리 와보십시오. 열도 나는데 제가 간단히 진료라도 해드리겠습니다. 계속 기침하니 가슴 청진도 해봐야 할 것 같고요."

"아, 네. 감사해요."

엘리제는 고마움을 표했다. 아무리 의사라도 자기 몸 진료는 정확히 못 한다. 그가 봐주면 도움이 될 것이다. 그녀는 진료를 위해 그레이엄의 앞에 앉았다.

"간단히 바이탈 먼저 확인하겠습니다."

"네, 선생님."

그녀는 맥박을 측정하기 위해 그레이엄에게 손목을 내밀었다. 하얀 팔목을, 마음속으로만 바라보던 소녀의 팔목을 잡으려는 순간 그레이엄은 자신도 모르게 가슴이 두근거렸다. 하지만 곧 표정을 굳히며 생각했다.

'정신 차려, 그레이엄. 진료 중에 무슨 생각이야.'

최대한 머리의 잡생각을 떨쳐 내며 진료에 열중했다.

"분당 맥박 108회군요. 열이 꽤 납니다."

"아, 네."

"특별히 어떤 게 주로 불편하십니까? 목은 안 아픕니까?"

"목은 괜찮아요. 기침이 나는데, 폐렴 같은 증상은 없어서 폐렴보다는 일반적인 상기도 감염인 것 같아요."

엘리제는 추정 진단을 말했고 그레이엄도 동의했다. 단순 감기로 보이긴 했다. 다만 기침이 심해서 폐렴을 확인하기 위해 청진을 해 봐야 했다.

"청진기로 폐 소리만 확인해 보고 약을 처방해 드리겠습니다."

"감사해요, 선생님."

엘리제는 웃으며 말했다. 처음 그레이엄과 만났을 때가 떠올랐다. 그는 자신을 엄청 귀찮아해서 쫓아내려 부랑자 병실에 방치하기까지 했었다. 어느덧 그와도 많이 가까워진 것 같다는 생각이 들었다.

"뒤돌아 앉으십시오."

청진기를 든 손이 얇은 진료복을 입은 그녀의 등 뒤에 올라갔다.

"숨 크게 들이쉬십시오. 그리고……."

그런데 그 순간 낮은 음성이 그들 사이에 울렸다.

"지금…… 뭐 하는 짓들이지?"

불쾌감이 담겨 있는 목소리. 황태자 린덴이었다.

"전하? 여긴 어떻게?"

엘리제가 놀라 그를 바라봤다. 하지만 린덴은 답하지 않았다. 린덴의 눈이 그녀의 등 위에 올라가 있는 그레이엄의 손에 꽂혔다.

"지금 뭐 하고 있는지 물었다."

엘리제는 당황했다. 갑자기 이곳엔 왜 온 것이지? 아니, 그것보다 왜 저렇게 기분이 나빠 보이시지? 어젯밤에 헤어질 때만 해도 기분이 좋으셨는데? 하지만 같은 남자인 그레이엄은 그가 왜 불쾌해하는지 바로 눈치챘다. 속으로 한숨을 삼키고 공손히 말했다.

"데임께서 감기 기운이 있어 잠시 진료를 보던 중이었습니다, 전하."

그 말에 린덴은 입을 다물었다. 감기에 걸렸다고? 그녀가? 엘리제의 얼굴을 살피니 과연 눈가가 발그레했다. 마스크 안으로 콜록콜록 기침까지 하고 있고.

"엘리제, 이리로 와봐라."

"아…… 괜찮아요, 전하. 그냥 살짝 걸린 거라……."

"명령이다. 와."

머뭇거리며 다가가니 그가 갑작스레 와락 그녀를 껴안았다. 강렬히 느껴지는 그의 체취에 그녀의 얼굴이 붉어졌다.

"저, 전하?"

그녀가 그레이엄을 의식하며 말을 더듬었다. 황태자가 낮게 한숨을 내쉬었다.

"누가 아프라고 했지?"

아까의 노여움과는 전혀 다른 감정이 담긴 목소리. 그건 짙은 걱정이었다.

"……죄송해요."

"아프지 마라. 네 모든 것은 내 거니까. 네 머리카락부터 발끝까지, 내뱉는 숨결까지도. 모두 다 내 것이니 아프지 마. 명령이다. 무엇보다……."

네가 아프면 내가 훨씬 아프니까. 린덴은 그렇게 말하며 그녀를 내려다보았다. 그 걱정과 노골적인 애정에 엘리제의 얼굴이 더욱 붉어졌다.

"……네, 전하."

그는 그렇게 그녀를 안고 있다가 그녀의 몸이 고열로 뜨겁다는 걸 알아챘다.

"안 되겠군. 좀 쉬어야겠어."

"아니에요. 괜찮아요. 그리고 할 일이 많아서……."

"할 일?"

"네, 이제 곧 수술도 3개 들어가야 하고, 끝나고 강의도 나가야 하고, 보안 정책 담당자와 미팅도 가져야 해요. 그리고……."

엘리제의 말을 들을수록 린덴의 얼굴이 점점 일그러졌다. 이 일중독 여자가! 도대체 할 일이 뭐가 이렇게 많단 말인가? 몸도 안 좋으면서.

"됐어. 다 취소해. 명령이다."

"전하?"

엘리제가 놀라 절대 안 된다는 듯 고개를 저었다.

"다 제가 해야 하는 수술이에요. 강의도 제 강의이고요. 다 제 일인데 아프다고 안 할 수는 없어요."

책임감 강한 엘리제다운 대답이었다. 하지만 린덴은 마음에 안 들었다. 그녀가 아픈데 그따위 것이 문제겠는가?

"됐어. 다 필요 없어."

"전하?"

"자네, 그레이엄이라고 했나?"

가만히 그들을 보던 그레이엄이 고개를 숙였다.

"네, 전하."

"이 병원에 다른 의사는 없나?"

"……!"

"내 것이 될 여자다. 그런데 이렇게나 많은 일을 해야 하는가? 자네들은 뭐 하는 거지?"

다소 무례하긴 했지만 그것이야말로 그레이엄이 하고 싶었던 말이었다. 저 일중독 소녀는 본인 스스로 너무 많은 일을 하려고 해서 탈이었다. 물론 그녀가 아니면 안 되는 수술이나 일이 많긴 하지만, 그래도 이렇게 아프지 않은가.

"데임께서 하시기로 예정된 3건의 수술은 다 제가 집도하겠습니다."

"선생님?!"

"괜찮습니다, 데임. 이래 봬도 저도 젊은 천재라 불리던 의사였습니다. 아니면 저를 못 믿는 것입니까?"

엘리제는 곤란한 표정을 지었고, 린덴은 입꼬리를 들어 올렸다. 뺀질뺀질해 보이는 게 생긴 것부터 마음에 안 드는 그였지만 지금 이 순간은 나름 마음에 들었다.

"그래, 그 수술은 다 네가 처리하도록. 아니."

"……?"

"앞으로 그녀가 할 수술 중 간단한 것은 다 자네가 했으면 좋겠군."

그레이엄은 기다렸다는 듯 고개를 끄덕였다.

"네, 전하의 지엄한 명 그대로 따르겠습니다."

"전하!"

엘리제가 당황해 그를 불렀지만 린덴은 신경도 쓰지 않았다.

"그리고 아카데미 강의?"

그는 고개를 돌렸다. 마침 그의 뒤에는 황실십자병원의 원장이자 전(前) 황궁 어의인 밴 자작이 황태자의 행차에 헐레벌떡 마중 나와 있었다.

밴 자작은 웃음을 참으며 말했다.

"그 강의는 다른 교수를 보내겠습니다."

"자작님, 그 강좌는 제 이름으로 되어 있는……."

"걱정하지 마십시오. 데임만큼은 아니어도 그 분야에 정통한 교수로 보낼 테니. 확실히 데임께서는 조금 쉬실 필요가 있습니다."

황태자가 말했다.

"그러고 보니 무슨 미팅이 있다고 했나? 밴 자작."

"네, 전하. 오후에 행정부의 보건정책과와 데임께서 미팅을 가질 예정입니다."

"취소시켜."

엘리제는 깜짝 놀라 황태자를 올려다보았다.

"전하!"

하지만 황태자는 독재자처럼 그녀를 내려다보았다. '이 마음에 안 드는 것이. 잠자코 가만히 있어!' 하는 눈빛. 결국, 그녀는 포기하고 한숨을 내쉬었다. 저 황태자를 누가 말리겠는가?

'교수실로 돌아가서 잠시 쉬다가 밀린 논문이나 마무리 지어야겠구나.'

그러나 황태자는 그녀를 이대로 놔줄 생각이 전혀 없었다.

"그리고 엘리제, 너는 나를 따라온다."

"네? 어디로?"

"따라와라."

그는 그녀의 손을 잡고 어딘가로 이끌었다. 그렇게 엘리제는 린덴에게 납치당했다.

린덴이 그녀를 데려간 곳은 다름 아닌 그의 집무실이었다. 그의 성격처럼 마치 자로 잰 듯 깔끔한 방이었다. 심지어 수북하게 쌓인 서류조차도 질서를 이루고 있었다. 너저분한 엘리제의 교수실과는 완전히 다른 모습.

"전하? 이곳엔 어째서?"

엘리제는 그가 왜 자신을 이곳에 데려왔는지 의아해했다. 지난 삶, 부부로 지낼 때도 그의 집무실에 와본 적은 거의 없었다. 하지만 그는 눈이 묻은 코트를 란돌에게 넘기며 짧게 말했다.

"이곳에서 쉬어라."

"네?"

"내 옆에서 쉬어."

그러며 린덴은 입꼬리를 올렸다.

"그냥 놔두면 또 어딘가에서 일하려고 할 것 아닌가? 그러니 네가 쉬는 것을 내가 옆에서 두 눈으로 지켜봐야겠다."

"하지만……."

엘리제는 머뭇거렸다. 황태자의 집무실에서 쉬라니, 그게 말이 되는가? 물론 쉬자면 못 쉴 것은 없다. 저 옆에 침대만큼 포근해 보이는 소파에 누우면 될 테니까. 하지만 이곳이 황태자의 집무실이란 것과 그와 단둘이 한 방에 머물러야 한다는 사실이 그녀를 머뭇거리게 했다.

싫으냐고? 그런 것은 아니다. 다만 마음을 고백한 게 불과 어제 일이다. 그런데 곧바로 단둘이 한 방에 있어야 한다니. 무언가 간질간질한 느낌이 들면서 조금 민망했다.

린덴은 주저 없이 란돌에게 명했다.

"그녀가 쉴 수 있도록 따뜻한 담요를 가져오도록."

"네, 전하."

"따뜻한 것도 마시는 것이 좋겠어. 뭘 마시고 싶지, 엘리제?"

엘리제는 어쩔 수 없이 소파에 앉으며 말했다.

"코코아요."

"코코아?"

"네, 최대한 달게 해서요."

그 말에 황태자는 피식 웃었다. 예전부터 느끼는 거지만 그녀의 입맛은 참 어린애 같다.

"그래, 코코아. 따뜻하고 달게. 그리고 같이 먹을 수 있게 딸기 케이크도 좀 내와라."

린덴이 말했다. 엘리제는 그가 너무나 자연스럽게 자신이 가장 좋아하는 디저트를 말하자 잠시 놀랐으나 곧 고개를 끄덕였다.

그, 아니, '론'과 딸기 케이크를 먹으러 갔던 적이 한두 번이 아니었으니까.

'그런데 전하는 징표는 안 돌려주실 생각이실까?'

린덴이 론인 것은 알았으나, 그에 대해서 서로 이야기한 적은 없었다. 아직 차분히 그 이야기를 할 기회가 없었다. 뭐, 서로의 마음을 알았으니 그건 이제 중요한 문제도 아니었다.

'언젠가는 론에 대해 이야기할 기회가 오겠지. 징표는 어머니의 유품이니 돌려받았으면 좋겠지만.'

그것도 사실 큰 상관은 없었다. 다른 사람도 아닌 그가 가지고 있는 것이니까. 그러니 괜찮았다.

"뜨거우니 조심히 드십시오, 데임."

란돌이 웃으며 코코아와 케이크를 탁자에 두고 사라졌다. 그렇게 엘리제는 린덴과 단둘이 방에 남겨졌다.

'따뜻하네.'

란돌이 준 담요를 몸에 두르고, 김이 모락모락 올라오는 코코아를 마시니 왠지 마음이 따뜻해졌다. 그녀는 힐끗 책상에 앉아 서류를 보는 린덴을 보았다. 조각 같은 얼굴. 그렇게 거부하려고 했지만 결국 자신의 마음에 들어와 버린 사람. 이제는…… 자신이 사랑하는 사람.

'전하.'

그녀는 속으로 그를 불렀다. 단둘이 한 방에 있지만 걱정했던 것처럼 어색함은 없었다. 그냥 아늑한 마음이 들었다. 그의 얼굴을 이렇게 훔쳐보는 것만으로도 코코아에서 올라오는 김만큼이나 따뜻하고 간질간질한 기분이 들었다.

'앞으로 많은 일이 있겠지만.'

엘리제는 한숨을 삼켰다. 황제 민체스터가 자신에게 지나가듯 했던 부탁이 떠올랐다.

"앞으로 내게 어떤 일이 일어나더라도 말이야. 린덴을, 그리고 미하일을 잘 부탁하네."

'폐하께서는 앞으로 일어날 비극을 알고 있을까?'

엘리제의 얼굴이 슬퍼졌다. 그녀는 모든 것을 알고 있다. 앞으로 론도에 어떤 비극이 일어날지, 얼마나 많은 피가 흐를지.

'그리고 앞으로 난 어떻게 해야 하는 걸까, 그의 옆에 서서?'

엘리제의 가슴이 답답해졌다. 사실 말릴 수 없는 일이다. 그 비극이 어떤 이유로 일어나는지 너무나 잘 알고 있으니까. 하지만 이대로 그냥 모른 척하고 있어도 되는 걸까? 이전에는 그냥 외면했었다.

사랑하는 그의 뜻에 반하기 싫어서 그저 모른 척했다.

그러나 그게 과연 옳은 것일까? 무엇보다 그 비극을 일으킨 후, 평생을 바라던 복수를 한 후 황태자는 굉장히 괴로워했다. 그렇지 않아도 상해 있던 그의 가슴은 그 비극 이후 완전히 부서져 버렸다. 어머니와 누이를 위한 복수는 그에게 후련함이 아닌 처참함만을 안겨주었다.

'난 어떻게 해야 할까? 어떻게 그를 도와줄 수 있을까?'

그녀는 자신도 모르게 한숨을 내쉬었다. 그런데 그 한숨에 황태자가 그녀에게 고개를 돌렸다.

"몸이 많이 안 좋은가?"

"괜찮아요."

"그렇게 앉아 있지 말고 좀 누워서 한숨 자라."

하지만 그녀는 고개를 저었다. 그의 눈앞에서 어떻게 누워 있겠는가?

"괜찮아요. 이렇게 앉아 있는 것도 편해요."

"내 앞이라 불편해서 그런가? 상관없으니 편히 누워라."

"정말 괜찮아요."

거듭 권했으나 엘리제가 고개만 젓자 린덴은 못마땅하단 표정을 지었다.

"안 되겠군. 늘 말을 안 들으니."

"네?"

"혼을 내줘야겠어."

그는 보던 서류를 한 뭉치 집어 들더니 자리에서 일어났다. 엘리제는 도대체 뭘 하려는지 몰라 당황해 그를 올려다봤다.

"전하?"

린덴은 성큼성큼 다가오더니 그녀의 바로 옆에 털썩 앉았다. 그러고는 한 손으로 그녀의 어깨를 감싸더니 부드러운 동작으로 자신 쪽, 정확히는 허벅지 쪽으로 끌어당겼다. 그러자 그녀는 얼굴이 그의 다리를 베고 자연스레 눕게 되었다.

"……전하?!"

졸지에 황태자의 허벅지를 베고 눕게 된 그녀는 놀라 바동거렸다. 하지만 린덴은 고개를 숙이더니 그녀의 귓가에 대고 말했다. 귓불과 거의 밀착해서.

"가만히 있어라. 말을 안 듣는 벌이야. 그리고."

그는 나직이 입을 움직였다.

"움직이면 더 큰 벌을 주겠다. 예를 들면."

그러며 그는 고개를 좀 더 숙였다. 원래는 이렇게까지 할 생각은 없었으나 충동이 생긴 것이다. 그의 입술과 그녀의 귓불이 맞닿았고, 그 순간 그의 혀가 가볍게 그녀의 귓불을 훑고 지나갔다.

"……!"

그 생각지도 못 한 느낌에 엘리제의 몸이 뻣뻣이 굳었다. 쿵. 귀로부터 강렬한 전류가 흐르며 심장이 멎는 듯했다.

'이, 이게 도대체 무슨……?'

린덴도 본인이 저질러 놓고는 놀라긴 마찬가지였다. 이게 도대체 무슨 감각이지? 가슴, 아니, 온몸이 찌릿했다.

'엘리제.'

그는 타오르는 눈빛으로 자신에게 갇힌 초식동물을 바라봤다. 가지고 싶다. 저 앙증맞은 귓불을. 이렇게 감질맛 나게 스치는 것이 아닌 철저히 농락하고 싶었다. 어디 귓불뿐인가? 저 붉은 입술도 범하고 싶었다. 저 입술을 벌려 자신의 것으로 만들고 싶었다. 그렇게 입술부터 시작해 그녀의 모든 곳에 자신을 새겨놓고 싶었다.

"저, 전하……."

놀랐는지 살짝 떨고 있는 그녀의 몸이 그를 더욱 자극했다. 린덴은 앞뒤 안 가리고 그녀에게 입 맞추고 싶은 충동을 초인적인 인내심으로 참으며 말했다.

"이건 벌이니 가만히 있어라. 만약 또 바둥거리면."

"……!"

"이 정도로 끝내지 않겠다."

그 말에 엘리제의 몸이 부동자세로 굳었다. 이 정도로 끝내지 않겠다고? 그게 무슨 말이야?

'나, 나 괜찮은 걸까?'

그녀는 울상을 지었다. 마치 맹수의 아가리에 들어와 있다는 위기감이 들었다. 하지만 이미 그녀는 맹수에게 잡힌 초식동물이었다. 도망갈 방법은 존재하지 않았다. 그저 맹수의 처분을 기다릴 수밖에.

얌전해진 그녀를 보며, 린덴은 무언가 아쉬운 마음이 들었다. 이전부터 신경 쓰이는 저 붉은 입술, 바동거리면 저 입술에 그 벌을 주려고 했는데. 어쩔 수 없이 가져온 서류를 펼치며 말했다.

"난 여기서 일을 처리할 테니, 이대로 편히 쉬도록. 몸이 안 좋으니 눈을 붙이는 게 좋겠군."

그 말에 엘리제는 지극히 곤란한 마음이 들었다. 황태자의 다리를 베고 어떻게 자겠는가? 아니, 그런 걸 떠나 아까 전 귓불에 닿았던 그의 입술이 자꾸만 떠올랐다.

'이, 이런 상태로 잘 수 있을 리가 없잖아.'

결국, 그녀는 조심히 입을 열었다.

"전하…… 다리가 불편하실까 걱정이……."

린덴은 답했다.

"더 벌받고 싶나?"

그 말에 엘리제는 굳게 입을 다물었다. 벌? 도대체 무슨 벌? 혹시 지금 내가 상상하는 그런 벌?

'그, 그건 안 돼.'

지금도 가슴이 터질 것 같은데, 더 심한 벌을 받으면 못 버틸 것이다. 그녀는 속으로 떨리는 가슴을 부여잡으며 한숨을 내쉬었다.

'이전 삶에선 이렇지 않았는데.'

과거 그녀와 그는 부부였다. 사랑은 없었지만 신체적 접촉이 없었던 것은 아니다. 아니, 지금 이런 가벼운 터치와는 비교도 안 되는 농밀한 접촉이 수도 없이 많았다. 부부였으니까.

하지만 그때는 이렇지 않았다. 그가 정해진 날마다 자신을 안을 때도 이런 강렬한 느낌을 주지 못했다. 아니, 그때는 오히려 슬펐다. 사랑이 없는, 부부의 의무를 다하기 위한 행위였으니까. 그런데 지금은 이렇게 살짝살짝 닿는 것만으로도 정신을 차릴 수가 없었다. 심장이 멈춰 버리는 것 같았다.

'하아. 정신 차려, 엘리제.'

하지만 린덴은 그녀가 정신을 차릴 틈을 주지 않았다. 그의 손이 그녀의 머리 위에 올라오더니 부드럽게 머리카락을 쓰다듬기 시작한 것이다.

"……!"

"가만히 있어라."

그러며 낮지만 부드러운 음색으로 말했다.

"난 신경 쓰지 말고 편히 쉬어라."

엘리제는 깊은 숨을 삼켰다. 이러며 편히 쉬라는 게 말이 되는가? 물론 그의 손길은 부드러웠다. 지난 삶에서는 한 번도 느끼지 못한 따듯함과 부드러움이 전해졌지만 편하지는 않았다. 그 손길이 닿을 때마다 이상하게 가슴이 뛰었다. 아무래도 가슴이 고장 난 것 같다.

'정신 차려, 엘리제. 정신 차려.'

그녀는 그렇게 중얼거리며 정신을 차리려 했다. 물론 별 소용없었다. 그렇게 초식동물은 얼굴을 붉힌 채 꼼짝도 못 하고 맹수의 손길을 고스란히 느꼈다.

한편, 맹수 린덴도 정신을 못 차리는 것은 마찬가지였다.

'크리스, 그놈한테 한 소리 듣겠군. 오늘 안에 처리해야 하는데.'

서류의 글자가 하나도 눈에 들어오지 않았다. 아무리 집중하려고 해도 소용없었다. 오로지 뇌리에 들어오는 것은 자신에게 갇힌 그녀. 허벅지에 닿은 그녀의 감촉이 자꾸 그를 자극했다. 참기가 힘들었다. 그래서 마음을 안정시키기 위해 머리를 쓰다듬었다. 하지만 오히려 역효과. 손에 그녀가 닿을 때마다 가슴이 더욱더 타올랐다.

'엘리제.'

그는 그녀를 내려다보았다. 눈을 감은 엘리제가 발그레한 얼굴로 자신의 손이 닿을 때마다 눈썹 끝을 파르르 떨고 있는 게 보였다. 저 떨리는 눈가에 입술을 가져가고 싶었다. 그곳부터 시작해 천천히 내려가 저 붉은 입술을 범하고 싶었다. 미칠 듯한 충동. 하지만 그는 입술을 깨물며 그 충동을 참으려 노력했다. 당장 저 입술을 범하고 싶었다.

'참아. 놀랄 거야.'

아직은 너무 빠르다고 생각했다. 저 소녀는 분명 놀랄 것이다. 그런 생각으로 참으려 했지만 도저히 그 충동을 억누르기 어려웠다.

'하아.'

그는 자신이 이렇게 자제력이 없다는 사실에 놀랐다. 일평생을 참으며 살아왔건만 도대체.

그때 다행인지, 불행인지 똑똑 노크 소리가 들렸다.

"전하, 내무대신이 방문하였습니다. 들라 할까요?"

엘리제는 그 말에 화들짝 놀라 그에게서 벗어나려 했다. 하지만 그는 바동거리는 그녀를 손으로 안으며 말했다.

"가만히 있으라 했지?"

"하, 하지만 내무대신께서?"

"괜찮아. 어차피 내 것이 될 그대다. 무슨 상관이냐?"

내 것이 될? 그 말에 엘리제의 얼굴이 새빨개졌다. 그래도 포기하지 않고 반항했다.

"하지만 그래도 예법이……."

린덴은 피식 웃었다.

"예법? 그게 뭐지?"

'먹는 건가?' 하는 말투.

"황족에게 중요한 게 뭐지?"

"……."

"신민들을 위하는 능력이야. 예법은 그다음이고. 그리고 난 황태자로서 손색이 없지. 유능하니까. 그러니 예법은 조금 어겨도 돼."

그게 무슨 말도 안 되는 궤변인가! '말이 안 통하니 이길 수가 없다'란 명언처럼 하나도 논리적이지 않으니 엘리제는 일순 반박할 말을 잃었다.

린덴은 거침없이 밖을 향해 말했다.

"들어오라고 해라!"

"네, 전하."

문이 끼익 열리며 내무대신이 들어왔다.

"황태자 전하를 뵙습니…… 다?"

예를 올리던 내무대신은 황태자의 무릎을 베고 있는 엘리제를 보며 눈을 크게 떴다. 엘리제의 얼굴이 터질 것처럼 붉어졌다. 쥐구멍에 들어가고 싶을 만큼 부끄러웠다.

'아…… 진짜 미워.'

내무대신은 곧 정신을 차리고 부드럽게 웃었다.

"두 분이 사이가 좋으시군요. 전하와 비가 되실 분 사이의 금실이 이토록 화목하니 나라의 경사입니다."

나쁘게 보는 눈치는 전혀 아니었다. 당연했다. 다른 여인도 아니고 그녀가 누군가? 데임 클로랜스. 황태자와 결혼이 예정되어 있고, 현재 제국에서 가장 많은 존경을 받는 소녀였다. 그런 소녀가 자신의 주군인 황태자와 좋은 금실을 가지는 것은 환영할 만한 일이었다.

'아, 몰라.'

하지만 그 말을 들은 엘리제는 더욱더 얼굴이 화끈화끈해졌다.

반면 황태자는 뻔뻔하게 말했다.

"무슨 일인가?"

"아, 네. 지난번에 명하신 재무 지표 변동 사항에 대하여 보고드리러 왔습니다. 특별한 내용은 없습니다. 여기 변동 사항을 모두 적어두었으니, 가볍게 검토해 보시면 될 듯합니다."

내무대신은 빠르게 말을 마쳤다. 그 눈치 빠른 모습에 황태자는 흡족한 표정을 지었다.

"그래, 수고했네. 언제 식사라도 같이 한번 하지."

"네, 영광입니다, 전하. 소신은 이만 물러갈 테니 좋은 시간 되십시오!"

내무대신은 행복한 한때를 보내는 젊은 한 쌍을 보며 오늘은 자신도 일찍 퇴근해 부인과 알콩달콩한 시간을 보내야겠다는 생각을 하며 집무실에서 물러났다. 내무대신이 나간 후, 엘리제는 입을 다물었다. 황태자는 그녀를 불렀다.

"엘리제."

"……."

"엘리제?"

하지만 답이 없었다. 그는 눈썹을 찌푸렸다.

"엘리제? 왜 답이 없지?"

"……."

"방금 일로 기분이 상했나? 왜 그러지?"

그 말에 엘리제는 살짝 한숨을 내쉬었다. 기분이 상하진 않았다. 그가 자신을 원해서 그런다는 것을 아니 싫지 않았다. 하지만 엘리제는 어느 정도는 확실히 이야기할 필요가 있다고 느꼈다.

"……전하."

"왜 그러지?"

그녀는 조심히 그의 무릎에서 일어나 말했다.

"저 전하가 싫지 않아요."

아니, 정확히 말하면 좋아해요. 이렇게 손끝이 스치는 것만으로도 정신을 못 차릴 정도로. 그녀는 속으로만 그렇게 말했다.

"그래도 방금 같은 경우엔 조금 주위를 신경 써주셨으면 좋겠어요."

"……왜지?"

그녀는 고개를 숙이며 말했다.

"……부끄럽단 말이에요."

그 말에 린덴은 잠시 입을 다물었다. 엘리제는 혹시 그의 기분이 상했을까 봐 눈치를 봤다.

"죄송해요. 하지만 그래도 저…… 부끄러워서……."

그러나 린덴은 고개를 저었다.

"아니, 내가 미안하다."

그 사과에 그녀의 눈이 커졌다. 자존심이 강한 황태자다. 그런데 저런 선선한 사과라니?

"아, 아니에요. 그냥……."

"내가 내 생각만 해서 너를 배려하지 못한 것 같군."

그가 미안해하자, 엘리제는 괜히 자신이 더 미안해져 고개를 저었다.

"아니에요. 저도 싫지는 않아요. 그냥……."

그런데 그 말을 꺼낸 순간 황태자의 눈이 번뜩였다.

"싫지 않아?"

엘리제는 자신도 모르게 침을 꿀꺽 삼켰다. 나 지금…… 말실수한 건가? 그녀는 당황해 횡설수설했다.

"아니, 그게…… 둘이 있을 때면 몰라도 다른 사람 앞에서는……."

"그러니까 둘이 있을 때는 괜찮다는 거지?"

그게 왜 그런 말이 되는데?! 아니, 그런 뜻인 게 마, 맞긴 하지만!

그래도 그렇게 바라보면! 엘리제는 갑자기 이글이글 타오르는 그의 눈빛을 보며 자신도 모르게 뒤로 물러났다. 하지만 같은 소파 안에서 어딜 도망가겠는가? 더구나 그가 한 손을 들어 그녀가 도망 못 가게 머리 뒤를 감쌌다.

"엘리제."

"……전하."

자신을 향하는 맹수의 눈빛에 그녀는 가슴이 파르르 떨렸다. 그의 얼굴이 그녀를 향해 천천히 다가왔다.

"그러고 보니 아까 말했지?"

"무슨?"

"바동거리면 벌을 주겠다고."

"……!"

그는 낮게 말하며 더욱 다가왔다.

"벌을 받아야지."

점점 다가오는 그의 얼굴을 보며 그녀는 눈을 질끈 감았다. 나 어떻게 해야지? 그의 입술이 그녀의 입술 바로 앞에서 잠시 멈추어 섰다. 그의 입김이 입술로 느껴졌다.

"엘리제……."

낮고 달콤한 목소리에 엘리제의 몸이 살짝 떨렸다. 이대로 입맞춤을?

그런데 그 순간 한 가지 생각이 퍼뜩 들며 그녀는 급히 고개를 저었다.

"안 돼요!"

"……뭐지?"

린덴은 와락 인상을 구겼다. 그녀는 사과처럼 붉어진 얼굴로 허겁지겹 말했다.

"감기 옮아요."

"감기?"

"네, 지금 입…… 그러니까…… 그걸 하면 감기 옮을 거예요. 절대 안 돼요."

린덴은 피식 웃었다.

"괜찮다. 그대의 감기면 옮아도 돼."

그러며 다시 다가오는 그의 얼굴에 엘리제는 고개를 저었다. 이전과 다르게 완강한 거부였다.

"절대, 절대로 안 돼요."

그렇지 않아도 단둘이 한 방에 있어 감기를 옮길까 걱정되던 차였다. 입맞춤하면 무조건 감기를 옮기게 될 것이다. 자신 때문에 그가 아프게 되다니, 그건 죽어도 싫었다.

그녀가 정말로 거부하는 것을 깨달은 황태자는 얼굴을 찌푸렸다. 그따위 감기, 걸려도 상관없는데!

"너한테서 옮는 감기는 기쁘게 걸릴 수 있다."

"그게 무슨 말도 안 되는 소리세요? 절대 안 돼요."

린덴은 한숨을 내쉬었다.

"그러면? 감기가 나으면 괜찮은 건가?"

별 기대 없이 던진 질문. 고개를 끄덕일 거라고는 당연히 생각지 않았다. 그런데 의외의 답이 돌아왔다.

"그…… 네."

"……!"

린덴이 놀라 그녀를 바라보니 엘리제가 얼굴을 사과처럼 붉힌 채 시선을 피하고 있었다.

그녀는 떠듬떠듬 말했다.

"스…… 승전식쯤엔 감기가 다 나을 테니……."

"그러면 승전식 날엔 괜찮다는 건가?"

린덴이 활화산 같은 눈빛으로 말했다. 엘리제는 뭔가 큰 실수를 한 것 같은 기분이 들었다.

"아니…… 그러니까 감기가 나으면……."

"그래, 승전식 날. 알겠다."

린덴은 '승전식 날'이란 단어를 몇 번이고 되뇌었다. 뭔가 승전식 날 해가 밝자마자 사고를 칠 것 같은 말투였다. 참고로 승전식은 며칠 남지 않았다.

"아, 아니. 꼭 그날을 말하는 것이 아니라……."

"그래, 알겠다."

하지만 전혀 알아듣는 눈치가 아니었다. 엘리제의 얼굴이 귓불까지 터질 것처럼 붉어졌다. 지금 내가 무슨 사고를 친 것이지?

그런 그녀를 보며 린덴은 피식 웃었다. 저렇게 귀엽게 얼굴을 붉히면 자꾸 괴롭혀지고 싶지 않은가? 원래는 이쯤 하려 했으나 더 그녀를 괴롭히고 싶어졌다.

"그러면 벌은 어떻게 할 거지?"

"네, 벌이요?"

"바동거리면 벌을 받기로 했잖아."

무슨?! 엘리제는 말도 안 된다는 눈빛을 보였으나, 그는 맹수이자 폭군이었다. 씨익 입꼬리를 올리며 그녀를 바라볼 뿐이었다. 그녀는 울상을 지었다. 도대체 내가 어쩌다 이런 신세가 된 거야?

"어떻게 할 거지?"
"뭐, 뭘요?"
"벌 말이야."
"몰라요."
"몰라? 그러면 아까 하려던 것을 그대로 하면 되겠군."
오히려 마뜩해하며 자신에게 다가오려 하자 그녀는 화들짝 고개를 저었다.
"안 돼요! 입맞춤은 절대 안 돼요."
"그러면?"
엘리제는 정말 울 것처럼 울상을 지웠다. 미웠다. 그런 그녀를 보며 황태자는 피식 웃었다. 왜 이렇게 귀엽고 사랑스러운지. 멈춰야 하는데 도저히 멈출 수가 없다. 더, 더 괴롭히고 사랑하고 싶었다. 품에서 놔주고 싶지 않았다.
"알겠다. 그러면 이렇게 하지."
"네?"
"입맞춤은 네 말대로 기다릴 테니, 대신."
엘리제는 그가 과연 무슨 말을 할까 마음을 졸였다. 린덴은 씨익 웃으며 짓궂게 말했다.
"네가 내 볼에 입을 맞춰주면 되겠군."
"……!"
"그건 감기를 옮길 일도 없지 않은가?"
엘리제의 얼굴이 하얘졌다. 지금 나 보고 볼에 입을 맞추라고? 모, 못 할 거야 없지만.
'미워. 정말 미워.'

지금껏 그를 보고 싶어 했던 것 취소. 가슴 떨려 했던 것 취소. 마음 고백했던 것 모두 취소! 물론 싫은 것은 아니지만…… 어쨌든 미웠다.

"하, 한 번만이에요."

엘리제는 눈을 질끈 감았다. 그녀의 얼굴이 다시 사과처럼 붉어졌다. 그리고 천천히 그의 볼에 입술을 가져갔다. 그녀의 입술과 그의 차가운 볼이 닿았고, 정전기가 일어나는 듯한 느낌에 놀라 엘리제는 화급히 입술을 떼었다.

"돼, 됐죠?"

린덴도 놀라 자신의 볼을 만졌다. 이게 도대체 무슨 느낌이지? 입술끼리 닿은 것도 아니고 겨우 볼에 닿은 것이건만, 마치 달콤한 꿈을 꾼 것처럼 몽롱했다. 그는 자신도 모르게 중얼거렸다.

"부족한데?"

엘리제는 결국 빽 소리를 질렀다.

"뭐예요! 이제는 정말 몰라요!"

그 반응에 린덴은 소리 내어 웃음을 터뜨렸다. 그녀가 너무나 사랑스러워 견딜 수가 없어 와락 껴안았다. 갑작스러운 포옹에 놀란 엘리제가 그를 불렀다.

"전하?"

린덴이 나직이 말했다.

"사랑한다."

그 말에 엘리제의 눈동자가 흔들렸다. 그가 다시 말했다.

"사랑한다, 엘리제."

짧지만 깊은 목소리. 내 목숨보다도 너를 사랑해. 그는 그녀의 귓가에 대고 계속해서 속삭였다.

"난 너와 함께하고 싶은 게 많다. 아침에 일어날 때마다 네 얼굴을 보고 싶고, 식사도 매끼 같이 먹고 싶으며, 차도 함께 마시고 싶다. 그리고 맛있는 디저트도 함께 먹고 싶고, 예쁜 길을 손잡고 걷고 싶고, 재미있는 공연도 보고 싶어. 바로 너와 함께. 영원히 너와 함께하며 모든 것을 같이하고 싶으니, 절대 너를 놓아주지 않을 거다. 그러니 각오해."

낮지만 달콤한 목소리. 그의 사랑 고백을 듣는 순간, 왜일까?

뚜욱.

엘리제의 눈동자에서 한 방울 눈물이 흘러내렸다.

'아……?'

그녀는 당황해 눈물을 닦았다. 왜 눈물이? 하지만 그 눈물은 멈추지 않았다. 계속해서 뚝뚝 떨어졌다.

"엘리제?"

린덴은 갑자기 엘리제가 울자 당황했다. 엘리제는 허겁지겁 눈물을 닦으며 고개를 저었다.

"왜 갑자기? 혹시 내가 무슨 잘못이라도 한 것이냐?"

"아무것도 아니에요."

자신의 눈물을 보며 당황하는 그를 보자 그녀는 왜 자신이 눈물을 흘렸는지 깨달았다. 행복했다. 그와 함께하는 이 순간이, 자신을 향해 웃어주는 그를 보는 것이 가슴이 터질 것처럼 행복했다. 지난 삶 그토록 바라던 행복.

'앞으로 그와 내 앞에 무슨 일이 펼쳐질지는 모르지만.'

그와 자신 앞에는 장밋빛 미래만 남아 있지는 않을 것이다. 그가 속에 어떤 상처를 안고 있는지 알고 있으니까. 하지만 이 순간만큼은 너무나 행복했다.

'앞으로도 계속 행복했으면.'

그런 마음을 담아 엘리제는 그에게 미소를 지었다. 눈물을 흘려 추할지도 모르겠지만 그녀는 기꺼이 웃었다.

"저도요, 전하."

"……!"

뚝. 다시 눈물이 흘렀다. 그래도 그녀는 더욱 짙게 웃었다. 그를 향해.

"영원히 함께 행복했으면 좋겠어요."

사랑해요. 그러며 그녀는 속으로 기도했다. 그와 내 앞에 행복한 축복이 가득하길. 그리고 그의 상처가 따뜻해지길. 그렇게 그녀는 간절히 빌었다.

25장

첫 키스

며칠 동안 눈보라가 매섭게 몰아치며 강추위를 보였던 늦겨울 날씨가 조금씩 풀리기 시작했다. 황궁 곳곳에 눈이 녹은 자리마다 어느새 봄기운이 스멀스멀 올라오고 있었다. 그리고 드디어 린덴이 학수고대하는 승전식 날이 다가왔다.

론도 시민들은 서로 들뜬 얼굴로 대화를 나누었다.

"오늘 드디어 개선식이구나."

"그래, 구경 가야지. 가게 문도 다 닫았다고."

"대경기장 가서 전공 포상식도 구경할 거지?"

"가야지. 평생 한 번 볼까 말까 한 광경인데."

전 세계에 영향력을 행사하는 브리티아 제국은 크고 작은 전쟁이 잦았다. 하지만 이번 크림전쟁처럼 수십만 단위의 대규모 병력이 동원되었던 전쟁은 굉장히 오랜만이었다. 비교적 최근의 앙젤리 전쟁도 십만 단위가 충돌했을 뿐이다. 특히 숙적인 프랑소엔 공화국에 이토록 큰 승리를 거둔 것은 거의 처음. 그것도 가히 압도적이란 단어가 어울릴 정도의 대승이었다. 그런 만큼 이번 승전 기념식을 맞는 시민들의 표정은 크게 들떠 있었다.

"과연 이번 전쟁의 최고 전훈자(戰勳者)는 누구일까?"

"글쎄, 당연히 총사령관인 황태자 전하와 부총사령관인 맥가일 원수 아니야?"

"그거야 당연한 거고. 그다음 순위 말이야."

시민들의 관심이 오늘의 하이라이트인 전공 포상에 쏠렸다. 전쟁 중 공훈을 따져 최상위 10명에게 황제가 직접 내리는 황실십자훈장! 누가 과연 그 영광의 주인공이 될까?

"글쎄, 클로랜스가의 대공자?"

"아, 새로 총기사단의 단장이 된 그분? 그분도 유력하지. 하지만 내가 군부에 있는 친척에게 듣기로는 다른 사람이라고 하던데?"

"누구? 3함대의 사령관 루이스 후작? 아니면 여러 성을 함락시킨 라이트 후작?"

대화를 나누던 남자는 고개를 저었다.

"물론 그분들도 10인에 들어가긴 하겠지. 하지만 전공 서열 1위는 아니야."

"그러면 전공 서열 1위는 누군데?"

남자는 씨익 웃으며 말했다.

"놀라지 말라고. 그 주인공은……."

그에게 전공 서열 1위의 정체를 들은 이는 깜짝 놀랐다.

"아니, 그게 정말이야? 정말 그분이?"

"그렇대도. 나도 듣고 놀랐어. 하지만 그분이 세운 공을 하나하나 듣고 보니 그럴 만하더라고. 패전이 될 뻔한 전쟁을 몇 번이나 뒤엎은 것이니까."

"하, 그렇군. 역시."

시민들은 고개를 끄덕였다.

"어쨌든 몇 시간 후면 승전 기념식과 개선식이 시작되니, 그때 같이 가서 보자고."

"그래."

한편, 마차 안에서 시민들의 대화를 듣고 인상을 찌푸리고 있는 중년의 귀족이 있었다.

'제길.'

메기 같은 인상. 귀족파 서열 2위의 상원위원장인 메르키트 백작이었다. 그가 속으로 욕설을 내뱉는 이유는 얼마 전 입수한 전공 서열에 대한 내용 때문이었다.

'전하께서 서열 1위가 아니라니.'

검기사단의 단장인 3황자 검제 미하일이 이번 전쟁에서 세운 공은 무수히 많았다. 그럼에도 총사령관과 부총사령관을 제외하고 따진 실질적 전공 순위 1위가 마하일이 아니었다. '그 인물'에게 밀린 탓이다.

메르키트 백작은 한숨을 내쉬었다.

'또 황태자의 지지율만 올라가겠군.'

사실 미하일이 전공 서열 1위를 못 한 것은 큰 문제가 아니었다. 전공 서열이 학교 시험 등수도 아니니까. 큰 공을 세웠으면 됐지 1위를 하든 2위를 하든 그게 무슨 상관이겠는가. 문제는 실질적 전공 서열 1위를 차지한 인물의 정체 때문이었다.

'골치 아프군. 어떻게 손을 쓸 수도 없고.'

그는 자신의 주군, 미하일의 경고를 떠올렸다.

"왜긴? 내가 그녀를 사랑하니까 그렇지."

메르키트는 한숨을 내쉬었다. 이번 승전 기념식에서 모두의 예상을 깨고 실질적 전공 서열 1위에 오를 주인공. 그건 다름 아닌 등불을 든 여인, 엘리제 드 클로랜스였다. 다시 한 번 그녀의 이름이 온 론도를 진동시키게 생겼다. 그게 귀족파 메르키트의 마음을 무겁게 했다. 그녀의 명성이 올라가는 것은 황태자의 지지율이 올라가는 것과 다름없었기 때문이다.

승전 기념식은 론도 근교의 대경기장에서 진행됐다. 2,000여 년 전, 서대륙을 통일한 라틴족이 세운 대경기장은 수만 명의 인원을 수용할 수 있을 만큼 큰 규모라서 국가의 대규모 행사는 대부분 이곳에서 이루어졌다.

짜앙!

군악대의 징 소리와 함께 엄정한 제식을 펼치며 제국 근위대가 입장하기 시작했다.

타앙! 타앙!

허공에 터지는 축포 소리와 군악대의 화려한 음악 소리에 시민들이 환호성을 질렀다.

"와아!"

"브리티아 제국 만세!"

그리고 이 승전 기념식의 하이라이트, 전공 포상식에 참석할 인원들은 경기장 내부에서 대기 중이었다.

"엘리제, 몸은 괜찮으냐?"

"네, 아버지. 괜찮아요."

엘리제는 한결 좋아진 얼굴로 웃으며 고개를 끄덕였다. 그녀는 오랜만에 제국군 제복을 입고 있었다.

재상 엘 후작은 감회가 어린 얼굴로 딸을 바라봤다. 2년 전만 해도 맨날 말썽만 피우던 딸이 전쟁에 나가 이렇게나 큰 공을 세워 전공 포상식의 주인공이 되다니.

'물론 그때로 다시 돌아간다면 절대 위험한 전쟁에 참전시키지 않겠지만.'

딸은 전쟁에 참전해 포로로 잡혀간 후 총상을 입었다. 의식을 잃은 딸을 봤을 때 얼마나 참담했는지. 그래도 이 순간만큼은 기뻤다. 딸이 공을 인정받아 큰 상을 받는 것이니까.

'아니, 황실십자훈장은 단순히 상이란 단어로 넘길 영광이 아니지.'

황실십자훈장!

브리티아 무공 훈장이라 불리는 그 훈장은 3대에 걸쳐 자랑할 만한 큰 영광이었다. 더구나 오늘 황실십자훈장을 받는 것은 엘리제뿐만이 아니었다. 큰아들 렌도 전공 서열 10위 안의 전훈자로 선정돼 황실십자훈장을 받기로 예정되어 있었다. 딸과 아들이 모두 커다란 훈장을 받는, 그야말로 가문의 영광이었다. 아버지로서 엘은 괜히 가슴이 시큰해져 하늘을 바라봤다.

'보고 있소, 테레사? 우리 자식들이 이렇게 자랑스럽게 자랐다오.'

엘은 감상적으로 변하는 마음을 추스른 후 딸에게 말했다.

"그래, 이제 곧 전공 포상식이니 잘하고. 나는 그만 폐하 곁으로 올라가 봐야겠구나."

엘리제가 웃으며 고개를 끄덕였다.

"네, 아버지."

아버지가 단상을 향해 사라지자 엘리제도 감회가 어린 얼굴로 대경기장을 바라봤다.

'여기도 오랜만이구나. 이전 삶, 마지막 순간에 이곳에 왔었는데.'

좋은 일로 온 것은 아니었다. 그녀가 단두대에 처형당했던 곳이 바로 이곳이었으니까. 이전 처형당했던 곳에서 큰 상을 받게 되다니 묘한 기분이 들었다.

"죽어라, 악녀!"

당시 자신을 향해 퍼붓던 증오의 말이 떠올랐지만 그녀의 얼굴은 담담했다. 이제 그것은 과거의 일이다. 똑같이 황후가 되어도 이번 삶은 전혀 다를 테니까.

그때 중저음의 목소리가 그녀를 불렀다.

"엘리제, 뭐 하고 있지?"

"아, 전하."

조각 같은 얼굴이 그녀를 향해 웃고 있었다. 그 부드러운 미소를 본 순간, 엘리제의 마음이 따뜻해졌다. 자신에게 단두대의 칼날을 내렸던 이. 하지만 이제는 따뜻하게 웃어주는 이. 그리고 자신의 마음에 들어온 이. 린덴이었다.

"몸은 괜찮은가?"

"네, 괜찮아요."

"다 나은 건가?"

엘리제는 고개를 끄덕였다. 감기는 말끔히 나은 상태다.

"많이 걱정했는데 다행이군. 그런데."

황태자가 묘한 눈빛으로 그녀를 바라봤다.

"그러면 그때의 약속을 지킬 수 있는 건가?"

"네? 무슨 약속?"

엘리제는 의아한 표정을 지었다. 그러다 그의 강렬한 눈빛을 보고 한 가지 사실을 떠올렸다. 그녀의 얼굴이 갑작스레 화악 붉어졌다. 엘리제가 그에게 했던 약속, 아니, 정확히 말하면 그건 약속도 아니었다.

"잊지 않고 있겠지?"

린덴은 웃었다. 그 웃음은 이런 말을 담고 있는 듯했다.

'네가 이야기했던 승전 기념식 날이 되었으니, 네게 입 맞춰도 되는 거겠지?'

그녀는 붉어진 얼굴로 시선을 피했다.

승전 기념식의 하이라이트는 두 가지였다. 전공을 세운 전훈자들의 포상식과 곧바로 이어지는 전쟁 영웅들의 마차 거리 행진.

그 첫 번째 하이라이트인 포상식이 진행되고 있었다.

"렌 드 클로랜스. 로열 나이츠인 총기사단의 신임 단장으로 코프스크 대회전, 잔코이 탈환전, 사캬 회전, 심페폴 공방전, 빌로히르스크 회전 등에서 세운 공을 인정하여 황실십자훈장과 특별 포상으로 일 계급 특진을 명하노라."

먼저 클로랜스 가문의 대공자인 렌이 황제 앞에서 무릎을 꿇고 훈장을 받았다.

"와아!"

제국 최고의 영예를 나타내는 무공 훈장 수여에 군웅들이 큰 함성을 지르며 축하해 주었다. 렌은 훈장과 더불어 특별 포상을 받고 단상에서 물러났다. 이로써 그는 대령 계급에서 한 계단 올라 준장이 되었다. 청년 장성이 된 것이다.

그다음은 루이스 후작. 그는 제국 3함대의 사령관으로 황태자의 명을 따라 반도 이남을 점령한 공으로 훈장과 특별 포상을 받았다.

"와아!"

"브리티아 만세!"

다음은 보크네 요새를 비롯한 여러 성을 점령한 라이트 후작. 그렇게 전공 순위에 따라 이름이 호명되었고, 한 명 한 명 단상으로 나와 우레와 같은 박수와 함께 영광된 훈장과 특별 포상을 받았다.

"다음은 전공 서열 4위."

이윽고 4위의 순서가 왔다. 관례적으로 1위와 2위는 총사령관과 부총사령관의 몫이니 4위면 그들을 제외하고 실질적인 전공 서열 2위였다.

"미하일 드 로마노프 중장."

황제가 그 이름을 불렀다. 곧 대기석에서 화사한 외모를 지닌 3황자가 일어났다.

"와아! 검제!"

"검제 만세!"

"3황자 만세!"

아까 다른 훈장 수훈자들과는 비교도 안 되는 커다란 함성이 터졌다. 평소의 그를 향한 시민들의 인기를 알 수 있었다.

자신 앞에 무릎 꿇은 3황자를 본 황제의 눈에 남모를 애잔함이 스쳐 지나갔다.

"미하일 드 로마노프. 검기사단의 단장이자 로마노프 황실의 황자로 참전. 젤레스크 전투, 오르키제 회전, 코프스크 대회전, 카호카 공방전, 헤르손 전투, 바쉬탄카 전투, 노바사 공성전……."

황제의 입에서 수많은 공이 나열되었다. 미하일은 일선 기동 전투부대의 지휘관으로 수없는 전투에 참가했고, 그때마다 공을 세웠다. 가히 검제의 위명에 걸맞은 전공들이었다.

"등의 공으로 황실십자훈장을 내리노라."

"감사합니다."

미하일은 고개를 숙여 훈장을 받았다. 다른 이들은 상금이나 계급 특진 등 추가적인 포상을 받았지만 황족인 만큼 특별 포상은 없었다.

미하일이 물러나려는 순간, 민체스터가 나직이 말했다. 다른 이들에게는 들리지 않는 조용한 목소리였다.

"미하일."

"네, 아바마마."

"잘 지내고 있느냐?"

황제가 아닌 아버지로서 아들에게 건네는 안부였다. 아버지의 물음에 아들은 고개를 끄덕였다.

"네, 건강히 지내고 있습니다."

"그래, 다행이구나. 가끔은 내 궁에도 찾아오너라. 차나 한잔 마시자꾸나."

"그렇게 하겠습니다."

짧은 대화를 나눈 후, 미하일은 등을 돌려 단상에서 내려갔다.

마지막 대망의 3위가 남았다. 1, 2위가 총사령관과 부총사령관의 몫이니 3위가 그들을 제외하곤 실질적인 전공 서열 1위의 주인공이었다.

과연 누가 될 것인가. 시민들은 모두 침을 삼키며 발표를 기다렸다. 이윽고 황제 민체스터가 그 주인공의 이름을 불렀다.

"엘리제 드 클로랜스 대령."

그 호명과 함께 붉은 제복을 입은 하얀 소녀가 자리에서 일어났다.

대경기장의 모두가 놀라 그 소녀를 바라봤다. 저 소녀가 전공 서열 3위의 주인공이라고? 하지만 놀람도 잠시, 곧 어마어마한 함성이 울려 퍼졌다.

"와아! 데임 클로랜스!"

"등불을 든 여인 만세!"

"황태자비 만세!"

"와아! 퍼스트레이디! 마이 레이디!"

그야말로 대경기장이 떠나갈 것 같은 함성이었다. 아까 전 미하일이 받던 환호를 훌쩍 압도하는 크기였다. 시민들 모두 저 소녀가 전쟁에서 어떤 일들을 해냈는지 알고 있었다. 특히 전쟁에 참전했던 병사들은 소녀가 저 여린 몸으로 자신들에게 어떤 헌신을 했는지, 어떤 고락을 함께 나누었는지 똑똑히 기억하고 있었다. 그들에게 엘리제는 단순한 예비 황태자비가 아니라, 자신들의 앞을 밝혀준 등불을 든 여인이었고, 마음속 마이 레이디였다.

소녀가 자신의 앞에 무릎을 꿇자 민체스터가 가만히 웃으며 말했다.

"엘리제 드 클로랜스. 클로랜스 후작가의 영애이자 예비 황태자비의 신분으로 전쟁에 참전. 초대 의무사령관으로 임명."

황제는 그녀의 공을 낭독했다.

"전쟁 초기 몽셀 왕국의 준동을 간파하여 2군단의 고립을 막고, 의무사령관으로 의료 개혁을 시행하여 부상자들의 사망률을 20배 이상 감소시킴. 또 코프스크 대회전 시 적의 계략을 간파하여 대승을 이끎. 그리고 공화국의 전염병 전파 작전 시 의무사령관으로 대응하여 전염병을 차단하는 공을 세움."

다른 수훈자들에 비하여 공적의 숫자가 많지는 않았다. 하지만 하나하나가 모두 어마어마했다. 그녀가 세운 공 중 하나라도 없었으면 공화국에 압도적인 대승을 거두지 못했을 것이다. 특히 코프스크 대회전이나 전염병 같은 경우는 그녀가 없었다면 패전으로 이어졌을지도 모른다.

"상기 공으로 황실십자훈장을 내리노라."

"감사합니다."

엘리제는 공손히 고개를 숙였다. 수만 군중 앞에 섰음에도 떨림 없는 의젓한 태도. 역시 엘리제다웠다. 민체스터는 흐뭇한 얼굴로 그녀를 바라봤다. 그리고 그는 그녀가 받을 추가적인 포상을 말했다.

"또한, 상기 공으로 엘리제 드 클로랜스에게 계승 자작의 위(位)와 크로머 지역을 봉토로 내리노라."

자작, 아니, 여자작.

이로써 엘리제는 성 앞에 레이디를 붙일 수 있는 작위의 주인이 되었다. 단순한 귀족가의 아가씨를 뜻하는, 이름 앞에 레이디를 붙이는 '레이디 엘리제'나 준작위인 '데임 클로랜스'가 아닌, 오롯이 한 작위의 여주인을 뜻하는 '레이디 클로랜스'가 된 것이다.

더구나 봉토는 봉건제가 몰락한 후, 황실이 귀족에게 영지를 내리는 경우는 극히 드물었다. 특히 크로머 지역은 황실 직영지로 있던 동부 해안가의 풍광 좋은 휴양지였고 굉장한 가치를 지니고 있는 땅으로, 그녀의 공이 워낙 컸기 때문에 상급으로 내린 것이다.

"공에 비해 과분한 상에 감사합니다."

엘리제는 당황하지 않고 감사를 표했다. 모르고 있었다면 생각지도 못 한 작위 수여와 봉토에 놀랐을지도 모르지만 이미 사전에 이야기를 들었던 상태였다. 그리고 그 포상 수여가 끝나자 다시 우레와 같은 박수가 대경기장을 흔들었다.

"우와아!"

"등불을 든 여인 만세!"

"황태자비 만세!"

"레이디 클로랜스! 레이디 클로랜스!"

군웅들은 그녀의 새로운 호칭인 '레이디 클로랜스'를 연호했다. 상이 과하다 생각하는 이는 아무도 없었다. 그녀가 아니었다면 공화국에 이런 대승은 불가능했다. 이겼어도 어마어마한 피해를 입었을 것이다. 어쩌면 졌을지도 모른다. 그리고 무엇보다 소녀는 '등불을 든 여인'이다. 바로 자신들과 함께 울고 웃은, 그들이 가장 사랑하는.

시민들은 마치 자신이 상을 받은 것처럼 기뻐하며 환호를 했다. 그 환호에 엘리제는 단상에서 몸을 돌려 군웅들을 바라보았다. 가슴이 먹먹했다. 이전 삶, 바로 이곳에서 욕을 들으며 단두대에 처형당했다. 그런데 똑같은 자리에서 이런 환호라니, 감동이 거센 파도처럼 밀려왔다.

'앞으로도 잘하자.'

이제 자신은 퍼스트레이디가 될 것이다. 그리고 많은 일을 겪을 것이다. 하지만 과거와는 다를 것이다. 그녀 스스로가 다른 걸음을 걸을 테니까. 잘할 수 있을 거라 자신할 수는 없어도 그래도 최선을 다할 테니까. 그런 마음을 담아 엘리제는 허리를 숙였다.

"감사합니다."

"와아! 레이디 클로랜스 만세!"

"만세! 황태자비 만세!"

그렇게 귀가 얼얼한 함성이 계속해서 이어졌다. 그 함성은 그녀가 단상에서 내려간 다음에도 멈추지 않아, 잠시 포상식을 멈춰야 하는 해프닝이 일어났다.

"크흠, 다음은 맥가일 원수."

이어 부총사령관인 맥가일 원수의 차례. 군부의 전설적인 인물인 그는 이런저런 훈장까지 합쳐 벌써 14번째의 훈장 수여였다. 정복 여기저기가 훈장으로 가득했다.

"감사합니다, 폐하."

그리고 마지막은 린덴. 총사령관이었던 만큼 공도 어마어마했다. 그런데 군웅들의 환호가 이상했다.

"황태자 만세!"

"총사령관 만세!"

이런 의례적인 연호 말고 다른 연호가 압도적으로 더 많았다.

"휘잇! 세기의 로맨티스트 만세!"

"로! 맨! 티! 스! 트!"

그 함성을 들으며 엘리제는 얼굴을 붉혔다. 그녀가 사막의 전갈에게 잡혀갔을 때 그녀를 구하러 홀로 적진에 난입한 것 때문에 그러는 것이다. 총사령관으로서는 부적절한 행동이었지만 많은 사람의 가슴을 울리게 한 일이었다. 제국을 물려받을 지고한 신분으로 사랑하는 연인을 위해 목숨을 걸다니, 어찌 감동하지 않겠는가? 듣자 하니 당시의 일을 극으로 꾸미려는 작가도 있다고 한다. 그리고 환호성 중에는 이런 외침도 섞여 있었다.

"등불을 든 여인을 꼭 행복하게 해라!"

"울리면 가만 안 둔다!"

"부럽다!"

황실 모독죄에 가까운 발언들이 섞여 있었던 것 같지만 즐거운 축제일. 다들 대수롭지 않게 웃으며 넘어갔다.

그렇게 첫 번째 하이라이트인 전공 포상식이 끝났고, 곧바로 두 번째 하이라이트, 참전 영웅들의 마차 거리 행진이 이어졌다.

"레이디 클로랜스."

지붕이 뚫린 마차 위에서 황태자가 그녀에게 손을 내밀었다. 원래 선두 마차에는 부총사령관인 맥가일과 함께 타야 하는 것이었지만 특별히 예비 황태자비인 그녀가 동승하기로 했다.

"조심히 올라오도록."

"네, 전하."

린델은 부드럽게 그녀를 끌어 올렸다. 그의 손이 허리를 감싸자 그녀는 살짝 얼굴을 붉혔다. 손이 닿은 곳이 뜨거웠다. 더구나 마차에 올라와서 보니 의례용 가두 마차인지라 공간이 좁았다. 어쩔 수 없이 그와 계속해서 몸이 맞닿아 신경이 쓰였다.

"감기 나은 지가 얼마 안 됐는데, 힘들지는 않나?"

"네, 괜찮아요."

그녀는 최대한 그를 신경 쓰지 않으려 애쓰며 대답했다.

"이대로 선 채 론도 대광장까지 간 후, 황궁으로 들어갈 거다. 꽤 걸릴 거야. 중간에 앉을 수도 없으니 힘들면 나한테 기대도록."

낮지만 따뜻한 음성. 린덴은 행여나 그녀가 무리할까 걱정하고 있었다.

"괜찮아요."

곧 마차가 출발하였다. 그들이 탄 마차 뒤로 여러 전훈자가 탄 마차가 뒤를 이었고, 마지막으로 로열 나이츠인 총기사단의 정예가 말을 타고 따랐다.

"와아! 브리티아 만세!"

"로마노프 만세!"

대경기장에 있던 시민들이 열렬한 박수로 그들의 행진을 환송했다. 마차는 대경기장을 나와 론도 시내로 접어들었다. 거리 행진 코스에 미리 대기하고 있던 시민들이 준비하고 있던 꽃을 던지며 그들을 맞았다.

"와아!"

여러 전쟁 영웅이 있었지만 시민들의 관심이 집중된 것은 단연 선두의 황태자와 예비 황태자비 엘리제였다. 공적도 공적이었지만 그녀가 잡혀갔을 당시 서로를 위해 목숨을 걸었던 이야기는 수많은 시민의 가슴을 울렸다.

황태자는 그녀를 위해 홀로 적진에 뛰어들었고, 그녀는 마지막 순간, 그를 위해 몸을 던져 총알을 막았다. 어찌 아름답지 않은 이야기겠는가? 그런 둘이 개선식 행진 선두에 서 있으니 이목이 쏠리지 않을 수가 없었다. 특히 여인들의 환호는 상상을 초월했다.

"황태자 전하 만세!"

"황태자비 만세!"

"잘 어울린다!"

"행복하세요!"

엘리제는 선두에 서서 어색한 미소를 지으며 손을 흔들었다. 환호를 받을 거라 생각은 했지만 예상했던 거와 조금 종류가 달랐다. 마치 모르는 사람이 보면 개선식 행진이 아니라 약혼 기념 행진으로 보일 정도의 외침이었다.

'전하께서는?'

엘리제는 힐끗 린덴을 바라봤다. 그는 조각 같은 얼굴에 속을 알 수 없는 무뚝뚝한 표정이었다.

'무슨 생각을 하고 계실까?'

원래부터 남 앞에 나서는 이런 행사를 좋아하지 않으니 불편해하고 있을지도 모르겠다.

'전하.'

이전부터 느꼈던 것이지만 그의 얼굴은 참 잘생겼다. 마치 천상의 조각 같다고나 할까? 그가 마음속으로 들어와서인지, 최근에는 더욱 아름답게 느껴졌다.

'전하. 린덴.'

그녀는 속으로 그의 이름을 불렀다. 이렇게 그의 옆에 서서 거리 행진을 하고 있다니, 왠지 꿈을 꾸고 있는 것 같았다.

그때, 그가 고개를 돌리며 물었다.

"왜 자꾸 보는 것이지?"

그 물음에 그녀가 살짝 얼굴을 붉혔다. 너무 티 나게 쳐다봤나 보다.

"그냥…… 요."

그만 머쓱해진 엘리제는 고개를 돌려 다시 시민들을 바라봤다. 그런 그녀를 보며 린덴은 인상을 찌푸렸다. 하지만 특별히 더 입을 열지는 않았다. 대신 다른 형태로 그는 자신의 감정을 전해 왔다.

"……!"

엘리제는 순간 눈을 크게 떴다. 그의 왼손이 옆에 있던 자신의 오른손을 잡았던 것이다. 놀랐으나 손을 빼진 않았다. 분명 그의 손은 차가웠건만 맞닿은 느낌은 따뜻했다. 이상했다. 그저 손을 잡은 것이건만 가슴속이 간질간질한 기분이 들었다.

'전하.'

그녀는 속으로 그를 불렀다. 그렇게 시민들의 환호 속에서 마차는 거리를 돌았다. 행진 시간은 길었다. 거리 자체가 길기도 했지만 충분히 시민들이 볼 수 있도록 속도를 천천히 조절했기 때문이다.

그렇게 얼마나 시간이 지났을까? 그가 다시 입을 열었다.

"힘들진 않나?"

"아…… 괜찮아요."

사실 조금 힘들었다. 아까 승전 기념식 때부터 너무 오래 서 있었던 것이다. 물론 병원에서 수술할 때는 이것보다 더 오래 서 있을 때도 잦았지만 몸이 회복된 지 얼마 안 되어서인지 현기증이 돌기 시작했다. 약간 파리한 그녀의 얼굴을 보고 린덴은 한숨을 내쉬었다.

"안 되겠군. 아직 대광장에 도착하지도 않았는데."

"정말 괜찮아요. 신경 안 쓰셔도 돼요."

엘리제는 고개를 저었다. 그 대답에 린덴은 못마땅한 얼굴을 했다.

"어쩔 수가 없군."

"네?"

"이리로 와라."

그가 한쪽 팔로 그녀의 어깨를 감싸 안았다. 그리고 부드럽게 자신 쪽으로 그녀를 끌어당겼다. 자연스레 그의 품에 기대게 된 그녀가 당황해 그를 올려다보았다.

"전하?"

"괜찮으니 조금 기대고 있어. 무리하지 말고."

"하, 하지만……."

"명령이다."

그는 늘 그렇듯 폭군처럼 말했다. 심지어 한마디의 협박을 덧붙이기까지 했다.

"말 안 들으면 이 자리에서 입 맞춘다."

그녀의 얼굴이 하얘졌다. 지금 뭐라고? 이 자리에서? 그는 그녀의 붉은 입술을 직시하며 말했다.

"지금도 간신히 참고 있으니 가만히 있어."

그 말에 그녀는 얌전히 그의 말에 따르기로 했다. 설마 이런 상황에서 정말로 그런 만행(?)을 저지르지는 않으리라 생각했지만, 그라면 혹시 모른다.

'이래도 되는 건지.'

그녀는 한숨을 내쉬었다.

한편, 시민들은 황태자와 예비 황태자비의 다정한 모습에 오히려 더 큰 환호를 지르며 열광했다.

"와아! 황태자 만세! 황태자비 만세!"

심지어 이런 외침도 있었다.

"뽀뽀해라! 키스해라!"

그리고 그 외침은 점점 군웅들 사이로 퍼져 나갔다.

"키스! 키스!"

"키스해라!"

마치 결혼식장에서 뽀뽀를 바라는 하객들의 마음으로 군웅들은 외쳤다. 그 외침들을 듣고 엘리제는 얼굴을 붉히며 그를 올려다보았다. 마침 그도 그녀를 내려다보고 있었다. 눈이 마주쳤고, 그렇게 둘은 잠시 말없이 서로를 바라봤다. 그저 바라볼 뿐인데, 방금 들은 외침들 때문인지 엘리제는 부끄러운 마음이 들었다.

"엘리제."

"……네, 전하."

린덴은 무언가 말을 하려고 주저하다 입을 다물었다. 둘 사이가 다시 조용해졌다. 그녀의 가슴이 괜히 뛰었다. 그렇게 말없이 가만히 기대고 있자 문득 엘리제는 그의 품이 포근하다고 느꼈다. 그래서 자신도 모르게 입을 열었다.

"……감사해요, 전하."

"뭐가 감사하지?"

"그냥…… 전부 다요. 모두."

그에게 감사할 것은 무수히 많았다. 크게는 전쟁 때 자신을 구하러 와준 것부터, 작게는 이런저런 사소한 배려까지. 하지만 무엇보다 감사한 것은 그의 마음이었다.

'저를 사랑해 줘서 감사해요.'

그냥 그런 마음이 들었다. 지금 이 순간이 행복하다고. 그에게 안겨 있는 이 느낌이 너무나 따뜻하다고.

"와아!"

그리고 그때, 막 마차가 대광장으로 접어들었다. 밀집한 군중들이 우렁찬 환호로 그들을 맞았다. 귀가 마비될 정도로 거센 함성이었다. 그 함성 속에서 그녀는 고개를 돌려 그를 바라봤다. 그도 그녀를 바라봤다. 품 안에 안긴 탓에 서로의 거리는 숨결이 느껴질 정도로 가까웠다.

'전하.'

귀가 안 들릴 정도의 커다란 함성 때문일까? 그녀는 충동적으로 입을 열었다.

"좋아해요."

그 고백에 린덴의 눈이 거세게 흔들렸다. 처음이다. 그녀가 이렇게 먼저 직접적으로 자신의 마음을 표현한 것은.

"와아아! 만세!"

수많은 외침이 광장을 뒤덮었지만 이 순간 그의 눈에는 오로지 그녀만 보였다. 그녀도 그만 보였다. 그의 얼굴이 조금 더 가까워졌다.

"그 말…… 정말인가……?"

"……네."

엘리제는 수줍게 고개를 끄덕였다. 그의 손이 그녀의 턱을 들어 올렸다. 그녀의 입술이 그에게 가까워졌다. 그리고 그의 얼굴이 조금 더 다가왔다. 입술과 입술이 맞닿기 직전까지. 린덴이 나지막이 말했다. 깊은 갈망을 담고.

"나도…… 나도 사랑한다."

그리고 그 순간 엘리제는 신음을 토했다.

아아!

그의 입술이 그녀의 입술에 겹쳐졌다.

첫 키스.

그 강렬한 느낌에 그녀의 머리가 하얗게 변했다. 짜릿? 전기가 흐르는 듯한? 아니, 고작 그런 느낌이 아니었다. 그의 혀가 그녀의 입술을 열었다. 그리고 안으로 들어와 거침없이 그녀를 농락했다.

"아…… 아……."

그녀의 몸이 부르르 떨렸다. 머리가 마비되며 아무런 생각도 들지 않았다. 영혼의 뿌리까지 그에게 침범당하는 느낌, 정복당하는 느낌이었다. 다리에 힘이 탁 풀리며, 도저히 서 있을 수가 없어 그의 팔뚝을 잡았다. 그가 한쪽 팔로 허리를 강하게 감싸 안아 그녀를 지탱해 주었다. 그리고 짧은 입맞춤에 아쉬운 얼굴을 하며 입술을 뗀 린덴은 살포시 이마에 다시 입 맞추며 말했다.

"사랑한다."

그녀는 한 마디의 답도 못 했다. 온몸의 힘이 쫘악 빠졌다.

'아…… 나 몰라…… 어떻게 하지…….'

그와 입맞춤을 했다. 그것도 개선 행진에서. 상상도 못 한 대형 사고를 친 것이다. 하지만 그 순간이었다! 이전까지와는 비교도 안 되는 거센 환호성이 대광장에 울렸다.

"휘익! 황태자 전하 만세! 황태자비 만세!"

"더 뽀뽀해라!"

"만세!"

그들의 입맞춤을 본 군웅들이 광적으로 열광한 것이다. 망측하게 생각하는 이는 없었다. 다른 이들끼리면 몰라도, 그들은 서로 하나가 되기로 예정된 황태자와 황태자비가 아닌가? 금실이 좋은 것은 오히려 마뜩해할 만한 일이다. 게다가 애초에 황태자와 그녀의 로맨스를 기뻐하던 시민들이었다. 그런데 이렇게 눈앞에서 사랑의 키스까지 보자 아예 난리가 났다.

"뽀뽀해!"

"한 번 더 해라!"

"오늘 바로 결혼해라!"

그들의 외침을 들으며 엘리제는 귀 끝까지 얼굴을 붉혔다. 나 도대체 무슨 사고를 친 거지? 황태자가 그런 그녀를 돌아봤다.

"한 번 더 하라는데?"

"안 돼요!"

엘리제는 허겁지겁 고개를 저었다. 여기서 한 번 더 하면 견딜 수 없을 것 같았다. 하지만 린덴은 뻔뻔할 정도로 태연한 얼굴로 말했다.

"이 나라의 지도자가 될 황태자로서 시민들의 요구를 거부할 수는 없지."

"……!"

그녀는 화들짝 그의 품에서 벗어나려 했으나 무리였다. 그가 그녀의 입술에 다시 입을 맞췄고, 그녀는 머리가 하얘졌다.

'아…… 정말 미워.'

그렇게 크림전쟁의 승전 기념식과 개선 행진이 마무리되었다. 시민들 사이에서 우레와 같은, 아니, 광적인 환호를 받으며. 그리고 그날 황태자와 예비 황태자비의 사랑은 많은 이에게 회자되었고, 황태자는 다시금 황태자비를 열렬히 사랑하는 로맨티스트로서 명성을 날리게 되었다.

26장

미하일

화려한 개선식이 끝나자 론도에 봄이 오기 시작했다. 아직 쌀쌀함이 가시지 않았지만 여기저기서 봉우리를 여는 꽃들이 보였다.

개선식 후, 엘리제와 린덴의 사이는 조금 더 가까워졌다. 눈에 띄는 특별한 변화가 있는 것은 아니었지만 서로에게 한 걸음 더 다가간 느낌이었다.

워낙에 바쁜 엘리제의 일정 탓에 만나기 어려운 것은 여전했지만 늦은 밤 정원의 깊은 곳, 밀회를 갖는 두 사람의 모습이 종종 목격되곤 했다.

"글쎄, 전하와 레이디 클로랜스께서."

"어머, 정말?"

황궁의 시녀들은 웃으며 그들의 로맨스를 떠들었다.

한편, 황궁에 인접한 곳에 자리한 검기사단의 병영.

연무장에서 3명의 오러 나이츠가 삼재진(三才陣)을 이룬 채 한 남자를 상대하고 있었다.

"조심하십시오, 전하!"

"하압!"

검기사단의 부단장 로버트가 기합을 지르며 검을 내질렀다.

파앗!

오러가 맺힌 진검이 공기를 꿰뚫었고, 곧바로 양옆에서 다른 두 명의 기사가 상단세와 하단세로 검을 휘둘렀다. 강철이라도 찢어발길 기세. 하지만 단신으로 그들을 상대하는 금발 금안의 남자, 검제 미하일은 가볍게 그 공격들을 피했다.

"……!"

부단장 로버트는 이를 악물었다. 자신들은 오러 나이츠로만 구성된 검기사단에서도 최강의 기사들이었다. 그런데 저 검제는 늘 그렇지만 너무나 쉽게 자신들을 상대했다.

'초상 능력을 사용하는 것도 아닌데.'

초상 능력은 고사하고 미하일이 단원들을 상대할 때는 오러도 잘 사용하지 않는다. 오로지 순수한 힘만으로 그들을 압도하는 것이다.

'오늘만큼은 반드시!'

옷깃이라도 자르리라! 그런 의지로 기사들은 미하일에게 검을 휘둘렀다. 반면, 미하일은 약간은 멍한 눈으로 그 공격들을 바라봤다. 무언가 다른 곳에 정신이 팔린 눈치.

까앙! 까앙!

진검 대련 중에 한눈을 파는 것은 위험하기 짝이 없는 일이지만 그는 검제. 서대륙 최강검이자 동방 청에서도 검룡과 검마를 제외하고는 적수가 없었던 초절정의 검수(劍手)였다. 의식하지 않아도 저절로 몸이 움직이며 기사들의 공격을 막아냈다.

'리제.'

그가 정신이 팔린 이유. 그건 다름 아닌 엘리제 때문이었다.

'하아.'

미하일은 속으로 한숨을 내쉬었다. 머리가 복잡했다. 어젯밤 메르키트 백작이 고래고래 소리를 지르던 것이 떠올랐다.

"이대로는 안 됩니다, 전하! 승전 기념식과 개선식 이후 황태자의 지지율이 급상승했습니다! 모두 레이디 클로랜스 때문입니다!"

그래서 어쩌란 말인가?

"무슨 수라도 내야 합니다! 이대로라면 저희는 손도 못 쓰고 무너집니다!"

틀린 말은 아니었다. 3황자 미하일이 황태자에게 앞서는 것은 아무것도 없었다. 정통성도, 정치력도. 배경 세력도 이전에는 차일드가를 위시한 귀족파가 우세했으나, 황태자의 십 년을 넘는 노력 덕에 그 우세도 사라졌다. 그런 상황에서 그나마 그가 오로지 우위를 차지하고 있었던 것은 시민들의 지지였다. 그런데 그것마저 황태자에게로 넘어가고 있었다.

"아시지 않습니까? 현시대에서 시민들의 지지는 정권 승계에 가장 중요한 요

소중 하나란 것을."

백작의 말이 옳았다. 시민들의 지지는 권력 승계에 굉장히 중요한 요소였다. 시대가 변한 탓이다. 전통의 서대륙 강국이었던 프랑소엔 제국은 시민들의 혁명으로 황실이 무너졌다. 그뿐 아니라 서대륙 전체에서 시민들의 목소리는 갈수록 커지고 있었다. 심지어 브리티아 제국에서 독립한 신대륙의 신연방의 경우, 오로지 시민들의 투표만으로 국가 지도자를 선출한다. 그런 시대적 배경에서 아무리 브리티아 제국이라도 시민들의 의견을 무시할 수는 없었다. 더구나 그는 황태자에 비해 정통성도 밀리지 않는가? 이렇게 시민들의 지지가 넘어간 상태에서 정권 다툼을 벌이는 것은 계란으로 바위를 치는 격이었다.

'그래서? 그래서 어쩌라고.'

미하일은 입술을 깨물었다.

까앙!

자신도 모르게 그의 검에 힘이 들어가며 맞상대하던 로버트가 신음을 삼켰다.

"크윽!"

"무슨 수라도 내야 합니다! 이대로는 안 됩니다!"

안다. 알아. 하지만 무슨 수? 자신이 사랑하는 그녀를 상대로? 지난밤, 얼마나 답답했는지 메르키트 백작은 심지어 이런 이야기도 했었다.

"정 방법이 없다면 전하께서 엘리제 자작을 자신의 것으로 만드십시오!"

그 말을 떠올린 미하일은 피식 웃음을 지었다. 정말 급하긴 급했나 보다. 물론 리제와 자신이 친하긴 하지만 그래도 명색이 예비 형수님이 아닌가.

'사실 그거야말로 내가 바라는 것이긴 하지만.'

미하일의 얼굴이 씁쓸해졌다. 이 순간 그의 기분이 가라앉아 있는 진정한 이유는 다른 데 있지 않았다. 그건 지지율이 떨어져서도, 그래서 정권 다툼에 불리해져서도 아니다. 오로지 단 하나, 얼마 전 개선식 때 목격했던 엘리제와 린덴의 입맞춤 때문이었다.

'하아.'

당시 마차 거리 행진 때, 전공 서열 4위였던 미하일은 둘의 바로 뒤에서 따라가고 있었다. 그래서 똑똑히 목격했다. 두 사람이 입맞춤을 하는 것을.

수많은 시민이 광적으로 열광했지만 그 순간 미하일은 가슴이 찢어지는 듯한 느낌을 받았다. 물론 알고 있었다. 형님이 그녀를 사랑하고, 그녀의 마음도 형님에게 흔들리고 있다는 것을. 하지만 알고 있어도 사랑하는 여자가 눈앞에서 다른 남자와 키스하는 것을 보는 것은 가슴이 아플 수밖에 없었다. 더구나 그때 그녀의 눈빛. 떨리는 빛으로 린덴을 마주하던 그녀의 눈동자를 본 순간, 미하일은 깨달았다. 이미 그녀의 마음속에 린덴이 가득 들어가 있음을.

'하아.'

가슴이 쓰려도 어찌하겠는가? 다 자신의 잘못이다. 진즉 그녀의 마음을 얻지 못한 자신의 탓이었다.

'그래도 이렇게 아플 줄은 몰랐는데.'

그는 씁쓸히 웃었다. 자신은 언제부터 그녀를 사랑하게 되었을까? 백원의 궁에서 친구처럼 친하게 지내면서? 알버트의 수술을 같이하면서? 아니면 전염병에 걸린 걸 치료해 주었을 때? 모르겠다. 처음엔 그냥 마음 가는 친구로만 생각했다. 그러다 정신을 차려보니 어느덧 그녀를 사랑하고 있었다.

'하아.'

그런데 그 순간이었다!

"저, 전하! 조심!"

로버트가 비명을 질렀다. 워낙 깊은 생각에 잠긴 탓이었는지 미하일의 검이 일순 멈추었고, 로버트의 검이 그대로 그의 목으로 찔러 들어간 것이다. 자신의 손으로 3황자의 목을 찌를 상황에 부닥친 로버트는 검의 방향을 틀려 했지만 이미 늦었다. 그 대련을 관전하던 모두가 비명을 질렀다.

"안 돼!"

검극이 목을 꿰뚫기 직전! 미하일의 눈이 낮게 가라앉으며 손이 움직였다. 잔상도 남지 않을 정도의 극쾌의 움직임.

탓!

엄지와 검지가 검극을 정확히 움켜쥐었다.

"……!"

그 모습을 본 로버트와 기사들은 눈을 부릅떴다. 찔러 들어오는 검을 손가락으로 잡다니? 직접 보고도 믿기지 않은 무위였다.

"저, 전하. 괜찮으십니까?"

미하일은 고개를 저어 우울한 생각을 떨치고 휘파람을 불었다.

“휘유, 위험했잖아. 많이 늘었네, 부단장?”

“…….”

“원래 옷깃 베면 부단장이 이긴 걸로 하기로 했는데, 이것도 내가 진 걸로 쳐야 하는 건가?”

미하일은 웃으며 말했다. 그는 목 앞의 겨눠진 검을 치우고, 자신의 비천검을 검집에 밀어 넣었다.

“오늘 대련은 여기까지 하지. 내가 진 걸로 할 테니 다음에 술 살게.”

“어디 나가십니까?”

대련장을 나가는 미하일에게 로버트가 물었다.

“응, 나갔다 오려고. 연습 열심히 하고 있어.”

“어디로 가십니까?”

미하일은 지나가듯 말했다.

“황실십자병원.”

“병원이요? 어째서?”

그는 방금 검을 잡은 손가락을 보여줬다.

“치료받아야지.”

“아…….”

로버트는 입을 벌렸다. 완벽히 막은 줄 알았는데 엄지와 검지 위아래로 기다란 검상이 나 피가 흘렀다.

미하일은 미소를 지었다.

“마침 병원에서 제일 예쁜 의사의 얼굴이 보고 싶어지기도 했고 말이야.”

병원에서 제일 예쁜 의사, 그건 바로 엘리제였다.

“아니, 밀?”

그가 병원에 왔다는 이야기에 황족을 담당하는 어의인 엘리제가 곧바로 나왔다. 손가락에 난 기다란 상처를 보며 그녀는 눈을 크게 떴다. 상처가 꽤 깊었다.

“어쩌다 이렇게?”

“아아, 검술 연습을 하다가. 별건 아니야. 겸사겸사 네 얼굴도 볼 겸해서 왔어.”

“별거 아니긴요! 상처가 이렇게 깊게 났는데.”

엘리제는 그의 손을 잡고 상처를 이리저리 살폈다. 미하일은 그녀가 자신을 걱정해 주자 슬쩍 미소를 지었다.

‘온 보람이 있군.’

사람의 마음이 참 웃기다. 아까 전까지만 해도 그녀 때문에 죽을 상이었는데, 이렇게 얼굴을 보니 세상이 밝아지는 것 같다.

“괜찮아. 대충 소독만 하면 돼.”

“아니에요. 손가락에는 힘줄이 섬세하게 붙어 있어 잘못 베이면 끊어질 수도 있어서 무시하고 넘어갔다가 나중에 큰일 날 수도 있어요. 하여튼 어쩌다 이렇게 깊게 베인 거예요? 아무리 검제라 해도 검술 연습은 방심 말고 꼭 조심해서 해야 한다고요. 알았어요, 밀?”

잔소리. 하지만 기분 좋은 걱정 어린 잔소리에 미하일은 고개를 끄덕였다.

“네, 네. 알겠습니다. 꼭 주의하지요, 선생님.”

그 장난 섞인 대답에 엘리제는 입술을 삐죽했다.

"하여튼…… 어쨌든 다행히 힘줄은 괜찮아요. 하지만 살이 들릴 정도로 베어져 꿰매야 할 것 같아요."

"꿰매?"

미하일은 일순 움찔했다.

"네, 왜요?"

"그거…… 혹시 주사 맞고, 막 바늘로 살 찌르고 그래야 하는 거 아니야?"

"당연하죠."

왜 저러지? 엘리제는 의아한 표정을 지었다.

"괘, 괜찮아, 리제. 내 생각에는 그냥 소독만 하면 될 것 같아."

미하일은 어색한 얼굴로 말했다. 착각일까? 왠지 얼굴이 살짝 하얗게 질린 것 같다.

"그게 무슨 말도 안 되는 소리예요. 너무 깊게 베여 그냥 소독만 하면 절대 제대로 안 붙어요. 펄럭거릴 정도로 살이 떨어졌다고요."

"아니야. 붙을 것 같은데……."

"안 된다고요. 저 바쁘니 빨리 이리로 와요. 금방 꿰매 드릴게요."

엘리제는 안 다친 쪽의 손목을 덥석 잡고 처치실로 그를 이끌었다. 그녀에게 끌려가며 미하일이 비명을 질렀다.

"으아, 잠깐! 리제, 리제!"

"왜 그래요?"

결국, 그가 속마음을 털어놓았다. 참 검제답지 않은 고백이었다.

"주사나 바늘에 찔리는 거 싫단 말이야!"

엘리제가 황당한 표정을 지었다.

'이게 무슨…… 애도 아니고…….'

"농담하지 말고 빨리 오세요."

"농담 아니야! 진짜야!"

그는 마치 크림전쟁 당시 갈트 준장에게 영창으로 끌려갈 때처럼 반항했다.

"저…… 밀? 아니, 전하?"

"……왜?"

"검제 아니셨나요? 서대륙에서 가장 강한 기사라는……."

"그거랑 이거는 별개야! 차라리 검에 맞는 게 낫지. 그리고 난 워낙 강해 칼빵 맞을 일도 거의 없었다고!"

참 대단하시다. 그녀는 떼쓰는 애기 환자를 보는 것처럼 한숨을 내쉬었다.

"어쨌든 밀."

"왜?"

"싫어해도 소용없어요. 빨리 오세요."

"잠깐! 잠깐!"

그렇게 엘리제는 강제로 그를 처치실로 끌고 갔다. 잠시 후, 엘리제는 상처를 모두 깔끔히 꿰맨 후 말했다.

"다 됐어요."

"……몇 바늘이나 꿰맨 거야?"

"양 손가락마다 깊숙한 피하층에 5바늘, 그리고 피부에 5바늘씩요?"

총 20바늘이다. 어쩐지 아프더라며 미하일이 투덜거리자 엘리제가 고개를 저었다.

"뭘 그렇게 엄살이에요? 전염병에 걸렸을 때는 주사 잘 맞았잖아요."

루이 니콜라스의 전염병 계책 때 미하일은 거의 첫 번째 감염자로 무수히 많은 주사 치료를 받았다.

"당시엔 정신도 비몽사몽이었고, 어쩔 수 없었으니까. 그리고 그때도 싫긴 마찬가지였어. 하여튼 얼굴이나 보러 왔다가 이게 무슨 꼴이야."

계속 구시렁대는 그를 보며 엘리제는 쿡쿡 웃었다.

"어쨌든 붕대로 고정해 놨으니 당분간 손가락 움직이면 안 돼요. 검술 훈련도 최소 10일은 자제하시고요."

"10일이나?"

"네, 움직이다 실밥 터지면 다시 꿰매야 하니 조심하세요. 한 3~4일 정도 있다가 다시 오세요. 상처 봐 드릴게요."

그렇게 엘리제는 주의 사항을 일러주었다. 그리고 자리에서 일어나며 말했다.

"그러면 조심히 돌아가세요. 나중에 다시 뵐게요."

그런데 그의 반응이 이상했다. 엘리제가 일어났는데도 같이 일어나지 않고 빤히 그녀의 얼굴만 바라보고 있었던 것이다.

"밀?"

"……."

"밀? 왜 그러세요?"

재차 부르자 그가 미소를 지었다. 방금 투덜거릴 때와는 조금은 다른 얼굴.

"리제."

"네?"

미하일이 무언가 말하려고 하다가 입을 다물었다. 엘리제가 의아한 표정을 짓는 순간, 그가 말했다.

"내 부탁 하나만 들어주면 안 돼?"

"네? 말하세요. 들어줄게요."

그녀는 고민 없이 고개를 끄덕였다. 미하일은 자신의 친구였다. 그러니 부탁 정도야. 그런데 무슨 부탁을 하려는 것이지?

"이렇게…… 잠시만 보고 있으면 안 돼?"

엘리제는 고개를 갸웃했다. 이게 도대체 무슨 부탁이지?

"제 얼굴을요?"

"응."

"왜요?"

"그냥."

엘리제의 얼굴이 더 아리송해졌다. 미하일의 눈동자는 평소와 달랐다. 오늘따라 왠지 그의 눈이 슬퍼 보였다.

'뭐지?'

"네, 그러세요."

"고마워."

미하일은 정말로 가만히 그녀의 얼굴을 바라봤다. 장난스러운 평소와는 다른 눈빛으로. 마치 그녀의 얼굴을 자신의 눈에 새기기라도 하려는 듯이.

"……밀?"

그렇게 얼마나 지났을까? 왠지 어색한 느낌이 들어 엘리제는 그를 불렀다. 그 부름에 미하일의 눈동자가 원래대로 돌아왔다. 장난기와 밝음이 담긴 평소의 눈으로.

"갑자기 왜 그러세요?"

"아, 오늘따라 예뻐 보여서."

"네? 거짓말하지 마요."

"정말이야. 원래도 예뻤지만 오늘은 너무너무 예뻐 보이는걸. 한눈에 반할 정도로."

낯빛 하나 안 바꾸고 내뱉는 그 말에 엘리제는 고개를 저었다.

"하여튼 장난은."

"쿡쿡. 장난치는 것 아닌데. 어쨌든 이만 가볼게. 다음에 보자고. 너무 무리하지 말고."

그러고 미하일은 등을 돌려 나가려 했다. 왜일까? 엘리제는 그의 등이 쓸쓸해 보인다는 느낌이 들었다. 어딘지 평소와 다른 행동도 그렇고.

"저, 밀!"

"응?"

미하일이 고개만 돌려 그녀를 바라봤다. 엘리제가 말했다.

"꼭 손가락 조심하시고요. 손가락 다 나으면 언제 술…… 아니, 식사라도 한번 같이해요."

"식사?"

"네, 크림반도에서 귀국하면 같이 술이나 식사하기로 해놓고 한 번도 못 했잖아요."

그 말에 미하일은 미소를 지었다. 아까 전 왠지 억지로 지은 듯한 웃음과는 다른, 진심이 느껴지는 미소였다.

"그래, 꼭 그러자. 식사 말고 술로. 고마워."

병원에서 나온 후, 미하일은 복잡한 심경을 정리하기 위해 론도 시내를 걸었다. 그렇게 정처 없이 얼마나 걸었을까? 어슴푸레 어둠이 깔리며 뚜둑뚜둑 비가 내리기 시작했다.

"비군."

그는 손을 들어 빗방울을 받았다. 생각보다 줄기가 거셌다. 소나기인 것 같아 잠시 비를 피하려고 건물 처마 밑에 몸을 숨겼다.

"오래 오네."

하지만 기다려도 비는 멈추지 않았다. 그래서 어쩔 수 없이 홀딱 젖을 것을 각오하고 밖으로 나오는 순간이었다.

끼잉. 끼잉.

작은 소리가 그의 발목을 잡았다.

"뭐야?"

고개를 돌리니 작은 강아지가 다리에 상처를 입고 자신을 보고 있었다. 주인이 있는 것 같지는 않고, 그냥 어미 없는 길 강아지 같았다. 무시하고 그냥 갈 길 가려다 미하일은 잠시 머뭇거렸다. 비에 젖어 오들오들 떠는 모습이 불쌍하단 생각이 든 것이다.

"에휴, 내가 원래 좀 착해서."

한숨을 내쉰 그는 강아지를 품 안에 안았다.

"다리 나을 때까지만 돌봐주마. 운 좋은 줄 알아."

끼잉.

낯도 안 가리는지 강아지는 그의 품에 얼굴을 비볐다. 미하일은 피식 웃음을 지었다. 왠지 답답한 마음이 조금 풀리는 듯한 느낌이다.

"이름을 뭐라고 하지? 론?"

짓궂은 마음으로 형님의 아명을 불러봤다.

"아니면 린덴?"

론, 아니면 린덴으로 강아지 이름을 지을까 하다 왠지 어울리지 않는 것 같아 고개를 저었다.

"그러면 리제?"

오, 이건 좋은 것 같았다. 귀엽게 생긴 게 어울리기도 하고.

"강아지에 자기 이름 붙였다고 싫어하진 않겠지? 아, 몰라. 없을 때만 부르면 되지."

그렇게 강아지의 이름이 정해졌다. 그는 장난스레 말했다.

"리제, 이제 네 이름은 리제다. 알았지?"

끼잉.

"말 잘 들어야 해? 응?"

추운지 강아지 리제가 그의 품으로 파고들었다. 미하일은 강아지를 손으로 감싸고 자신의 궁으로 돌아갔다.

추위가 완전히 꺾이고 봄이 다가왔다. 황궁 정원에 붉은 장미들이 화려하게 피어올랐고, 론도 시내 여기저기에 아름다운 꽃들이 만발했다. 사람을 저절로 행복하게 하는 봄기운. 하지만 그런 따뜻한 봄기운을 받으며 린덴은 인상을 찌푸리고 있었다. 예쁜 초식동물이 자꾸 자신의 심기를 건드렸기 때문이다.

"안 돼요, 그날은. 다음에 해요."

"어째서지?"

"오전에 배닐 남작의 수술이 예정되어 있어요. 오후에는 천연두 예방 관련한 미팅이 있고요. 의과대학 설립에 대한 계획서도 써야 하고요. 그리고 곧 있을 궁전 연회에 대해 궁내부장과 상의도 해야 해요. 그리고……."

끝없이 이어지는 엘리제의 말을 듣고 린덴은 속으로 욕설을 삼켰다. 뭐 이렇게 할 일이 많단 말인가? 이 일중독 같으니라고! 제국의 국정을 보는 자신보다 그녀가 훨씬 바쁘게 일하는 것 같았다.

"다 미뤄."

"안 돼요. 지난번에도 미루라고 해서 다 한 번씩 미룬 일들이란 말이에요. 제가 얼마나 고생했는지 아세요?"

"그러면 우리 일은?"

"그거야 다음에 하면 되죠."

대수롭지 않게 여기는 듯한 그녀의 말에 린덴은 얼굴을 구겼다. 물론 그들의 일은 중요한 용무는 아니었다. 그저 론도 시내로 나가 맛있는 밥과 디저트를 먹고, 공연을 보기로 한 데이트 약속이었으니까. 별것 아닌, 어찌 보면 아무것도 아닌 용무. 하지만 린덴에게는 중요했다. 얄미운 크리스가 던져 준 정책 검토 보고서 따위보다 훨씬!

'젠장. 도대체 저 일중독은 어떻게 해야 하는 거지?'

서로 마음을 확인하고 입맞춤까지 나눴으나 어째 관계에 진전이 없는 것 같다. 늘 그녀를 보고 싶어 하는 것은 자신이고, 갈망하는 것도 자신이었다. 물론 그거야 아무래도 상관없지만 간절히 갈망함에도 그녀와 함께할 수 있는 시간은 굉장히 적었다.

엘리제가 너무 바빴던 탓이다. 어의에 수석 교수, 수술, 외래 진료, 입원 환자 회진, 아카데미 강의, 보건 정책 프로젝트 진행, 의학 논문 작성. 거기에 최근에는 황제의 재가를 받아 정식 의과대학 설립도 추진하고 있다.

'아바마마는 왜 의과대학 설립을 허가하셔서!'

물론 필요한 일이긴 하다. 현행 의사 양성 방식은 주먹구구인 면이 있었으니까. 아예 전문 아카데미처럼 의과대학을 설립하면 양질의 의사를 육성할 수 있을 것이다. 문제는 이 의과대학 설립을 진행하면서 그녀가 더욱 바빠졌단 것이다. 다른 사람에게 맡길 수도 없었다. 가장 체계적이고 확고한 아이디어를 가지고 있는 게 그녀였기 때문이다.

'여기에 내명부 일까지.'

그는 속으로 이를 갈았다. 현재 브리티아 황실은 안주인이 부재했다. 1황비 마리엔이 있었지만 광증에 빠져 칩거하고 있었기 때문이다. 그래서 지금까지 황실 내부의 일은 황제와 황태자, 그리고 늙은 궁내부장이 대충대충 처리해 왔다. 어차피 제국을 경영하는 것이 중요하지, 안살림이야 아무려면 어떠냐는 것이 황제의 생각이었으니까.

하지만 이제 사정이 달라졌다. 엘리제, 그녀가 있기 때문이다. 황후와 황비가 부재하니 그녀가 황태자비가 되면 이 황실의 안주인이 된다.

'그래도 아직 식을 안 올렸으니 원래는 벌써 내명부 일을 할 필요는 없지만. 젠장, 메르키트 백작, 그놈 때문에.'

얼마 전, 대전 회의 때 엘리제의 끝없는 지지율 상승을 걱정한 메르키트 백작이 결국 일을 만들었다.

"레이디 클로랜스가 의사로서 훌륭한 인물인 것은 알겠습니다! 하지만 저렇게 병원 일에만 열중이어서, 과연 이 브리티아 제국의 퍼스트레이디로서의 소임을 감당할 수 있을지 걱정이 됩니다!"

어떻게든 엘리제의 평판을 떨어뜨리려는 의도였다. 인품이든 전공이든 의학적 업적이든, 외적으로는 도저히 흠잡을 거리가 없으니, 황궁 안주인으로서의 자질을 공격한 것이다. 틀린 지적은 아니었다. 그녀가 의사 일에만 열중하고 있는 것은 사실이었으니까. 그래서 그 공격에 엘리제는 이렇게 대응했다.

"타당하신 지적입니다. 부족하지만 지금부터라도 조금씩 궁의 일을 배워 향후 제국의 퍼스트레이디로서 부끄럽지 않은 이가 되도록 노력하겠습니다."

그렇게 아직은 이르지만 예비 황태자비로서 조금씩 황궁의 일을 배우기로 한 것이다. 메르키트 백작은 당시 쾌재를 불렀었다. 제대로 된 사교 활동도 하지 않던 그녀가 궁의 일을 제대로 해낼 리가 없다고 생각한 것이다. 그는 그녀가 궁의 일을 배우며 조금이라도 실수를 하면 그걸 최대한 부풀려 평판을 깎으리라 마음먹었다. 하지만 그런 일은 일어나지 않았다.

'정말 믿을 수 없는 일이지.'

린덴은 자신의 눈앞에 서 있는 작은 소녀를 바라봤다. 그녀가 처음 내명부의 일을 시작했을 때가 떠올랐다. 저 소녀는 천재 의사인 것도 모자라, 도대체 어떻게 된 일인지 내명부의 일에도 탁월한 능력을 보였다.

"미, 믿을 수가 없습니다! 혹시 예전에 내명부의 일을 해보신 적이 있으신 것입니까?"

그녀의 일 처리를 본 늙은 궁내부장은 경악했다. 엘리제는 겸손히 고개를 저었으나, 그녀의 일 처리 능력은 상상을 초월했다. 마치 이전부터 늘 해오던 일인 것처럼 능숙하고 정확한 솜씨! 이전 삶, 황태자비와 황후로서 산 세월이 있었으니 당연한 일이었지만 그 사실을 모르는 이들은 과연 등불을 든 여인이라고 탄성을 터뜨렸다.

의학적 업적, 전장에서 세운 탁월한 전공, 제국 최고의 수술 솜씨도 모자라 완벽한 퍼스트레이디의 자질까지! 시민들은 그녀야말로 하늘이 내린 제국의 진정한 안주인이라고 치켜세웠다.

메르키트 백작의 의도와 다르게 엘리제의 지지율이 다시 한 번 하늘을 찌를 듯 오른 것은 당연했다. 하지만 그런 완벽한 소녀를 짝으로 맞이할 린덴의 표정은 좋지 않았다.

'이렇게까지 완벽할 필요는 없다고.'

정확히는 그녀가 유능해 너무 바빠 불만이었다. 차라리 능력이 없었으면, 그러면 이렇게 바쁘지 않았을 테고, 조금 더 같이 시간을 보낼 수 있을 텐데! 저 소녀는 완벽한 능력만큼이나 치명적인 단점을 가지고 있었다.

바로 일중독! 물론 환자를 생각하는 마음에 의사 일을 열심히 하는 면이 있는 것은 안다. 하지만 아무리 좋게 봐줘도 그녀는 일중독이었다. 그것도 중증의!

'마음에 안 들어. 정말로.'

자신을 좋아한다고 했으면서 맨날 일만 한다. 그게 그의 불만이었다.

'가끔은 날 봐달라고. 아니, 안 봐도 되니 시간이라도 내달라고.'

그때, 그녀가 왕진 가방을 펼치더니 그에게 다가왔다.

"그런데 이번엔 어디가 아프신가요, 전하?"

"아……."

린덴은 상념에서 빠져나왔다. 바쁜 그녀가 이렇게 그를 보러온 건 그가 아프다고 해서 어의로서 진료를 보기 위해서였다.

"가슴이 아프다."

"가슴이요? 갑자기 왜……?"

엘리제의 눈에 걱정이 깃들었다. 그 걱정의 빛을 본 순간, 린덴은 살짝 죄책감이 들었다. 사실 안 아팠다. 얼굴이라도 보고 싶어 꾀병을 부린 것이다.

'엘리제, 네가 일만 하니까 그렇잖아.'

그래도 이제 와 꾀병이었다고 할 수도 없어 그는 뻔뻔하게 말했다.

'뭐, 아예 완전히 거짓말인 것은 아니니까.'

가슴이 아프긴 했다. 바로 그녀 때문에. 이렇게 얼굴을 보니 낫긴 했지만 못 보고 있을 때는 항상 조금씩 아렸다.

"어느 부위가 아픈가요?"

"정확히는 모르겠군. 이쪽인 것 같다."

그러며 그는 가슴 왼쪽을 가리켰다. 심장이 왼쪽에 있다고 했던가?

"어떤 식으로 아프신가요? 둔하게? 조이듯이? 아니면 콕콕 찌르듯이?"

그 물음에 그는 평소 감각을 떠올리며 답했다.

"아리듯이."

그녀 때문에 맨날 아리니까.

"아리듯이요?"

"그래."

“음…….”

그녀는 몇 가지 질문을 더 했다.

“특별히 더 통증이 심해지는 때가 있나요?”

“있긴 있다.”

“어떤 때인가요? 예를 들면 운동할 때라든지, 술을 마실 때라든지, 잠을 못 잘 때라든지.”

이번엔 린덴은 답을 하지 않았다. 가슴이 특별히 더 아플 때? 그건 그녀를 보지 못할 때였다.

“전하?”

“그건 넘어가지.”

“말씀해 주셔야 정확히 진단할 수 있어요.”

하지만 여전히 린덴이 입을 열지 않자 그녀는 고개를 갸웃했다.

“흐음…….”

엘리제는 평소와 다르게 진단이 헷갈리는 듯했다. 당연했다. 꾀병인데 무슨 진단을 정확히 내리겠는가? 정확히 내려도 문제다. 꾀병인 게 들통 날 테니까.

‘도대체 뭘까?’

그녀는 손가락으로 붉은 입술을 만지며 고민했다. 린덴은 그 모습을 보며 저 손가락을 치우고 자신이 입을 맞추고 싶다는 충동을 느꼈다.

“잠시 진찰해 볼게요.”

“얼마든지.”

엘리제는 먼저 그의 손목을 짚어 맥을 확인했다. 그러며 다시 고개를 갸웃했다.

‘맥박 횟수도, 맥의 규칙성도, 맥압도 다 정상이신데…….’

한편, 린덴은 그녀의 손이 자신을 어루만지자 와락 그녀를 끌어안고 싶은 것을 간신히 참았다. 지금은 진료 중이니까. 엘리제가 청진을 위해 조금 더 그에게 다가왔다. 꼼꼼히 심장 소리를 들어본 그녀는 역시 이상이 없자 조심히 그에게 물었다.

"전하, 늑연골염을 확인하기 위해 제가 잠시 가슴을 만져 봐도 괜찮을까요?"

"……그래."

늑연골염(Costochondritis).

흉벽에 염증이 생기는 질환이지만 그의 귀에는 들어오지 않았다. 이 순간, 그의 눈을 사로잡고 있는 것은 오로지 하나. 어느새 바로 앞까지 다가온 그녀의 얼굴, 그리고 붉은 입술이었다.

그는 자신도 모르게 숨을 멈췄다. 가지고 싶었다. 저 붉은 입술을. 안으로 들어가 그녀를 농락하고 달뜬 신음을 듣고 싶었다.

"잠시 실례하겠습니다."

엘리제는 그가 그런 삿된 마음을 가지고 자신을 바라보는 것도 모른 채 열심히 진찰을 해 나갔다. 먼저 통증 부위를 만지며 압통이 유발되는지 물었다.

"만질 때 아프진 않으신가요?"

"……."

대답이 없다. 괜찮은 거라고 생각하며 그녀는 가슴 여기저기를 만졌다. 그가 불편하지 않게 최대한 조심히. 그리고 부드러운 손놀림으로. 그 부드러움이 오히려 그를 자극할 것이라고는 상상도 못 한 채.

"괜찮으신가요, 전하?"

"……."

"……전하?"

이윽고 이상함을 느낀 엘리제는 고개를 들고는 깜짝 놀랐다. 그가 타오르는 눈빛으로 자신을 바라보고 있었던 것이다.

"전…… 하?"

하지만 그 순간 그의 입술이 곧바로 그녀의 입술을 덮쳤다.

"읍?!"

깜짝 놀란 그녀가 소리를 질렀으나 소용없었다.

"저……!"

몸을 바동거렸으나 강한 팔이 그녀의 몸을 감싸 안았다. 마치 그녀의 몸이 자신의 것이라는 듯 격렬하게 껴안았다. 그리고 입술이 열리며 농밀한 접촉이 이어졌다.

'아…….'

엘리제는 자신도 모르게 신음을 흘렸다.

'갑자기 왜……?'

일순 이런 생각이 들었으나 길게 잇진 못했다. 머리가 하얗게 변한 것이다.

"아…… 아……."

그녀가 흘리는 신음을 들으며 린덴은 길게 입맞춤을 이어갔다.

"저, 전하…… 제발……."

그녀가 애원하듯 말하며 매달렸으나 그는 못 들은 척했다. 놔주고 싶지 않았다. 계속해서 그녀를 느끼고 싶었다.

"하아."

그렇게 얼마나 지났을까? 길고 긴 입맞춤이 끝난 후, 그는 한숨을 내쉬며 그녀에게서 떨어졌다.

"저, 전하……."

그녀가 당황한 눈으로 그를 바라봤다. 단정한 얼굴을 붉게 물들인 채, 여전히 그의 품속에 갇혀 있는 상태였다.

"어째서……?"

그 물음에 린덴은 입술을 비틀었다. 왜긴, 서로 사랑하는 사이끼리 입맞춤을 나누는 데 특별한 이유가 필요한가?

"싫은가?"

그 물음에 엘리제의 얼굴이 사과처럼 달아올랐다. 조금 전 당황했을 때와는 다른 의미의 부끄러움이었다.

"그, 그건……."

"싫은가?"

린덴은 집요하게 물었다. 결국, 엘리제는 고개를 푹 숙였다.

"그건…… 아니요."

그 대답을 하며 귓불 끝까지 달아오른 엘리제. 너무 붉어 얼굴이 터질 것 같다.

'왜 이렇게 사랑스러운 거지.'

머리끝부터 발끝까지 모든 것이 사랑스러웠다. 정말 놔주고 싶지 않았다. 계속해서 이렇게 안고 있고 싶었다.

"말해봐라."

"네? 뭘?"

"지난번 개선식 때 날 좋아한다고 말하지 않았는가? 다시 한 번 더 말해봐라."

엘리제의 안색이 파래졌다. 그 말을 다시 하라고? 지금? 붉었다 파랬다, 다양하게 바뀌는 그녀의 얼굴을 보며 린덴이 짓궂게 말했다.

"안 그러면 다시 키스한다."

"……!"

결국, 엘리제는 시선을 피하며 입을 열었다. 모기 소리만큼이나 작은 목소리였다.

"……좋아해요."

"뭐? 안 들린다."

"조…… 좋아한다고요."

그 말을 듣는 순간, 린덴의 마음에 다시금 환희가 차올랐다. 처음 듣는 것도 아니건만 가슴이 터질 것 같은 느낌. 그 기쁨을 계속 느끼고 싶어 다시 말했다.

"안 들리는데?"

결국, 엘리제는 빽 외쳤다.

"좋아한다고요!"

린덴은 소리 내어 웃음을 터뜨렸다. 그녀가 너무나 사랑스러워 견딜 수가 없었다. 그래서 더욱 힘을 주어 으스러지도록 그녀를 껴안으며 다시 입을 맞추었다.

"읍!"

엘리제가 눈을 크게 뜨며 주먹으로 그의 가슴을 두드렸다. '거짓말쟁이! 키스 안 한다고 했으면서!'란 뜻인 것 같았다. 하지만 린덴은 좋아한다 말 안 하면 키스한다고 했지, 좋아한다고 말하면 키스 안 한다고는 안 했다. 그러니까 애초에 좋아한다고 말했어도 키스할 생각이었다.

"아……."

반항하던 것도 잠시, 촉촉하게 젖어드는 키스에 엘리제의 몸이 몽롱하게 늘어졌다. 이 남자는 분명 자신이 첫 키스일 텐데, 왜 이렇게 강렬한 걸까? 그리고 자신은 왜 이렇게 키스를 당할 때마다 무방비로 축 늘어지는 것일까.

'이전 삶에는 이렇지 않았던 것 같은데.'

그녀는 멍하니 생각했다. 린덴이 입을 맞춘 상태로 중얼거렸다.

"엘리제."

"……아."

"엘리제, 내 것, 내 엘리제."

그 갈망에, 그 사랑에, 거침없이 자신을 헤집는 그의 느낌에 엘리제의 머리가 하얗게 변했다. 아무런 말도, 아무런 몸짓도 할 수 없었다. 그저 그녀는 자신이 사랑하는 그를 느꼈다.

"하……."

길고 긴, 그렇지만 한없이 아쉬운 키스를 끝내며 린덴은 그녀에게서 떨어졌다. 엘리제는 여전히 정신을 못 차리고 멍한 얼굴이었다. 눈가에는 언뜻 눈물도 맺혀 있었다.

"엘리제?"

"……!"

그제야 정신을 차리고 다시 화악 빨개지는 얼굴. 저 하얀 얼굴은 어찌 저렇게 쉽게 붉어지는지 귀엽기 그지없었다.

'더 괴롭힐까.'

그런 마음이 들었으나 더 괴롭히면 정말 그녀가 울 것 같아서 참았다.

"……가, 가슴 아픈 것은요?"

그래도 엘리제는 그의 품에 안겨 있는 상태에서도 의사로서의 본

분을 잊지 않고 환자의 상태를 물었다.

"괜찮다."

"네?"

"이제 괜찮아졌다."

그제야 그가 꾀병을 부린 것을 깨달은 엘리제는 화를 내며 그의 품에서 벗어나려고 했다.

"뭐, 뭐예요! 걱정했는데. 거짓말을……."

린덴은 미소를 지으며 바동거리는 그녀를 다시 안으로 끌어당겼다. 부드럽게, 하지만 못 벗어나게.

"거짓말한 거 아니다."

"정말요?"

"그래, 정말 아팠어."

그러며 그는 그녀의 귓가에 대고 말했다.

"너 때문에 아팠다."

엘리제는 당황해 입을 다물었다. 나 때문에 아팠다고? 이게 무슨 말인가?

황태자는 말을 이었다.

"정말 너 때문에 아팠어. 보고 싶어서."

"……!"

"지금은 괜찮지만 네가 가면 또 아플 것 같군. 그러면 또 불러도 되겠지?"

"하지만……."

"넌 어의잖아. 그러니 황태자인 내가 아픈 것을 책임져야지."

그게 왜 그렇게 된단 말인가! 엘리제는 말도 안 된다는 표정을 지었으나, 황태자는 독선적이고 뻔뻔했다.

그때 문밖에서 똑똑 노크 소리가 들렸다.

"전하, 비서관 크리스입니다. 들어가도 되겠습니까?"

오빠다! 엘리제는 화들짝 린덴의 품에서 벗어나 옷매무새를 가다듬었다. 방 안에서 그와 이런 민망한 짓을 한 것을 오빠에게 절대 들킬 수 없었다.

한편, 린덴은 살짝 인상을 찌푸렸다. 비서관이니 그의 집무실에 찾아오는 것은 당연했지만 괜히 마음에 안 들었다.

'얄미운 놈.'

일 처리 능력은 클로랜스 가문 혈통답게 어마어마하게 유능했지만 지금 이 순간 그건 중요하지 않았다. 그에게 크리스는 자신과 엘리제 사이를 은근슬쩍 훼방하는 얄미운 놈이었다.

"들어가겠습니다."

곧 문이 끼익 열리며 부드러운 인상의 잘생긴 미남이 들어왔다.

"오빠!"

"응, 리제. 여기는 웬일이니?"

엘리제는 살짝 얼굴을 붉히며 말을 더듬었다.

"아…… 그게…… 진료하러 왔어요."

그래, 진료하러 오긴 했다. 중간에 이렇게 되어버리긴 했지만. 자신이 잘못한 것은 아니지만 그녀는 민망한 마음이 들어 힐끗 린덴을 흘겨보았다. 물론 그는 신경도 쓰지 않았다.

"어쨌든 진료는 끝났으니 저는 가볼게요. 수고하세요, 오빠."

엘리제는 황태자에게도 예를 표하고 물러났다. 린덴은 그녀가 나가는 뒷모습을 아쉬운 눈으로 보다가 크리스에게 고개를 돌렸다.

"진료라니. 몸이 많이 안 좋으십니까?"

"……."

"전하께서 몸이 안 좋으시다니 큰일이군요."

린덴은 입을 다물었다. 어째 내용은 걱정인데, '정말 아픈 것 맞느냐?'라고 들리는 것은 자신의 피해 의식인가? 아니다. 자신을 보는 저 크리스의 눈빛엔 엘리제를 사랑으로 볼 때와 다르게 '도둑놈!'이란 단어가 쓰여 있는 듯했다.

사실 그의 추측은 크게 틀리지 않았다. 행정부의 악명 높던 '리볼버' 크리스는 공과 사가 확실한 성격이었으니까. 공적으로는 존경하는 주군인 황태자 전하이지만, 사적으로는 동생을 훔친 도둑. 그것이 공과 사를 철저히 나누는 크리스가 황태자를 보는 시선이었다. 참고로 최근 딸바보 엘 후작이 황태자를 보는 시선도 조금 비슷했다.

"……그래, 어쨌든 무슨 일이지?"

"지난번 명하신 내용의 조사를 완수했습니다."

짧은 대답. 그리고 그 답을 듣는 순간, 황태자의 분위기가 바뀌었다.

"정말인가?"

"네, 전하."

리볼버가 낮은 목소리로 말하며 서류를 내밀었다.

"귀족파의 몰락이 시작될 열쇠입니다."

황태자의 사자궁을 나선 엘리제는 이번엔 어전으로 향했다. 황제 민체스터의 진료를 볼 시간이었던 것이다.

'하여튼 미워.'

그녀는 입술을 깨물며 조금 전 그와의 입맞춤을 떠올렸다. 얼굴이 화끈거렸다. 싫은 것은 아니지만 그래도 꾀병으로 자신을 부르다니. 더구나 눈치를 보니 이번 한 번으로 끝낼 것 같지가 않다. 물론 그를 보는 게 싫은 것은 아니지만, 아니, 좋지만…….

'몰라.'

그녀는 복잡한 마음으로 한숨을 내쉬었다. 왜 이렇게 가슴은 자꾸 콩닥콩닥 뛰는지, 가슴 한구석이 고장이라도 난 것 같다. 그런데 바삐 발걸음을 옮기던 중 엘리제는 의외의 인물을 마주했다.

'어?'

그들도 엘리제를 보고 발걸음을 멈추었다.

"엘리제 드 클로랜스가 차일드 후작 각하를 뵙습니다."

독사란 별명답게 날카로운 눈매. 하지만 어딘지 이전과 달리 몸이 많이 수척해진 귀족파의 수장 암셀 드 차일드 후작이었다.

"오랜만이군, 데임. 아니, 이제는 레이디 클로랜스지. 여자작이 된 것을 축하하네."

암셀은 부드럽게 웃으며 말했다. 적대 가문의 딸에게 건네는 말이지만 퍽 친근한 목소리였다. 전쟁에서 그녀가 수양아들인 알버트를 목숨을 걸고 구해 준 후, 가까워진 탓이었다.

"오랜만이네. 일하는 중이야?"

뒤에서 아버지를 수행하던 유리엔이 반갑게 그녀를 바라봤다. 엘리제도 웃으며 인사했다.

"네, 언니. 잘 지내셨어요?"

"뭐, 그냥 그랬어."

유리엔은 고개를 저었다. 그녀의 그늘진 얼굴에 엘리제는 의아한 표정을 지었지만 그녀는 쓴웃음을 지을 뿐 말하지 않았다. 그들, 귀족파가 잘 못 지낸 데에는 엘리제도 큰 몫 했으니까. 갈수록 떨어지는 3황자의 지지율 때문에 귀족파는 잠 못 드는 나날을 보내고 있었다.

"그런데 황궁엔 무슨 일이세요?"

"아, 그게."

대답은 암셀 후작이 하였다.

"동생을 보러 왔었네."

"아……."

암셀 후작의 동생. 1황비 마리엔을 뜻한다.

"얼마 전, 동생이 감기에 걸렸을 때 치료해 주었다고 들었네. 고맙네."

"아…… 네, 각하."

엘리제의 얼굴이 어두워졌다.

마리엔 드 차일드, 아니, 마리엔 드 로마노프.

과거 혈탑의 비극을 일으킨 주역이자 광증에 빠진 여인, 그리고 미하일의 어머니.

'하아.'

이전의 삶을 떠올린 엘리제는 속으로 한숨을 내쉬었다. 마리엔은 황후 레베카를 모략에 빠뜨렸다. 그리고 황후 레베카와 1황녀 이블린은 수모를 견디지 못하고 혈탑에서 목숨을 버렸다. 이제 린덴은 어머니와 누이의 복수를 할 것이다. 오로지 그 하나의 염원만을 위해 황제에 오르려는 그였으니까.

'하지만…….'

곧 일어날 그 비극을 떠올리자 가슴이 찢어지듯 아파왔다. 방금 린덴의 집무실에서 두근거렸던 감정이 환상이었던 것처럼. 과거, 그 비극 후 미하일이 죽었다. 유리엔도 죽었다. 귀족파의 많은 인물이 죽었다. 론도가 피로 물들었다. 그리고 그 혈사를 일으킨 린덴의 마음은 부서졌다. 분명 정당한 복수였지만 모두에게 상처밖에 남지 않은 복수였다.

'그때부터였어, 전하가 변한 것은.'

복수를 이룬 후, 황위에 오른 린덴은 눈부신 통치력을 보이며 브리티아 제국을 번영으로 이끌었다. 하지만 이미 그의 마음은 망가진 뒤였다.

'나와 본격적으로 엇갈리기 시작한 것도 그때부터였지.'

이전부터 자신에게 무뚝뚝했지만, 그래도 나름의 예의를 차리던 그였다. 하지만 그 비극을 일으킨 후에는 마음이 부서진 탓일까? 철저한 차가움으로만 일관했다. 그래서 엇갈림 끝에 좌절한 자신은 저지르지 말아야 할 죄악을 저질렀고, 그는 거침없이 단두대의 칼날을 내렸다.

'물론 이번 삶은 조금 다르겠지만.'

다시 그 비극이 일어난다 하더라도 이전처럼 그가 자신에게 차가워지는 일은 없을 것이다. 그녀는 그렇게 생각했다. 하지만 그는 분명 상처받을 것이다. 어쩌면 그때처럼 무너져 내릴지도 몰랐다. 그 사실이 그녀의 가슴을 무저갱에 빠진 듯 무겁게 했다.

"폐하께 가는 것인가?"

그때, 암셀 후작이 물었다.

"아, 네."

"폐하의 건강은 괜찮으신가?"

엘리제는 암셀 후작의 눈을 바라봤다. 황제의 건강이 안 좋은 것은 모두가 아는 사실이었다. 동태를 살피려는 물음일까? 하지만 눈치를 보니 특별한 의도를 가지고 한 물음은 아닌 것 같았다. 그래도 외부인에게 황제의 건강 사항을 알리는 것은 금기여서 일반적인 대답만 했다.

"네, 강녕하십니다."

"다행이군. 건강 잘 챙겨주게. 물론 제국 최고의 의사라는 등불을 든 여인이니, 어련히 잘하겠지만."

그는 쓸쓸하게 웃었다.

"나이가 드니 몸이 좋지가 않아. 원래 있던 폐병도 안 좋고. 이러다 언제 세상을 뜰지 모르겠어."

"아버지!"

유리엔이 뒤에서 무슨 말이냐는 듯 외쳤다.

"아직 한창이시면서 그게 무슨 말이에요?"

하지만 암셀은 웃을 뿐 대답하지 않았다. 본인 스스로가 몸의 안 좋음을 알고 있는 탓이다. 그리고 엘리제도 '괜찮으실 거예요'라고 덕담하지 못했다. 곧 그의 건강이 어떻게 될지 알고 있었기 때문이다.

'걱정이구나.'

황제 민체스터의 쓰러짐이 비극의 전주곡이었다면, 암셀의 병사는 비극의 절정이었다. 귀족파를 통제하던 그가 갑작스레 사망하며 싸움은 통제 불가로 치달았고 수많은 피가 흘렀던 것이다. 만약 암셀이 그렇게만 쓰러지지 않았어도 그토록 많은 피가 흐르지 않았을지도 모른다.

'조금이라도 희생을 줄일 방법이 없을까.'

엘리제는 입술을 깨물었다. 사실 그녀는 당시 암셀의 급환이 무엇인지 모른다. 다만 평소의 지병과는 전혀 다른 질병이었다고 한다.

"어쨌든 폐하를 잘 부탁하네. 나름 한때 친우였던 적도 있으니."

그 말에 엘리제는 의아한 표정을 지었다. 황제와 그가 친우였다고?

"아, 모르고 있었나? 폐하와 나, 그리고 엘 후작, 마리엔 모두 친한 친구였어. 물론 폐하는 날 그다지 좋아하지는 않았지만."

"……."

"그럼 이만 가보겠네. 다음에 한번 저택에 놀러 오게. 청에서 좋은 차가 들어왔으니."

"네, 그렇게 하겠습니다."

그리고 암셀 후작은 유리엔의 부축을 받으며 황궁에서 사라졌다. 엘리제는 무거운 마음으로 그들의 뒷모습을 바라봤다.

사자궁의 집무실에서 크리스와 린덴은 대화를 나누고 있었다. 황태자는 크리스가 건네준 서류를 살피며 고개를 끄덕였다.

"훌륭하군. 완벽해. 오래 걸릴 줄 알았는데 대단하군."

"운이 좋았습니다."

크리스는 고개를 저으며 겸양했지만 린덴은 크게 감탄했다. 얄밉긴 하지만 능력 하나만큼은 인정하지 않을 수가 없었다.

"언제…… 사용하실 생각이십니까?"

"기회를 봐서."

린덴은 답했다.

"아직은 때가 무르익지 않았으니까."

그 말을 끝으로 둘 사이에 잠시 침묵이 흘렀다. 황태자는 다른 사안을 물었다.

"재정부에 지시한 사항은?"

"비밀리에 진행 중입니다."

"그래."

린덴은 고개를 끄덕였다.

"로열가드의 길버트 백작은?"

"동의하였습니다."

"신무기는?"

"개틀링 말씀이십니까? 개발 완료 단계입니다. 기밀은 철저히 지키고 있습니다."

"그렇군."

그 대답을 들은 후, 린덴은 잠시 눈을 감았다.

그때였다. 크리스가 가만히 입을 열었다.

"전하, 외람되지만 한 가지만 여쭈어 봐도 되겠습니까?"

"무언가?"

"귀족파의 인원들을 모두 숙청하실 생각이십니까?"

린덴은 흠칫하며 크리스를 바라봤다. 리볼버는 평소와 같이 부드러운 눈매에 옅은 미소를 짓고 그를 바라보고 있었다.

"왜 그렇게 생각하지?"

"이 모든 계획이 그들의 숙청을 가리키고 있으니까요."

린덴은 입술을 굳게 다물었다. 그와 크리스의 눈이 허공에서 교차했다. 황태자가 답을 하지 않자, 크리스가 꾸벅 고개를 숙였다.

"혹시나 주제넘은 질문이었다면 죄송합니다."

린덴은 한숨을 내쉬었다.

"아니다, 아니야. 자네라면 그런 질문을 할 자격이 있지. 한배를 탄 몸이니까."

크리스. 리볼버라 불리는 행정가이자 클로랜스 가문의 직계. 자신의 비서관으로 굳이 그를 임명한 것은 유능한 것과 더불어 절대적으로 신뢰할 수 있는 이였기 때문이다.

'물론 엘리제랑 관련해서 이렇게 얄미울지는 몰랐지만.'

어쨌든 친우인 렌과 더불어 자신의 그림자로 일하고 있는 존재. 그러니 충분히 저런 질문을 할 자격이 있었다.

"이만 저는 돌아가 보겠습니다."

"그래."

"편히 쉬십시오."

크리스가 집무실을 나간 후, 린덴은 목을 젖혀 의자에 몸을 기댔다. 왠지 갑자기 피곤하다는 느낌이 들었다.

'숙청이라.'

그래, 맞았다. 자신은 그들을 모두 숙청할 생각이다.

'아니, 내가 하려는 것은 숙청이 아니야.'

그날이 떠올랐다. 자신의 눈앞에서 핏물로 변해 죽어가던 어머니와 누이. 그가 하려는 것은 숙청이 아니라 복수였다. 바로 어머니와 누이를 그렇게 만든 자들을 향한. 오로지 그것 하나만을 위해 일평생을 살아왔고, 이제 곧 그 결실을 거둘 때가 온다.

'때가 오면.'

지금은 귀족파든 자신이든 서로 칼을 갈며 기다리고 있다. 하지만 곧 때가 오면, 그때는 서로가 칼을 꺼내 들 것이고 귀족파는 그가 만든 올가미에서 벗어나지 못할 것이다.

'그걸로 이 복수는 끝이지.'

그는 생각했다. 평생을 염원하던 그날이 오는 것을. 어머니와 누이를 그렇게 만든 자들을 단두대에 처단하는 상상을. 하지만 언제부터일까? 그런 상상을 해도 후련한 기분이 들지는 않았다. 그냥 무언가 마음 한구석이 마비된 듯한 느낌. 이미 그런 감정을 느낄 가슴이 마모된 탓일지도 모른다.

"하아."

그는 짧게 숨을 토해냈다. 갑자기 차가 마시고 싶었다. 엘리제가 직접 끓여 주는. 그녀가 끓인 차를 마신 후, 그녀를 꼭 껴안고 느끼고 싶었다. 아무 생각 없이 그렇게 가만히 있고 싶었다.

27장
달콤한 납치

그날 이후, 시간이 지났다.

엘리제의 일상은 큰 변함이 없었다. 여전히 일. 일. 일. 일에 파묻혀 바쁘게 지내야 했다. 내명부에서 하는 일도 조금씩 늘리기 시작했다. 이미 황후로 살며 질리도록 해본 일이라 어려울 것은 없었지만 한층 더 바빠졌다.

'조금 피곤하구나.'

아무리 그녀라도 피로를 느끼지 않는 것은 아니었다. 휴식 없이 계속해서 일만 하니 점차 피로가 쌓였다.

'지금 하고 있는 일들만 정리되면 조금 낫겠지.'

아무리 일중독인 그녀라도 평생 이렇게 일에 치여 살 생각은 없었다. 무엇보다 자신은 황태자비, 그리고 황후가 될 예정이니까. 의사 겸업을 허가받았다 해도 병원 일에만 매달려 있을 수는 없었다.

'다른 것보다 전하가 너무 속상해하시니.'

그녀는 황태자의 얼굴을 떠올렸다. 그는 별의별 핑계로 자신을 불러댔다. 머리가 아프다, 몸이 으슬으슬하다, 배가 아프다, 다리가 아프다 등등. 어의로서 황태자가 아프다는데 안 가볼 수도 없는 노릇. 하지만 가보면 맨날 꾀병이었다. 한번은 정색하고 이런 식으로 꾀병을 부리면 곤란하다고 했더니, 속상한 얼굴로 이렇게 말했다.

"이렇게라도 하지 않으면 그대의 얼굴을 볼 수가 없지 않은가?"

그 말에 엘리제는 미안한 마음이 들었다. 확실히 자신은 너무 바빴다. 그와 약속한 데이트를 미룬 게 도대체 며칠인지.

'그래도 하고 있는 일을 미룰 수는 없으니, 지금 벌인 일만 해결하면 어느 정도 시간이 나겠지.'

그녀가 현재 하고 있는 일은 미룰 수 있는 성질의 것이 아니었다. 특히 천연두 예방 접종!

'이제 머지않아 남부 지역에 천연두가 유행할 거야.'

천연두! 콜레라만큼, 아니, 그와는 비교도 안 될 정도로 무서운 전염병이다. 지구에서는 19세기에만 추정치 3억 이상의 사망자를 냈다. 당시 전 세계 인구가 10억 정도였으니 얼마나 무서운 병인지 알 수 있다. 그 무시무시한 전염병이 머지않은 시기에 브리티아 섬에 상륙할 예정이었다.

'그 전에 백신 접종을 끝내놓아야 해.'

하지만 지구면 몰라도 이곳은 아직 예방 접종이 개발되지 않은 상태였다. 그래서 그녀가 진행하고 있는 것은 영국의 제너가 처음 고안한 종두법.

'원시적인 예방 접종 방법이지만 다른 방법이 없으니.'

현대 지구라면 계란 등을 이용하거나 세포 배양 방법을 사용했겠지만 어쩔 수가 없었다.

'다른 일들도 미룰 수가 없는 일이고.'

의과대학 설립은 조금 늦게 추진할 걸 그랬나 하는 후회가 들었지만 이미 시작한 것을 취소할 수도 없었다. 다른 사람에게 진행을 넘길 수도 없었던 게, 현대 지구의 선진 의학 교육 커리큘럼을 아는 이는 그녀가 유일했기 때문이다. 참고로 설립될 의과대학의 이름은 '클로랜스 의대'였다. 그녀의 생각을 들은 엘 후작이 기쁜 마음으로 딸 바보처럼 말했기 때문이다.

"의과대학? 그래, 얼마든지 진행하렴. 이 아비가 돈은 다 대주마! 황실의 도움? 필요 없다."

'의과대학 설립에 맞춰 교과서도 집필해야 하는데.'

그녀는 한숨을 내쉬었다. 현시대의 의사들에게 의학의 지표는 '선구자' 그라함 백작의 저서였다. 가히 의학의 바이블이라 여겨지고 있었다. 하지만 당시의 기술력으로는 어쩔 수 없는 일이었겠지만 엘리제가 보기에는 틀린 내용이 너무 많았다. 그래서 엘리제는 틈틈이 새로운 교과서를 집필하고 있었다. 현시대 과학과 기술력에 맞는 내용으로. 가볍게 시작한 집필이지만 막상 써보니 이것도 어마어마한 대작업이었다. 가히 모든 질병 총론, 각론을 다 집대성해야 하는 일이었으니까.

'확실히 하는 일이 너무 많아.'

천연두의 퇴치자.
예방접종의 창시자.
세계 최초의 의과대학 창립자.
현대 의학을 이끈 자.

지금 하고 있는 일들로 후세에 무수히 많은 이름을 얻게 될 그녀이지만 지나치게 무리하고 있는 것은 맞았다. 최근 하루 평균 수면 시간이 3시간도 안 되었으니까. 사실 몇몇 일은 급할 게 하나도 없는 일이었지만 이상하게 마음이 급했다.

'전하와 귀족파의 정권 싸움 때문일까?'

그녀는 씁쓸히 생각했다. 최근 들어 황제의 몸은 조금 더 안 좋아졌다. 곧 정권을 내려놓을 거란 소문이 정계에 파다했다. 그에 따라 귀족파와 황제파의 사이는 급속도로 냉각되고 있었다.

언제 어떻게 터져도 이상하지 않은 상황. 실제로 양 계파의 귀족들끼리 권총 결투를 하다 황실십자병원에 실려 오는 사고까지 생기고 있었다.

물론 그녀야 귀족파 내부에서도 큰 인망을 얻고 있어서 정권 다툼에서 열외의 존재였지만 몇몇 귀족파의 인물은 그런 그녀에게조차 적대감을 표시했다. 특히 대표적인 인물은 귀족파 서열 2위이자 상원위원장인 메르키트 백작.

며칠 전 우연히 마주친 그는 불편한 눈으로 그녀를 쏘아보았었다. 특별히 그 시선을 마음에 두진 않았지만 곧 귀족파와 황제파 사이에

본격적인 다툼이 시작될 것이란 것을 느낄 수 있었다.

'어쨌든 중요한 일들이 마무리되면 조금 여유를 가지는 게 좋겠어.'

그녀는 그렇게 생각하고 자리에서 일어났다. 황제 민체스터를 진료할 시간이 가까웠다.

'약이랑 청진기랑…….'

필요한 진료 물품을 왕진 가방에 챙기고 병원을 나서는 중에 그녀는 의외의 인물을 마주쳤다.

"전하?"

그저 얼굴만 마주한 것일 뿐인데 가슴이 설렜다. 천상의 조각 같은 얼굴. 황태자 린덴 드 로마노프가 병원에 들어오고 있었다.

'아…… 나를 보러 오셨구나.'

엘리제는 또 미안한 마음이 들었다. 폐하를 진료하러 가야 해서 시간을 낼 수가 없는데, 어쩌지.

린덴이 그녀가 들고 있는 가방을 보며 말했다.

"아바마마를 진료하러 가는 건가?"

"……네, 죄송해요."

잘못한 것은 없었지만 그녀는 사과했다. 매번 그를 서운하게 하는 것 같아 미안했다. 하지만 린덴은 고개를 저었다.

"괜찮다. 어차피 너를 만나러 온 것은 아니니."

그 말에 그녀는 의아한 표정을 지었다. 응? 그러면 왜? 황태자인 그가 특별히 병원에 올 이유가 없을 텐데?

그때, 웃음기 섞인 소리가 뒤에서 들렸다.

"전하는 저희를 뵈러 온 것입니다, 레이디 클로랜스."

"자작님?"

전임 어의이자 황실십자병원의 원장인 밴 자작이었다. 그뿐이 아니었다. 선생인 그레이엄 남작도 있었고, 아카데미 강의 과목이 겹치는 페이톤 교수도, 자신과 프로젝트를 진행하는 보건 정책과의 관료도 있었다.

'전하께서 저들을 보러 왔다고?'

엘리제는 얼떨떨한 표정을 지었다. 왜?

"전하?"

하지만 린덴은 고개를 저었다.

"엘리제, 너와 상관없는 일이다. 신경 쓰지 말고 볼일 보도록."

정말? 모두 자신과 관련 있는 사람들인데? 그러나 그들도 모두 손을 휙휙 저었다. 그녀보고 빨리 가라는 듯.

"신경 쓰지 마십시오, 자작님. 저희는 모두 전하와 따로 상의할 내용이 있어서 모인 것이니까요."

그런데 그렇게 말하는 그들의 표정이 묘했다. 왠지 이대로 가면 안 된다는 불안감이 등줄기를 스쳤으나 별일 아니라고 딱 잡아떼는데 할 말이 없었다.

"……그럼 금방 다녀올게요."

그녀가 병원에서 사라지자 린덴이 입을 열었다.

"모두 이렇게 모여 줘서 고맙다."

"아닙니다, 전하."

"그러면 이전에 미리 이야기했던 대로 며칠만 수고해 줬으면 좋겠군."

"네, 알겠습니다."

"중요한 건 그녀가 돌아왔을 때 일이 남아 있으면 안 된다는 점이다. 반드시 며칠 동안 그녀 대신 일을 완벽히 처리해 놓도록."

"네!"

그들은 사전에 계획한 듯 대화를 나누고 있었다. 린덴은 특히 밴에게 말했다.

"밴 자작, 그대는 특히 신경 써주도록. 그녀가 없을 때 아바마마의 옥체를 살펴야 하니."

"네, 걱정하지 마십시오. 엘리제 자작에 비하면 부족하지만 저도 나름 론도 최고의 명의라 불리던 몸입니다."

그 말에 린덴은 입꼬리를 들어 올렸다.

"다들 고맙군. 이번 일이 성공적으로 끝난다면 내 섭섭지 않게 사례를 하지."

"감사합니다! 하시려는 일 멋지게 이루어지길 기원합니다!"

모두 웃으며 고개를 숙였다. 단, 한 명 그레이엄만 똥 씹은 표정이었다.

"그래, 그러면 난 이만 가보지. 그녀가 아바마마를 진료하고 나올 때까지 준비를 마쳐야 하니."

그가 지금 하려는 일, 그건 '납치'였다. 한 가지 '중요한 일'을 하기 위해 그는 그녀를 납치할 계획이었다. 물론 며칠간 단둘이 함께 보낼 여행은 덤이었다.

'계속 날 서운하게 했지.'

린덴은 자신을 서운하게 한 벌로 여행 때 그녀를 혼내주기로 결심했다. 맛 좋은 밥을 잔뜩 먹이고, 달달한 디저트를 실컷 먹이고, 좋은 호텔에 강제로 쿨쿨 재우고, 예쁜 거리를 한없이 걸으며, 그렇게 자신이 사랑하는 그녀를 혼내줄 것이다.

자신에게 다가오고 있는 먹구름(?)은 상상도 못 한 채 엘리제는 황제의 진료에 열중하고 있었다.

"체중이 조금 더 빠지셨습니다, 폐하."

"그런가? 그래서 그런지 입맛이 도통 없군."

"그래도 식사를 잘하셔야 합니다. 제가 입맛을 돋우는 음식을 내도록 궁내부에 이야기해 놓겠습니다."

민체스터는 가만히 웃기만 했다. 어의가 아니라 며늘아기를 보는 듯한 눈빛에 엘리제는 왠지 울컥한 기분이 들었다.

"……죄송합니다. 제가 능력이 부족하여."

최대한 노력하고 있지만 민체스터의 건강은 조금씩 조금씩 악화되고 있었다. 물론 그건 그녀의 잘못은 아니었다. 아무리 뛰어난 의사라도 한계가 있는 법이니까. 특히나 이렇게 기술력이 부족한 시대에는.

민체스터는 힘없이 고개를 저었다.

"아니야. 다 알고 있어. 영애 덕분에 몸 상태가 많이 나아졌다는 것을. 영애가 아니었으면 난 진즉 주님 곁으로 떠났을지도 모르지."

어의가 된 후 매일 면담을 하면서 그녀와 민체스터는 많이 가까워졌다. 그는 엘리제를 어의, 데임, 레이디, 자작 같은 호칭을 사용하지 않고, 그저 어릴 때부터 부르던 영애라는 호칭으로 부르기를 좋아했다.

"그리고 주님께서 죄 많은 나를 부르는 걸 어떻게 하겠는가?"

"폐하……."

엘리제는 그게 무슨 말이냐는 듯 그를 불렀다. 민체스터는 그저 빙긋 웃었다.

"우리 잠시 산책이나 하지 않겠나?"

"폐하?"

"그냥 집무실에 계속 있다 보니 갑갑해서 말이야. 적당한 운동은 몸에도 좋다고 그대도 말하지 않았던가?"

"……알겠습니다."

그렇게 엘리제는 민체스터와 장미정원을 산책하기 시작했다. 그런 둘을 시종장인 밴트 경과 로열가드의 수장인 길버트 백작이 따랐다.

'길버트 백작.'

엘리제는 목석같은 얼굴로 자신들의 뒤를 따르는 길버트 백작을 바라봤다. 황궁 경호대인 로열가드의 수장인 그는 금욕적인 인상의 중년 남자로, 검제 미하일을 제외하고 제국에서 가장 강한 세 명의 기사 중 한 명이었다. 참고로 나머지 두 명은 큰오라버니인 렌과 검기사단의 부단장인 로버트였다.

"꽃이 예쁘게 폈군. 꽃을 좋아하는가?"

"네, 좋아합니다."

"그래? 일만 좋아하는지 알았더니 꽃도 좋아하는구나?"

민체스터가 웃으며 농담을 했고 엘리제는 민망한 표정을 지었다.

"바쁘게 지내는 것도 좋지만 가끔 여유를 가지고 주변을 둘러보는 것도 좋아."

"……."

"안 그러면 나처럼 후회할 수도 있으니."

엘리제는 민체스터를 바라봤다. 병환 때문일까? 황제는, 브리티아의 발전을 위해 일평생을 바친 그는 왠지 작아 보였다.

"영애."

"네, 폐하."

"영애는 지금까지 살면서 크게 후회할 일을 한 적이 있느냐?"

민체스터는 씁쓸한 표정을 짓고 있었다. 그녀는 그 질문이 딱히 자신의 대답을 듣고자 하는 것이 아님을 깨달았다.

"나는 있단다. 큰 잘못을 했어."

"……."

"그래서 벌을 받았었지. 악몽 같은 벌이었네. 그 뒤로 그 악몽을 잊기 위해 일평생을 일만 하고 살았지만 잊히지가 않는군."

엘리제는 아픈 눈으로 그를 바라봤다. 그녀는 그가 무슨 이야기를 하는지 알고 있었다.

"아무리 자비로운 주님이라도 이런 나를 용서하실까 하는 생각이 들어."

그 말은 들은 엘리제는 우울해졌다. 그래서 자신도 모르게 답했다.

"용서하실 겁니다."

"응?"

"잘못을 저지르지 않는 사람은 없으니까요."

그녀는 입술을 깨물었다. 왜일까? 저런 황제의 모습을 보니 마음이 좋지 않았다. 뭘 그렇게 잘못했다고 이렇게까지나 자책한단 말인가? 물론 그녀도 알고 있다. 민체스터가 그날, 혈탑의 비극을 지금껏 자책하며 괴로워하고 있음을. 하지만 그게 어찌 그만의 잘못이겠는가?

"저도 잘못한 일이 있습니다."

"그래?"

"네, 오늘만 해도 아침에 아버지께 투정을 부렸고, 환자에게 속으로 불평을 했고, 어제는 황태자 전하를 서운하게 했어요. 며칠 전에는 새어머니의 생신을 잊어 기분을 상하게도 했고요."

그 말에 민체스터는 그녀를 돌아보았다.

"그런가? 하지만 그런 잘못들은…… 사소한 것 아닌가?"

"네, 사소한 잘못들입니다. 하지만 사소한 잘못만 저지른 것은 아니에요. 저도 뼈에 사무치도록 후회할 일을 한 적이 있습니다."

민체스터는 의아한 표정을 지었다. 엘리제는 깊게 한숨을 내쉬었다. 자신은 이전 삶, 정말 많은 죄를 저질렀다. 그런 자신에 비하면 민체스터의 죄가 뭐가 중하겠는가?

"폐하."

"……."

"죄를 저지르지 않는 사람은 없습니다. 그게 크든 작든 말이에요. 물론 죄를 저지르는 것이 옳다는 것은 아닙니다. 하지만……."

이제는 그만 괴로워하세요. 그녀는 그런 눈빛으로 그를 바라봤다.

"하하."

민체스터는 입술 사이로 웃음을 흘렸다. 걱정 어린 그녀의 눈빛을 보니 왠지 마음이 따뜻해졌다.

"고맙군, 고마워. 아무리 생각해도 내가 영애를 린덴의 짝으로 정한 것은 탁월한 선택이었던 것 같아."

"폐하……."

엘리제는 고개를 숙였다. 민체스터는 잠시 하늘을 바라보다가 미소를 지었다.

"걱정이군. 내가 곧 있을 좋은 날까지 기력을 잃지 않아야 하는데."

엘리제는 의아한 얼굴을 했다. 갑자기 웬 좋은 날? 얼마 뒤 예정된 탄신연회를 말하는 건가?

그 표정을 본 민체스터는 곧 그녀가 아무것도 모르고 있다는 것을 깨달았다.

"아, 아직 못 들었나 보군."

"무엇을 말씀이신지?"

하지만 민체스터는 대답 대신 혀를 찼다.

"이런. 린덴 이 녀석, 혼을 내줘야겠군. 아직까지 말하지 않다니."

도대체 무슨 말이지? 하나도 알아들을 수가 없었다. 좋은 날? 그런데 황태자를 왜 혼낸단 말인가?

민체스터는 이렇게만 말했다.

"곧 린덴이 직접 알려줄 것이야. 만약 시간이 지났는데도 별말 없으면 나한테 이야기하게. 그 녀석을 따끔하게 혼내줄 테니."

"아…… 네."

엘리제는 여전히 얼떨떨한 얼굴로 고개를 끄덕였다. 그리고 민체스터는 잠시 잔잔히 그녀를 바라보다 말했다.

"영애."

"네, 폐하."

"내가 잠시 하루 이틀만 여행을 다녀와도 될까?"

"네?"

엘리제는 당황해 그를 바라봤다. 갑자기 여행이라고?

"어디로 행차하실 생각이십니까?"

"아, 뭐 대단한 곳을 가려는 것은 아니고, 늘 이맘때쯤 가던 곳인데, 최근 몇 년간 못 가서. 브리티아 섬 중부 지방이네."

중부라면 론도에서 기차를 타면 금방 갈 수 있는 거리이긴 하다. 바람을 쐬러 가려는 것일까?

"가급적 무리하지 않는 것이 좋지만 그래도 잠시 하루 이틀 정도는 다녀오셔도 될 것 같습니다. 다만."

"다만?"

"몸에 무리가 갈 일정은 최대한 피하셔야 하고, 만약의 사태에 대비해 저나 밴 자작이 동행해야 합니다."

민체스터의 상태가 위급한 것은 아니기에 그 정도 일정은 다녀와도 괜찮았다. 무리하지 않도록 조심만 한다면 말이다.

"그래, 고맙네. 잠시 다녀오지. 오래 걸리진 않을 거야."

"제가 수행하도록 하겠습니다."

"아니야. 나도 영애와 같이 오순도순 가면 좋겠지만 그렇지 않아도 바쁜 영애를 뺏으면 린덴 그 아이가 화낼 것 같군. 밴과 여기 길버트 백작과 다녀오겠네."

그러며 민체스터는 잠시 장미정원에 핀 꽃들을 바라보았다.

"영애."

"네, 폐하."

"이전 짐이 한 부탁을 기억하지?"

엘리제의 얼굴이 굳어졌다. 그녀에게 큰 선물을 주며 한 부탁. 당연히 기억하고 있다.

"나중에 린덴과 미하일 그 아이를 부탁하네."

"기억하고 있습니다."

"그래, 고맙네."

민체스터는 웃으며 말했다.

"이거 처리해야 할 일이 많은데 시간 가는 줄 모르고 떠들었군. 종종 나와 이렇게 산책을 해주겠나?"

"네, 폐하."

황제는 무엇을 보려는 것인지 다시 하늘을 올려다보았다.

"이제 그만 돌아가지."

엘리제는 어전을 나와 황실십자병원으로 터벅터벅 걸어갔다. 특별히 한 일은 없었지만 황제와 나눈 대화 때문일까? 이상하게 마음이 무겁고 기운이 없었다.

"나중에 린덴과 미하일 그 아이를 부탁하네."

그의 부탁이 아니더라도 자신 또한 간절히 원하고 있는 바다. 린덴과 미하일 모두 자신의 소중한 사람들 아닌가. 하지만 이제 곧 벌어질 혈사에서 자신은 어떻게 해야 하는 걸까? 지난 삶처럼 그냥 외면해야 할까? 사랑하는 린덴의 심기를 거스르지 않기 위해?

'아니야. 그건 절대 답이 아니야.'

하지만 그렇다고 무슨 일을 할 수 있단 말인가.

"하아."

마치 난치병을 마주한 의사처럼 갑갑한 심정이 들어 그녀는 한숨을 내쉬었다. 그런데 병원으로 향하는 길에 접어들었을 때였다. 엘리제는 눈을 크게 떴다. 황태자 린덴이 서 있었던 것이다. 커다란 백마를 이끌고.

"전하?"

"왔군. 진료는 끝났나?"

"네."

엘리제는 고개를 끄덕였다. 신기한 일이다. 그저 그의 얼굴을 보기만 했을 뿐인데 가슴이 조금 따뜻해지는 것 같다.

"병원에서의 일은 잘 보셨어요?"

"그래. 잘 해결됐다."

반면, 엘리제와 다르게 린덴은 뭔가 못마땅한 표정이었다. 그 불만 가득한 얼굴에 엘리제는 고개를 갸웃했다.

"전하?"

"왜 그런 표정이지?"

"네?"

"왜 그렇게 울상이냔 말이야."

"아."

엘리제는 그제야 자신이 우울한 얼굴을 하고 있음을 깨달았다.

"아니에요. 아무것도."

고개를 젓는 엘리제를 보며 눈썹을 꿈틀한 린덴은 다가오더니 그녀를 안아주었다.

엘리제는 흠칫 놀랐으나 가만히 그의 체온을 느꼈다. 따뜻했다. 린덴은 특별히 뭐라고 더 묻지 않았다. 그저 그렇게 그녀를 안아주었다. 그 말 없는 행동이, 그 따뜻함이 그녀의 우울한 마음을 위로해 주었다.

"……고마워요."

"뭐가?"

"그냥…… 그냥 전부 다요."

엘리제는 그의 가슴에 얼굴을 묻었다. 그의 단단한 품 안에 파묻혀 아무 생각 없이 계속 있고 싶었다. 린덴은 손을 들어 그녀의 머리를 쓰다듬어 주었다. 좋은 느낌. 그의 체온은 무뚝뚝한 얼굴처럼 늘 차가웠다. 하지만 왜 이렇게 닿을 때마다 따뜻한 느낌이 드는 걸까?

"점심은 먹었는가?"

"아니요. 아직."

린덴이 인상을 찌푸렸다.

"왜? 지금 시간이 몇 신데?"

"일이 바빠서……."

"내가 잘 챙겨 먹으라고 했지? 지난번 약속하지 않았는가? 절대 거르지 않겠다고. 도대체 왜 맨날 거르는 거야?"

"죄송해요."

엘리제는 배시시 웃었다. 그의 말을 듣고 있으니 웃음이 나왔다. 그냥 아무 이유 없이 좋았다.

"하아."

린덴은 한숨을 토했다.

"안 되겠군. 혼을 내줘야겠어."

"네?"

"이리로 올라와라."

린덴은 백마 위에 올라탄 후 그녀를 끌어 올렸다. 얼떨결에 그의 앞에 앉은 엘리제는 당황해 그를 바라봤다.

"전하? 어딜 가시려고요?"

"널 혼내려."

"네?"

엘리제는 커다란 눈을 깜빡거렸다. 이게 무슨 말이지?

린덴은 피식 웃었다.

"농담이다. 밥이나 먹으러 가자. 맛있는 것을 사주마."

"아……."

엘리제는 고개를 끄덕였다.

"왜? 또 바쁜가?"

"아니에요. 그런데 저 맛있는 거 먹고 싶은데."

바쁘긴 했다. 그것도 어마어마하게. 하지만 기분이 가라앉아 맛있는 음식을 먹고 싶었다.

'잠시 나갔다 오는 것 정도는 괜찮겠지.'

그와 이대로 헤어지기도 아쉬웠다.

"그래, 맛있는 것. 그리고 단 디저트도 좋겠지?"

"네, 딸기 케이크나 초콜릿 쉐이크요."

"그래, 네가 좋아하는 망고 푸딩이랑 바나나 타르트도 사주지. 프랑소엔 마카롱도."

린덴은 몸을 숙여 말고삐를 잡았다. 자연스레 그와 엘리제의 몸이 밀착되며 그녀가 그에게 안긴 자세가 되었다. 왠지 그의 품에 안겨 크림반도 심페폴에서 탈출할 때가 떠올라 엘리제는 가슴이 두근거렸다.

"간다."

탁.

그의 손이 움직이자 말은 황궁 밖으로 달려 나갔고 납치가 시작되었다. 범인은 백마 탄 왕자님, 달콤한 납치였다.

엘리제가 이상한 점을 느낀 것은 몇 시간 뒤였다. 처음 린덴은 그녀를 피카딜리의 멋들어진 레스토랑에 데려갔다. 현대 지구였으면 미슐랭 별 3개는 받았을 법한 레스토랑은 미리 연락을 받았던 것인지 황태자와 예비 황태자비를 극진히 대접했고 엘리제는 간만에 즐거운 식사를 할 수 있었다. 그리고 최근 그녀가 가장 좋아하는 카린 베이커리의 디저트까지.

짧지만 행복한 기분 전환이었고, 엘리제는 이제 병원에 돌아가서 열심히 일해야지! 하고 밖에 나왔는데, 이상하게도 말이 마차로 바뀌어 있었다. 언제 마차가 대기하고 있었던 거지? 그녀는 고개를 갸웃하며 린덴을 따라 마차에 올랐다. 그리고 피로 때문에 깜빡 졸았는데, 정신을 차려보니 마차는 론도 시내가 아닌 낯선 들판을 달리고 있었던 것이다.

"저, 전하?"

엘리제가 당황한 얼굴로 고개를 돌리니 그는 자신의 바로 옆에서 조각 같은 얼굴로 신문을 보고 있었다.

"일어났나? 피곤한 것 같은데 조금 더 자도록 해라."

"……."

"앉아서 자면 관절에 안 좋으니, 자, 여기에 머리를 베고 누워."

그러며 그는 자신의 허벅지를 가리켰다.

그녀는 눈을 깜빡거렸다. 이게 도대체 무슨 상황이지? 어쨌든 그가 옆에 있으니 놀란 가슴은 가라앉았지만 왠지 불길한 예감이 들었다.

"전하, 마차가 길을 잘못 든 것 같아요."

"길?"

"네, 황궁은 이쪽이 아닌데…… 아니, 아예 론도를 벗어난 것 같은……."

그녀는 창밖을 바라봤다. 론도도, 그렇다고 근교 도시도 아니었다. 웬 한적한 시골길? 들판에 핀 꽃들이 예쁘게 그들을 보고 있었다.

"아, 제대로 가고 있다."

"네?"

"황궁으로 돌아가고 있는 게 아니거든."

"네, 네? 그러면 어디로?"

린덴은 신문을 접으며 피식 웃었다. 그녀의 불길한 예감이 맞은 걸까? 그의 웃음은 어딘가 위험해 보였다.

"납치범한테 그런 걸 물어보면 어떻게 하느냐?"

"네? 납치범이요? 누구를 납치……?"

그는 그녀를 바라봤다. 왠지 의뭉스러워 보이는 그 금안에 그녀가 움찔할 때, 그가 다가왔다.

"전하?"

뒤로 물러났으나 좁은 마차 안에서 어디를 가겠는가? 그가 그대로 입술을 덮었고, 그녀는 갑작스러운 입맞춤에 전기가 흐르듯 머리가 하얘져 신음을 뱉었다.

"아…… 저…… 전하?"

린덴은 살짝 입을 뗀 후, 옅게 눈물이 맺힌 그녀의 눈가를 손가락으로 어루만지며 말했다.

"누구긴? 너를 납치 중이다."

엘리제는 이 상황이 이해가 안 돼 눈만 깜빡했다. 이게 도대체 무슨 말이지? 나를 납치해? 하지만 그녀는 생각을 이어갈 수 없었다.

"내가 계속 말 안 들으면 혼내준다고 했지?"

린덴이 다시 그녀의 입술을 덮었던 것이다. 혀가 붉은 입술을 벌렸고, 거침없이 안을 헤집으며 농락했다.

"저, 전하……."

파르르 떨리는 그녀의 몸을 움켜쥐며 그는 낮게 말했다.

"잠자코 따라와."

린덴은 생각했다. 사실 이 납치에는 중요한 이유가 있었다. 그녀에게 할 굉장히 중요한 용무. 하지만 그 용무를 보기 전에 먼저 혼부터 내줘야겠다.

'바쁘게 지내며 지금까지 나를 속상하게 했지.'

그러니 같이 시간을 보내며 잔뜩 혼내줄 것이다. 잔뜩!

오래 지나지 않아 마차는 론도 북쪽에 위치한 어느 작은 소도시에 멈추어 섰다. 시간은 어둠이 깔리기 시작한 늦은 오후쯤.

"조심히 내려라."

먼저 마차에서 내린 그는 손을 뻗어 혹시나 그녀가 발을 헛디디지 않게 에스코트했다.

"꽤 오래 왔는데, 몸이 불편하지는 않나?"

엘리제는 그 말에 얼굴을 붉혔다. 몸은 괜찮았다. 그와 방금 한 입맞춤 때문에 부정맥이 온 것처럼 가슴이 뛰어서 문제지.

"전하……."

"왜 그러지?"

엘리제는 조심히 그에게 말했다.

"저…… 할 일이 많은데."

여기까지 오는 동안 몇 번이나 그녀는 황태자에게 항의하며 론도로 돌려보내 달라고 했다. 하지만 그때마다 그의 대답은 하나였다. 입 다물라는 듯 거친 입맞춤. 어찌나 많이 키스를 당했는지, 입술이 살짝 부어 있었다.

이번에도 또 키스당할까 봐 그녀는 그의 눈치를 살폈다. 다행히 이번에 그는 키스 대신 답을 해주었다. 물론 납치범답게 돌려보내 준다는 답은 아니었다.

"괜찮다. 내가 다 처리해 놨으니."

"네?"

"아까 병원에 모인 사람들을 보지 않았는가. 그대의 업무는 다른 사람들이 다 나눠서 할 예정이다."

그제야 병원에서 황태자와 만났던 이들이 떠올랐다. 그럼 그들이 모였던 게?

"그대만큼은 아니지만 다들 유능한 이들이다. 엘리제 네가 돌아올 때까지 남은 일들을 다 끝내놓으라고 황실의 이름으로 명해놨으니 걱정 안 해도 된다."

"하, 하지만 그래도 제가 해야 할 일인데."

그래도 미련을 못 버리는 일중독 소녀를 보며 황태자는 한숨을 내쉬었다.

"엘리제."

"네?"

흠칫! 위기감을 느낀 그녀가 뒷걸음질 치려 했으나 이미 늦었다.

그의 손이 그녀의 허리를 감싸 안아 자신 쪽으로 끌어당겼고, 품 안으로 그녀가 들어오자 하얀 귓불을 지그시 깨물었다.

엘리제의 숨이 탁 멎었다. 마치 전기에 감전되기라도 한 것처럼.

'이, 이게 무슨……?'

"저…… 전하?"

엘리제의 목소리가 떨렸다. 린덴은, 아니, 맹수는 낮게 말했다.

"다시 한 번 말하지만 일 생각은 그만하도록. 이제 여기에는 우리 둘밖에 없어."

그는 그녀의 얼굴을 자신을 향하도록 했다. 그리고 코앞까지 입술을 가져가 말했다.

"그러니 다른 것은 잊고 나만 바라봐."

엘리제는 말없이 린덴의 뒤를 따랐다. 방금 그의 말이 떠올랐다.

'이제 여기에는 우리 둘밖에 없어. 그러니 나만 바라봐.'

그의 말처럼 이 한적한 시골 도시에는 인적이 드물었다. 정말로 세상 속에 그와 그녀 둘만 있는 듯한 느낌. 그런데 이상했다. 납치범과 단둘이 있는데, 싫은 기분이 아니었다. 그저 가슴만 두근두근 떨렸다.

'하아, 모르겠다.'

뭔가 이건 아닌 것 같다는 생각이 마구마구 들었으나 납치당한 판에 무슨 다른 방법이 있겠는가? 그를 따라갈 수밖에.

"……전하."

"왜 그러지?"

"혹시 지금 어디를 가는 중인지요?"

"아."

그는 지금 지도를 보고 있었다.

"잠시 들를 곳이 있다."

"무슨 일로?"

"가보면 안다."

그런데 지도가 엉성한 건지, 아니면 처음 와보는 곳이라 헷갈리는 것인지 그는 좀처럼 목적지를 찾지 못했다. 계속 같은 곳만 헤매기를 몇 번째.

"……미안하군. 처음 와보는 곳이라."

왠지 머쓱한 표정으로 사과하는 그를 보자 엘리제는 쿡쿡 웃음을 지었다.

"크림반도에서는 길을 잘 찾지 않으셨나요?"

"……여기서도 금방 찾을 수 있다. 잠시만 기다려라."

탈출 당시 그는 길치 검제 미하일과 다르게 탁월한 방향 감각으로 그녀를 이끌었었다.

'전하가 내 목숨을 구해 줬었지.'

당시 생각이 떠오르며 아련한 기분이 들었다. 그때 그가 아니었다면 자신은 어떻게 되었을까? 사막의 전갈에게 치욕을 당하기 싫어 목숨을 끊었을지도 모른다. 그가 자신을 위해 싸우다 상처를 입었던 것도 떠올랐다. 그때 참 가슴이 아팠었는데. 이런저런 생각이 나며 그녀의 입가에 미소가 맺혔다. 이렇게 자신을 납치한 것은 당황스럽고 밉지만 그래도 싫지 않았다.

"전하."

"응?"

"좋아해요."

그녀는 살짝 붉어진 얼굴로 고개를 숙였다. 그리고 옆에 놓인 그의 손을 조심히 만졌다.

"손…… 잡고 걸어도 돼요?"

린덴은 답이 없었다. 그녀가 조심스럽게 다시 물었다.

"싫…… 으세요?"

그 순간 그의 차가운 손이 뜨겁게 그녀를 붙잡았다.

"……!"

"그럴 리가."

그는 고개를 저었다.

"영원히 안 놓아줄 테니, 너도 놓을 생각하지 말도록."

그러며 타오르듯 자신을 바라보는 눈길에 그녀의 마음이 다시 파르르 떨렸다.

'아…… 전하…….'

계속 그의 눈길을 보고 있다가는 가슴이 고장 날 것 같아 그녀는 시선을 피하며 말했다.

"영원히는…… 안 돼요."

"뭐?"

"수술도 해야 해서."

린덴의 눈썹이 꿈틀거렸다. 누가 일중독 아니랄까 봐!

그때, 엘리제가 물었다. 약간은 수줍은 목소리로.

"전하, 하나만 부탁해도 돼요?"

"뭔데?"

"이대로 잠시 걸으면 안 돼요?"

"이대로?"

"네, 그러니까…… 이렇게 손잡고. 옛날부터 이런 예쁜 길을 전하와 손잡고 걸어보고 싶었거든요."

그 부탁에 린덴은 입가에 잔잔한 미소를 띠었다. 이 마음에 안 드는 일중독 소녀는 사랑스럽긴 또 왜 이렇게 사랑스러운 걸까?

"얼마든지."

그렇게 둘은 서로의 손을 잡고 길을 걸었다. 인적 드문 시골 소도시의 길은 론도와는 다르게 아기자기하고 예뻤다. 마치 동화 속 거리에 들어온 듯한 느낌이었다.

"거리가 참 예뻐요. 원래 소도시들은 다 이렇게 예쁜가요?"

"그렇지는 않을 거다. 원래 이곳 노버러의 거리는 근방에서 아름답기로 소문난 곳이니까."

"전하는 이곳에 와본 적이 있으신가요?"

"아니."

"그런데 어떻게?"

"이번에 나오면서 란돌에게 물어봤다."

"아."

그녀는 그가 일부러 자신을 이곳에 데려왔다는 것을 깨달았다. 그는 자신과 예쁜 거리를 함께 걷고 싶었던 것이다. 왠지 뭉클한 기분이 들어 그녀는 그에게 조금 몸을 기댔다.

"좋아요."

"뭐가?"

"그냥 전부 다요. 거리도 예쁘고……."

그녀는 하늘을 올려다보며 크게 숨을 들이켰다.

'전하도 좋아요. 사랑해요.'

왠지 쑥스러운 마음이 들어 그 말은 입안으로 삼켰다.

"그나저나 시간이 늦겠군. 해가 지면 안 되는데."

"어딜 가는 중인데요?"

엘리제는 의아한 마음에 물었다. 린덴은 마치 공연 시간에 늦은 것처럼 초조한 기색을 보이더니 무언가를 발견하고는 말했다.

"아, 찾았군. 다 왔다."

"……?"

엘리제가 눈을 돌려 보니 그곳은 성당이었다. 갑자기 미사를 드리려고? 하지만 린덴은 그런 의도가 아니었다.

"따라와라."

"전하?"

그는 그녀를 이끌고 성당, 아니, 그 옆에 위치한 종탑을 오르기 시작했다. 나선형 계단의 종탑은 아주 높았다. 린덴은 엘리제가 미끄러지거나 발을 잘못 디디지 않도록 조심히 에스코트하며 탑을 올랐다.

"힘들진 않으냐?"

"아, 괜찮아요. 그런데 왜 탑에는?"

그녀는 고개를 갸웃했다. 도대체 뭐 하려는 거지?

"거의 다 올라왔다."

그리고 탑 꼭대기에 올라간 순간, 그녀는 그가 왜 자신을 이곳에 데려왔는지 알 수 있었다.

"아……!"

높은 탑 밑에 펼쳐진 소도시의 전경이 한눈에 들어와 그녀는 자신도 모르게 감탄사를 내뱉었다. 아기자기한 건물들, 도시를 휘감고 흐르는 강, 그리고 뒤에 펼쳐진 푸른 들판과 낮게 깔리기 시작한 황혼.

아름다웠다. 번잡한 론도에서는 상상할 수 없는 아름다운 전망이었다. 그는 이 아름다운 전망을 보여주기 위해 일부러 이곳으로 그녀를 이끌었던 것이다.

"……괜찮은가? 볼만한가?"

린덴이 어딘지 염려가 섞인 목소리로 물었다. 일부러 여기까지 데려왔는데, 그녀가 만족할지 걱정하는 눈치였다. 엘리제는 눈앞에 펼쳐진 아름다운 풍경보다 그런 그의 모습에 더 마음이 울컥했다.

'전하…….'

가슴이 울렁거려 엘리제는 입술을 깨물었다. 린덴은 그녀가 답을 하지 않자 머쓱하게 말했다.

"앞으로도 여러 곳에 갈 테니까, 더 좋은 곳도 보게 될 거다. 여기는 란돌 그놈이 추천해 준 곳이라 원래 믿을 만하지 못했어."

"예뻐요."

"응?"

엘리제가 미소를 지으며 말했다. 황혼을 등진 그녀의 얼굴이 붉게 변했다.

"너무 예뻐요. 감사해요. 이런 아름다운 곳에 저를 데려와 줘서 너무…… 너무 감사해요. 그리고……."

사랑해요. 말로 꺼내진 않았으나 마음으로 전달된 것일까? 그는 그녀의 하얀 얼굴을 쓰다듬었다.

"나도."

그는 부드럽게 이마에 입을 맞추었다.

"나도 사랑한다. 나의 엘리제."

소도시에는 머물 만한 곳이 없어 마차를 타고 잠시 더 이동했다. 해가 지고 달이 떠오를 때쯤 인근의 도시, 케인즈에 도착할 수 있었다. 도시 내 가장 좋은 특급 호텔 앞에 멈춰 선 마부가 황태자에게 말했다.

"도착했습니다, 전하."

린덴은 고개를 끄덕였다.

"엘리제?"

그는 자신의 어깨에 기대어 잠들어 있는 엘리제를 불렀다. 하지만 원체 수면 부족에 시달린 탓일까? 그녀는 좀처럼 잠에서 깨어나지 못했다.

"우웅."

잠에 취한 그녀는 귀여운 소리를 내며 그에게 안겨 들었다.

"하여튼 무리하지 마라니까. 도무지 말을 안 들으니."

린덴은 투덜거리며 그녀를 감싸 안았다. 말을 안 들으니 벌을 내려야겠다. 오늘 내릴 벌은 강제로 잠자기였다. 특급 호텔 포근한 방에서 강제로 늦잠 자기. 배고파도 소용없었다. 아침은 룸서비스로 배달시켜 침대에서 먹게 할 것이다. 그러니 그녀는 내일 정오까지는 기상 금지였다.

'란돌, 일 처리는 제대로 해놓았겠지?'

그녀의 아침 식사를 위해 근방에서 브런치로 유명한 쉐프를 미리 수배해 놓기로 했다. 특별히 내일 아침만 그녀를 위한 특식을 만들기 위해.

'일단 그러려면 방으로 이동해야 하는데.'

자는 것을 깨우기 싫었지만, 아니, 이렇게 자신에게 안긴 자세라면 영원히 자게 놔두고 싶었지만 아무래도 깨워야 할 것 같았다.

"엘리제."

"……."

"엘리제?"

하지만 묵묵부답. 그는 어쩔 수 없이 물리적 방법을 사용하기로 했다. 그러니까 분명히 말하지만 어쩔 수 없는 것이다.

"네가 안 일어나서 그런 거야."

그는 지긋이 그녀의 귓살을 깨물고 혀로 핥았다. 역시 효과는 즉효였다.

"저, 전하?!"

화들짝 놀라 잠이 깬 그녀를 보며 린덴은 아쉬운 마음이 들었다. 조금 늦게 깨도 좋았을 텐데 왜 이렇게 예민한 거야?

그녀는 잠이 덜 깬 멍한 얼굴로 주변을 둘러보았다.

"여긴?"

"케인즈다."

"아……."

론도 북부에 위치한 나름 큰 규모의 도시였다. 그런데 꽤 거리가 떨어진 곳인데 여기까지 오다니, 정말 나를 안 돌려보내 줄 생각이신 건가?

"그런데 저는 언제 집에……."

"안 돌려보내 줄 건데? 말하지 않았나. 그대는 지금 납치당한 거라고."

엘리제는 입을 다물었다. 무슨 납치범이 저리 당당하지?

"가족이 신경 쓰이는 거라면 걱정하지 말도록. 미리 연락을 다 해 놨으니."

"정말요?"

"그래."

엘리제는 왠지 미심쩍다는 표정을 지었으나, 린덴은 고개를 끄덕였다. 연락하긴 했다. 허락을 안 받아서 그렇지.

'음…….'

제국 최고의 명문이자 자신의 가장 큰 우군인 클로랜스 가문을 생각한 린덴은 침음을 삼켰다. 왠지 이번 납치가 끝나고 나면 크리스의 눈빛이 한결 더 싸늘해져 있을 것 같다는 예감이 들었다. 점점 크리스의 눈빛과 닮아가는 엘 후작의 눈빛도 그렇고. 그 둘은 자신을 '도둑놈'이란 눈빛으로 보고 있었다. 다행히 렌은 아무 생각이 없는 것 같다.

'아닌가?'

왠지 지난번에 만났을 땐 렌마저 도둑놈, 아니, 그래도 주군이니 '도둑님'이란 눈빛을 힐끗 보였었던 것 같기도 하지만. 그냥 자신의 착각이겠거니 황태자는 단정했다.

"일어나자. 들어가야지."

"어디를요?"

멍하니 물어보다 엘리제는 입을 다물었다. 눈앞에 특급 호텔이 보였던 것이다.

'자, 잠깐.'

그러고 보니 생각지도 못 했던 문제가 있었다. 집에 들어가지 못하니 외박을 해야 한다.

'그와 같이 외박해야 한다고?'

엘리제의 얼굴이 터질 것처럼 붉어졌다. 이, 이건 아니잖아?

"전하."

"왜?"

"방은…… 따로 잡으신 거죠?"

린덴은 고개를 저었다. 자신은 모르겠다는 듯.

"글쎄? 란돌이 예약해 놓는다고만 들어서. 확인해 봐야겠군."

왕년에 로열 나이츠였던 란돌. 평소에는 칠칠치 못했지만 이번만큼은 완벽한 일 처리를 보였다.

"최상층의 로열 스위트룸입니다."

단정한 정복을 입은 여직원이 화사하게 웃으며 말했다. 잠시 후 최상층에 도착한 엘리제는 얼굴이 하얘졌다. 케인즈 시의 특급 호텔 쉬트의 최상층에는 방이 단 하나였다. 그와 같은 방을 쓰게 된 것이다.

'이, 이건 정말 아니잖아.'

그녀는 울상을 지었다. 등줄기에 싸한 느낌이 드는 것은 착각이겠지?

"다른 방을 쓰겠어요."

결국 엘리제는 선언했다. 아무리 그를 사랑한다지만 결혼도 안 했는데 이건 아니었다. 그녀는 곧바로 1층 접수대로 내려가 빈방이 있는지 문의했다. 하지만 돌아온 대답은 그녀를 당혹스럽게 했다.

"죄송합니다, 레이디. 방이 남아 있지가 않습니다."

"그럴 리가. 이렇게 호텔이 큰데 하나도 남아 있지 않다고요? 비싼 방이라도 상관없어요. 얼마든 상관없으니……."

지금 돈이 문젠가. 그리고 그녀는 돈이 많았다. 계속 벌기만 하고 병원에 처박혀 쓰질 않았으니까. 더구나 최근엔 영지도 받지 않았는가. 그녀는 무려 영지가 있는 영주였다. 그것도 제국에 몇 없는.

"죄송합니다. 전부 풀(Full)입니다. 아마 다른 호텔에 가도 비슷한 사정일 것입니다."

"어째서죠?"

"내일 케인즈 시 전통 축제가 있거든요. 그래서 인근에 사는 사람들이 모두 몰려왔어요."

"아……."

엘리제는 그 말에 입을 벌렸다. 축제라니, 생각지도 못 한 일이다. 그런데 그 순간 언젠가 린덴이 했던 말이 머리를 스치고 지나갔다.

'혹시 전하께서 일부러 나 때문에 축제가 열리는 도시에?'

예전에 그에게 말했던 적이 있다. 나중에 여유가 되면 길거리 축제 같은 것에 참석해 보고 싶다고. 당시 그는 이렇게 답했었다.

"그래? 그러면 조만간 데려가 주지. 론도 인근에서는 매년 열리는 케인즈의 전통 축제가 제일 유명하다고 하던데."

그냥 지나가듯 한 이야기라 생각했는데, 설마 그 말을 정말로 지키고 있단 말인가? 그때 뒤에서 가만히 접수대 직원의 이야기를 듣던 린덴이 말했다.

"미안하군. 란돌이 방을 하나만 예약할 줄은 몰랐어."

"아, 아니요. 전하."

그가 사과하자 그녀는 당황했다. 일부러 이렇게 계획한 게 아니었나? 왠지 죄 없는 그를 의심한 것 같아 미안한 마음이 들었다.

"이렇게 하지."

"어떻게?"

"상황이 이러니 같은 방을 쓰도록 하지. 하지만 걱정하지 말도록. 절대 그대를 건드리거나 하지는 않을 테니."

그러며 그는 물었다.

"혹시 나를 못 믿는가?"

"……아니요."

엘리제는 고개를 끄덕였다. 저렇게까지 말하니 왠지 믿어야 할 것 같았다. 물론 자신을 납치한 납치범의 말을 믿은 것도 우습긴 하지만 그는 냉철한 사람이 아닌가.

'그, 그래. 전하는 욕망에 휘둘리는 분은 아니시니까.'

부부로 그와 지냈지만 그가 색을 밝히는 것은 단 한 번도 보지 못했다. 어찌 보면 세상에서 가장 믿을 수 있는 남자였다. 그러니 욕망에 휘둘리거나 하지는 않을 것이다. 그렇게 그녀는 '애써' 생각했다. 물론 엘리제가 고려하지 못한 것이 있었다. 지금의 그는 이전 삶의 그가 아니란 것을.

탁.

방문을 열고 들어오자 아늑하면서도 고급스러운 방 안의 모습이 나타났다. 물론 클로랜스가의 저택에서 살고 있고, 중후한 황궁에도 쉴 새 없이 들락거린 엘리제지만 호텔 방의 화려한 풍경은 나름 색다른 매력을 주었다.

한동안 침묵이 무겁게 내려앉았다. 여전히 당혹감을 떨쳐 버리지 못한 엘리제는 방구석에서 엉거주춤하게 서 있었다. 믿는다 했고, 실제로 믿지만 단둘이 그와 한방을 쓰려니 역시 어색하고 민망한 마음이 들었다.

"피곤하지 않은가?"

"아, 아! 네, 네!"

뻣뻣하게 답하는 그녀를 보며 린덴은 피식 웃음을 지으며 다가왔다. 그가 가까워지자 엘리제는 흠칫 놀라 뒷걸음질 쳤다. 린덴은 손을 뻗어 그녀의 얼굴을 어루만졌다.

"아……."

평소와 같은 부드러운 손길이었지만 그와 단둘이 한방에 있다는 긴장감 때문일까, 가슴이 미칠 듯이 뛰었다. 린덴의 손이 어루만지는 부위마다 타는 듯이 화끈거렸다.

자신을 믿으라고 했던 맹수는 벌벌 떠는 초식동물에게 말했다.

"먼저 씻지 그러는가? 물을 덥혀 놓았을 텐데."

"아! 네, 네!"

엘리제는 도망치듯 그의 손길에서 벗어나 욕실로 들어갔다. 옷을 벗고 뜨거운 수증기에 몸을 맡기며 그녀는 한숨을 내쉬었다.

'아…… 나 어떻게 하지.'

그냥 손이 살짝 닿은 건데 아직도 화끈화끈했다. 얼굴이 빨갰다. 아니, 빨간 것은 얼굴만이 아니라 온몸 전체가 새빨갰다.

'몰라…….'

그녀는 씻을 생각도 못 하고 계속해서 떨리는 가슴을 움켜쥐었다.

한편, 욕실 밖에서 린덴은 깊은 한숨을 내쉬고 있었다.

"하아, 미치겠군."

란돌, 방을 하나만 예약하다니. 물론 그가 잘못했다는 것은 아니다. 아니, 잘했다. 방을 두 개 예약했으면 오히려 화가 났을 것이다. 문제는 그것이 아니라는 데 있었다.

'내가 자제할 수 있을까.'

그녀에게 믿으라고 말했다. 그는 그녀를 사랑하는 거지, 단순히 몸을 원하는 것이 아니다. 그녀를 가지는 것은, 그녀와 하나가 되는 것은 그저 입맞춤하고 얼굴을 어루만지는 것과는 다르다고 생각했다. 사랑하는 연인이 입맞춤으로 서로를 가까이하는 것과 완전히 하나가 되는 것은 다른 차원의 일이었으니까. 그러니 엘리제가 원하지 않으면 그것만큼은 무슨 수를 써서라도 참고 그녀를 지켜줄 생각이었다. 이렇게 납치를 했지만 그건 거짓 없는 진심이었다. 하지만 그는 자문하지 않을 수 없었다.

'정말 내가 참을 수 있을까?'

한방에 들어온 순간, 그 결심이 곧바로 흔들렸다. 단둘이 좁은 한 공간에 있다는 것이 이상하게 가슴을 뛰게 했다.

'정말…… 정말로 내가 참을 수 있을까?'

아까 전 손을 뻗었을 때, 손끝에 닿은 느낌만으로도 자제력이 무너지는 것 같았는데. 특히나 지금 욕실 안에서 뜨거운 김이 올라오는 사이로 그녀가 몸을 씻고 있을 거라 생각하니 가슴이 요동을 쳤다.

'젠장.'

그는 필사적인 자제력을 발휘하기 위해 주먹을 움켜쥐었다. 그녀가 안쪽 욕실에서 씻고 있다는 사실 하나만으로도 자꾸 이상한 상상이 들며 참기가 어려웠다. 괴로울 정도였다.

'하아, 양이라도 세어야 하나.'

그렇게 그가 입술을 깨물던 중이었다.

끼익.

욕실의 문이 열리며 엘리제가 나타났다.

"전…… 하?"

린덴의 눈동자가 흔들렸다. 아름다웠다. 빨개진 얼굴과 촉촉하게 젖은 백금발, 아직 물기가 맺혀 있는 하얀 피부, 그리고 평소보다 더욱 붉은 기가 도는 입술. 평소에도 예뻤지만 지금은…… 지극히 아름다우면서 동시에 자극적이었다. 속살이 언뜻언뜻 보이는 하얀 목욕 가운을 입고 있는 엘리제를 보며 린덴의 심장이 요동쳤다.

"왜 그러세요?"

그가 굳게 입을 다물고 있자, 엘리제는 의아한 얼굴로 눈동자를 깜빡였다. 귀여우면서도 가슴을 자극하는 모습. 결국, 린덴은 자리에서 벌떡 일어나 그녀를 스쳐 지나가며 욕실로 들어가 버렸다. 더 보고 있으면 참지 못할 것 같았다.

"전하?"

"씻고 나오겠다."

탁, 서둘러 욕실 문을 닫은 그는 다시 깊은 한숨을 내쉬었다.

"하아."

진정하자. 바보같이 지금 뭐 하는 거야? 전 세계를 호령하는 브리티아 제국의 황태자이자 탁월한 국정 능력을 인정받은 린덴, 또한 적국의 공포 대상인 공제이기도 한 그는 마음을 가라앉히려고 시도했다.

'양 한 마리, 양 두 마리, 양 세 마리…….'

빌어먹을. 하나도 소용없었다. 믿으라고 했던 말을 과연 지킬 수 있을지 자신이 없었다.

몇 백 마리나 되는지 모를 양을 센 후 간신히 마음을 진정시킨 황태자는 크게 심호흡을 하고 욕실을 나섰다.

"씻으셨어요?"

하지만 침실 가운을 입고 침대 한구석에 앉아 있는 그녀를 본 순간, 가슴이 덜컥 다시 요동쳤다.

엘리제는 어색한 얼굴로 자신이 입고 있는 침실 가운을 보았다.

"조금 이상하죠? 갈아입을 옷이 없어서……."

"……."

린덴은 대답하지 않았다. 아니, 못 했다. 희미하게 상기된 인형 같은 얼굴, 아직 물기가 남아 젖은 채 흐트러진 백금발, 그리고 가운 사이로 언뜻언뜻 비치는 하얀 속살. 아름다우면서 미치도록 자극적이었다.

'젠장.'

엘리제가 곤란한 얼굴로 말했다.

"찾아봐도 이것 외엔 입을 것이 없어서……. 직원에게 부탁해 갈아입을 드레스를 구해 달라고 해야겠어요."

린덴은 자신도 모르게 말했다.

"아니, 하지 마."

"……네?"

'아뿔싸! 내가 지금 무슨 말을.'

린덴의 반응에 엘리제의 얼굴이 조금 더 붉어졌다.

"하, 하지 마요?"

둘 사이가 한층 더 어색해졌다. 둘은 뻘쭘하게 아무 말도 않고 가만히 있었다. 엘리제는 속으로 울상을 지었다.

'어색해.'

사실 생각해 보면 이렇게 둘이 있었던 적이 처음은 아니다. 크림 반도에서 탈출할 때도 함께 밤을 지새웠으니까. 하지만 오늘은 이유 없이 얼굴이 화끈거렸다.

'그를 믿지만…….'

그래, 그를 믿는다. 그는 욕망에 휘둘리지 않는, 아니, 욕망에 큰 관심이 없는 세상에서 가장 믿을 만한 남자이니까. 물론 최근 자신에게 하는 것을 보면 정말 그런지는 조금 의문이 들긴 하지만 그 의문은 애써 외면했다.

'그래, 아무 일 없을 거야.'

엘리제는 그렇게 생각하며 두근거리는 가슴을 진정시켰다.

"저…… 힘드실 텐데 그렇게 서 있지 마시고 앉으세요. 아니면 피곤하니 누울까요?"

누울까요? 그 말이 린덴의 가슴에 꽂혔다. 분명 아무런 의미도 없는 말이건만 그의 마음은 해일을 만난 것처럼 흔들렸다.

'젠장. 같은 침대에 누우면 내가 참을 수 있을 리가 없잖아. 양 칠백사십이 마리. 칠백사십…… 아니, 몇 마리째였지?'

양을 다시 세어 보려 했으나 그녀에게 정신이 팔려 숫자가 잘 떠오르지도 않았다. 도대체 무슨 생각으로 디자인한 가운인지 몸을 움직일 때마다 그녀의 하얀 속살이 계속 힐끗힐끗 보였다. 훤히 드러난 어깨와 얇은 쇄골, 은은히 보이는 가슴골. 린덴은 침을 꿀꺽 삼켰다. 도저히 정신을 차릴 수가 없었다. 이건 그야말로 고문이었다.

'다른 방으로 가서 자야겠군.'

결국 참을 수 없던 린덴은 다른 방의 침대에서 자기로 결심했다. 이대로는 자신이 어떻게 돌변할지 모른다. 그녀를 지켜주지 못할 것 같았다.

'아니, 꼭 지켜줘야 하나?'

그런데 순간 이런 의문이 치밀어 올랐다.

'우린 결혼할 사이인데, 그리고 서로 사랑하는데, 그녀만 거부하지 않는다면…….'

그는 입술을 깨물었다.

"전하? 왜 그러세요?"

하지만 그녀가 커다란 눈을 깜빡거리며 의아하게 그를 바라보자, 린덴은 죄책감을 느껴졌다. 저렇게 순수한 그녀를 상대로 이런 못된 생각을 하다니.

'미치겠군.'

이렇게 미치도록 그녀를 바라지만 아직 그녀가 원하지 않으므로 지켜주어야 한다는 생각이 들었다. 그녀를 가지는 것은, 그래서 하나가 되는 것은 입맞춤과 단순한 어루만짐과는 다른 것이니까.

하지만 그런 이성적인 생각이 그의 갈망을 억누르진 못했다. 마음 한편에선 이런저런 것 상관없이 그저 그녀를 가지고 싶었다. 하나가 되고 싶고, 저 순수함을 범하고 싶었다. 저 하얀 속살에 자신의 흔적을 남기고 싶었다. 너무나 모순되는 그런 생각의 충돌에 그는 어떻게 해야 할지를 알 수가 없었다. 그저 괴로웠다. 빨리 이 방을 나가야 할 것 같았다.

"나는 나가서 자마."

몸을 벌떡 일으킨 린덴은 스위트룸 침실에서 나와 거실로 향했다. 호텔의 최고급 방이었기에 당연히 딸린 작은 방이 있었다. 그는 그곳에서 잘 생각이었다. 그러나 그는 이내 이맛살을 찌푸리고 말았다.

'젠장, 왜 침대가 없는 거야?'

그 작은 방에는 침대가 없었다. 아니, 있었던 것 같은데 얼마 전 치운 것인지 카펫에 침대 자국만 눌려 있었다.

'왜 침대를 치운 거지?'

그때, 스치는 기억이 있었다.

"전하! 아, 글쎄 말입니다. 제가 젊을 적 연모하던 영애와 몰래 여행을 간 적이 있는데 침대가 두 개나 있었지 말입니다. 그래서 각자 침대를 쓰고 자느라 얼마나 속상했던지! 방에 침대를 여러 개 두는 호텔은 모두 혼나야 합니다!"

예전 란돌이 했던 이야기가 문득 떠올랐다.

'참, 별걸 가지고 열 낸다고 한심해 했었는데…… 설마, 이놈이?'

"레이디 클로랜스를 납치하신다고요?! 정말 좋은 생각입니다! 호텔이요? 걱정하지 마십시오! 제가 완벽하게 세팅해 놓겠습니다!"

그러며 란돌이 엄지손가락을 척 올리던 것도 떠올랐다. '저만 믿으십시오!' 하며 웃던 것도. 혹시나 해서 거실도 다시 살폈지만 의자만 있지 누울 수 있는 기다란 소파는 없었다. 그것도 원래는 있었던 것 같은데 치운 것 같았다.

'란돌, 이놈…….'

린덴은 시종의 배려에 화내야 할지, 칭찬해야 할지 알 수가 없었다. 그때, 엘리제가 그의 등 뒤에 주저하며 다가왔다.

"전하? 이곳에서 주무시게요? 하지만 침대가……."

거리가 가까워서인지, 아니면 방금 몸을 씻은 탓인지 그녀의 달콤한 체향이 그에게 닿았다. 그리고 그 순간, 린덴의 이성이 마비되었다. 그는 확 몸을 돌리더니 다짜고짜 그녀의 입술을 덮쳐 버렸다.

"저, 전하?"

놀란 그녀가 벗어나려 했으나 그는 놔주지 않았다. 벗어나지 못하게 손으로 그녀의 양손을 잡았다. 그리고 거칠게 그녀의 입안을 헤집었다.

"아, 아……."

엘리제는 전신의 힘이 빠져 신음을 흘렸다. 뒤로 주춤주춤 물러났으나, 곧 등이 벽에 닿으며 갇혔다. 그렇게 그녀를 자신의 품 안에 가둔 채 린덴은 이성을 잃고 그녀를 농락했다.

"저…… 전하……."

정신이 아득해지는 그 키스에 그녀의 눈에 눈물이 맺혔다.

"제발……."

그녀의 떨리는 말을 듣고서야 린덴의 이성이 돌아왔다. 그는 그녀의 손을 놓아주었다. 그리고 부드럽게 그녀의 등을 끌어안고 말했다.

"놀라게 했다면 미안하다. 나도 모르게……."

린덴은 깊게 한숨을 내쉬었다. 왜 이 소녀는 날 이렇게 힘들게 만들까. 도대체 그녀만 앞에 있으면 정신을 차릴 수가 없었다. 지금도 이렇게 살갗이 닿는 느낌에 다시 마음이 흔들려 이를 악물고 참았다.

한편, 엘리제는 머뭇거리다 손을 들어 그를 마주 안아주었다. 솔직히 많이 놀라긴 했지만 내가 사랑하는 사람이니까.

"우리 이제 자요. 전하도 피곤하시죠?"

"……그래."

그녀는 그와 침실로 가려 했으나 린덴은 고개를 저었다.

"난 그냥 여기서 자겠다."

"하지만 침대가?"

"괜찮다. 그냥 바닥에서 자면 된다."

엘리제는 말도 안 된다는 표정을 지었다. 그러나 린덴은 진심이었다. 지금 이렇게 달아오른 상태에서 그녀와 한 침대에서 잔다고? 그건 정말 고문일 것이다.

"정 그러시면 제가 이곳에서 잘게요. 전 바닥에서도 잘 자니까 전하께서 침대에서 주무세요."

"무슨 말도 안 되는 소리를. 너는 침대에서 편하게 자라. 바닥에서는 내가 잘 테니."

잠시의 실랑이 끝에 결국, 엘리제는 한숨을 내쉬었다.

"그러지 말고 침대에서 같이 자요."

그녀는 순수한 표정으로 웃으며 말했다.

"믿으라고 하셨잖아요. 그러니 믿고 있어요."

린덴은 속으로 인상을 구겼다.

'젠장, 믿지 마.'

그는 아까 전으로 돌아가 자신의 말을 취소하고 싶었다. 내가 대체 무슨 배짱으로 그런 약속을 한 거지? 어쨌든 저렇게까지 순수하게 믿는다고 하는데, 이곳에서 잔다고 고집을 부릴 수도 없어 결국 침대로 향했다.

그녀는 불을 끄며 자리에 누웠다.

"편안히 주무세요."

"……그래."

그녀는 눈을 감았다. 린덴도 한숨을 내쉬며 눈을 감았다. 방 안에 침묵이 흘렀다. 엘리제는 그가 자신의 옆에 누워 있다는 사실에 잠시 두근거렸지만 워낙 수면 부족이었던 탓에 곧 잠이 들었다.

'미치겠군. 정말로.'

하지만 입술을 질끈 깨문 린덴은 잠들지 못했다. 그녀가, 예쁜 초식동물이 자신의 옆에 무방비 상태로 누워 있다. 맹수가 입을 벌리고 있는지도 모른 채.

'나도 자자.'

하지만 잠이 올 턱이 있나. 잠에 들려고 하면 할수록 오히려 정신이 또렷해졌다. 결국, 그는 한숨을 내쉬며 눈을 뜨고 몸을 돌려 잠이 든 그녀의 얼굴을 바라봤다.

"이젠 악몽은 꾸지 않는 건가?"

다행히 평안해 보이는 얼굴이다. 그는 손을 들어 그녀의 얼굴을 가린 머리칼을 치웠다. 곱게 감긴 예쁜 눈꺼풀에 조심히 입을 맞추었다.

"우웅……."

그녀는 살짝 눈썹을 찌푸렸으나 깨진 않았다.

"잘도 자는군."

린덴은 한숨을 내쉬었다. 자신을 이토록 괴롭게 만들어놓고 혼자서 저렇게 잘 자다니, 얄미운 마음이 들었다.

"하아, 엘리제."

그는 그녀의 얼굴을 바라보며 중얼거렸다. 맨날 자신을 속상하게 하고 일만 좋아하고 얄밉지만.

"사랑한다."

정말로. 정말 많이. 내 목숨보다도.

"사랑해."

그때였다. 엘리제가 우웅 하고 소리를 내더니 뒤척이며 몸을 움직였다. 원래 얌전히 자기보다는 잠버릇이 있는 편이어서 이불을 걷어차고 침대에서 굴러다니는 그녀였다. 그녀는 이번에도 몸을 몇 번 뒤척이더니 그의 품 안에 쏙 들어와 버렸다.

"……!"

린덴은 숨을 흡 하고 들이켰다. 간신히 자제하고 있는데, 이 초식동물이 또다시 나를 자극하고 있질 않은가. 그는 그녀를 부드럽게 감싸 안으며 입술을 깨물었다.

'젠장. 나보고 어떻게 참으라고!'

다시 미칠 듯한 갈망이 치밀어 올랐다. 지금 이 순간 그녀를 가지고 싶었다. 철저히 자신의 것으로 만들고 싶었다. 온몸에 자신의 흔적을 새기고 싶었다. 하지만 잠들기 전 그녀의 말이 떠올랐다.

"믿으라고 하셨잖아요. 그러니 믿고 있어요."

'젠장.'

그는 초인적인 의지로 양의 숫자를 세기 시작했다.

'양 칠백사십사 마리, 칠백사십오 마리…….'

하지만 효과가 없었다. 그래서 종목을 바꿨다.

‘별 하나, 별 둘, 별 셋…….’

별을 천 개까지 센 그는 문득 서글퍼졌다. 내가 지금 뭘 하고 있는 거지?

‘하아, 바늘이라도 가져올걸.’

허벅지라도 찌르면 조금 참기 쉬울 것 같았다. 그렇게 밤이 깊어 갔다. 린덴에게는 참으로 괴로운 밤이었다.

엘리제는 늦게 일어났다. 평소처럼 새벽에 눈을 뜨긴 했지만 린덴이 왜인지 시뻘게진 눈으로 더 자라고 강압했던 것이다. 어쩔 수 없이 더 자고 눈을 뜨니 해가 중천에 떠 있었다.

‘몇 시지?’

맙소사. 시계를 보니 오전 10시 30분이었다. 정말 잠에 곯아떨어져 시간 가는 줄 모르고 늦잠을 자고 말았다.

“일어났나?”

“아, 네.”

고개를 돌리니 그가 침대 옆 의자에 앉아 커피를 마시며 신문을 읽고 있었다. 조각 같은, 아니, 그보다 아름다운 린덴의 얼굴을 보니 엘리제는 가슴이 두근거렸다. 아침에 일어나자마자 그의 얼굴을 볼 수 있다니, 왠지 꿈만 같았다.

“잘 잤나?”

“네, 전하.”

린덴이 그녀에게 다가와 머리칼을 부드럽게 쓰다듬더니 입맞춤을 했다. 사랑이 담긴 모닝 키스였다.

"아……."

그 달콤함에 엘리제는 신음을 흘렸다. 그는 아쉬움을 남기고 입술을 떼었다.

"아침 먹어야지?"

"아…… 네. 시간이 늦었는데……."

"준비해 놓으라고 했으니 곧 가져올 거다. 조금 더 누워 있어."

"아니, 이제 일어나야죠."

"더 누워 있어. 평소엔 거의 잠도 자지 않잖아. 납치당했을 때라도 더 쉬어."

납치. 그 말을 듣자 엘리제는 배시시 웃음을 지었다. 병원에 남겨두고 온 일이 걱정되긴 했지만 이 순간 그녀는 진정 행복했다.

'일은…… 모르겠다. 어떻게든 되겠지.'

엘리제는 반쯤 포기한 심정으로 납치범의 명령을 따르기로 했다. 그때 그녀는 린덴의 눈이 빨간 것을 보고 고개를 갸웃했다.

"그런데 전하, 조금 피곤하신 것 같은데…… 혹시 잠자리가 불편하셨는지?"

"……아니다."

린덴은 속으로 한숨을 내쉬었다.

'피곤하군.'

결국, 그는 어젯밤 한숨도 자지 못했다. 그녀의 몸을 껴안고 잠이 들 수 있을 리가 없지 않은가. 정말 번뇌가 넘치는 괴로운 밤이었다.

'란돌, 이놈.'

그는 이 사단을 만든 란돌을 떠올렸다. 그런데 혼을 내주리라 생각했지만, 또 한편으론 상을 주어야 할 것 같기도 하다. 한잠도 못 자서 그런지 머릿속이 혼란스러워 뭐가 뭔지 모르겠다.

잠시 후 둘은 룸서비스로 늦은 아침 식사를 하였다. 식사 메뉴는 엘리제의 취향을 한껏 고려한 브런치였다. 달달한 디저트도 함께 곁들였다. 행복한 표정으로 식사를 마친 엘리제는 물었다.

"전하."

"왜 그러지?"

"이제 론도로 돌아가는 건가요?"

"아니, 가야 할 곳이 있다."

"가야 할 곳이요?"

그제야 이 납치의 목적을 언급하는 린덴이었다.

"그래, 같이 가서 해야 할 것이 있다."

"어디인가요? 그리고 해야 할 것이라니요?"

하지만 린덴은 알려주지 않았다.

"가보면 안다."

엘리제는 고개를 갸웃했다.

"여기서 먼가요?"

"아니, 이곳에서 멀지는 않다. 중부 지방이니 기차를 타고 가면 금방이다."

"그러면 오늘 바로 출발하나요?

"아니, 출발은 내일 한다."

"그러면 오늘은?"

린덴은 입꼬리를 들어 올렸다.

"나와 같이 시간을 보내야지."

그는 그녀에게 다가가 다시 입맞춤하였다.

"아……."

혀와 혀가 얽히며 후식으로 마셨던 커피 향이 느껴졌다. 짙은 여운이 남는 키스였다. 그는 엘리제의 머리를 쓰다듬으며 말했다.

"오늘만큼은."

그 순간 린덴의 짙은 금안이 그녀를 담았다.

"한순간도 놔주지 않을 테니 각오해."

정오까지 엘리제는 그와 침대에서 함께 있다가 밖으로 나왔다. 호텔 밖 거리는 케인즈 시의 전통 축제로 한창 시끄러웠다.

"아름다운 레이디, 잘생긴 젠틀맨! 이리로 와서 맛 좀 보고 가세요!"

축제로 시끌벅적한 거리의 분위기. 꽃이 만발한 거리 곳곳에서 시민들이 흥겹게 즐기고 있었다. 엘리제는 눈을 껌뻑거리며 주변을 둘러보았다.

"거리 축제는 처음인가?"

"아, 네."

"케인즈 시의 축제는 크게 두 가지 단계로 진행한다고 한다. 오전과 이른 오후는 이렇게 일반적으로 즐기다가, 늦은 오후에 하이라이트를 시작하지."

"하이라이트요?"

"그래, 토마토 축제."

엘리제는 의아한 표정을 지었다. 웬 토마토?

"토마토 싸움을 한다."

"예?"

"그러니까 눈싸움을 하듯 토마토를 던지며 시민들끼리 싸움을 한다고 하더군. 원래 스페냐 왕국 발렌스 지방의 전통 축제인데, 어쩌다 보니 전파되었다고 한다. 과거 시장이 그 축제를 보고 감명을 받았다나?"

도무지 상상이 안 가는 장면이다. 토마토를 던지며 싸운다니. 그런데 어떻게 이렇게 자세히 아시는 거지?

"전하께서는 이 축제에 와본 적 있으세요?"

"없다."

"그런데 어떻게 이렇게 자세히?"

린덴은 잠시 입을 다물었다가 엘리제의 눈을 직시하며 말했다.

"그대 때문에 공부했다."

"아……."

"네가 이전에 말하지 않았는가. 재미있는 축제에 와보고 싶다고."

그 말에 그녀는 가슴이 뭉클해졌다. 혹시나 자신 때문에 이 케인즈 시에 온 건가 싶었는데, 정말이었던 것이다. 자신에게 축제를 구경시켜 주기 위해. 마음이 한결 따듯해진 엘리제는 린덴에게 붙었다. 팔과 팔이 맞닿았고, 그녀는 그의 눈치를 살피며 조심히 팔짱을 꼈다.

린덴이 놀라 그녀를 보자 엘리제는 살짝 붉어진 얼굴로 물었다.

"싫…… 으세요?"

린덴은 미소를 지었다. 그럴 리가. 그는 다른 손으로 그녀의 머리를 흐트러뜨렸다. 사랑하는 나의 엘리제.

그렇게 둘은 팔짱을 끼고 걸으며 축제를 구경했다. 우선 황궁에서 절대 먹을 수 없는 길거리 음식을 먹었다. 소스 범벅인 꼬치를 먹었는데, 달달하니 맛있었다. 엘리제는 그의 뺨에 소스가 묻자 웃으며 손수건으로 닦아주었다. 린덴도 그녀의 입가에 묻은 소스를 닦아주었다. 손수건이 아닌, 혀로 직접.

"……!"

그녀의 얼굴이 붉어지자 린덴이 피식 웃으며 말했다.

"난 손수건을 가지고 다니지 않아서."

"거, 거짓말하지 마요!"

사람들 사이에 어울려 춤도 추었다. 귀족 연회의 격식 있는 춤은 아니었다. 그저 시민들끼리 특별한 규칙도 없이 흥겨움에 몸을 맡기는 춤. 린덴은 춤을 별로 좋아하지 않았으나, 그녀가 추고 싶어 하는 것 같아 함께 춤을 추었다. 엘리제가 눈치를 보며 물었다.

"춤 싫어하지 않으세요?"

"싫어한다."

"아, 죄송해요. 저 때문에……."

"아니야."

그는 엘리제의 허리를 잡고 품 안으로 끌어당겼다. 그리고 그녀의 목에 얼굴을 묻고 체향을 맡으며 말했다.

"싫어하지만 너와 함께하는 것은 다 좋아."

목덜미에 느껴지는 그의 입김에 엘리제의 목소리가 살짝 떨렸다.

"그, 그게 뭐예요."

"정말이다."

사실 그가 싫어하는 것은 춤뿐이 아니었다. 단 디저트도, 그녀가 좋아하는 고기 요리도, 러브 스토리 연극도, 모두 그의 취향이 아니었다. 하지만 자신의 취향 따위가 뭐가 그리 중요하겠는가? 그녀와 함께하면 무엇이든지 다 기쁜데. 그렇게 즐거운 시간을 보내던 중, 둘의 눈에 희한한 물건이 보였다.

"웬 피아노가?"

성당에서나 볼 법한 커다란 피아노가 길거리에 놓여 있었다. 한 시민이 웃으며 설명했다.

"축제용으로 시에서 준비한 거예요. 치실 줄 아는 분 있으면 자유롭게 치시면 돼요."

피아노 연주 체험인 것 같았다.

"전하, 저 쳐 봐도 돼요?"

"그래."

엘리제는 간만에 피아노 앞에 앉아 건반을 두드렸다. 물론 실력은 형편없었다. 어릴 적 클로랜스 가문의 영애로서 교양으로 배우긴 했지만, 그게 도대체 몇 년 전인가? 지구에서의 삶을 포함하면 수십 년 전이다. 잠시 후 엘리제는 민망한 표정으로 자리에서 내려왔다.

"잘 안 되네요."

린덴은 피식 웃고는 그녀의 머리를 쓰다듬었다. 그리고 본인이 피아노 앞에 앉았다.

"전하? 연주하시게요?"

"그래."

엘리제는 놀란 표정을 지었다. 그가 피아노 연주를 한다고? 시민들도 조각같이 잘생긴 남자가 피아노 앞에 앉자 흥미로운 표정으로 구경했다. 린덴은 잠시 엘리제의 눈을 바라봤다. 잘 들으라는 듯. 그의 손가락이 건반을 누르기 시작했다.

콰앙!

강렬한 시작, 그리고 곧바로 이어지는 부드러운 선율.

'아…….'

엘리제는 속으로 탄성을 삼켰다. 믿을 수 없게도 아름다웠다. 강렬하면서도 달콤한, 부드러운 연주였다. 그때, 린덴이 고개를 돌려 그녀를 바라봤다. 간절한 열망이 담긴 시선. 그 시선을 받는 순간, 엘리제는 이 곡의 이름을 떠올렸다.

〈Love〉

프러시엔의 천재 음악가가 작곡한 피아노곡이었다. 오로지 자신이 사랑하던 여인을 위한 열정적인 곡. 그 곡을 그가 연주하고 있었다. 바로 그녀를 위해서.

뭉클.

엘리제의 가슴이 울렁거렸다. 왜일까? 이유 없이 눈물이 나올 것 같았다. 연주하는 내내 린덴의 눈은 계속해서 그녀를 향했다. 그의 눈동자는 이렇게 말하고 있었다. 사랑한다고. 내가 너를 정말 많이 사랑한다고.

결국, 엘리제는 급히 고개를 돌려 눈을 비볐다. 눈물 한 방울이 손가락에 흘렀다.

"와아! 최고다!"

연주를 마친 그에게 사람들이 우레와 같은 박수를 쳤다. 그는 엘리제에게 다가왔다.

"왜 울지?"

"그냥…… 좋아서요."

그녀는 어린 새처럼 그의 품에 파고들었다. 린덴은 살짝 눈을 크게 떴다가 그녀를 포근하게 안아주었다. 그 따뜻한 품 안에서 엘리제는 눈물을 흘렸다. 행복했다. 너무 행복해서 이것이 꿈인가 싶었다. 눈을 뜨면 깨질 환상처럼 느껴졌다. 그래서 행복하지만 불안했다. 이 행복이 사라질까 봐.

'난 이 행복이 사라져도 살아갈 수 있을까?'

아예 몰랐을 때는 괜찮았다. 하지만 이런 행복을 경험한 뒤, 잃으면 버틸 수 있을까? 안다. 이런 불안이 쓸데없는 걱정이란 것을. 너무 행복해서인 것 같다. 이런 쓸데없는 걱정이 드는 것은. 엘리제는 조금 더 그를 느끼고 싶어 더 깊이 그의 품속으로 파고들었다. 린덴은 그런 그녀를 말없이 더욱 강하게 안아주었다.

그렇게 축제를 즐긴 그들은 대망의 하이라이트, 토마토 축제에도 참가했다. 물론 싸움에 직접 낀 것은 아니었다. 그냥 구경하러 관람자로 참석했다.

"기대돼요, 어떨지."

"황태자로서 이런 토마토 낭비 축제는 지양해야 한다고 생각은 된다만. 도대체 세금이 얼마나 낭비되는 건지."

그렇게 말했지만 그도 즐거운 얼굴이었다. 곧 토마토를 한가득 실은 커다란 바구니들이 거리 양측에 준비되었고, 푸른색과 붉은색 옷으로 편을 나눈 시민들이 양손에 토마토를 들고 서로를 주시했다.

"시작!"

진행자가 축제 시작을 알리자 관람객과 참가자들 사이에서 일제히 함성이 터져 나왔다.

"와아!"

퍽! 퍽!

마치 눈싸움을 하듯 물컹물컹한 토마토가 서로를 향해 날아갔다.

"악! 꺄악!"

"하하! 와아!"

시민들의 얼굴이 순식간에 토마토 범벅이 되었다. 엉망으로 변한 얼굴로 시민들은 서로를 보며 환하게 웃었다. 엘리제도 웃음을 터뜨렸다. 이런 유쾌한 광경은 난생처음이었다. 린덴은 계속 '세금 낭비'라고 중얼거리면서도 그녀를 향해 따뜻한 시선을 보냈다. 그녀가 웃으니 그도 마냥 좋았다.

그런데 그 즐거운 관람이 돌변한 것은 한순간이었다.

"꺄악!"

퍼억!

누군가 엘리제를 향해 토마토를 던진 것이다! 얼굴에 정통으로 토마토를 맞은 그녀의 얼굴이 엉망으로 변했다.

"엘리제!"

린덴의 얼굴이 딱딱하게 굳었다.

'누가 감히!'

고개를 돌리니 웬 턱수염 아저씨가 웃으며 그들을 보고 있었다.

"레이디! 같이 놀아요! 신사분도 가만히 있지만 말고! 하하!"

그 말에 린덴의 눈에 불꽃이 튀었다.

'감히! 용서하지 않겠다!'

엘리제가 그 기세에 놀라 그를 말렸다.

"저는 괜찮아요."

"너는 여기에 가만히 있어라."

"네?"

"내가 복수를 해주마."

"무, 무슨?"

그렇게 공화국군을 벌벌 떨게 했던 공제가 사랑하는 연인을 위해 나섰다. 양손에 토마토를 들고.

퍼억! 퍼억!

순식간에 얼굴에 토마토를 얻어맞은 턱수염 아저씨가 꽥 하고 쓰러졌다. 엘리제가 더듬더듬 말했다.

"저, 전하. 그거 방금 토마토에 초상 능력을?"

"착각이다."

"하지만 분명……."

"착.각.이다."

강하게 강조하는 린덴의 말에 엘리제는 입을 다물었다.

'분명 초상 능력이었는데…….'

"와아! 저기도 던져라!"

"엉클의 복수를 하자!"

우군이 쓰러진 것을 목격한 시민들이 우르르 엘리제와 린덴에게 달려들었다.

"꺄악!"

엘리제는 놀라 비명을 질렀고, 린덴은 코웃음을 쳤다. 흥, 어딜 감히! 그렇게 세계 최강국 브리티아의 황태자는 그녀를 위해 토마토 개판 싸움을 하였다. 치사하게 몰래몰래 초상 능력까지 사용하면서. 그리고 30분 뒤 진행자가 나섰다.

땅!

징 소리가 울리며 축제의 끝을 알렸다.

"끝났습니다! 모두 수고하셨습니다!"

"와아!"

시민들이 토마토를 허공에 집어 던지며 함성을 질렀다. 엘리제는 입을 벌리고 린덴을 바라봤다.

"저, 전하."

"왜?"

아름답던 그의 얼굴은 토마토 범벅으로 변해 있었다. 얼굴뿐이겠는가? 걸치고 있던 검은 신사 정장 전체가 빨갰다. 토마토로 샤워한 것 같다. 그리고 그건 엘리제도 마찬가지였다. 머리부터 발끝까지 온통 토마토였다. 황태자와 예비 황태자비는 잠시 서로의 추한 몰골을 바라봤다.

"쿡쿡."

"큭."

곧 서로 동시에 웃음을 터뜨렸다. 그리고 그 웃음은 점점 커졌다.

"하하. 아. 하하."

엘리제는 아예 배꼽을 잡고 웃었고, 린덴도 입술을 실룩샐룩했다. 그렇게 케인즈 시의 축제가 끝났다. 함께해서 더욱 행복했던 시간이었다.

호텔로 돌아온 그들은 말끔히 몸을 씻었다. 옷을 갈아입고, 맛있는 식사를 하니 어느덧 달이 떠오른 밤이 되었다.

'벌써 하루가 지나갔구나.'

엘리제는 아쉬운 마음이 들었다. 축제의 여운이 남아 있어서일까?

시간이 늦었지만 이대로 하루를 마감하기 아쉬웠다. 그래서 그녀는 린덴에게 평소라면 절대 하지 않았을 제안을 하였다.

"저…… 전하."

"왜 그러지?"

"많이 피곤하신가요?"

"괜찮다."

한편 방에 돌아온 후, 다시 번뇌에 휩싸여 있던 린덴이 답했다. 엘리제는 축제 때 긴장을 푼 것인지, 단둘이 한 호텔 방에 있게 됐는데도 어제처럼 떨지 않았다.

'정말 날 믿는 것인가?'

젠장, 믿지 않았으면 좋겠다. 정말 진심으로. 지금도 가운 안으로 비치는 속살이 신경 쓰인다. 다른 것은 몰라도 그녀가 진정 원하지 않는 한, 그녀의 순결만은 지켜주어야 한다는 생각과 어차피 부부가 될 것인데, 라는 생각이 끝없이 충돌했다. 그런 상반된 감정이 린덴은 너무도 괴로웠다.

그때, 엘리제가 말했다.

"피곤하지 않으시면…… 술이나 한잔하실래요?"

린덴이 흠칫 놀라 그녀를 바라봤다. 엘리제는 머쓱한 얼굴로 웃었다. 순진한 표정이었다.

"그냥…… 이대로 자기 아쉬워서요. 맛있는 튀김 안주랑 고기 안주도 먹고 싶고요."

그가 답을 않자 그녀가 조심히 물었다.

"싫으세요? 피곤하면 괜찮고요."

"……마시자."

그는 깊은, 정말 깊은 한숨을 내쉬었다. 저 예쁜 초식동물이 이제는 날 아예 말려 죽이려고 작정한 것 같았다.

이미 다 씻고 침의로 갈아입은 상태라 술은 룸서비스를 시켜 방에서 마시기로 했다. 곧 황태자와 예비 황태자비를 위해 호텔 최고의 쉐프가 잔뜩 솜씨를 부린 안주가 방으로 도착했다.

"와아."

윤기가 흐르는 바삭한 감자튀김과 스테이크 볶음, 오색 창연한 과일 안주 등이 식탁에 차려졌다. 엘리제는 갖가지 안주를 보며 행복한 표정을 지었다. 반면 린덴은 속으로 다시 한숨을 삼켰다.

'그렇게 귀여운 표정 짓지 말라고. 날 믿지도 말고.'

속살이 비치는 침실 가운을 입고 저런 표정을 지으면 도대체 나보고 어떻게 참으란 것인가? 미칠 것 같은 고문이었다. 더 이상 셀 양이나 별도 없었다.

'안주 내올 때 바늘이라도 가져오라고 할 걸 그랬나.'

그런 그의 속마음도 모르고 엘리제가 물었다.

"전하는 안 드세요?"

"……먹겠다."

술은 작은 오크통에 담긴 흑맥주였다. 린덴은 원래 도수가 높은 위스키를 선호했으나 엘리제가 시원한 맥주를 원하기도 했고, 독한 술을 마시면 도저히 자신을 주체할 자신이 없어서 흑맥주를 마시기로 했다.

"술은 마실 줄 아나?"

한 잔만 마셔도 곯아떨어지는 친우 렌을 떠올리며 린덴이 물었다. 엘리제는 고개를 끄덕였다.

"좋아해요."

"좋아해?"

"네, 수술 끝나고 마시는 술이 얼마나 맛있는데요."

이곳에서야 그럴 일이 없었지만 지구에서는 밤늦게 수술을 끝내고 간단히 한잔하고 헤어지는 일이 많았다.

'순댓국에 소주가 참 좋았는데. 감자탕도 맛있었고. 이곳에서 순댓국이나 감자탕을 먹을 수는 없겠지?'

지구에서 즐기던 야식을 떠올렸다. 언제 여유가 되면 만드는 방법을 고민해 봐야겠다.

'전하는 좋아하실까?'

그도 좋아하면 같이 먹으면 좋을 텐데. 그녀는 굳은 표정으로 술잔을 만지작거리고 있는 린덴을 바라보았다.

'나중에 내가 요리해 주면 싫어하실까? 그러진 않으시겠지?'

그녀는 살짝 얼굴 붉히며 생각했다. 지난번 우크라산맥에서 탈출할 때 그랬던 것처럼 그가 자신이 해주는 요리를 맛있게 먹어주면 좋을 것 같았다.

그때, 린덴이 그녀에게 잔을 내밀며 말했다.

"한잔하지."

"네."

엘리제는 기분 좋게 맥주를 마셨다. 꿀꺽꿀꺽 잘도 마시는 그녀를 보며 린덴은 눈에 이채를 띠었다. 정말 생각보다 잘 마시는 것 같았다.

"전하는 안 드세요?"

"마실 거다."

린덴도 시원하게 한 잔 들이켰다. 엘리제는 그가 마시는 모습을 보며 웃음을 지었다. 그는 그 웃음에 의아한 표정을 했다.

"왜 웃지?"

"좋아서요."

"뭐가?"

"그냥 이렇게 둘이 술을 마시고 있다는 게요."

축제를 같이 보내며 한층 가까워진 것일까. 엘리제는 한결 편하게 그에게 말했다. 린덴은 고개를 끄덕였다.

"그래, 나도 좋군."

사랑하는 이와 술을 같이하는 것은 즐거운 일이었다. 이 번뇌하는 가슴만 아니면 말이다. 한 잔 마셨다고 엘리제의 하얀 얼굴에 홍조가 돌기 시작했다. 그 모습이 그를 자극했다.

젠장. 저렇게 인형 같은 얼굴에 홍조가 돌면 나보고 어떻게 하라는 것인지. 미칠 지경이다. 그런 린덴의 마음은 모른 채 엘리제는 맥주를 한 잔 더 마셨다.

꿀꺽.

맥주와 함께 떨리는 목 울림에 린덴은 자신도 모르게 침을 삼켰다. 이대로 저 입술을 범하고 싶은데. 입맞춤 정도는 괜찮지 않을까? 하지만 평소라면 몰라도 지금 키스를 하면 거기서 자제할 자신이 없었다. 그랬다가는 왠지 선을 넘을 것 같았다.

'하아.'

몇 번째일지 모를 한숨을 내쉬었다. 그런데 한 세 잔쯤 마셨을 때일까? 그녀는 취기가 오르는지 조금씩 발음이 흔들리기 시작했다.

“전…… 하.”

“그만 마시는 것이 좋겠다.”

“아…… 괜찮아요. 딸꾹.”

“…….”

“저, 정말 괜찮은데. 딸꾹.”

그녀는 딸꾹질하는 게 부끄러운지 얼굴을 붉혔다.

“지, 진짜…… 괜…… 딸꾹.”

린덴은 고개를 젓고 경고하듯 그녀의 귓가에 입을 가져가 말했다.

“그만 마셔. 안 그러면.”

그러며 지그시 귓불을 깨물었다.

“정말 혼내줄 테니.”

귀에서 전해지는 찌릿한 느낌에 엘리제의 몸이 떨렸다.

“알았나?”

그런데 술을 마신 탓일까? 엘리제는 조금 달랐다. 평소라면 군말없이 고개를 끄덕였을 텐데, 무려 반항이란 것을 한 것이다.

“조, 조금만…… 더 마시면 안 돼요? 딸꾹. 고작 맥주인데…… 조금만 더…… 많이 안 마실게요.”

린덴의 눈썹이 꿈틀거렸다. 사실 그녀가 술을 마시는 것은 상관없었다. 오히려 발개진 얼굴로 딸꾹질하는 것이 귀여웠다. 하지만 그녀가 무방비하게 흐트러진 모습을 보고 자제할 자신이 없었다. 즉, 문제는 자신이었다.

린덴이 답이 없자 거절로 알고 엘리제가 시무룩하게 말했다.

“……알겠어요. 그만 마실게요. 죄송해요. 그냥 오늘 축제를 보고 기분이 좋아서 그랬어요.”

하아. 저런 귀여운 표정으로 저렇게 예쁘게 말하면 어떻게 안 들어주겠는가?

"……한 잔만이다. 더 이상은 안 돼."

그 말에 예쁜 초식동물은 기쁜 표정을 지으며 맥주를 마셨다. 하지만 린덴은 곧 승낙한 것을 후회하게 되었다. 그 한 잔을 더 마신 후, 엘리제의 얼굴에 완전히 취기가 오른 것이다.

"딸꾹. 딸꾹. 아…… 죄, 죄송해요."

엘리제도 본인이 취한 것을 깨닫고 그에게 사과했다. 물론 술주정을 부린 것도 아니고, 취한 것을 사과할 이유야 없지만.

"……괜찮다. 이제 그만 쉬자."

린덴은 고개를 저었다. 오늘도 그녀를 먼저 재우고, 또 그녀 옆에서 괴로운 밤을 보내야 할 것 같았다.

'정말 바늘을 가져오라고 할까.'

그때였다! 술에 취해 과감해진 것인지, 엘리제가 그의 어깨에 몸을 기댔다.

"……!"

"저…… 잠시만 이러고 있으면 안 돼요?"

린덴은 흡 하고 숨을 멈추었다. 그녀의 우윳빛 체향이 그의 정신을 흔들었다.

"술은 더 안 마실 테니…… 그냥 잠시만 이러고 있고 싶어서."

"……그래."

린덴은 입술을 깨물었다. 이 소녀는 나를 얼마나 괴롭게 하려고 하는 것인지. 그래도 그것이 싫지는 않았다. 그녀가 자신의 어깨에 가만히 기대고 있는 것이, 아니, 정확히 말하면 가슴이 떨리도록 좋았다.

"전하."

"린덴."

"네?"

"이제 전하라 부르지 말고 린덴이라 불러라."

"하지만……."

엘리제는 취한 상태에서도 그건 주저되는 것 같았다. 린덴은 눈썹을 찌푸렸다. 미하일, 그놈한테는 잘도 이름을 부르면서!

"명령이다. 지금 당장 린덴이라 불러."

"하, 하지만……."

"당장. 지금 해봐라."

"……린…… 덴."

그 말은 그에게 깊은 만족감을 주었다. 고작 이름을 부른 것이건만 달콤한 느낌이 들었다.

"다시."

"린…… 덴."

"다시 한 번 더."

그렇게 엘리제는 멍하니 그의 이름을 반복했다. 몽롱한 달콤함이 방 안에 감돌았다.

"졸리는가?"

곧 자신에게 기댄 채 꾸벅꾸벅 졸기 시작한 엘리제에게 린덴이 물었다.

"아…… 괜찮아요."

"이제 정말로 그만 자도록 하지?"

"조금만 더요. 지금 좋아서…… 전하."

"린덴."

"아…… 네, 린덴. 나 이전부터 사실 하고 싶었던 이야기가 있었어요."

"뭐지?"

그녀는 그에게 조금 더 파고들었다. 늘 느끼는 거지만 그의 체온은 차갑지만 이상하게도 따뜻했다. 신기했다.

"우리는…… 혹시 운명일까요?"

린덴은 살짝 의외인 눈으로 그녀를 바라봤다. 물론 그는 그녀가 자신의 운명이라 생각하고 있다. 하늘이 정한. 하지만 누구보다 이성적인 그녀의 입에서 '운명'이란 감상적인 단어가 나오다니 조금 뜻밖이었다.

"왜 그렇게 생각하지?"

"사실 신기한 일이 있었어요."

"무슨?"

"크림전쟁 때 제가 총에 맞았던 것 기억나세요?"

당연히 기억난다. 끔찍한 기억이었다.

"그때 다른 사람들의 피가 안 맞아 피를 못 받고 있었는데, 전하…… 아니, 린덴의 피만 맞아 저에게 수혈을 해주셨잖아요."

"그랬지."

린덴은 고개를 끄덕였다. 그거야말로 운명적인 일이었다. 그때 오로지 자신만이 그녀에게 피를 줄 수 있었다. 그런데 엘리제, 이 과학적인 의사는 당시의 일을 조금 다르게 받아들였다.

"그래서 사실 조금 연구를 했었어요. 왜 그런 일이 일어났는가. 린덴의 피와 제 피를 비교해서."

"언제?"

"얼마 전에요. 기억나시죠? 검진하려고 뽑은 피로 제가 확인해 본

다 했잖아요."

그러고 보니 그랬던 적이 있는 것 같기도 하다.

"그런데 연구해 보니 신기한 결과가 나왔어요."

"어떤?"

"저희 둘의 피가 완벽히 일치해요."

"일치한다고?"

"네, ABO뿐만이 아니라, Typing까지. 모든 것이 완전히요."

취한 그녀는 의학 용어를 가리지 않고 사용했다. ABO? Typing? 린덴은 모르는 용어였다.

"왜? 일치하면 안 좋은 건가?"

"아니, 안 좋을 건 없죠. 어쨌든 신기해요. 이렇게 서로 일치하다니."

엘리제의 말에 린덴이 피식 웃었다.

"뭐가 신기한가?"

"네?"

"네 말대로 우리가 운명이니 일치하는 것이지."

그 말에 엘리제는 배시시 웃었다.

"그런 걸까요?"

"당연하지. 우리는 하늘이 정해 준 사이인 것이다. 아니, 하늘도 우리 사이를 갈라놓지 못할 것이다."

물론 실제로 그런 것일지도 모른다. 하지만 린덴은 그런 거라고 믿기로 했다. 그리고 그의 말을 들은 엘리제도 그렇게 믿기로 했다. 그와 자신은 운명이라고.

"하암."

계속 감기는 눈으로 하품하는 그녀를 린덴은 눕혀 주려고 했다. 하지만 취기가 오른 그녀는 앙탈을 부렸다. 조금만 더 같이 있고 싶다고.

“조금만…… 조금만요…….”

그 귀여운 모습에 린덴은 한숨을 삼켰다. 저 사랑스러운 모습 그대로 가지고 싶었다.

‘하아.’

그때 그녀가 몽롱한 눈으로 그를 바라봤다.

“린덴, 사랑해요.”

“……!”

“사랑해요, 정말로. 정말로 사랑해요.”

그러며 그녀가 그의 볼에 입술을 맞혔다.

린덴의 눈동자가 흔들렸다.

“엘리제, 너…….”

하지만 술기운 때문일까? 그녀는 멈추지 않았다. 이미 취기가 오를 대로 올라 반쯤 감긴 눈으로 입술을 움직였다. 멍하니 잠에 취해 자기가 지금 무슨 위험한 일을 저지르고 있는지도 자각하지 못한 채. 뺨에서 입술 쪽으로, 그녀의 입술이 미끄러질 때마다 린덴은 정신이 아득해지는 느낌을 받았다. 그리고 그 붉은 입술이 자신의 입술에 와 닿을 때였다.

린덴의 이성이 뚝 하고 끊어졌다. 입술을 건드는 촉촉한 느낌에 머리가 하얗게 변했고, 생각이 마비된 그의 몸이 그녀를 덮쳐 들어갔다.

‘이건…… 이건 너 때문이야.’

린덴의 혀가 엘리제의 입안을 침범했다. 달콤함보다는 강렬한, 오로지 그녀를 자신의 것으로 만들기 위한 키스였다. 린덴의 혀끝이 그 안의 모든 것을 빨아들일 듯한 기세로 그녀를 침범했다.

'엘리제!'

린덴은 그녀의 어깨를 눌러 침대 위에 눕혔다. 자연스레 그가 그녀의 위에 올라탄 자세가 되었다. 린덴은 떨리는 손으로 그녀의 허벅지를 어루만졌다. 여리면서도 미치도록 부드러운 그 감촉에 그의 가슴이 터질 듯이 쿵쾅거렸다.

이대로 그녀를 자신의 것으로 만들고 싶었다. 전신에 하나의 틈도 남기지 않고 자신의 흔적을 새긴 후 완전히 하나가 되고 싶었다. 그 욕망을 담아 그는 그녀의 어깨에 입을 맞추었다. 그의 손이 허벅지, 그 위, 그녀의 은밀한 곳으로 향했다.

'아, 엘리제……!'

그런데 그 순간이었다. 그는 이상한 점을 느꼈다. 평소와 다르게 그녀에게서 아무런 반응이 없었던 것이다. 승낙도, 거부도, 그렇다고 신음도, 떨림도, 아무것도 없었다.

'뭐지?'

의아한 표정으로 그녀의 얼굴을 본 순간, 린덴은 인상을 와락 찌푸렸다.

'젠장.'

엘리제는 잠들어 있었다. 완전히 취해서.

'이 나쁜!'

나를 이렇게 만들어 놓고 잠이 들다니! 린덴은 심각한 얼굴로 번뇌했다. 어떻게 하지, 이 욕망을? 잠이 들었지만 그냥 계속해?

'망할.'

하지만 어떻게 그대로 하겠는가? 그녀가 이렇게 잠이 들어 있는데.

"엘리제. 엘리제."

그는 혹시나 싶어 그녀의 어깨를 흔들어 잠에서 깨워 보았다. 하지만 그녀는 우웅 하고 뒤척일 뿐 잠에서 일어나지 않았다.

'제길. 정말 나쁜.'

린덴은 한숨을 푹푹 내쉬었다. 도대체 이 소녀는 나에게 무슨 악감정이 있어서! 그는 마음에 안 든다는 말을 끝없이 중얼거리며 그녀에게 이불을 덮어주었다. 그리고 도저히 가슴이 진정이 안 돼 입술을 깨물며 양을 세었다.

'양 한 마리, 양 두 마리…….'

천 마리까지 세었으나 효과가 없어 어쩔 수 없이 종목을 바꿨다.

'별 하나, 별 둘…… 젠장.'

양을 세든 별을 세든 계속 그녀의 몸만 떠올랐다. 달아오른 가슴이 진정이 되지 않았다. 결국 그는 라운지에 연결된 끈을 당겨 직원을 불렀다.

호텔 직원이 공손한 태도로 방에 들어왔다.

"네, 무슨 일이십니까? 술상을 치울까요?"

"그래, 치우고."

린덴은 머뭇거리다 말했다.

"바늘을 가져와라."

"네?"

직원은 자신이 잘못 들었나 싶어 반문했다. 린덴은 인상을 구기며 말했다.

"바늘 가져오라고."

"네, 네."

호텔 직원이 의아한 얼굴로 사라진 후, 린덴은 그녀를 돌아보았다.

원래도 그랬지만 오늘은 정말, 진짜로 마음에 안 들었다.

'오늘 일, 나중에 반드시 혼을 내주마. 꼭. 각오해.'

린덴은 그렇게 이를 갈았다. 물론 어떻게 혼을 낼지는 그만이 알 일이었다. 그렇게 그는 다시 밤하늘에 떠 있는 별의 숫자를 세며 밤을 지새웠다. 그녀를 혼내줄 수 있는 날이 최대한 빨리 다가오기를 기원하면서.

굉장히 서글픈(?) 밤이었다.

다음 날, 날이 밝고 늦잠을 잔 그들은 기차역으로 향했다. 그가 말했던 '목적지'로 향하는 것이다.

"전하, 피곤하신 것 같아요."

"……그래."

린덴은 퀭한 눈으로 말했다.

"잠자리가 불편하셨는지……?"

"……아니다."

말을 해서 무엇하겠는가?

"그대는?"

"전 잘 잤어요. 쌩쌩해요."

린덴은 한숨을 내쉬었다. 보아하니 어제 본인이 취해서 벌인 일은 기억도 안 나는 것 같다. 진짜 마음에 안 든다.

'나중에…… 반드시 꼭 혼내주마.'

그는 굳게 다짐했다. 아무것도 못 하게 정말 하루 종일 혼내줘야지. 어쨌든 그들은 케인즈역에서 중부로 이동하는 기차에 올라탔다. 미리 예약되어 있었고, 최고급 VIP 객실 하나를 통째로 이용했다.

"이렇게 한 칸을 다 이용해도 되는 거예요?"

"상관없다. 어차피 다 내 거다."

그 말에 엘리제는 웃음을 터뜨렸다. 틀린 말은 아니었다. 브리티아의 기차는 모두 국가 소유였으니까. 엘리제는 고급스러운 의자에 앉아 창밖을 바라봤다.

칙칙! 기관이 달아오르는 소리가 나며 기차가 움직이기 시작했다. 그녀는 미리 준비된 과자를 먹으며 느긋하게 시시각각 변하는 풍광을 감상했다.

"전하."

"린덴. 린덴이라고 불러라."

"아……."

엘리제는 어색한 표정을 지었다.

"린…… 덴."

"더 자연스럽게 한 번 더 불러봐라."

"……린덴."

엘리제는 이름을 부르며 살짝 얼굴을 붉혔다. 린덴은 그 귀여운 얼굴을 보고 한숨을 내쉬었다. 얄밉긴 참 얄미웠지만 동시에 사랑스러웠다. 도대체 저 소녀를 어떻게 해야 할까?

"저…… 그런데 어디로 가는 건가요? 론도에는 언제?"

"왜? 빨리 돌아가고 싶나?"

"그건 아니지만……."

엘리제는 고개를 저었다. 그와 이렇게 계속 함께 있고 싶은 게 솔직한 마음이었다. 가능하다면 영원히.

'좋으니까.'

그와 함께하는 시간이 너무 좋았다. 눈을 뜨면 그가 있고, 무엇을 해도 그와 함께라는 사실이 그녀의 가슴을 따뜻하게 해주었다. 하지만 린덴은 이렇게 답했다.

"내일 돌아갈 거다. 오늘이면 볼일이 끝날 테니."

"아……."

"지금 우리가 가는 곳은 클리우드 시이다."

클리우드 시? 처음 들어보는 곳이다.

"그냥 특별할 것 없는 작은 도시다. 바다가 보이는 서부 해안가의."

"그러면 그곳에는 왜?"

하지만 그건 답해 주지 않았다.

"가 보면 안다."

어느덧 도시를 벗어난 기차는 산야를 달리고 있었다.

"그런데 엘리제."

"리제."

"응?"

엘리제가 쑥스러운 표정으로 물었다.

"저한테도…… 엘리제 말고, 리제라고 불러주면 안 돼요?"

린덴은 옅게 미소를 지었다. '리제'는 가까운 사람이 그녀를 부르는 호칭이었다.

"그래, 리제."

둘은 그렇게 가벼운 대화를 나누며 기차 여행을 하였다. 즐거운 시간이었다. 배가 고프지 않게 틈틈이 단 과자를 먹고, 음료도 먹었다.

"리제, 여기 내 옆에 와서 앉아라."

"왜요?"

"멀어서 이야기가 잘 안 들린다."

거짓말. 엘리제는 입술을 삐쭉 내밀었으나 모른 척 속아주었다. 그녀가 옆에 와서 앉자 린덴은 가만히 그녀의 어깨를 감싸 안았다. 그녀도 그에게 어깨를 기댔다. 그 상태로 이런저런 이야기를 나누었다. 그렇게 소소한 이야기를 하는 사이 시간이 흘렀고, 낮게 황혼이 깔리기 시작할 무렵 기차는 목적지에 도착했다.

클리우드 시는 서부 해안가에 위치한 예쁜 항구 도시였다. 갈매기가 기분 좋게 노래하고 있었고, 절벽 해안가에는 알록달록한 집들이 멋스럽게 보였다. 마치 엽서 사진에 나올 듯한 아름다운 풍경이었다.

"예뻐요."

린덴은 잔잔히 웃었다.

"마음에 드나?"

"네, 너무 좋아요."

"다행이군."

린덴은 그녀의 어깨를 감싸 안았다.

"그러면 여기서 무엇을?"

"일단 밥 먼저 먹지. 저녁 시간이니."

그가 그녀를 데려간 곳은 서대륙 본토 라틴 지방의 전통 음식, 화덕 피자와 파스타 집이었다.

"와아."

김이 모락모락 피어오르는 뜨끈뜨끈한 피자를 보며 엘리제는 탄성을 질렀다. 그런 그녀의 반응에 주방장이 사람 좋게 웃었다.

"맛있게 드십시오, 레이디."

기다랗게 늘어지는 치즈가 미각을 만족시켰다. 탄성이 절로 나오는 환상적인 맛이었다.

'파스타도 맛있어.'

이런 시골 항구 도시에 이렇게 맛있는 집이 있다니? 엘리제는 행복해하며 피자와 파스타를 먹었다.

반면, 린덴은 그런 엘리제를 흐뭇하게 바라볼 뿐, 좀처럼 포크를 가져가지 않았다.

"전…… 아니, 린덴. 입맛에 안 맞으세요?"

"아니, 괜찮다."

린덴은 고개를 저었지만 엘리제는 그의 식성을 떠올렸다.

'그러고 보니 전하는 이런 요리 안 좋아하시지.'

피자와 파스타뿐이 아니다. 그녀가 좋아하는 요리들, 달달한 디저트, 고기 요리들 모두 그의 취향이 아니었다. 그는 그녀와 정반대인 담백하고 가벼운 요리를 좋아했다. 하지만 항상 그녀에게 맞춰주었다. 식사뿐 아니라 모든 것을. 그 사실을 떠올리자 그에게 미안하고 고마운 마음이 들었다.

'전하.'

얼마 후, 그들은 식사를 마치고 가게를 나왔다.

"그러면 이제?"

엘리제는 도대체 이 작은 항구 도시에 무슨 볼일이 있는 건지 궁금했다. 린덴은 웃으며 답했다.

"잠깐, 먼저 조금만 걷자. 그 뒤에 이야기해 줄 테니."

항구 도시에는 어느새 짙은 황혼이 깔려 있었다. 그는 그녀를 도시 뒤쪽으로 나 있는 오솔길로 이끌었다. 도시 사람들이 이용하는 산책로인지 양옆으로 푸른 나무들이 그들을 맞았다.

엘리제와 린덴은 그 호젓한 길을 걸었다. 그녀는 그의 손을 조심히 움켜잡았다. 자신에게 닿는 그녀의 느낌에 린덴은 고개를 돌렸다. 그리고 그녀의 하얀 이마에 입맞춤을 했다. 그렇게 둘은 말없이 서로를 공유하며 산책로를 걸었다. 특별한 대화는 없었지만 황혼이 깔린 항구 도시의 산책로를 단둘이 걷는 것은 평온한 행복감을 주었다. 엘리제는 그의 손을 잡고 걷는 이 순간이 영원히 계속되길 바랐다.

그렇게 얼마나 걸었을까? 린덴이 원하던 목적지가 나타났다.

"저기 잠시 앉을까?"

"아…… 네."

산책로가 완만한 오르막길이어서인지, 그들이 도착한 곳은 전망대처럼 높은 지대의 절벽이었다. 시에서 만들어 놓은 것인지 깎아지른 듯한 절벽 위에 벤치가 놓여 있었다. 린덴이 먼지를 닦아주었고, 둘은 벤치에 앉아 절벽 아래 풍경을 감상했다.

"와……."

엘리제는 감탄을 터뜨렸다. 아름다웠다. 절벽 아래 바다가 넓게 펼쳐져 있었고, 옆으로는 아기자기하게 예쁜 항구 도시가 파노라마처럼 모습을 드러내고 있었다. 거기에 짙은 황혼에 붉게 물든 바다가 그녀의 가슴을 울렁이게 했다.

"마음에 드는가?"

"네, 아름다워요. 정말로. 이렇게 아름다운 곳은 처음이에요."

빈말이 아니었다. 많은 곳을 가본 그녀지만 이렇게 가슴을 울리는 풍광은 처음이었다.

“다행이군. 사실 이곳은 예전부터 내가 가장 좋아하던 장소라 너와 한번 와보고 싶었던 곳이다.”

린덴도 잔잔한 표정으로 황혼을 감상했다.

“저 바다가 대양인가요?”

“그래, 저 바다가 대양이다.”

“그러면 저 너머에 신대륙이 있는 거죠? 오대호가 있다는.”

“그렇지. 가보고 싶나?”

“네, 가보고 싶긴 한데…….”

그 말에 린덴이 말했다.

“가보고 싶으면 같이 가지.”

“네? 하지만 전하…… 아니, 린덴은…….”

황제가 될 그가 신대륙 여행이라니, 말도 안 되는 일이다. 하지만 린덴은 대수롭지 않게 답했다.

“황제가 되더라도 가끔은 휴식이 필요한 법이니까. 아니면 외교 사절로 신연방에 방문해도 되겠군.”

엘리제는 쿡쿡 웃었다. 말만이라도 고마웠다.

“린덴, 고마워요.”

“뭐가 고맙지?”

“그냥 전부 다요. 이번에 특히 저…… 많이 좋았어요. 갑자기 납치해서 놀라긴 했지만요.”

“…….”

“고마워요, 정말로.”

납치였지만 달콤한 납치였다.

‘론도로 돌아가면 다시 일상으로 돌아가겠지만.’

이 꿈같은 납치도 오늘이 마지막이었다. 내일부터는 똑같은 일상이 시작될 것이다. 그녀는 환자를 볼 것이고, 그는…… 이제 곧 3황자 미하일과 본격적인 정권 다툼을 벌일 것이다. 그 사실이 엘리제의 마음을 한없이 무겁게 했지만, 그래도 이 순간만큼은 행복했다. 그녀는 그에게 몸을 기댔다. 그렇게 그에게 안긴 상태로 황혼에 물든 바다를 바라봤다.

"엘리제."

"네, 린덴."

"사랑한다."

그러면서 그의 입술이 그녀의 입술에 겹쳐졌다. 평소와 다르게 한없이 부드러운 키스. 그의 혀가 그녀의 혀를 달콤하게 감쌌다. 엘리제는 그 부드러움을 느끼며 눈을 감았다.

'저도…… 저도요, 린덴.'

가슴이 찌르르 울렸다. 너무 행복해 행여나 깨질까 무서운 생각까지 들었다.

그때, 그가 그녀에게 말했다.

"엘리제, 사실 너에게 할 말이 있다."

"네, 무엇인데요?"

"그게……."

린덴은 그답지 않게 잠시 어색한 표정으로 머뭇거렸다. 엘리제가 의아한 표정을 지을 때, 그가 무언가를 주머니에서 꺼내 그녀의 손 위에 올려주었다. 그것을 본 순간, 엘리제의 눈이 파도를 만난 듯 흔들렸다.

"……혹시 받아줄 수 있겠나?"

"리, 린덴……?"

엘리제는 입을 가렸다. 그녀의 목소리가 파르르 떨렸다. 린덴은 평소와 다른 머쓱한 얼굴을 했다.

"미안하다. 너도 알겠지만 내가 원래 이런 데 말재주가 없어. 여자를 감동하게 하는 재주도 없고, 미사여구를 말하지도 못 해. 그래서 그냥 단도직입적으로 말하마."

린덴은 깊은 금안으로 그녀를 바라봤다. 그의 눈은 절실함으로 가득 차 있었다.

"엘리제, 나와 결혼해 주겠나?"

그 말을 듣는 순간, 엘리제의 눈에서 뚜욱 눈물이 떨어졌다. 생각지도 못 한 프러포즈였다.

"아……."

엘리제는 허겁지겁 눈물을 닦았다. 하지만 눈물은 멈추지 않았다. 왜일까? 저 무뚝뚝한 목소리에 담긴 사랑이 느껴져서일까? 거창하지도, 달콤하지도 않은 프러포즈였건만 흔들리는 가슴을 도저히 진정시킬 수가 없었다.

그녀의 눈물을 보고 린덴이 약간 불안한 눈빛으로 물었다.

"혹시…… 싫은 건 아니겠지? 싫어도 소용없다. 무조건 강제로 결혼할 거야."

그 말을 들은 순간, 그녀는 결국 왈칵 울음을 터뜨렸다.

"끄윽. 흐윽. 저, 전하…… 린덴……."

"에, 엘리제? 왜?"

돌연 울음을 흘리며 자신에게 안겨 드는 그녀를 보며 린덴은 당황했다.

'아, 아니, 프러포즈를 했는데 왜 기뻐하지 않고 우는 거지? 설마

싫은 건가?'

린덴은 그녀의 얼굴을 바라보며 말했다.

"혹시 싫은가? 그래도 소용없다. 프러포즈지만 선택 사항은 없어. 이미 넌 내 거야."

엘리제는 자신의 마음을 전혀 모르는, 여자에게 완전 숙맥인 이 바보 같은 남자에게 화급히 고개를 저었다.

"흐윽. 안 싫어요."

"그러면 왜?"

"당연히 좋으니까 그렇죠!"

엘리제는 그렇게 소리친 후 다시 그의 품 안에 안겨 들었다. 이전 삶이 떠올랐다. 그와 끝없이 엇나간 끝에 비극을 맞이했던 삶. 그때가 떠오르며 지금이 꿈처럼 느껴졌다.

'아니, 정말 꿈인 것은 아니겠지? 이 행복이 환상인 것은 아니겠지?'

한편 린덴은 그녀의 말을 듣고 안도의 한숨을 내쉬었다. 그는 무뚝뚝하지만 평소와 다르게 최대한 부드러운 목소리로 말했다.

"엘리제, 울지 마라. 바보같이 왜 울어."

"흐윽."

그는 그녀를 몸에서 살짝 떼어 자신을 바라보게 했다. 그리고 자신의 얼굴을 그녀의 얼굴에 밀착시켜 혀로 눈물을 닦았다.

"사랑한다, 정말로."

"린덴……."

다시 얽히는 그와 그녀의 입술. 몽롱한 키스 후, 그는 벨벳 반지 케이스에서 다이아몬드 반지를 꺼내 그녀의 네 번째 손가락에 끼워 주었다. 손가락에 딱 맞는 금색 반지가 그녀를 속박하는 듯해 그의 마음을 흡족하게 하였다.

"엘리제, 이제 너는 완전히 내 거야. 그러니."

린덴은 그녀를 가슴에 안았다.

"앞으로 영원히 내게서 벗어날 생각하지 마."

그렇게 그의 납치는 성공적으로 마무리되었다. 그리고 그날 깊은 밤, 린덴은 침대에서 일어났다. 그의 곁에는 그녀가 새근새근 잠들어 있었다.

'엘리제.'

그는 그녀의 머리를 쓰다듬었다. 바라만 봐도 마음이 따뜻해졌다.

'이제 빨리 식을 진행해야지.'

프러포즈를 했으니, 이제부터는 거칠 것이 없었다. 그는 절차고 뭐고 상관없이 무조건 최대한 빠르게 일정을 진행하기로 마음먹었다.

'약혼 따위는 생략하고 싶은데. 어차피 결혼할 거, 약혼이 무슨 의미가 있다고.'

그 문제에 관해 궁내부장과 여러 번 다투었으나, 결국 이길 수가 없었다.

"전하, 차라리 저를 죽이십시오! 그것만은 안 됩니다! 황실 역사상 그러한 일은 단 한 번도 없습니다!"

도대체 왜 로마노프 황실에는 그런 쓸데없는 규칙이 있는 건지.

'예법이 뭐라고. 젠장.'

하루라도 빨리 그녀와 하나가 되고 싶은 그는 한숨을 내쉬었다. 약혼을 생략할 수 없다면 방법은 하나다. 약혼 뒤 곧바로 결혼식을 올리면 된다! 그는 약혼과 결혼식을 경주마처럼 단숨에 돌파하기로 결심했다.

'결혼만 해봐라.'

이번에 밤마다 받은 고통을 10배, 아니, 100배로 돌려줘야지. 그뿐인가? 절대 품에서 안 놔줄 것이다. 밥을 먹을 때도, 길을 걸을 때도, 무얼 하든 다 함께할 것이다. 그는 그녀의 이마에 가볍게 입을 맞추었다. 깊게 잠든 그녀는 미동도 하지 않았다. 그는 잔잔하게 웃은 후 침대에서 일어났다. 그녀와의 용무가 성공적으로 끝났으니, 마지막으로 들를 곳이 있었다.

끼익.

방에서 나오니 늙은 청지기가 고개를 돌렸다.

"그곳에 가시렵니까, 도련님?"

"아아, 그래."

늙은 청지기는 그를 전하라고 부르지 않고 도련님이라 불렀다. 워낙 어릴 때부터 보아오던 사이여서 그렇다. 이곳은 황실, 아니, 정확히 말하면 민체스터 개인 소유의 별장이었다.

"여기 준비해 두라 한 것입니다."

"그래."

린덴은 청지기가 건네는 바구니를 챙겼다.

"밤이 늦었는데 조심해서 다녀오십시오."

고개를 끄덕인 그는 마구간에서 갈색 말에 올라탔다. 그리고 어딘가를 향해 말을 달렸다. 달빛 외에는 의지할 데 없는 어두운 밤이었지만 익숙한 길인지 어렵지 않게 방향을 잡았다. 갈색 말은 항구 도시를 벗어나 교외의 외딴길로 계속해서 들어갔다. 길옆으로 검은 파도가 철썩였다.

그렇게 얼마나 갔을까? 클리우드 시가 보이지 않을 정도로 멀어졌다. 목적지에 가까워질수록 린덴의 표정이 딱딱하게 굳어갔다. 방금 엘리제를 보며 따뜻한 표정을 짓던 얼굴은 없었다. 그저 무표정했다. 그럴 수밖에 없었다. 지금 가는 곳은 그의 아픔이 잠들어 있는 곳이니까. 인적 없는 해안가의 절벽 위, 드디어 목적지에 도착했다.

묘지였다. 바다가 보이는 절벽 위에 두 개의 묘비가 서 있었다. 묘비의 문구는 짧았다.

민체스터가 사랑하는 레베카, 이블린.

이곳에 잠들다.

레베카, 이블린. 린덴의 어머니와 누이. 그의 눈앞에서 한 줌의 핏물로 변했던 가족. 황후 레베카는 딸과 혈탑에서 몸을 던지기 전, 유서에 고향 근처인 이곳 서부 해안가에 자신을 묻어달라고 했다.

"제가 왔습니다, 어머니. 누이."

린덴은 묘비 앞에 무릎을 꿇었다.

"제가 너무 오랜만에 왔지요. 죄송합니다."

그는 바구니를 내려놓았다. 바구니에는 생전에 그들이 좋아하던 빨간 튤립과 장미가 담겨 있었다. 린덴은 조심히 그 꽃들을 묘비 앞에 올려놓았다.

"그곳에서…… 잘 지내고 있으십니까?"

린덴은 그들의 안부를 물었다. 대답을 들을 수 없는 허무한 물음. 그의 표정이 쓸쓸해졌다. 잘 지내고 있을 리가 없지 않은가? 그는 아직도 밤마다 그들의 꿈을 꾸었다. 그들이 눈앞에서 핏물로 변하는 끔찍한 그때의 꿈을. 죄 없이 그렇게 죽은 그들이 천국에서라도 잘 지내고 있을 리 없을 거란 생각에 그의 가슴이 미어질 듯 아파왔다.

"저…… 사랑하는 소녀가 생겼습니다. 작고 예쁜 소녀입니다. 가끔 많이 얄밉기도 하지만요."

그는 어머니에게 그녀에 대해 이야기했다.

"전 그녀와 결혼하려고 합니다. 이미 행복을 느낄 수 없는 가슴이 되었지만…… 그래도 그녀와 함께라면…… 이런 저라도 웃으며 살 수 있지 않을까 생각합니다."

그래, 이미 너덜너덜해진 가슴은 어쩔 방법이 없었다. 어머니와 누이의 죽음으로 얻은 상처는 그가 평생 지고 가야 할 괴로움이었으니까. 그래도 그녀와 함께라면 이런 나라도 조금은 행복해질 수 있지 않을까.

깊은 슬픔에 잠겨 있던 그의 눈이 순간 매섭게 빛났다. 그거와 별개로 그는 반드시 해야 할 일이 있었다. 바로 죄 없이 죽은 그들을 위해 꼭 치러야 할 일이었다.

그는 낮게 말했다.

"어머니, 누이. 이제 정말 얼마 남지 않았습니다."

그는 눈을 감고 생각에 잠겼다. 머나먼 옛날, 그가 어렸던 시절. 그들이 스러져 가던 때가 떠올랐다.

가문의 위세에 힘입어 황비의 자리에 오른 마리엔은 황제를 사랑했다. 하지만 황제는 그녀를 사랑하지 않았다. 그의 마음에 있는 것은 오로지 단 한 명 황후 레베카. 그는 황비 마리엔을 철저히 냉대했다. 그 냉대에 점점 비틀어져 가던 마리엔은 질투에 눈이 멀어 극단적인 선택을 했다. 황후 레베카에게 추악한 모함을 한 것이다. 가문의 힘을 동원해 완벽한 증거까지 만들어서. 차일드 가문을 따르던 귀족들이 그에 동조했다.

"역시 천한 피는 더럽다니까."

"평민 출신이 황후에 오를 때부터 알아봤어. 더러운 계집이 황후의 위에 올라서. 이 대브리티아 제국의 수치라니까."

비난은 점점 더 강도를 더해갔다.

"추악한 죄를 저지른 황후를 폐위하라!"

"황실의 명예에 먹칠한 황후를 끌어내려라!"

그런 비난이 유폐되어 있던 레베카에게 끝없이 쏟아졌다. 그 비난을 들으며 그의 어머니 레베카의 영혼은 말라 비틀어져 갔고, 결국 버티지 못하고 끔찍한 선택을 하게 되었다. 같이 괴로워하던 딸과 함께 목숨을 버린 것이다.

린덴은 그 일을 일으켰던 이들을 용서할 수가 없었다.

"마리엔 황비, 암셀 후작, 그리고 당시의 일에 동조했던 귀족파의 귀족."

린덴은 감았던 눈을 떴다. 그의 금안은 차갑게 가라앉아 있었다.

"그들 모두! 단 한 명도, 단 한 명도 용서하지 않을 것입니다."

모두 죄의 대가를 치르게 해 어머니와 누이를 위로할 것이다. 그게 그가 일평생을 바라왔던 단 하나의 염원이었다.

"이제 정말 멀지 않았습니다. 조금만 기다려 주십시오."

이 염원을 이루면 그들도 저세상에서나마 편안해질 수 있지 않을까. 더는 꿈에서 괴로운 목소리로 자신을 부르지 않지 않을까. 그리고 자신도 악몽에서 벗어날 수 있지 않을까.

"다음에 다시 오겠습니다. 평안히 계십시오."

린덴은 잠시 말없이 묘지를 바라보다가 말에 올라탔다.

두둑.

그가 사라진 후 하늘에서 부슬부슬 비가 내리기 시작했다. 빗방울은 조금씩 적막한 묘지를 적셨다. 어딘지 슬픈 느낌의 비였다.

그렇게 달콤한 시간이 끝나고 론도의 비극이 서막을 올리고 있었다. 그들 각자의 싸움, 그리고 그녀의 싸움이 시작되었다.

4권에서 계속…